CONTATTI AUTRICE
FACEBOOK: Danneel Rome
INSTAGRAM: danneelromeautrice
WATTPAD: Danneel89

My MR. DARK

Danneel Rome

Non venire troppo vicino,
dentro di me c'è il buio.
È dove i miei demoni si nascondono,
è dove i miei demoni si nascondono.
(*Demons* - Imagine Dragons)

A quegli amori tormentati, passionali e devastanti.
Agli uomini dall'anima nera.
Agli incontri che cambiano il destino.
Al giorno più bello della tua vita...

PROLOGO

24 ANNI PRIMA

Patricia Dark percorse a passo svelto il corridoio dello studio Meder&associated, facendo ticchettare rumorosamente i tacchi delle sue Louboutin sul pavimento.

Era agitata, ma non l'avrebbe dato a vedere a nessuno. Lei, ormai, faceva parte della famiglia Dark, una delle più ricche di San Francisco, e doveva mantenere quel contegno che la sua posizione richiedeva.

Non un turbamento, non un'emozione passava sul suo volto, quando bussò alla porta dell'ufficio del dottor Meder.

«Avanti» sentì dire.

Aprì lentamente la porta, mostrò un sorriso finto, poi la richiuse dietro di sé con garbo.

«Dottor Meder, che piacere. Come sta?» esordì, avanzando verso di lui con la mano tesa per salutarlo.

«Bene, signora Dark. Prego, si accomodi» rispose lui, stringendole la mano e invitandola a sedersi.

Patricia ubbidì, posizionandosi su quella comoda poltrona con sicurezza.

«Allora, dottore, mi ha fatta chiamare. C'è qualcosa di cui vuole parlarmi? Perché, sa, ho talmente tante di quelle cose da fare... tra l'organizzazione del compleanno di Timothy, il comitato di beneficenza e...»

«La fermo subito. Non l'avrei fatta disturbare, se non fosse stato importante» la riprese lui, guardandola torvo.

«Va bene, sono qui, mi dica.»

Patricia ostentava una sicurezza e una tranquillità che dentro di sé non aveva. Sapeva benissimo per quale motivo fosse lì, ma doveva apparire forte agli occhi degli altri, imperturbabile. Niente poteva scalfirla: era questo che dovevano pensare le persone che la incontravano.

«Signora Dark, si tratta di suo figlio: Logan» esalò con difficoltà il dottore, quasi avesse timore di continuare.

«Oh, lo so benissimo. Mio figlio viene qui da lei da più di tre mesi, per quale altro motivo avrebbe dovuto farmi chiamare?» rispose lei, con una serenità che sbalordì il dottore.

Possibile che quella donna non fosse minimamente preoccupata della salute del figlio? In fondo lui era uno psichiatra e Patricia aveva portato Logan lì per capire cosa avesse.

Adesso che stava per darle le risposte che voleva, prendeva tutto con sorriso e tanta leggerezza?

Cosa voleva dimostrare? Perché non si calava giù la maschera della donna dura e forte e tornava a essere semplicemente quella che era? Una madre. La stessa madre che era entrata nel suo studio tre mesi prima, con aria preoccupata, insieme a quel bimbo dagli occhi scuri e dallo sguardo smarrito.

Il dottor Meder ricordava ancora quello sguardo, gli era entrato dentro trafiggendolo e, in quel momento, aveva capito che c'era qualcosa che non andava... qualcosa di serio.

«Signora Dark, ho indagato a lungo sul comportamento di suo figlio. È venuta qui da me dicendo che, d'improvviso, Logan era diventato taciturno, triste, che si isolava dai compagni e che, spesso, di notte, soffriva d'incubi.»

«Sì. È corretto» annuì lei, senza battere ciglio.

«Credo di avere le risposte che mi ha chiesto» commentò il dottore, aprendo una cartellina.

Patricia sbatté forte gli occhi. Non voleva sapere. Non poteva sapere. Aveva una strana sensazione dentro e non voleva che il dottore la confermasse.

«Dottor Meder, probabilmente mio figlio è solo un po' stressato. Sa, la scuola, le lezioni di piano, i vari sport che segue e...»

«Signora Dark, qui non si tratta di stress, qui c'è molto di più.» Il dottore si fermò un istante e prese un bel respiro. Si trattava del suo lavoro e non era la prima volta che vedeva casi come quello e madri che negavano l'evidenza o si rifiutavano di credere.

Quando proseguì, le girò la cartellina che aveva davanti per permetterle di osservare.

«Ho motivo di credere che suo figlio sia vittima, o sia stato vittima, di abusi» confessò, guardandola dritto negli occhi.

Patricia scoppiò in una risata fragorosa.

«Abusi? Dottore, con tutto il rispetto verso la sua persona e verso il suo lavoro, mio figlio è seguito dai migliori insegnanti di tutta San Francisco. Abbiamo scelto ognuno di loro con cura e dopo attente analisi. A casa mia, la servitù è composta da persone estremamente fidate e Logan frequenta la scuola privata più importante e costosa della città. Quindi, mi dica, quando e dove avrebbe subito questi abusi?» chiese, serrando la mascella.

Patricia mentiva a sé stessa e, dentro di lei, una grossa parte ne era pienamente consapevole.

«Guardi questi disegni, li guardi, signora. Ci sono prati sconfinati, alberi e un bambino che si nasconde dietro uno di questi. Vede questa specie di omino con la faccia da diavolo? Lo vede? Questa è la persona che ha fatto del male a suo figlio. Logan lo ha disegnato più volte e sa qual è la caratteristica di lui che non cambia mai? La maglietta color verde. Ho parlato con Logan, l'ho spinto ad aprirsi, ho osservato i suoi disegni, ma non mi sono limitato a questo. Ho indagato nella sua vita, nella vostra vita. Mi sono informato su tutte le attività scolastiche ed extrascolastiche a cui partecipa Logan. Alla fine credo di aver trovato il nesso tra il suo comportamento, gli incubi e questi disegni: la scuola di golf. Signora Dark, gli istruttori del campo di golf dove porta suo figlio indossano una divisa verde. Lo stemma del golf club dove avvengono queste lezioni è verde e il colore delle divise degli istruttori non cambia mai. Suo figlio lo ha mostrato nel disegno, ci ha mandato un messaggio: il diavolo vestito di verde è qualcuno che lavora lì. Forse un suo istruttore.»

La foga con cui il dottor Meder aveva raccontato tutto gli fece passare la lingua sulle labbra per riprendere salivazione, al termine della sua ultima parola.

La signora Dark lo guardò di sbieco, poi gli fece un sorriso sornione.

«Mio figlio le ha detto chiaramente che qualcuno, all'interno del golf club, gli ha fatto del male?» chiese continuando a osservarlo.

«No, ma...»

«Allora non abbiamo più nulla da dirci. Per delle accuse così pesanti, si rischia la denuncia, dottor Meder, lei dovrebbe avere delle prove più concrete, prima di buttare fango su uno dei club più blasonati di San Francisco. Io e mio marito lo frequentiamo da anni, conosciamo il proprietario e i suoi dipendenti. Sono delle bravissime persone e io non le permetto di fare ulteriori insinuazioni» ringhiò Patricia, alzandosi di scatto e chiudendogli la cartellina in faccia.

«Signora, se le dico tutto questo è nell'interesse di suo figlio e della sua salute. Lo faccia visitare da un medico, per capire se ci sono segni di violenza» replicò lui, deciso a non lasciarla andare.

«Mio figlio sta benissimo e non ho bisogno dei suoi ridicoli consigli, so occuparmene da sola. Adesso, se vuole scusarmi, devo andare. Non credo che Logan avrà più bisogno del suo *aiuto*» replicò, sottolineando la parola aiuto e sputandogli in faccia tutto il suo disprezzo.

«Signora Dark, suo figlio ci sta chiedendo di soccorrerlo e lei gli sta negando la mano alla quale vorrebbe aggrapparsi. Per cosa, poi? Per proteggere il suo buon nome? Per Dio, stiamo parlando di un bambino di otto anni» tuonò imbufalito, senza riuscire a credere ai suoi occhi.

Stava negando tutto. Non voleva vedere, esattamente come molte donne avevano fatto in passato, proprio lì, in quello studio.

O forse sapeva e copriva il tutto per non infangare il nome dei Dark.

«Il giorno in cui mio figlio verrà da me per dirmi che qualcuno gli ha fatto del male, allora muoverò mari e monti, ma non posso basarmi su supposizioni, dottore, per il bene della mia famiglia e di quello di Logan. Ora, ripeto, se vuole scusarmi... ho molte cose da fare» disse lei, girando i tacchi e arrivando all'altezza della porta per andare via.

«Cose molto più importanti di suo figlio, vedo» ribatté lui con sdegno.

Patricia trasalì. Quelle parole l'avevano colpita e fece una fatica immane per non scoppiare a piangere lì, in quello studio.

Stava voltando le spalle a suo figlio, lo stava abbandonando a sé stesso e al suo dolore. Stava negando l'evidenza, rifiutando la realtà. Ma non c'era altro modo per lei, non in quel momento.

«Arrivederci, dottore» chiosò Patricia e richiuse con forza la porta.

Oscar Meder rimase allibito, totalmente senza parole. Logan era un altro bambino che aveva perso, che non era riuscito a salvare.

Era sicuro che quei grandi occhi tristi e scuri lo avrebbero perseguitato per tutta la vita...

CAPITOLO 1

LOGAN

Sono sudato. Corro, corro senza sosta. Non deve prendermi, non può farmi ancora del male. Non voglio! Non glielo permetterò.

Mi nascondo tra gli alberi, tremo. Sento la sua voce che mi chiama. Mi dice di venire fuori, che è solo un gioco. Ma io non voglio giocare. Mi fa male, mi terrorizza e mi fa sentire sporco. Ho paura e lui la annusa, la paura.

Dice che, se mi lascio andare, sarà più facile, sarà più bello. Ma non è bello, è solo terribile.

Cerco di non far sentire il mio respiro, se mi trova, comincerà di nuovo.

Mi accascio per terra e metto una mano davanti alla bocca. Non mi troverà, non stavolta.

Un fruscio proviene da dove sono nascosto, forse qualche animale tra gli alberi.

Mi trova. Sorride. È soddisfatto: ha vinto ancora.

Si avvicina a me e vorrei urlare, ma non ne ho le forze.

Così gli lascio prendere per l'ennesima volta ciò che vuole e chiudo gli occhi, rifugiandomi nel buio, rifugiandomi nel mio dolore.

«Aaah!»

Mi sveglio di scatto e sospiro forte, mi manca l'aria. Quell'aria che sembra non avere più un posto, nella mia vita, dopo quei giorni terribili.

Guardo le lenzuola bagnate dal mio sudore, dalla paura che si è fatta strada dentro di me ancora una volta, perseguitandomi nei miei sogni.

Mi prendo la testa tra le mani e sospiro.

L'ennesimo incubo. Dovrei averci fatto l'abitudine, ormai, ma le sensazioni orrende che mi avvolgono non cessano di ferirmi.

Sono passati secoli da allora, dovrei averlo superato, dovrei dimenticare e andare avanti; sono un uomo, adesso, nessuno può più farmi del male.

Gestisco l'impero dei Dark, da quando mio padre si è gentilmente ritirato per godersi la pensione. Dovrei essere felice di ciò che ho: tanti soldi, vita lussuosa, donne che farebbero a gara per venire a letto con me. Ma a che serve tutto questo, se continuo ad avere gli incubi? Se continuo a tormentarmi con ciò che mi è successo da bambino?

«Merda!» impreco, buttando per aria il bicchiere poggiato sul comodino accanto al mio letto.

L'acqua si riversa a terra e io sospiro esasperato.

Mi alzo per raccogliere quel disastro e vado in cucina a prendere una bottiglietta dal frigo.

Bevo come un forsennato, faccio scorrere l'acqua in gola come se ne andasse della mia vita.

Torno in camera e raccolgo il disastro che ho creato.

Mille pensieri affollano la mia mente. Mi sento confuso e sono incazzato con me stesso.

Sembrava stessi facendo progressi col dottor Kenner, sembrava fossi migliorato, poi, in un attimo, boom, tutta la merda torna a galla e io mi sento da schifo.

Voglio dimenticare, ho bisogno... di dimenticare.

Mi stendo di nuovo sul letto, nella speranza di dormire. Mi hanno prescritto dei sonniferi, ma io non voglio prendere quella merda. Devo essere vigile, sempre. Potrebbe entrare qualcuno, magari un ladro, e io non sarei cosciente, non sarei in grado di difendermi.

Penso ancora a lui, a quello che mi ha fatto, e l'unica cosa che mi rincuora è che quel figlio di puttana ha avuto ciò che si meritava.

Provo a dormire. Provo a pensare a qualcosa di bello.

Mia madre che lotta per me; Bailey, il cane che avevamo quand'ero piccolo; la gita a Disneyworld; il bacio di Minnie; il sesso e le donne; le vacanze; il cibo cinese; Jonathan, il mio migliore amico; gli abbracci di mamma, gli abbracci di mamma, gli abbracci di mamma...

«Tesoro... Tesoro, svegliati. Logan, andiamo...»

«Ma che caz... mamma? Che diamine fai qui?» mi alzo di scatto e mi scanso. *Perché cazzo non impara che deve aspettarmi fuori? Non voglio che entri in camera mia.*

«Dobbiamo parlare. Santo cielo, Logan, ti ho regalato una marea di pigiami, ne ho fatto disegnare uno appositamente per te dallo stilista *Puglisi*, perché diamine ti ostini a dormire in mutande?» si lamenta, aprendo le braccia. Io sbuffo.

«Sai benissimo che odio i pigiami, mamma. Te l'ho detto mille volte che non sono regali graditi. Così come ti ho detto mille volte che non voglio che entri in camera mia senza permesso. Soprattutto se sto dormendo. Non ti ho dato le chiavi di casa mia per lasciarti fare ciò che ti pare» dico arrabbiato e mi vesto velocemente. Infilo una canotta con un pantalone di tuta e guardo mia madre di sbieco. Ha ancora il volto accigliato.

«Sì, come vuoi. Ti aspetto di là. Io e Adele ti abbiamo preparato la colazione» dice, facendo per andare via, ma io la fermo.

«Vorrai dire "Adele ti ha preparato la colazione", so benissimo che non sai cucinare» ironizzo e lei mi guarda male. *Adoro farla incazzare!*

«Non fare lo spiritoso, Logan. Comunque ho comprato dei croissant» sibila guardandosi attorno.

«Ah, ecco! Aspettami di là. Arrivo subito» dico sbrigativo e lei va via. Mi richiudo la porta alle spalle e mando un messaggio a Roxanne. Poi chiamo Jonathan e prendo appuntamento con lui tra un paio d'ore.

Vado in cucina e trovo mamma a chiacchierare con Adele, la mia cameriera.

«Buongiorno, Adele» dico sorridente e mi siedo vicino alla penisola enorme che Dwight, il mio architetto, ha costruito per me.

Non so nemmeno perché glielo abbia fatto fare, visto che sono sempre solo, ma mi piaceva l'idea di avere una cucina grande e tanto spazio per impiastricciare.

Io non mi sporco mai le mani, non ne sono capace. Una sola volta io e Jonathan abbiamo provato a cucinare qualcosa assieme e per poco non davamo fuoco alla cucina.

Adele, invece, è bravissima. Anche se si lamenta del fatto che non invito mai nessuno, a parte John, e che quindi non possa cucinare per tante persone come le piacerebbe.

È la migliore governante che potessi trovare.

«Buongiorno a lei, signor Dark» risponde sistemando i croissant in un vassoio con pane tostato, spremuta d'arancia, marmellata e una mela. Non mi fa proprio mancare niente.

È praticamente perfetta, se non fosse per quel brutto vizio che ha di non voler assolutamente darmi del tu. L'ho pregata un milione di volte di chiamarmi Logan, ma non vuole sentire ragioni.

Odio quando la gente mi dà del lei, mi fa sentire vecchio. Ho quasi trentadue anni e il tempo inizia a scorrere troppo velocemente.

«Allora, mamma, di che dovevi parlarmi?» chiedo, preparandomi una fetta di pane di segale con marmellata.

«Non mangi i cornetti?» chiede lei guardandomi con aria torva.

«No, grazie, fanno ingrassare» dico, prima di addentare la mia fetta di pane.

«Ma se hai un fisico perfetto!» sbuffa lei, sedendosi spazientita al mio fianco.

«Questo fisico perfetto non sarebbe più così perfetto, se mangiassi schifezze» dico scherzoso e le do un buffetto sulla guancia. Lei alza gli occhi al cielo e Adele interviene.

«Signor Dark, mi scusi se mi permetto, ma un croissant non ha mai ucciso nessuno» afferma un po' imbarazzata.

«Lo so, Adele, ma preferisco la tua solita meravigliosa colazione» le offro un sorriso paraculo che so sempre quando e perché sfoggiare.

«Adele, perdonami, puoi lasciarci un secondo soli?» chiede mia madre e lei annuisce.

«Con permesso» sussurra andando via.

Continuo a mangiare e, tra un boccone e l'altro, parlo.

«Ti ascolto, mamma.»

«Dobbiamo sistemare un po' di cose nella tua vita. Il lavoro comincia a diventare troppo e io non voglio che ti stressi più di quanto tu non faccia già» sentenzia con sicurezza.

«Non sono stressato, sto benissimo. E cosa intendi con "sistemare un po' di cose nella tua vita"?» domando, finendo di mangiare, poi ripongo il vassoio nel lavandino.

«Innanzitutto, dobbiamo trovarti una segretaria, possibilmente una che abbia già esperienza. Insomma... non deve avere necessariamente lavorato per un uomo d'affari ma, deve avere dimestichezza con i conti, i numeri e aver precedentemente lavorato come segretaria, in qualsiasi ambito. Me ne occuperò io stessa. Troverò il meglio per te, tesoro» ribatte con decisione.

Ecco la solita Patricia Dark che vuole tenere tutto sotto controllo! penso guardandola.

«Assicurati che sia attraente» ironizzo, tornando a sedere.

«Logan, è una cosa seria. Dobbiamo trovare qualcuno che sia in grado di coadiuvarti, che tenga tutto sotto controllo e che ti aiuti a gestire gli appuntamenti, gli impegni e il resto. Mantenere diverse aziende non è semplice ed è da un po' che penso che tu abbia bisogno di aiuto, insomma di... qualcuno che soddisfi le tue esigenze» balbetta, come se non riuscisse a trovare le parole giuste.

Quando sento quest'ultima frase, sorrido compiaciuto e alzo un sopracciglio. Probabilmente la mia faccia è quella di un pervertito e sto già immaginando quante belle cose potrei fare a una segretaria degna di quel nome.

Mia madre se ne accorge e mi rimprovera.

«Logan, piantala! Non è un gioco. Abbiamo bisogno di una persona seria, non di qualcuno il cui unico fine sia quello di infilarsi nel tuo letto» sbotta arrabbiata e inizia a fare su e giù per la stanza.

«Dai, mamma, stavo scherzando. Occupatene tu, qualsiasi cosa tu sceglierai per me, va bene» dico andandole incontro per accarezzarle le spalle.

«Mi assicurerò che sia la donna più brutta che tu abbia mai incontrato» mi provoca, girandosi a guardarmi, in attesa di una mia risposta.

«E io me la scoperò comunque» ribatto deciso.

«Logan, ti prego. Non mischiare il lavoro con la vita privata, non mescolare affari con piacere, te l'ho detto un miliardo di volte. Puoi trovare donne ovunque, se vuoi divertirti, ma qualsiasi persona io sceglierò per te, tienila lontana dal tuo letto!» mi rimprovera con severità.

Annuisco divertito e la abbraccio.

«Va bene, ho capito. Poi? Di cos'altro vuoi parlarmi?» chiedo, sicuro del fatto che non sia venuta fin qui solo per questo.

«Della tua situazione... sentimentale» dice a fatica e io trasalisco.

«Come?»

«Logan, sai benissimo a cosa mi riferisco. Dopo Gabriela, non ci sono state altre donne con cui tu abbia provato a costruire qualcosa di serio e... hai trentadue anni. Potresti essere padre, Logan, invece salti ancora da un letto all'altro, come un adolescente.»

«Mamma, ne abbiamo parlato un milione di volte: le relazioni serie non fanno per me. Non voglio sposarmi, non voglio diventare padre, non voglio nulla di tutto questo. Voglio solo andare avanti per la mia strada ed essere lasciato in pace» dico alzando un po' troppo la voce.

Sono agitato. Non mi piace litigare con lei, ma certe volte mi fa salire un nervoso che…

«Logan, ti prego, fidati di me. C'è una ragazza tanto carina che vorrei presentarti. Si chiama Delilah, è figlia di un ex collega di tuo padre, è un buon partito.»

«Un buon partito, mamma? Come lo era Gabriela? Senti, ci ho provato con lei, ho cercato di accontentarti e fare il tipo di vita che tu volevi conducessi, ma non ha funzionato! E non funzionerà con un'altra. Perciò, smettila di sognare per me una vita che non avrò mai. Accettami per quello che sono e smettila di provare a cambiarmi!» ringhio sulla sua faccia.

Si commuove. Una lacrima le solca il viso.

«Mamma…» balbetto dispiaciuto, ma lei si volta, dandomi le spalle.

«È tutta colpa mia» dice piangendo. Sembra scossa, provata, delusa da sé stessa.

«Di che parli?» chiedo, non riuscendo a comprendere.

«Di tutto. Di quello che ti è successo, del dottor Meder e di tutto ciò che ho saputo quel giorno e non sono riuscita ad accettare. Non ho voluto accettarlo, Logan» dice, continuando a piangere.

«Mamma, per favore, non torniamoci sopra. Non è colpa tua, non lo è mai stata. Hai smosso mari e monti per farla pagare a Bobby e lo sai. Quello che hai fatto lo sappiamo io e te. Papà, invece, non ha fatto niente. L'unica cosa di cui gli importava, di cui gli è sempre importato, era il suo cazzo di nome» tuono, camminando su e giù per la stanza.

Sono incazzato. Non voglio ricordare, ma sembra che quel dannato karma ce l'abbia con me, negli ultimi giorni.

«Ti prego, non prendertela con tuo padre» ribatte lei, calmandosi un po'. Mi infurio ancora di più.

«Ma ti rendi conto che sono passati anni e continui a difenderlo?» urlo arrabbiato.

«Io non lo difendo. Ma non puoi odiare tuo padre e perdonare me. Feci passare due settimane, dopo averlo saputo: due dannate settimane» strilla e sento nella sua voce tutto l'odio che prova verso sé stessa.

«Due settimane in cui non mi hai permesso di andare al campo da golf» dico, deglutendo forte al ricordo di quei giorni orribili.

«Con una scusa. Con una banale scusa. Ho mentito a tuo padre e ho mentito a te. Ti ho obbligato a dirmelo, a parlarmene, perché volevo che quelle parole uscissero dalla tua bocca, perché una parte di me non voleva credere» dice distrutta. Si accascia sul divano del salotto e si prende la testa tra le mani.

Le vado accanto e la accarezzo.

«Mi hai liberato di un peso, mamma. Io avevo bisogno di parlarne, avevo bisogno che tu sapessi. Sei stata... coraggiosa» la difendo con tutto me stesso. Mia madre è imperfetta, ha fatto degli errori, ma non è una persona cattiva.

«Se fossi stata davvero coraggiosa, sarei uscita dallo studio del tuo psichiatra e sarei andata ad uccidere quel verme con le mie mani» dice con lo sguardo perso nel vuoto.

Non ne posso più. Non voglio parlare di ciò che mi fa male.

«Perché stai tirando fuori questa storia, adesso? Perché ancora? Che senso ha? A che serve recriminare?» urlo spazientito.

«Perché era oggi. Era oggi il giorno in cui ho saputo la verità e non ho voluto affrontarla. Perché ogni anno, il sette di settembre, mi sento una vigliacca, una codarda, una bestia, per non aver dato ascolto a un professionista che voleva solo aiutarti. Sono una cattiva persona, Logan» sibila a stento. Torno da lei e la tiro a me per abbracciarla.

«Guardami, mamma, guardami. Tu non sei cattiva. Sei solo una donna che ha fatto un errore, ma poi ha rimediato. Io ti ho perdonato, ora è arrivato il momento che lo faccia tu» le prendo il viso tra le mie mani e lei si appoggia a me.

«Anche se mi perdonassi, Logan, non cambierebbe nulla. Non cambierebbe quello che sei oggi. Se continui a vivere solo, divorato dagli incubi e dal tuo passato, è perché io non ti ho salvato in tempo» sospira rassegnata.

Scuoto la testa, in segno di dissenso, e tutte quelle immagini orribili affollano di nuovo la mia mente.

Provo a scacciarle, voglio scacciarle.

«No, mamma, no. Due settimane non hanno cambiato proprio nulla. Dopo quello che mi ha fatto Bobby ero già marchiato, non avresti potuto cambiare niente. C'è il nero nella mia anima, ma non l'hai creato tu. L'ha creato il mostro che mi ha usato e mi ha terrorizzato quando ero solo un bambino indifeso.»

«Mi dispiace così tanto…» dice aggrappandosi a me, prima di scoppiare in un pianto disperato. La consolo, voglio farle capire che non la odio e che nulla di quanto accaduto è colpa sua.

Ci sediamo di nuovo e io la stringo a me. La stringo così forte che quasi mi manca il respiro. Stringo al mio petto l'unica donna della mia vita, l'unica di cui potrà mai importarmi.

***

IRIS

«Oh, cazzo, sì, sì, sì» ringhia dal piacere e scivola fuori da me. *La solita scopata senza senso da due settimane a questa parte.*

Non capisco nemmeno più il motivo per cui lo faccia. Insomma, Hardin è un ragazzo divertente, a posto, ma a letto tra noi non c'è… come dire… alchimia? Non c'è quella passione che dovrebbe esserci tra due persone. È solo del banale e semplice sesso e io voglio l'amore. Voglio qualcosa di unico e travolgente, che mi faccia tornare a vivere.

Dopo la batosta di Roy, sono molto sfiduciata. Ero accanto a un uomo da due anni e non mi ero accorta che lui non mi amava più. Soltanto una stupida non se ne accorgerebbe.

Ecco perché ho pensato che del sano sesso scaccia pensieri col mio vicino di casa mi avrebbe aiutata a riprendermi. Ma, evidentemente, non è bastato.

«Sei incredibile, Iris, lo sai?» dice, ancora affannato. Sorrido e penso che non potrei dirgli ciò che penso: "sei stato dal primo momento il peggior sesso della mia vita e non so nemmeno perché io abbia continuato a venire a letto con te", così mi faccio bugiarda e gonfio il suo ego.

«Grazie, Hardin, anche tu sei stato grande.»

«Beh, la mia performance non è l'unica cosa grande che ho» fa con malizia e prova a buttarmisi di nuovo addosso.

Alzo gli occhi al cielo per evitare di dire cattiverie, visto che nemmeno sotto quel punto di vista è messo bene. Non che io sia mai stata una che bada a certe cose, però...

«Sì, la prossima volta, campione» mi metto seduta e guardo la sveglia. Se non mi sbrigo, rischio di arrivare tardi al lavoro.

Mi fiondo giù dal letto e mi rimetto velocemente l'intimo. Sgattaiolo fuori di casa, mantenendo con le mani scarpe e vestiti.

«Dove scappi, fiorellino?» urla lui sul pianerottolo.

Odio quando mi chiama così, ho sempre odiato qualsiasi uomo abbia usato quel nomignolo. Il fatto che abbia il nome di un fiore non dovrebbe autorizzarli a darmi quel ridicolo appellativo.

«Sono in ritardo. Grazie per stanotte. Ti richiamo, ok?» dico e gli sbatto la porta in faccia.

Mi preparo alla velocità della luce e vado via. La mia migliore amica e coinquilina Linette è già uscita. Gli orari che fa all'atelier sono assurdi, ma almeno la pagano bene! Inoltre fa il lavoro dei suoi sogni, ha sempre adorato stare in mezzo ai vestiti.

Prendo la metro e mi perdo nella confusione del vagone. Quando arriva la mia fermata, scendo trafelata e raggiungo lo studio in cui lavoro.

Sembrano tutti super indaffarati, stamattina. Il numero di avvocati che c'è in questo studio è impressionante. Ancora più impressionante è il fatto che, per quanti ne siano, nessuno abbia alzato la testa per salutarmi. Va bene lavorare, però... cavoli, rilassatevi un attimo!

Io, qui dentro, sono una delle segretarie e, per quanto non ami l'ambiente in cui mi trovo, non posso lamentarmi. Il posto è tranquillo e la paga è buona.

I soldi mi servono. Dio solo sa che fatica faccia mio padre da solo, con mio fratello Cedar da mantenere. Così, anche se con poco, voglio aiutarlo nelle spese.

Arrivo alla mia postazione, ma non faccio in tempo a sedermi.

«Aspetto cinque caffè nella sala riunioni. Uno macchiato, due amari e due poco zuccherati. Sbrigati, Rhoden.»

«Sì, capo» rispondo come un soldatino.

Louis è l'avvocato con cui ho a che fare. In sostanza, il mio capo.

Il più delle volte è davvero insopportabile, ma, se voglio tenermi stretto questo lavoro, devo subire e stare zitta.

Esco e vado alla sala mensa per prendere un vassoio, poi mi reco alla macchinetta per fare i caffè e, quando ho finito, busso alla porta della sala riunioni, dietro la quale la voce del mio capo mi invita a entrare.

Apro la porta e avanzo col vassoio.

Eccolo lì, Louis Lindley, tanto giovane quanto arrogante. Il più delle volte sa essere un vero stronzo, ma per quanto vorrei cantargliene quattro, ingoio il rospo e vado avanti.

È attorniato da altre quattro persone che mi squadrano dalla testa ai piedi.

Non mi piace quando gli uomini mi guardano così, come se fossi solo un oggetto, una bambola con cui fare i propri porci comodi e via.

So fare il mio lavoro e vorrei essere giudicata per quello, non per le mie cosce lunghe e il mio sedere a mandolino, o per le tette o qualsiasi altra cosa guardino gli uomini.

«Ecco a voi» dico poggiando il vassoio sul tavolo.

«Questa è la tua segretaria?» chiede uno degli uomini accanto a Louis, guardandomi come se volesse mangiarmi.

«Sì, Victor. Miss Iris Rhoden» fa Louis per presentarmi.

«Molto piacere, signore» dico sicura di me. Lui mi squadra ancora e mi viene da vomitare. *Potrebbe essere mio padre!*

«Se avessi saputo che qui c'erano segretarie così belle, mi sarei preparato un po' meglio» ironizza lui e gli altri scoppiano a ridere.

«Tranquillo, Vick, sono sicuro che la nostra Iris sappia apprezzare in ogni caso gli uomini come te. Vero, Iris?» chiede, mettendomi volutamente in difficoltà. Questa cosa non mi piace e stavolta non mi farò mettere i piedi in testa.

«Non vedo perché avrebbe dovuto prepararsi di più. Mi sembra molto elegante ed è qui per lavorare, non credo debba preoccuparsi di cosa pensano di lei le segretarie» ribatto con garbo. Sono arrabbiata, ma non sono stupida.

Louis non apprezza il mio commento e mi tira a sé.

«Perdona l'insolenza della mia segretaria. Iris è una di quelle donne... come dire... difficili da domare» dice, tenendomi ancora stretta e io vorrei solo rovesciargli il caffè addosso.

«Adoro quelle indomabili. Sono... le mie preferite» dice questo Victor, avvicinandosi un po' troppo a me.

Ma che cazzo sta succedendo? Sono in mezzo ad altri uomini e nessuno dice a questi due di smetterla.

«Il mio lavoro qui è finito? Posso andare?» chiedo a Louis. Il mio tono risulta infastidito, forse arrabbiato, e lui non molla la presa.

«Perché vuoi già andare via? Ci stavamo divertendo!» dice lui ridendo.

«Io non mi sto divertendo. E, se permette, ho un mucchio di lavoro da fare» ribatto, decisa ad andare via.

«Oh, che peccato. In quale stanza? Devo mettermi in fila?» ironizza Victor e tutti scoppiano a ridere.

Sono allibita e disgustata, ma questa volta non ho intenzione di soccombere. Passi tutto, passi che Louis mi tratti di merda, passino le battutine al vetriolo, ma avermi dato della puttana davanti a tutti, no! Questo non lo consento a nessuno.

«Come diamine si permette? Ma chi cavolo crede di essere? Pensa di poter dire e fare ciò che vuole solo perché lei è un avvocato e io una semplice segretaria?» urlo arrabbiata.

«Iris, modera i termini!»

La voce di Louis mi arriva come un sibilo e allenta un po' la presa su di me.

«Era solo una battuta, tesoro, non scaldarti tanto» fa Victor per giustificarsi.

«Io non le consento certe battute, vada pure a farle a sua moglie» dico, notando che ha la fede al dito.

«Ma come si permette?» tuona lui, guardando Louis arrabbiato.

«Iris, chiedi subito scusa» ringhia Louis, lasciandomi andare.

«Non ho intenzione di chiedere scusa. Se c'è qualcuno che deve scusarsi, qui, quella non sono io» trillo adirata.

«Mi sta prendendo per il culo? Vuole forse scherzare, Louis?» vocia lui con un tono troppo alto.

«Iris, ti ordino di chiedere scusa all'avvocato Quener, ora!» ringhia Louis, ma io rido.

«Mi ordini? Non siamo più nell'Ottocento e io non sono una tua schiava. Farò finta di non aver sentito le putride parole che sono uscite dalla sua bocca, avvocato. Ora, se volete scusarmi, ho delle cose molto più importanti da fare che stare a perdere tempo con dei porci come voi» sibilo a denti stretti e faccio per andarmene, ma uno di loro mi tira a sé e mi palpeggia il sedere.

«Ora puoi andare, piccola puledra imbizzarrita» dice ridacchiando e tutti, compreso Louis, scoppiano a ridere.

La rabbia annebbia ogni mia capacità di raziocinio e faccio l'ultima cosa che avrei dovuto fare per non perdere il posto.

Prendo un caffè e glielo verso in faccia.

L'uomo fa un passo indietro lanciando un grido e tutti si alzano sconvolti.

«Iris, che cazzo hai fatto?» urla Louis, incredulo.

«Quello che andava fatto» dico ed esco a grandi falcate da quella stanza.

So di essermi giocata il posto di lavoro, ma non mi importa.

Sento la voce del mio capo raggiungermi, poi il suo corpo. Mi prende per un braccio, costringendomi a voltarmi.

«Ti rendi conto di quello che hai fatto, puttanella?» urla e tutti si girano a guardarci.

«Ti rendi conto di cosa avete fatto tu e quella sottospecie di uomini, pezzo di stronzo?» urlo e mi meraviglio della mia audacia.

«Cosa hai detto? Cosa cazzo hai detto? Ripetilo, se hai il coraggio!» urla, ormai noncurante della pessima figura che stiamo facendo.

«Ho detto che sei un pezzo di stronzo. Anzi no, mi correggo, sei stronzo e basta. Pezzo di stronzo è troppo riduttivo per descrivere la merda che sei» ribatto con coraggio e una risata parte incontrollata da un mucchio di persone.

Louis si gira e guarda tutti in cagnesco. Loro smettono immediatamente di ridere e tornano al lavoro.

Mi guarda con disprezzo, astio, e sono consapevole delle prossime parole che usciranno dalla sua bocca.

«Sei licenziata, Rhoden.»

Gli volto le spalle e, senza dire niente, me ne vado. La sua voce urla ancora e lo sento sbraitare.

«Non farti mai più vedere qui dentro. Ti darò delle referenze così di merda che ti pentirai di aver alzato la cresta con me. Brava, scappa! Vattene pure, puttanella!»

Le sue parole mi colpiscono, mi arrivano dritte al cervello e mi feriscono.

Esco dall'edificio e ho gli occhi gonfi di lacrime.

Raggiungo la metro, la prendo al volo e, dopo aver trovato un posto libero, mi accascio su uno dei sedili e piango.

CAPITOLO 2

IRIS

La sera del mio licenziamento, sono stesa sul divano con aria affranta. Sto guardando uno squallido reality sui tradimenti e mi sento malissimo.

Ho combinato un casino. Il lavoro mi serviva, i soldi mi servivano. Adesso non solo ho delle pessime referenze, ma sono anche costretta a cercare qualcosa al più presto. Qualsiasi cosa, basta che ricominci a lavorare.

Sento le chiavi che girano nella toppa e, dopo un istante, la testolina mossa della mia amica Linette fa capolino.

«Ciao, tesoro» esordisce lei con aria stanca, posando sul tavolo della cucina le buste della spesa.

«Ciao, amore mio» rispondo controvoglia.

«Che succede?» ribatte immediatamente, cominciando a mettere nel frigo le cose che ha comprato.

Mi conosce meglio di chiunque altro e sa capire che qualcosa non va solo dal mio tono di voce.

Mi alzo dal divano e la raggiungo per aiutarla a mettere la spesa a posto.

Dopo aver deposto le uova in frigo, mi giro di scatto richiudendolo con un tonfo.

«Mi hanno licenziata» sibilo.

«Che cosa?» fa lei, sconvolta.

«Mm» mugugno triste e mi appoggio alla sua spalla.

«Che è successo?» domanda, accarezzandomi.

«Il mio capo è uno stronzo. Ha permesso che dei suoi colleghi mi trattassero come un giocattolo e, quando uno di loro mi ha dato della puttana, non ci ho visto più» racconto, allontanandomi da lei per gesticolare, cosa che faccio ogni santa volta.

«Così, hai risposto» afferma, guardandomi dispiaciuta e io stacco un pezzetto di pane che ha appena comprato. Lo addento con foga e annuisco.

«Non solo,» biascico con la bocca piena «ho anche rovesciato il caffè in faccia a uno di quegli stronzi» dico, continuando a masticare.

«Iris, te la sei proprio cercata così» mi rimprovera lei, finendo di mettere a posto.

«Mi aveva palpeggiato il culo! Che cosa avrei dovuto fare?» mi lamento, sicura di avere ragione.

«Oh, allora hai fatto bene. Gli uomini sono tutti dei porci» dice, scuotendo la testa.

«Nessuna novità da Gordon?» chiedo, riferita al suo ex.

Si sono lasciati dopo quasi sei anni di fidanzamento. Lei lo ha scoperto a flirtare con un'altra su *Facebook* e lo ha lasciato. Lui ha giurato che era solo un gioco e che con questa tipa non c'è mai stato nulla, ma la mia amica ormai non si fida più.

«Oh, no, per carità, non voglio vederlo nemmeno in foto. Tu, piuttosto? Hardin mi ha fermato qui sotto dicendo "Dai un bacio per me al mio fiorellino". Sta diventando una cosa seria?» ridacchia, mentre mette la pentola sul fuoco. Io prendo la pasta e poso sui fornelli una padella per il sugo.

«Macché. È soltanto sesso e non è nemmeno un granché. Ma meglio di niente, no?» cerco di autoconvincermi e apro una scatola di pelati.

«Se non è un granché, perché continui ad andarci a letto? Tesoro, dovresti volere il meglio per te, non un tizio che non ti appaga sotto nessun punto di vista» ribatte sicura.

«Lo so, infatti voglio il meglio ma, in questo momento, Hardin è il meglio che possa permettermi» dico convinta, cominciando a girare i pomodori.

«Ma ti senti? Stai diventando triste, lo sai?» dice brandendo il cucchiaio a mo' di arma.

«Può darsi, ma l'uomo che sogniamo, amica, non esiste. I maschi sono tutti uguali, imperfetti, indecisi, con in testa solo il sesso. Credi che non voglia per me una storia passionale, romantica e unica? Credi che non voglia essere come quelle eroine dei romanzi della Pilcher, che trovano il loro amore dopo aver penato tanto? Ma non mi faccio illusioni, un uomo così non esiste. L'unico perfetto l'ha sposato mia madre secoli fa ed è colui grazie al quale sono al mondo» dico e penso a lui. A che uomo, marito e padre irreprensibile sia stato.

«Già, tuo padre è unico. Quanti uomini, dopo la morte della moglie, si rifanno una vita? Mentre Evan non ha voluto. Sono sicura che Rose sarebbe molto fiera di lui» fa la mia amica, con aria sognante.

Mia madre era un gran donna e Dio solo sa quanto mi manchi ogni singolo giorno.

«Mm, non lo so, Lin. Sono convinta che mia madre avrebbe voluto che lui si rifacesse una vita, non che si chiudesse nel suo dolore.»

«Può darsi, ma tuo padre preferisce rimanere solo che provare a innamorarsi di un'altra donna. È triste ma, se ci pensi, è anche molto romantico.»

«Sarà... A ogni modo, basta parlare d'amore, concentriamoci sul casino che ho fatto. Come lo risolvo? Il mio capo mi ha giurato che mi darà delle pessime referenze» mi lamento, continuando a girare i pomodori.

«Mi dispiace tanto, tesoro, vedrai che in qualche modo la risolviamo» dice e mette il sale nell'acqua.

Io spengo la padella con i pomodori e, insieme, iniziamo ad apparecchiare la tavola.

«Com'è andata oggi, al lavoro?» le chiedo, mentre appoggia i bicchieri.

«Bene. È stata una giornata lunga e stressante però... oh cavolo!» trilla e io mi spavento.

«Che? Che è successo?» chiedo agitata.

«Ho la soluzione. Cioè, non è proprio una soluzione, ma possiamo tentare» dice, finendo di apparecchiare la tavola.

«Di che parli?» chiedo e lei mi invita a sedere.

«Vedi, oggi è venuta in atelier una cliente. Si chiama Patricia Dark ed è una delle donne più influenti di tutta San Francisco. Ha sposato un uomo molto ricco e adesso l'eredità del suo impero è nelle mani del figlio» dice raccontando con estrema calma, come fa sempre, e io, puntualmente, mi spazientisco.

«Vai al sodo» sbuffo.

«Aspetta, ora ci arrivo. In pratica, oggi è venuta a misurare un vestito che poi dovrà ritirare, dobbiamo farglielo stringere. Chiacchierando, mi ha detto che cerca una segretaria per suo figlio. Lui dirige varie aziende, gli impegni sono tanti e gli serve qualcuno che lo aiuti a gestire il tutto.»

«E io cosa c'entro?» domando, alzando lo sguardo.

«Tu sei una segretaria, Iris. Sai fare ottimamente il tuo lavoro e sono sicura che riusciresti a destreggiarti anche nell'alta società. Ascolta, ho il suo numero. Me lo ha lasciato perché, in genere, sono io quella che si occupa di lei, la avviso per i cambi, prove d'abito ecc. La chiamo e le chiedo se può fissarti un incontro» dice felice.

So che vuole aiutarmi, ma a me non sembra un'idea così grandiosa.

«Io non lo so, Linette. Se fosse troppo per me?» dico insicura, ma lei mi zittisce.

«Ah, non dire cavolate. Sei la migliore e io mi fido di te. Inoltre, se ti fissa un incontro, potresti essere avvantaggiata. La decisione di assumere qualcuno, lei e il figlio, l'hanno presa solo oggi, quindi non credo abbia gente sottomano. Potresti essere la prima e l'ultima» dice, sbattendo le mani nel momento in cui sentiamo l'acqua bollire.

Mi alzo per calare la pasta e mi giro, ancora poco convinta.

«Se non dovessi andare bene?» chiedo.

«Troveremo un'altra soluzione, come facciamo sempre, amica» risponde con un sorriso, abbracciandomi.

La stringo a me e la ringrazio. Non potrei desiderare amica migliore.

Prima di mangiare, Lin prende il telefono e fa partire la chiamata. Sono un po' agitata, spero vada bene.

La sento parlare con questa misteriosa signora Dark, le dice che sono una segretaria e che ho esperienza con numeri e conti, poi la sento dire "domani" e "alle 11". Annuisco per darle il mio assenso e, quando attacca, tiro un sospiro di sollievo.

Non riesco a crederci: avrò la mia chance. Devo giocarmela al meglio! In fondo, un lavoro del genere mi farebbe comodo. Considerando quanto mi ha detto Linette, quella famiglia è ricca sfondata, quindi la paga sarà sicuramente ottima. Inoltre, lavorerei da casa e, in alcuni frangenti, seguirei il signor Dark nei suoi appuntamenti. Direi che sarebbe un ottimo impiego.

Mangiamo felici e sorridenti, quasi come se la signora Dark mi avesse già assunta.

Vado a letto speranzosa. Deve esserci qualcosa di buono, per me, lì fuori.

Il mattino dopo, alle 10.30, sono in taxi, pronta per raggiungere il luogo dell'appuntamento. Ho stampato il mio curriculum vitae e le mie vecchie referenze. Risalgono a tre anni fa, ma spero vadano bene.

Non sapevo cosa indossare, così mi sono fatta consigliare da Linette, che è un'esperta del settore.

Abbiamo scelto un abito beige a tubino che scende fin sotto al ginocchio. È elegante, ma anche un po' più sbarazzino. Ha le bretelle che si chiudono con un fiocco e dei piccoli spacchi laterali sulla gonna.

Ho messo i tacchi, anche se non troppo alti, e mi sono truccata poco.

Arrivo in questa mastodontica villa e suono al citofono. Una voce mi risponde e, non appena dico di avere appuntamento con la signora Dark, l'enorme cancello davanti a me si apre. Entro a passo lento, il posto è incantevole, mi sento minuscola di fronte a tanta maestosità.

Sono circondata da un giardino curatissimo che si staglia a destra e a sinistra del vialetto che sto percorrendo. I fiori sono splendidi e la villa è enorme.

Ha uno stile un po' antico, ma si adatta al paesaggio meraviglioso che c'è attorno. I colori rosso mattone e panna si abbinano perfettamente e mi sembra di essere entrata in un film.

Busso alla porta di casa, poco dopo una cameriera mi accoglie, dicendomi di seguirla.

Dentro è tutto arredato con mobili molto antichi, dell'Ottocento forse. Appesi al muro ci sono quadri magnifici e mi chiedo quanto debbano aver speso per dei capolavori così.

Avanzo guardandomi attorno incantata, quando mi viene incontro un'elegante donna sulla cinquantina.

«Salve, sono Patricia Dark» dice, tendendomi la mano. La stringo nella mia e le sorrido.

«Iris Rhoden. È un piacere conoscerla.»

«Vieni, seguimi. Ci accomodiamo nel salottino all'ingresso, che si sta più freschi. Ginevra, porta qualcosa da bere per me e per miss Rhoden» dice, rivolta alla sua governante che subito annuisce e si dilegua.

La seguo e ci rechiamo all'ingresso della villa. Entriamo in un salone enorme che non avevo notato prima, distratta dall'arredamento.

«Prego, signorina, si segga» mi indica un divanetto di fronte a un'enorme poltrona sulla quale si accomoda lei. Ubbidisco e sorrido ancora.

«Grazie per avermi ricevuta, signora Dark» dico gentile e lei mi fa un sorriso forzato.

«Ha portato ciò che le avevo chiesto?» domanda e io annuisco, porgendole il mio curriculum e le referenze.

Sfoglia il curriculum e annuisce soddisfatta. Quando però arriva alle referenze e le legge, si accorge della data.

«Credevo lavorasse in uno studio legale, poco tempo fa. Così mi era sembrato di capire da quanto mi ha detto Linette.»

«Fino a ieri, signora» affermo con una sicurezza che, in realtà, dentro di me non ho.

«Come mai mi ha portato queste vecchie referenze? Lo studio in cui lavorava non gliele ha ancora lasciate?» domanda osservandomi e io dico la cosa più stupida che sarebbe potuta uscire dalla mia maledetta boccaccia.

«Sono stata licenziata, signora».

Avrei dovuto tacere. Avrei dovuto rifilarle una qualsiasi scusa, ma non dirle la verità.

«Posso chiederti come mai?» domanda, abbassandosi gli occhiali.

«Perché... perché non sono stata trattata da professionista, ma solo come un oggetto e io non mi sono fatta mettere i piedi in testa, diciamo così. Ne ho cantate quattro al mio capo ed eccomi qui» dico con risolutezza, sperando di essermela in qualche modo cavata.

«Questo mi dispiace, signorina Rhoden» richiude i documenti, sbrigativa, come se volesse finirla qui.

Mi dà l'impressione che mi stia facendo questo colloquio giusto per, come se avesse già deciso di non assumermi.

Non so... il modo in cui mi guarda è ... strano. Non mi piace.

«A ogni modo, dal curriculum che mi ha portato e da questa lettera di referenze, sembra molto brava nel suo lavoro. Sarebbe probabilmente il candidato adatto, anche se... a onor del vero, è la prima persona a cui faccio un colloquio. Sono convinta che saprebbe adempiere al meglio ai suoi compiti, qualora venisse assunta, se non fosse per un piccolo particolare» dice, squadrandomi.

«E qual è?» chiedo, in tensione.

«Lei è una splendida ragazza, signorina Rhoden, e, anche se dal suo racconto sembra una persona molto professionale... è fin troppo bella e potrebbe essere una distrazione per mio figlio» afferma, togliendosi gli occhiali per poi usarli per gesticolare.

«Signora, le assicuro che quando lavoro penso solo a fare al meglio ciò per cui vengo pagata. Non inizierei mai una relazione con il mio datore di lavoro e di sicuro non vorrei mai essere una distrazione per qualcuno. So portare a termine le mie mansioni e spero vivamente che in passato mi abbiano assunta per le mie capacità e non per altro» dico con fermezza. *Non perderò questa possibilità per il mio aspetto fisico, è una stronzata!*

«Oh, non lo metto in dubbio, signorina, ma conosco mio figlio. Le assicuro che una come lei sarebbe una grossa, grossissima, distrazione. L'unica cosa che voglio è che lui riesca a rilassarsi un po'. Gli impegni cominciano a diventare troppi, i viaggi d'affari sono numerosi, le aziende continuano a produrre e a farlo sempre meglio. Molti vogliono entrare in società con lui perché nel suo lavoro è il migliore. Mio figlio dice di cavarsela e di non essere stressato, ma io sono sua madre, lo capisco e so che l'ultima cosa di cui ha bisogno è un ulteriore problema» insiste con durezza.

«Sta dicendo che io potrei essere un problema per suo figlio?» ribatto a tono.

Non fa in tempo a rispondermi, che sentiamo la porta d'ingresso aprirsi e una voce. È rude, dura, eppure sta dicendo una frase così banale...

«Mamma, sei in casa?»

Mi alzo di scatto insieme a lei, che trasalisce. Lui entra dalla porta scorrevole lasciata aperta del salotto.

Lo vedo e mi si mozza il respiro. Quegli occhi scuri mi entrano dentro e si incastrano ai miei.

Mi guarda intensamente e sembra non volersi allontanare dal mio corpo.

«Tesoro, come mai sei qui?» Patricia gli va incontro, interrompendo quel momento magico che, probabilmente, si è creato solo nella mia testa.

Mi accorgo che accanto a lui c'è un uomo ben piazzato. Sembra una guardia del corpo.

La madre lo abbraccia forte e lui ricambia, lasciandomi scappare un lieve sorriso. È bello vedere un figlio così affezionato.

«Ti ho fatto un regalo» le porge un pacchetto che lei afferra. Le brillano gli occhi.

«Oh, caro, non dovevi» sorride e lui torna a fissarmi. In imbarazzo, abbasso lo sguardo.

«Lei chi è?» domanda alla madre, senza staccarmi gli occhi di dosso.

«Oh, è solo una delle candidate per il posto di segretaria. Stavo giusto visionando il suo curricu...»

«È assunta» dice, senza farla finire. Continua a fissarmi in un modo che... mi sembra di poter svenire da un momento all'altro.

«Tesoro, non hai neppure visto il suo curriculum» dice la signora Dark, un po' spaesata.

Lui avanza e si avvicina a me. Un profumo di colonia mi invade. Da vicino è ancora più bello e quello sguardo è come un magnete, mi tira a sé e mi travolge.

«È questo?» chiede, prendendo i fogli poggiati sul tavolino.

«Sì» rispondo fulminea.

Li sfoglia velocemente, poi mi guarda ancora.

«Confermo quanto detto: è assunta.»

La madre ci raggiunge subito e cerca di farlo ragionare.

«Amore, mi sembra un po' troppo affrettato. Ci sono ancora un mucchio di persone da visionare. Potrebbe esserci qualche candidata più adatta alla mansione da svolgere.»

In questo momento, la sto odiando. Perché fa così? Ok, va bene, non so per quale assurdo motivo lui abbia detto subito che il posto è mio, ma... questo lavoro mi serve, maledizione!

«Hai detto che avevo urgente bisogno di una segretaria. Bene, eccola, ce l'hai davanti» fa lui, serio, indicandomi.

«Tesoro, avevi detto che me ne sarei dovuta occupare io» risponde lei, un po' indispettita e mi guarda torva.

«E l'hai fatto egregiamente, mamma. Signorina... com'è che si chiama?» domanda e la cosa mi infastidisce. Pensavo che almeno l'avesse sfogliato il curriculum.

«Lo ha appena letto sul curriculum» dico con fierezza. Nessuno mi frega, nemmeno lui, per quanto attraente possa essere.

«Beh, l'ho dimenticato» risponde lui a tono.

«Se ha problemi di memoria bisognerebbe aggiungere una mansione alla busta paga: "ricordare ogni singola cosa al signor Dark"» dico e lui trasalisce per un attimo, ma poi mi sembra di scorgere un piccolo e accennato sorriso divertito.

Mi rendo subito conto dell'errore, però. *Maledetta me e la mia dannata impertinenza!*

«Glielo farò scrivere, non si preoccupi» dice, prima che io possa aggiungere nulla.

«Chiedo scusa» riesco a balbettare con un filo di voce, abbassando il capo mestamente. «Non avrei dovu...»

«Ora mi dice il suo nome?» ribatte, parlandomi sopra e ignorando le mie scuse.

Rialzo di nuovo il capo e lo guardo.

«Iris Rhoden.» Allungo la mano e, quando lui me la stringe, un brivido mi attraversa la pelle.

«Logan Dark» replica, fissando la mia bocca. È imbarazzante e allo stesso tempo eccitante.

Dio, Iris, calmati. Sei qui per lavorare, l'hai forse dimenticato?

«La aspetto di sopra, signorina Rhoden. Sarò nell'ufficio di mio padre, ultima porta a sinistra. Vado a preparare il contratto da farle firmare» dice e fa per andarsene.

«Mamma, intrattieni tu la signorina. La faccio chiamare da Ginevra non appena ho fatto. Con permesso»

La madre annuisce, piegandosi al volere di suo figlio.

Lui si allontana, seguito dal suo scagnozzo, e io rimango sola con la strega che, probabilmente, adesso vorrebbe solo mangiarmi il cervello.

«Che cosa le avevo detto, signorina Rhoden?»

«Signora Dark...» provo a parlare, ma la sua voce mi sovrasta.

«Crede davvero che l'abbia assunta per le sue capacità? Non ha nemmeno guardato il suo curriculum. È questo che vuole? Lavorare solo perché è un bell'involucro?» dice sprezzante e mi sento ferita.

«Signora Dark, capisco le sue ragioni, ma dimostrerò a suo figlio e anche a lei che sono molto più che un bell'involucro. Ho bisogno di questo lavoro, ho bisogno di questi soldi. Non tutti hanno la fortuna di nascere sotto una buona stella. La gente normale fa spesso fatica ad arrivare a fine mese. Io devo aiutare mio padre come posso» confesso e mi sento meglio per avergliene cantate quattro.

Ignora le mi rimostranze e sorride con un ghigno perfido.

«Lo sa, vero, che se non fosse arrivato mio figlio, lei questo lavoro non l'avrebbe mai ottenuto?» ci tiene a dire, per ricordarmi che lei non mi avrebbe mai scelta, che non è d'accordo e non lo sarà mai.

La guardo, incapace di risponderle, e lei sorride ancora, scrollando le spalle.

«Beh, cos'altro dirle allora, se non... buona fortuna!» mi volta le spalle e, in estremo ritardo, arriva la sua cameriera con le bevande.

«Sei in ritardo, Ginevra» tuona la signora Dark, accigliata.

«Mi scusi, un'emergenza in bagno» dice rossa in volto la cameriera.

Lei la guarda sprezzante e la liquida con un: "Non serve più".

La osservo, mentre si allontana, e spero vivamente che questa donna non mi dia problemi.

***

LOGAN

Salgo di sopra, trafelato, e corro a preparare il contratto. La voglio con me, subito.

Credo di essere letteralmente impazzito, quando sono entrato dalla porta e l'ho vista.

Cristo santo, se è bella! Solo che non è bella e basta. Quando ha aperto la bocca, per rispondermi a tono, mi ha fatto eccitare più di quando i miei occhi hanno incontrato i suoi.

Mi sarei perso per ore in quello sguardo. È fottutamente attraente, una di quelle che non riesci a non notare, se ti passa davanti per strada.

Ho fissato le sue labbra e credo di averne percepito la morbidezza solo da uno sguardo. Avrei voluto baciarle, lì, in mezzo a tutti. Fanculo mia madre e fanculo Drew!

Batto al computer più veloce che posso, perché voglio assolutamente che inizi a lavorare per me.

So cosa dice mia madre, so come la pensa sul tenere separati affari e piacere, ma non riesco a non pensare a lei sotto quel punto di vista.

Voglio che lavori per me... poi il resto si vedrà. Intanto mi accontenterò anche solo di guardarla e di starle accanto, di ascoltare la sua lingua insolente che mi punzecchia, perché non le piace ciò che ho detto.

Parlo della sua lingua e la immagino dentro la mia bocca, sul mio corpo. *Cazzo, datti una calmata, Logan.*

Mi sto eccitando solo a pensarla, faccio un respiro forte, osservando i miei pantaloni già ingrossati.

Continuo a scrivere e aspetto che arrivi.

Per fortuna, ho davanti a me un vecchio contratto che fece un avvocato per Tim, un ex segretario di mio padre, e copio il più da lì.

Quando ho finito, chiamo Ginevra dall'interfono e le chiedo di far venire Iris.

Attendo attimi che sembrano interminabili, poi la vedo. Bussa alla porta, nonostante sia aperta, e chiede permesso.

Le faccio cenno di entrare e lei richiude la porta alle sue spalle.

«Dovevo lasciarla aperta?» chiede, notando che la sto fissando, ma la verità è che non me ne frega niente del gesto che ha fatto, voglio solo continuare a guardarla.

«No, ha fatto bene. Si accomodi pure. Volevo prima di tutto chiederle se posso darle del tu. Mi è più comodo» dico e la osservo mentre si siede.

«Certo, signor Dark» risponde, spostandosi un ciuffo di capelli dal viso. Non riesco a smettere di fissarla.

«Vorrei che anche tu facessi lo stesso. Chiamami Logan, mi fa sentire meno vecchio» bisbiglio quest'ultima cosa come se fosse un segreto inconfessabile.

«Come vuole... ehm, vuoi. Ma non mi sembri poi così vecchio» ribatte, guardandomi a sua volta. Sembra maliziosa. O è solo interessata?

Dio, se mi guarda ancora così, la sbatto al muro e la bacio!

«Non lo sono, infatti, ma per la posizione che occupo, la gente si ostina a darmi del lei e non mi piace» confesso e Iris annuisce.

«Come desideri, Logan.»

Se sapessi davvero cosa desidero in questo momento, non parleresti così! Cazzo, mi sto eccitando di nuovo.

«Ti ho preparato il contratto» le porgo due fogli.

«Puoi visionarlo e firmarlo. Prenditi tutto il tempo che vuoi» dico e lei lo lascia scivolare tra le sue mani.

«Non dovrebbero esserci degli avvocati per queste cose? Sicuro di esserti assicurato?» domanda sfogliandolo.

«Assicurato?» chiedo.

«Sì, insomma, per essere certo che la persona che lavora per te non possa un giorno rivalersi e chiedere soldi che non le spettano» dice e io sorrido.

«Ne farò preparare uno, se vuoi essere più sicura» dico. *Non mi scappi, piccola!*

«Non dicevo per me, dicevo per te» fa con fermezza e io chiamo Yuri, il nostro avvocato.

Il telefono squilla e lui risponde. Gli spiego la situazione e lo prego di portarmi, in giornata e prima che può, un contratto per l'assunzione di una segretaria.

Quando attacco, Iris sorride, poi mi rimbecca.

«Non hai perso tempo, vedo.»

«Non sono uno che ama perdere tempo» ribatto deciso.

«Una volta che ti arriva il contratto, prima di firmarlo, vorrei farlo visionare anche da un mio legale, se non ti dispiace. Non è mancanza di fiducia, solo che è la prima volta che mi trovo in una situazione del genere. Voglio dire... ho sempre lavorato in aziende, con contratti standard, mentre sarebbe la prima volta che visiono un contratto tra privati e vorrei solo essere sicura» si giustifica e io la osservo. Sembra nervosa e agitata e non capisco se sia per la questione del contratto o se ci sia dell'altro.

«Tutto quello che vuoi» dico e lei mi guarda.

«Posso farti una domanda?» chiede e io annuisco.

«Certo, Iris.»

«Mi vuoi assumere per il mio aspetto fisico?» chiede, lasciandomi senza parole.

«Come, scusa?» domando, un po' sorpreso. *Perché mi ha fatto una domanda del genere?*

«Prima che arrivassi, tua madre mi stava giusto dicendo che, per quanto il mio curriculum sia adatto, sarei potuta essere una distrazione per te, visto il mio aspetto esteriore. Poi tu arrivi e, senza neanche visionare il mio curriculum, dici di volermi assumere. Un po' singolare, non trovi?» osserva e quella lingua lunga mi intriga sempre di più. Si vede che non è solo un bel corpo, è una ragazza furba e intelligente che non si fa passare la mosca sotto al naso.

«Ho visionato il tuo curriculum» ribatto gelido.

«Certo, dopo che tua madre ti ha fatto notare che mi volevi assumere senza nemmeno guardarlo.»

Sorrido e continuo.

«Ma poi l'ho guardato.»

«E non ti ricordavi il mio nome.»

«Ho guardato i vari lavori che avevi svolto, non il tuo nome.»

Mi sorride e rischia di farmi venire un infarto per quanto è bella quando ride.

«Hai sempre una risposta per tutto, vero, Mr. Dark?» fa divertita.

«Nel mio lavoro, o impari a non rimanere senza parole o sei tagliato fuori. Avere una soluzione per tutto è una delle cose fondamentali da apprendere.»

«Vedo che tu l'hai fatto bene.»

Mi spazientisco, perché vorrei che la smettesse di parlare e accettasse il lavoro senza fare troppi giri di parole. Mi sta tenendo troppo sulle spine: il contratto, l'avvocato, perché l'ho assunta... Non voglio che rifiuti, così la metto alle strette.

«Lo vuoi questo lavoro, sì o no?» domando e lei rimane un istante zitta.

«Sì, certo» risponde poi, biascicando.

«Ottimo. Allora direi che non abbiamo più nulla da dirci. Se mi lasci una tua mail, ti invio il contratto entro stasera, così potrai farlo vedere quanto prima a un tuo legale e possiamo cominciare al più presto» dico e mi alzo, ma lei non lo fa.

«Hai un foglio di carta?» chiede.

Annuisco e le porgo carta e penna.

Lei scarabocchia il suo indirizzo mail e me lo restituisce.

Si alza e fa per andarsene, ma poi ci ripensa.

«Signor Dark, cioè... Logan, sono andata via dal posto in cui lavoravo perché... in realtà mi hanno licenziata, ma il punto è che non ho accettato di farmi trattare come una bambola buona solo per una cosa. So fare il mio lavoro e, prima di essere una donna, sono una persona. Sono una gran lavoratrice e le referenze che ho avuto in passato sono per le mie qualità sul campo, non perché abbia aperto le gambe a qualcuno. Vorrei essere considerata come una sua dipendente e non come un involucro di carne su cui gli uomini non vedono l'ora di tuffarsi» dice con sicurezza e io rimango sempre più affascinato da questa donna.

Le guardo le spalle e noto che uno dei fiocchi delle bretelle del vestito si è allentano e rischia di sciogliersi definitivamente.

Mi avvicino a lei deciso e le appoggio una mano sulla spalla.

Trasalisce al contatto, sospira forte, mentre io le faccio il nodo, fingendo di non notare quanto sia eccitata.

L'ha sentita anche lei quella scarica, quel fuoco che è divampato da un semplice contatto e in pochi secondi.

«Si era allentata» dico, togliendo le mani da lì.

«Grazie» balbetta.

«Iris, non è mia intenzione trattarti come un "involucro di carne" e, se è passato questo, ti chiedo scusa. Qui sarai sempre trattata col massimo rispetto da me e da chi mi è vicino. Se qualcuno osa infastidirti, dimmelo senza problemi; se qualcuno prova a rovinare il tuo operato con stupide battute, o qualunque cosa possa metterti in imbarazzo, vieni a dirmelo. Metterò io a posto chi devo. Ma non pensare mai che, accanto a me, qualcuno, me compreso, potrebbe osare mancarti di rispetto, perché non accadrà.»

Rimane zitta per un po', poi sospira.

«Grazie, Logan.»

Va via, lasciandomi lì a pensare a lei e a quanto, in qualche modo e non so come, in una maniera che non capisco e che non voglio capire, questo sia diventato il più bel giorno della mia vita.

CAPITOLO 3

LOGAN

Sono seduto da più di mezz'ora alla caffetteria *Tiffany*, in attesa di Jonathan.

Che cazzo di fine ha fatto?

Ieri pomeriggio, il mio avvocato mi ha inviato il contratto e io l'ho subito girato alla mail di Iris. Lei mi ha risposto prontamente, ringraziandomi e dicendo che avrebbe preso subito appuntamento col suo legale. Le ho pregato di farmi sapere quando e a che ora lo avrebbe visto, in modo da poter capire quanto tempo ci sarebbe voluto per averla con me.

Sto impazzendo! È da quando l'ho lasciata andare, che non faccio altro che pensare a lei. La desidero. Voglio vederla lavorare per me e muoversi con quel suo corpo sinuoso per il mio attico. Voglio vederla sorridere ancora e allacciarle le bretelle del vestito quando le cadono. Vorrei averla più vicina, per sentire il suo profumo e toccarla, mostrandole tutto il piacere che potrei darle.

Mi fa sentire confuso e spaesato, ma non mi importa. L'unica cosa di cui sono certo, in questo momento, è che la voglio a casa mia, voglio che lavori per me e voglio poterla osservare ogni santo giorno, finché non avrò deciso che basta.

Guardo l'orologio e sento il cellulare vibrare. Prego Dio che sia quel coglione di John che mi dice che sta arrivando.

Prendo il telefono dalla tasca e vedo la notifica di una mail. La apro velocemente e il cuore mi pulsa forte, nel petto. Ne leggo il contenuto.

Da Iris Rhoden a Logan Dark:

Ho appuntamento con il mio avvocato questo pomeriggio alle 18.00.

Gli farò visionare il contratto e, se è tutto a posto, te lo porto già firmato non appena ci rivediamo.

Grazie per la disponibilità

Rispondo velocemente, battendo come un forsennato sul mio IPhone.

Da Logan Dark a Iris Rhoden:

Vediamoci domattina presto. Puoi portarmi il contratto e iniziare subito, c'è parecchio lavoro da fare.

Ti aspetto

Poggio il telefono sul tavolino in attesa di una sua risposta. Arriva fulminea e dice un semplice "Ok".

In questo momento vorrei essere nella sua testa per sapere ciò che prova e ciò che pensa. Vorrei sapere che impressione ha avuto quando mi ha visto, e se è felice di iniziare a lavorare per me.

I miei pensieri vengono interrotti dall'arrivo plateale di Jonathan, che fa una stupida battuta a una cameriera e lancia un occhiolino a una ragazza seduta da sola dietro di me.

«Eccomi qui, amico!» esclama, sedendosi e rubando il caffè che stavo sorseggiando nell'attesa che lui arrivasse.

«Che cazzo di fine avevi fatto? Hai più di mezz'ora di ritardo!» lo rimprovero con sguardo severo. Lui scrolla le spalle e si giustifica, lasciando andare il mio caffè.

«Ero con una rossa mozzafiato che mi ha chiesto il secondo round, e anche il terzo, a dire il vero. Lo sai, amico, ti adoro... ma le donne vengono prima di tutto» ammette con sincerità e io sorrido.

«Sei un coglione. Lo sai, vero?» lo prendo in giro e lui sta al gioco.

«Sempre e comunque. Allora, come mai volevi vedermi? Se è per quel contratto coi Jefferson, ti assicuro che io ho fatto il possibile per...»

«Non ti ho chiamato per questo. Avevo solo bisogno di parlare.»

«Ok. Dimmi tutto» dice incuriosito.

«Ho una segretaria» sputo fuori, togliendomi un peso.

«Ah, alla fine tua mamma l'ha spuntata. Credevo che non la volessi, eri sicuro di non averne bisogno» dice, facendo il verso alle parole che gli ho detto solo due giorni fa.

«Lo so, ma sai com'è mia madre... e l'unica cosa che voglio è accontentarla» affermo e una cameriera si avvicina a noi. Ordiniamo la colazione e le faccio portare via il caffè che ormai non berrò più perché ci ha bevuto Jonathan.

«Allora. Lei com'è?» chiede, voltandosi a guardare il culo della cameriera.

«Ha i capelli castano chiaro e gli occhi nocciola. Labbra carnose, fisico perfetto. È...»

«Non avevi detto che tua madre avrebbe assunto la donna più brutta del pianeta? Cos'è, ha cambiato idea?» chiede perplesso.

«No. L'ho assunta io. Sono passato a casa di mia madre quando lei era lì per il colloquio e l'ho assunta» confesso e lui sorride.

«Hai scavalcato la temibile signora Dark! Potrebbe non perdonarti mai, Logan, lo sai, sì?» ironizza, picchiettando un dito sul tavolo.

«Vorrà dire che me ne farò una ragione» rispondo a tono e lui scoppia a ridere.

«L'hai assunta perché è una bella donna?» chiede, improvvisamente serio.

«Sì, forse, io... non lo so. Magari mia madre ha semplicemente ragione e io ho bisogno di una segretaria, o magari cerco di autoconvincermi, perché la verità è che da quando l'ho vista non ho smesso nemmeno per un secondo di staccarle gli occhi di dosso.

La volevo, John, volevo che lavorasse per me. Così ho solo accelerato i tempi per far sì che questo accadesse» confesso, senza guardarlo.

«Wow. Cos'è stato, un colpo di fulmine?» ironizza lui e io penso ancora a lei. Alle sue labbra, ai suoi capelli lunghi e profumati, al suo corpo seducente, al suo collo che riempirei di baci...

«Non credo in certe stronzate, lo sai. So soltanto che, da quando l'ho vista, non riesco a togliermela dalla mente. Cristo, mi sta facendo andare fuori di testa. È come un tarlo che mi martella il cervello e non riesco a capire cosa mi succede» ammetto a lui e a me stesso.

«Logan, lavorerà per te. Non puoi portartela a letto, lo sai, vero?» domanda spaesato e la cameriera ci porta ciò che abbiamo ordinato.

Ci penso su un attimo, poi rispondo.

«Sì, ne sono consapevole. Ma non posso fare a meno di pensare che è quello che voglio. Io... non so che mi stia succedendo. So che sembra una stronzata e che l'ho conosciuta solo ieri, ma... è qualcosa di così incontrollabile che mi spaventa» confesso e lo guardo dritto in faccia.

«Però, sai cosa significa questo? Che avevo ragione: hai avuto un colpo di fulmine e, si sa, dal colpo di fulmine alla cotta è un attimo, e dalla cotta si passa all'am...»

Non aspetto che finisca e lo interrompo, alzando una mano in aria.

«Non dire cazzate, John, sai benissimo come la penso in merito.»

«Logan, ascoltami. Questa donna ti piace e, magari, potrebbe funzionare. Non ti sto dicendo di sposarti domani e di fare dei figli ma... provare ad avere qualcosa di normale, che ti costa?» chiede, fissandomi.

«Sai benissimo che mi costa, John. Relazione normale? Come quella con Gabriela? Non sono fatto per quel tipo di vita. Sono un casino e il mio passato mi rincorrerà sempre, non mi abbandonerà mai. Non posso portare altre persone con me nell'abisso. Nessuna donna merita di pagare un prezzo così alto» dico e inizio a mangiare controvoglia, visto che mi si è chiuso lo stomaco.

«Beh... i poeti dicono che talvolta l'amore può salvare.»

«Ed è una stronzata. Nessuno ti salva, se non lo fai da solo.»

«Ma magari la persona giusta può aiutarti ad affrontare i demoni del tuo passato. Può aiutarti a venirne fuori» dice, gesticolando spazientito.

«Venirne fuori? Cristo, John, sono anni che mi porto dietro questa merda, se avessi potuto in qualche modo venirne fuori, sarebbe successo secoli fa» dico addentando la mia mela. Sono nervoso e vorrei correre senza sosta finché le forze non mi abbandonerebbero.

«Quindi, cos'hai intenzione di fare?» domanda.

«Con lei?»

«Sì, con lei.»

«Al momento, niente. Mi basta che inizi a lavorare per me» dico, guardandomi attorno.

Gente normale mi circonda. Uomini che sorridono, donne che si raccontano qualcosa in maniera trafelata, coppiette che sembrano felici.... una normalità che non potrò mai avere.

«Non mi sembra un ottimo piano» sibila divertito.

«Non c'è nessun piano. È così e basta. Ora devo andare» prendo i soldi e li lascio sul tavolo.

«Vai già via?» mi guarda sorpreso.

«Sì, devo vedere Roxanne» dico, rimettendo il portafoglio in tasca.

«Te la scopi ancora?» domanda disgustato.

«Perché non dovrei?» chiedo divertito.

«Ehm... fammi pensare... perché è una stronza, un perfido e maligno essere umano che desidera solo vedere gli altri soffrire? No, alla lista ci aggiungerei anche che si è portata a letto il marito della figlia, direi che quella le batte tutte» dice.

Mi avvicino al suo orecchio e bisbiglio.

«Però scopa bene!»

Vado via e sento le sue urla.

«Ah, sei un coglione. Logan...» mi chiama come se dovesse dirmi qualcosa e io mi giro.

«Che?» chiedo interessato, pensando ingenuamente che debba dirmi qualcosa di serio.

«Penserai alla tua nuova segretaria mentre te la scopi?»

Sorrido e gli urlo un "Vaffanculo" che viene sentito da tutti. Si girano a guardarmi e io alzo le mani in segno di scuse.

L'unica cosa che voglio, adesso, è perdermi in Roxanne e, per un paio d'ore, togliermi Iris dalla testa.

***

IRIS

Dopo la visita al mio avvocato, torno a casa soddisfatta. Il contratto è perfetto e vantaggioso per me. Logan Dark ha curato tutto minuziosamente per far sì che io accettassi.

La cosa un po' mi preoccupa, a dire il vero. Avrebbe potuto aspettare che la madre visionasse altre candidate, prima di assumermi. Lo ha fatto perché gli piaccio, non c'è alcun dubbio. Non che l'idea di piacergli mi dispiaccia, però... non voglio essere lì perché lui desidera solo portarmi a letto. Anche perché non accadrà.

Gli mando una nuova mail, mentre sono in fila alla cassa del supermercato. Ho preso una bottiglia di spumante e voglio festeggiare la mia assunzione con Linette.

Scrivo velocemente e immagino la sua risposta pronta.

O quell'uomo vive attaccato al telefono o non vedeva l'ora gli scrivessi.

Da Iris Rhoden a Logan Dark:
Buona sera, Logan. Tutto a posto con il contratto.
Ci vediamo domattina per iniziare a lavorare insieme.
Ti porterò tutto già firmato.
Grazie ancora di cuore per la disponibilità

Come previsto, la sua risposta non tarda ad arrivare.

Da Logan Dark a Iris Rhoden:
Non devi ringraziarmi, è il mio dovere.
A domattina, allora.
Buona serata
P.S. Non vedo l'ora!

Non vedo l'ora? Perché cavolo mi ha dato una risposta del genere?

Penso a ciò che potrei rispondergli, ma poi lascio perdere.

Pago lo spumante ed esco dal supermercato, prendendo la strada di casa.

Salgo su da me e trovo un messaggio di Linette su un pezzo di carta.

"Appuntamento galante non previsto. Mi sa che faccio tardi, non aspettarmi sveglia. Se non ci vediamo, in bocca al lupo per domani".

Sono felice per lei, ma sbuffo, perché mi ritrovo sola con un'inutile bottiglia di spumante.

Penso a Logan, a quello che starà facendo adesso e al brivido che ho sentito quando ha sfiorato la mia spalla, per rimettermi a posto la bretella del vestito. Avvampo e mi sento un'idiota, perché sto fantasticando sul mio capo e non dovrei.

Poi, come in un lampo di genio, penso a cosa potrei fare con quella bottiglia che ormai ho comprato ed esco dal mio appartamento per bussare alla sua porta.

«Hardin, sei lì?» chiedo, dopo aver bussato.

Mi apre la porta dopo un po' e io lo accolgo con un sorriso a trentadue denti.

«Indovina? Ho un nuovo lavoro. Festeggi con me?» brandisco la bottiglia e continuo a sorridere come un'idiota.

«Ehm... sono in compagnia, a dire il vero» dice e una minuscola parte di me ci resta male.

«Oh, scusami, non sapevo che fossi con una ragazza» rispondo con aria dispiaciuta.

«No, ma che ragazza. È solo il mio amico Trent, è venuto a giocare alla PlayStation. Ma... ora che ci penso, entra pure. Festeggeremo tutti e tre insieme» dice con aria maliziosa, facendomi cenno di entrare, ma io rifiuto.

«Ti ringrazio, Hardin, ma preferisco rientrare. Credevo saremmo stati solo noi due» mi giustifico, indietreggiando, ma lui mi attira a sé.

«Può essere molto eccitante il sesso a tre, Iris. L'hai mai fatto?» chiede e io cerco di divincolarmi dalla sua presa.

«No. E non ho intenzione di farlo adesso, Hardin» provo a scrollarmelo di dosso, senza successo.

«Dai, piccola, non fare così. Vedrai che ti piacerà» sussurra nel mio orecchio e io riesco a liberarmi. Mi giro e gli assesto un bel calcio nelle palle.

Si accascia, tenendosele per il dolore e ringhia.

«Cristo santo, Iris, sei impazzita? Stavo solo scherzando» dice e il suo amico sbuca dalla porta per capire che è successo.

«Sei uno stronzo, Hardin. Buon divertimento con la Play» dico acida, guardando lui e l'amico. Mi richiudo in casa, serrando la porta a due mandate.

Mi metto una mano in testa e sospiro forte. Possibile che gli uomini debbano sempre e solo vedermi come un oggetto sessuale?

Eravamo amici, io e Hardin, prima di iniziare questa specie di relazione. Lo siamo ancora... credo.

E due amici, aldilà della loro scelta di andare a letto insieme, non dovrebbero essere felici di festeggiare i successi l'uno dell'altro?

Entro in camera mia e mi accascio sul letto, sbuffando. Mi chiedo se ci sia l'uomo giusto per me, lì fuori.

Appena penso a questo, involontariamente, il pensiero vola a Logan Dark.

Che mi sta succedendo? Le parole "Uomo giusto" e "Logan Dark" viaggiano su due binari paralleli. Siamo troppo diversi. Veniamo da due mondi opposti. Non potrebbe mai funzionare.

Provo a smettere di pensarci e chiamo mio padre.

Risponde al primo squillo.

«Figlia numero 1» dice ironizzando, sapendo quanto mi dia fastidio.

«Papà, smettila, lo sai che odio quando fai così» mi lamento con lui.

«Dai, piccola, stavo solo giocando. Giornata no?» chiede e io non so che dirgli.

«No, in realtà... sono stata licenziata dallo studio legale» dico prendendo coraggio.

«Cosa? E perché mai?» domanda preoccupato e io mi rendo conto che non posso dirgli la verità. Andrebbe su tutte le furie e correrebbe lì in modalità papà-eroe.

«È una storia lunga. A ogni modo, la buona notizia è che ho già un nuovo impiego» dico con la voce squillante, sperando di rabbonirlo e di non indurlo a fare ancora domande.

«Di già? Quando sei stata licenziata, scusa?» chiede e io mi rendo conto che, su questo, non posso mentirgli.

«L'altro ieri» confesso.

«L'altro ieri? Perché non mi hai detto nulla?» sbotta infastidito.

«Scusami, papà, non volevo farti preoccupare. Comunque sia, sta' tranquillo, il nuovo lavoro è mille volte meglio. Orari flessibili e una paga più alta. Inizio domani, sarò la segretaria personale di Logan Dark, un uomo d'affari...» dico, giocando con la coperta del letto.

«Oh, capisco. E questo signor Dark com'è?» chiede.

«Sembra una persona a posto. È molto gentile e garbato. Sono sicura che mi troverò bene» dico per non fargli venire ulteriori preoccupazioni e lui sospira.

«Speriamo sia come dici» ribatte rassegnato.

«Cedar come sta?» chiedo, cambiando volutamente argomento.

Il mio fratellino ha sedici anni e, quando vuole, sa essere una vera peste. A volte è capitato che si mettesse nei guai e io o mio padre abbiamo dovuto soccorrerlo, come si fa con le fanciulle indifese.

«Bene. Per ora calma piatta. Nessun richiamo, niente sospensioni o incontri speciali col preside, non voglio parlare troppo presto, ma... spero che abbia messo la testa a posto» dice e io annuisco mugugnando.

«Lo spero anch'io. Pa', ora ti lascio. Domattina ho la sveglia presto. Ci risentiamo, ok? Salutami figlio numero 2» lo prendo in giro, facendo il verso ai ridicoli nomignoli che ci appioppa quando dice che ci comportiamo male.

«Sarà fatto. Ah, tesoro...»

«Sì?»

«In bocca al lupo per domani. Chiamami per raccontarmi come è andata» chiede e io lo lascio con un "Promesso".

Chiudo la telefonata e lancio il telefono sul letto.

Serro gli occhi e immagino di nuovo lui. Così bello, così affascinante, così attraente... Quei capelli scuri e la barba curata, quello sguardo magnetico e quel corpo che, sotto quel completo elegante, immagino essere statuario. La sua voce rude e le sue labbra che sono sicura siano morbidissime.

Il suo profumo, le sue mani che mi sfiorano la spalla, il fremito che ho sentito a quel contatto...

Sento qualcosa di strano, lì sotto, e mi vergogno come una ladra, perché il solo pensarlo mi eccita. Immagino le sue labbra sulle mie e mi si stringe lo stomaco.

Abbandono la mia stanza e mi butto sul cibo, provando a non pensare, almeno per cinque minuti, al misterioso Logan Dark.

CAPITOLO 4

IRIS

Il mattino dopo, arrivo all'indirizzo indicatomi da Logan il giorno del nostro incontro. Non appena andata via, mi aveva mandato una mail per indicarmi dove fosse casa sua, quasi avesse la certezza che io avrei firmato il contratto.

Mi trovo davanti a un palazzo enorme e, quando suono al citofono, mi risponde una voce dura. Credo sia il suo bodyguard.

Mi dice di salire all'ultimo piano e mi apre l'immenso portone che troneggia davanti a me.

Avanzo e prendo l'ascensore, così gigante che ci starebbero venti persone.

Arrivo all'ultimo piano e busso alla porta.

È una donna ad aprirmi. Ha un sorriso dolce e mi fa segno di entrare, è vestita da cameriera e immagino sia la governante.

«Venga, signorina Rhoden, il signor Dark la aspetta nel suo studio. Io sono Adele Forton, la sua governante. Per qualsiasi cosa, può rivolgersi a me, sarò lieta di aiutarla» dice gentile e io sono felice che ci sia un volto amico a casa Dark.

Avanzando lungo un piccolo corridoio, mi ritrovo in una sala enorme. Lascia senza fiato. Le vetrate immense donano una vista spettacolare su San Francisco.

«Wow!» esclamo, perdendomi un istante in quel panorama mozzafiato.

«Bello, vero?» dice lei con un sorriso.

«È meraviglioso» sibilo, ancora incantata.

«Venga. Le mostro l'appartamento prima di farla cominciare col signor Dark, così saprà come muoversi.»

«Perfetto. Grazie.»

Mi fa un cenno e la seguo, visitando, insieme a lei, quell'attico enorme.

Ritornate nel salone/cucina, mi sorride, quando veniamo interrotte.

«Il signor Dark la aspetta nel suo ufficio.»

Una voce grossa tuona all'improvviso e mi fa sobbalzare.

Ancora quell'uomo. Mi mette in soggezione. Sarà perché è così alto e grosso, sembra in grado di spezzarti con un dito.

«La ringrazio, signor...»

«Drew Benson. Guardia del corpo e autista del signor Dark» dice, con lo sguardo glaciale.

Annuisco e lui mi fa strada verso lo studio del mio nuovo capo.

La porta è chiusa e io busso.

Sento la sua voce dire "Avanti", così entro.

«Buongiorno, Logan» dico avanzando.

«Buongiorno a te, Iris» risponde. «Ma prego, siediti.»

Ubbidisco e mi metto comoda. Voglio subito dargli il contratto firmato e togliermi un pensiero.

«Ti ho portato il contratto» prendo i fogli dalla borsa e glieli porgo.

«Grazie, Iris» dice e noto che sta guardando la mia scollatura. *Maledetto vestito!*

«Allora, da dove cominciamo?» chiedo alzandomi. Inizio a camminare, con la scusa che non vedo l'ora di iniziare.

«Dal tuo numero» ribatte deciso e io sgrano gli occhi.

«Come?»

«Sì, Iris, mi serve il tuo numero. Non possiamo continuare a comunicare via mail. Ecco a te» mi porge il suo telefono e io glielo scrivo.

«Tieni, puoi salvarlo» sibilo, restituendoglielo. Lo fa in un secondo, poi si alza a sua volta.

«Bene, prima di cominciare, voglio dirti che i tuoi giorni liberi, dalla prossima settimana in avanti, saranno il giovedì e il sabato. Va bene per te?» domanda e io annuisco.

«Ottimo! Direi che possiamo cominciare, allora. Per prima cosa, vorrei che riguardassi dei conti di una fattura che ci è appena arrivata, poi mi piacerebbe che sistemassi la mia agenda. Credo si siano accavallati troppi appuntamenti» dice e avanza deciso verso di me.

Lo fisso in tutta la sua eleganza. È sicuro di sé, un uomo che sa quello che vuole. Qualsiasi donna ne rimarrebbe affascinata.

«Va bene. Dove mi metto?» chiedo.

«Seguimi» dice e io lo faccio. Attraversiamo di nuovo l'enorme salone con la vista mozzafiato e arriviamo lungo un corridoio che nasconde diverse porte. Logan ne apre una e ci ritroviamo in una piccola ma ben arredata stanza. Un tavolo al centro riempie gran parte dello spazio e, appesi al muro, ci sono quadri di ogni genere.

«Qui dovrebbe andar bene. La usavo anni fa, quando dipingevo.»

«Dipingevi?» chiedo, incredula.

«Niente di speciale, erano solo macchie di colore, roba astratta. Mettiti comoda, ti porto la mia agenda e i fascicoli di cui ti occuperai.»

Fa per andarsene, ma io lo chiamo.

«Logan?»

«Sì?»

«Potrei avere anche io il tuo numero? Così... per ogni evenienza» balbetto, un po' imbarazzata, e lui sorride.

Prende il suo telefono dalla tasca, pigia un tasto e se lo porta all'orecchio. In un istante sento il mio cellulare squillare in borsa e lui riattacca.

«Ecco, adesso ce l'hai. Ci vediamo tra un istante» mi guarda un secondo di troppo, poi si dilegua.

Rimango qui a guardarmi intorno e, dopo poco, Logan ritorna con in mano il mio lavoro.

Non vedo l'ora di mettermi all'opera e dimostrare ciò che valgo.

«Grazie» biascico, quando sistema i fogli sulla scrivania, davanti a me.

«Di qualsiasi cosa tu abbia bisogno, sono di là» dice fulmineo e sparisce oltre la porta.

Rimango un po' con l'amaro in bocca, perché non c'è stato niente. Nessun contatto e, di conseguenza, nessuna vibrazione, niente.

Sì, di tanto in tanto l'ho sorpreso a fissarmi, ma a parte questo... nada!

Sbuffo, cerco di togliermi dalla testa questi assurdi pensieri e mi metto al lavoro.

Dopo circa un'ora, mi alzo per sgranchirmi le gambe e cercare il bagno.

Esco dalla mia stanza e cammino per il corridoio. Ci sono varie porte chiuse e non so quale di queste sia quella giusta.

Arrivo nuovamente nel salone e sento Logan parlare al telefono, concitato.

«No. No, non me ne frega un cazzo. Hai combinato un casino, Paul. Vaffanculo! Vengo lì e sistemo io tutto. Prega Dio che non decida di scindere il contratto» sbraita e attacca la chiamata.

«Problemi?» chiedo e lui alza lo sguardo, notando solo adesso la mia presenza.

«Sì, devo risolvere una cosa. Esco, aspettami qui e continua a fare quello che stavi facendo. Ci vediamo più tardi» dice e Drew lo raggiunge.

«Pronto, signore?» domanda e Logan annuisce. Vanno entrambi via, richiudendosi la porta di casa alle spalle.

Torno nel corridoio dov'ero e apro la prima porta, sperando sia quella del bagno. *Bingo, Iris!*

Mi chiudo dentro e rimango affascinata da tanto lusso. Il bagno è enorme e la Jacuzzi che si erge davanti a me mi fa venire voglia di immergermici dentro.

Dall'altro lato c'è una cabina doccia immensa e immagino Logan lì dentro.

Smettila, Iris!

Torno in me, impedendomi di fantasticare.

Una volta fatto, mi lavo le mani e torno nella mia stanza. Mi rimetto al lavoro e, nel giro di un'ora, ho finito tutto.

Sento la porta aprirsi e mi chiedo se sia tornato Logan.

Esco dalla stanza e mi reco all'ingresso. Insieme a Adele, la governante, c'è un ragazzo che potrebbe avere qualche anno meno di Logan.

Mi vede e mi sorride. Adele si gira e io sorrido a lei.

«Signorina Rhoden» dice, avanzando verso di me.

«Scusa, Adele, non volevo disturbarti.»

«Ma che disturbo!»

«Lei è la nuova segretaria di Logan?» chiede il misterioso ragazzo alla governante.

«Sì. Signorina Rhoden, il signor Jonathan Kant, collega e amico del signor Dark» fa Adele, passando alle presentazioni.

Avanziamo l'uno verso l'altra e lui mi stringe la mano.

«È un piacere, signorina Rhoden.»

«Chiamami Iris. Il piacere è mio» dico con gentilezza.

Un suono proviene da lontano e Adele si intromette.

«Perdonatemi, devo lasciarvi. La lavatrice chiama. Con permesso.»

«Prego» rispondiamo in coro io e Jonathan e lei si allontana. Lui avanza verso la cucina e io lo seguo.

«Allora... Iris, giusto?» faccio un cenno di assenso con la testa e lui continua «Primo giorno di lavoro?»

«Già» ribatto.

«Come sta andando?» chiede, appoggiandosi alla penisola della cucina.

«Finora bene. Ho lavorato un paio d'ore, Logan mi ha lasciato qualche compito da svolgere, ma poi è corso via, credo per qualche problema con un cliente» dico, sedendomi su uno sgabello accanto alla penisola.

«Capita. Quanti anni hai?» chiede, guardandomi curioso.

«Non lo sai che non si chiede mai l'età a una signora?» lo prendo in giro.

«Sono un maleducato, perdonami» ribatte, con le mani giunte in segno di scusa.

«Tranquillo, stavo solo giocando. Ne ho ventisette, tu?» domando.

«Quasi trenta. Logan mi ha parlato di te» dice, picchiettando le dita sul marmo.

«Ah sì?» chiedo, osservandolo.

«Sì. Mi è sembrato molto... colpito» con lo sguardo si sofferma sulla mia scollatura e io mi tiro un po' più su il vestito a camiciola.

«E lui com'è?» cambio discorso.

«In che senso?»

«Beh, Adele ha detto che siete amici. Saprai qualcosa di lui, no?» domando e mi metto ad ascoltarlo curiosa.

«Logan è... maniaco del controllo, ama l'ordine e la pulizia, e se bevi dal suo bicchiere sta' sicura che non lui non ci berrà più. Ama lo sport e l'alimentazione sana, non mangia un dolce da tipo... secoli? È un tipo scontroso e spesso solitario. A parte questo, è uno a posto» dice e io scoppio a ridere. Lui mi segue a ruota.

«Sul serio? Qualche altro pregio?» chiedo divertita e lui diventa serio.

«È una gran brava persona, Iris. È gentile e altruista. Le sue aziende danno da mangiare a molte famiglie e, se cerca altri soci per aprirne di nuove, non è per fare soldi, ma per creare posti di lavoro» spiega e io lo osservo incantato.

«È molto nobile da parte sua» affermo colpita.

«Sì, lo è. Allora, hai fame? Io sto morendo. Preparo un caffè, così ti riprendi dalle ore sulle scartoffie e tiro fuori due pasticcini. Adele li compra sempre per gli ospiti... che in sostanza sono io e qualche raro cliente che passa di qua.»

«Grazie, Jonathan» sono piacevolmente sorpresa dal modo di fare travolgente di questo ragazzo.

Lui scalda il caffè e io prendo i pasticcini dove mi ha detto di recuperarli.

Mangiucchiamo e lui mi racconta aneddoti divertenti sui suoi incontri amorosi. Rido a crepapelle e lui mi segue a ruota.

In un momento di distrazione, Jonathan mi rovescia il caffè addosso. Per fortuna non era più bollente!

«Cazzo, Iris, mi dispiace. Sono un disastro» dice, prendendo una salvietta per pulirmi.

«Tranquillo, può capitare» cerco di pulirmi con la salvietta che mi offerto.

«Aspetta» esala e prende un panno da sotto al lavandino. Lo inumidisce e me lo passa sul seno, dove si è creata quell'enorme macchia.

In quello stesso istante, sento dei passi e la sua voce che tuona.

«Che diamine fai qui?»

Jonathan si stacca da me e mi lascia il panno con cui mi stava pulendo.

«Logan, ciao» dice, passandosi una mano dietro la testa, con imbarazzo.

«Che stavate facendo?» chiede avanzando.

«Nulla. Ho rovesciato il caffè addosso a Iris e la stavo aiutando a pulirsi» dice per giustificarsi e Logan lo guarda torvo, finendo un secondo dopo per fissare me con aria accigliata.

«Comunque sia, dove la tenevi nascosta?» continua, cambiando argomento, «È una ragazza fantastica. Potrei offrirle un contratto più vantaggioso e fregartela» dice ironico, forse per smorzare la tensione che si è creata.

«Lei è mia» tuona Logan e rimango a bocca aperta.

«Voglio dire che... è la mia segretaria e... non la cedo a nessuno» fa un secondo dopo, correggendosi.

«Sì, certo, stavo solo scherzando. Ehm... ero venuto solo per un saluto e dirti che ho chiuso il contratto Holton» sembra a disagio.

Che situazione! Vorrei sparire!

«Bravo» ribatte Logan, gelido.

«Grazie. Ora vado. È stato un piacere, Iris.»

«Anche per me» accenno a un sorriso che lui ricambia.

«Logan» dice, passandogli accanto e lui non gli risponde. Si limita a fissarmi come se avessi fatto qualcosa di male, non capisco cosa voglia da me!

Rimango lì, senza sapere cosa dire o fare e, quando lui si avvicina, dice delle parole che non avrei mai potuto immaginare uscire dalla sua bocca.

«Ti voglio nel mio bagno, ora.»

Si allontana a passo svelto, ma io non gliela darò vinta. *No, no, caro il mio Mr. Dark, se credi di poter giocare con me, hai trovato pane per i tuoi denti.*

***

LOGAN

Avanzo lungo il corridoio, sento i suoi passi che mi seguono e subito dopo la sua voce che mi raggiunge.

«Come hai detto, scusa?» chiede con un tono innervosito.

Mi giro e la guardo, è bellissima quando si incazza. Ha le braccia incrociate al petto e mi guarda con aria accigliata.

«Devi toglierti questo vestito sporco e lavarti. Entra» la invito, indicando la porta del bagno. «Ti porto un'asciugamani pulito e chiedo ad Adele di prestarti qualcosa di suo» dico, guardandola truce. Vederla vicina a Jonathan in quel modo mi ha fatto salire una rabbia che...

«Ah!» esala lei, sorpresa «È per questo che mi volevi nel tuo bagno» sibila e mi sembra sia avvampata.

«Certo. Per quale altro motivo avrei dovuto volerti lì?» insinuo e mi paro davanti a lei. La guardo e lei si allontana. Deglutisce forte, posso vederlo chiaramente. Il fuoco tra noi sta esplodendo.

«Niente, nessun motivo.» risponde sbrigativa «È che non mi piace il tono che hai usato» continua, mettendo il broncio.

«Il tono?» chiedo.

«Sì. Sembrava un ordine e a me non piace che mi si diano ordini come fossi un cagnolino» ribatte e quella cazzo di lingua lunga che non se ne sta mai zitta, e dice sempre ciò che pensa, me lo fa indurire.

Sospiro forte e mi passo una mano tra i capelli.

«Non era mia intenzione...» mi scuso. La verità è che sono diventato furioso, quando ho visto John che le asciugava il seno con quella pezza. Non può toccarla, nessuno può.

Ero incazzato con lui per averle, in qualche modo, messo le mani addosso e con lei per averglielo lasciato fare.

«Bene. Meglio così. L'asciugamani?» chiede sorpassandomi per entrare in bagno.

«Lo vado a prendere» rispondo e mi allontano.

In un attimo, sono da lei con un grosso asciugamani e glielo porgo. Le dico che le farò portare dei vestiti puliti da Adele non appena avrà fatto.

Mi allontano per raggiungere il mio studio.

Ho bisogno di concentrarmi su qualcosa, qualsiasi cazzo di cosa che non sia lei.

Aspetto lì per un po', poi torno in cucina. Ho bisogno di bere.

Dopo poco, mi raggiunge Adele, dicendo che con sé ha solo un paio di pantaloni di tuta, così mi chiede se ho io una maglia da prestare a Iris.

Volo in camera mia e prendo una maglietta intima a mezze maniche bianca.

La immagino con quella addosso, magari senza biancheria. Immagino i suoi seni che premono sul cotone e quanto questa potrebbe lasciare intravedere, visto il colore chiaro.

Consegno la maglietta a Adele e mi metto ad aspettare Iris, come se non desiderassi altro dalla vita che vederla ancora.

Arriva dopo un po', i pantaloni le stanno larghi e la maglia è enorme. Non so come cazzo faccia a essere sexy conciata così, ma ci riesce alla grande.

«Grazie per la maglietta» dice, avanzando verso di me.

«Non c'è di che» rispondo guardandola. Ora che è più vicina posso sentire il profumo del mio ammorbidente addosso a lei e mi inebrio dell'odore che emanano i suoi capelli.

«Ho lasciato le mie cose sporche a Adele. Ho insistito dicendole che potevo lavare tutto a casa, ma lei non ha voluto sentire ragioni» sibila piano, e io, osservandola bene, mi rendo conto che non indossa il reggiseno e questo accende la voglia di sollevarle quella stupida maglia e prendere entrambi i seni nella mia bocca.

«Adele è la migliore. Vedrai che verranno come nuovi» dico e le offro un bicchiere d'acqua. Lo accetta e inizia a sorseggiare.

«Ho finito il lavoro che mi avevi chiesto. Cos'altro posso fare?» domanda.

«Al momento niente. Va bene così» dico e poso il bicchiere di vetro sul tavolo.

«Ma il mio orario di lavoro termina alle 16.00. Che faccio? Me ne sto con le mani in mano?» chiede e io sorrido.

«Rilassati. Domani avrai molto da fare. Ci sono incontri a cui devo presenziare e vorrei che mi accompagnassi.»

«Sì, va bene. Ma adesso? Sono qui per lavorare, Logan» rimarca.

«Guarda che lo so» dico alzandomi dallo sgabello e appoggiando le mani sulla penisola.

«E perché non lo sto facendo?» domanda accigliata.

«Sei sempre così insolente con i tuoi datori di lavoro?» chiedo e lei sussulta.

«Scusami. Non volevo mancarti di...»

«Rilassati, sto solo scherzando. Anche se, devo ammettere che hai davvero una lingua lunga» dico sorridendo e lei si scioglie un po'.

«Scusa. È che non mi piace che mi mettano...»

«I piedi in testa, si vede» rispondo, sorridendo ancora e la guardo.

«È solo che... voglio meritarmi questo impiego, Logan, invece continua a sembrarmi che io sia qui solo per il mio bel visino» dice un po' dispiaciuta e io mi sento in colpa perché, forse, dicendole che può rilassarsi fino al termine dell'orario di lavoro, l'ho offesa in qualche modo.

«Non l'ho mai detto, Iris» mi giustifico, andandole più vicino.

«Ma lo pensi!» esclama sicura.

«Chi ti dà la presunzione di sapere cosa c'è nella mia testa?» domando, ma non sono duro nelle mie parole.

«Che cosa dovrei pensare, secondo te? Mi vedi e mi assumi in un battito di ciglia, dopo che tua madre mi ha detto certe cose di te, mi guardi in un modo che... poi perché ieri, al termine di quella mail, hai scritto che non vedevi l'ora che venisse oggi?» domanda e quelle parole mi colpiscono dritto allo stomaco. Ci ha preso in pieno, ma non posso darlo a vedere.

«Intendevo che non vedevo l'ora di iniziare, visto che il lavoro da fare è tanto» dico, andandole più vicino.

«Così tanto che mi permetti di starmene con le mani in mano fino al termine del mio orario lavorativo» mi sfida e si avvicina di più a me.

Siamo l'uno di fronte all'altra, poco distanti, troppo poco.

Appoggio le mani dietro di lei, sulla penisola, e la chiudo in una morsa.

Iris deglutisce forte, ma non stacca gli occhi dai miei. Mi sfida e Dio solo sa che fatica stia facendo per non avventarmi sulle sue labbra.

«Dovresti ringraziare. Non tutti hanno un capo così magnanimo» dico, a pochissima distanza dal suo viso.

«Grazie, Mr. Dark, ma non voglio favoritismi» ribatte, tenendomi testa e io accenno un sorriso, rendendomi conto che adoro letteralmente quando mi chiama così. I suoi seni si protraggono in avanti, per quanto sta respirando forte, e quasi mi sfiorano. Così come, per poco, la mia eccitazione non sfiora lei.

«Bene. Allora torna pure di là. Ti porterò dei conti da sistemare» dico, allontanandomi.

Sono sudato e il cuore mi sta scoppiando nel petto. Un secondo in più e le sarei saltato addosso.

«Perfetto» risponde lei e si allontana.

Rimango un istante lì e sospiro. Quella donna mi sta mandando fuori di testa.

Vado nel mio studio a prendere i fascicoli e prego Adele di portarli a Iris.

Non voglio vederla, almeno fin quando non avrà finito e sarà pronta per andare via.

Quando arrivano le 16.00, mi consegna i fascicoli e si prepara per andare. Le chiedo se ha bisogno di un passaggio, ma mi dice che è a posto.

Mi saluta con la mano e rimane un istante lì, impalata. La guardo. I suoi occhi mi scavano dentro.

Se ne va e io rimango solo con i miei tormenti.

La verità è che non c'è scusa che regga: voglio questa donna più di quanto abbia mai voluto qualcosa in tutta la mia vita.

CAPITOLO 5

IRIS

Il mattino dopo, sono seduta in cucina a mangiare latte e cereali, e il pensiero va a Logan.

Forse ho esagerato nel rispondergli in quel modo sfrontato. In genere, non sono così sfacciata sul posto di lavoro, ma lui mi provoca sottilmente. Magari nemmeno se ne accorge, ma il suo corpo mi parla e dice che mi vuole.

Una parte di me, onestamente, fa i salti di gioia, Ma c'è un'altra parte, quella più razionale e saggia, che vede in Logan l'ennesimo uomo che vuole solo portarmi a letto.

A ogni modo, devo cercare di togliermi dalla testa quell'immagine: me e lui a letto insieme. Non accadrà mai, fine.

È il mio capo e tale deve rimanere, nulla di più.

Continuo però a pensare che, forse, dovrei in qualche modo scusarmi. Sono stata aggressiva e non vorrei che lui si stanchi del mio caratterino e mi mandi a quel paese. Non voglio perdere quel posto di lavoro.

Sbuffo e mi porto il cucchiaio sul naso, quando Linette spunta all'improvviso, destandomi con un sonoro "Buongiorno", che fa cadere il cucchiaio a terra.

«Scema! Mi hai spaventato» dico, dandole un leggero scappellotto.

«Tu metti il cucchiaio sul naso come i bambini di cinque anni e io sarei la scema?» ironizza, prendendo del latte, prima di versare i cereali in una tazza.

«Sono solo pensierosa... credo ci sia una piccola probabilità che Logan mi licenzi» ammetto, storcendo il naso.

«Di già? Che guaio hai combinato, stavolta?» mi guarda stranita.

Aspetto che si metta comoda e inizi a mangiare, poi comincio a raccontare.

«Ho solo... insomma, credo di avergli risposto in maniera un po' brusca, alcune volte. Credo di essere stata un po' insolente. Lui me lo ha anche fatto notare e.... e se mi mandasse via?» chiedo, preoccupata.

«Tesoro, rilassati. Hai fatto solo un giorno di lavoro. Se fossi stata un disastro, non credi che te lo avrebbe detto ieri? Conosco la tua lingua lunga, Iris, ma tu sai meglio di me che, spesso, sul lavoro bisogna contare fino a dieci prima di parlare. Non dico che uno debba farsi mettere i piedi in testa, ma darsi qualche pizzico sulla pancia, sì. Lo sai come dico sempre io, amica...»

«Ingioia il rospo finché puoi» dico, finendo la frase per lei.

Sono agitata, nervosa e potrei diventare isterica in un secondo. Devo darmi una calmata!

«Quindi secondo te cosa dovrei fare? Cioè... c'è qualcosa che potrei fare per fargli capire che io non sono una stronza che alza sempre la cresta col suo capo? Qualcosa che lo convinca a non licenziarmi?» chiedo, continuando a mangiare la poltiglia che, ormai, sono diventati i miei cereali.

«A parte farci sesso?» ribatte Linette, sorridendo, e io mi arrabbio.

«Dai, sto dicendo seriamente, Lin» sbuffo e lei si avvicina a me, per prendermi il viso tra le mani.

«Ascolta. Io non credo che il misterioso signor Dark voglia licenziarti, visto il modo in cui ti ha assunta e tutto ciò che ha fatto per averti al più presto al suo servizio, ma... se vuoi essere più sicura, fa' qualcosa di carino per lui. Che ne so.... magari portagli la colazione! Gli dici che ieri eri un po' nervosa e ti scusi con lui per essere stata un tantino seccante. O antipatica, stronza, sfacciata o...»

«Sì, grazie, Lin, ho capito l'antifona» dico sorridendo. La mia migliore amica sa sempre come mettermi di buon umore con una battuta e quell'ironia che solo lei sa avere.

Mi fermo a riflettere sulla sua idea e penso che non sia poi così male. Non è nulla di speciale, ma è un modo per scusarmi in maniera gentile.

«Colazione» rifletto. Effettivamente è un'ottima soluzione. «Grazie, Lin, sei stata di grande aiuto. Corro a prepararmi.»

Fuggo letteralmente via, seguita dal "Non c'è di che" di Lin, che urla per farsi sentire, visto che sono già in camera mia a prendere le mie cose.

È deciso, conquisterò la fiducia di Logan prendendolo per la gola. Gli farò mangiare la colazione più prelibata che abbia mai assaggiato in tutta la sua vita!

Dopo quasi un'ora, sono davanti al portone di casa sua e, non so perché, sono un po' agitata. Suono al citofono e la voce dolce di Adele mi invita a salire.

Ho preso la colazione da *Mario's*, un posto fantastico. Ho optato per due croissant al cioccolato, un waffle con un vasettino di miele accanto e un bretzel gigante. Ho anche preso un ottimo caffè caldo, che tengo a stento nell'altra mano.

Mi chiedo se magari sia poco e se lui apprezzerà o meno la cosa. Poi, come in un flash, mi ricordo che il suo amico mi ha detto che non mangia dolci da secoli.

Sarà vero? Magari Jonathan stava solo esagerando!

Non voglio pensarci e, arrivata al piano, trovo la porta aperta.

«Permesso?» chiedo spingendo la porta con la spalla.

«Venga, signorina Rhoden.»

Sento la voce di Adele e avanzo, trovandola lì, sorridente come sempre. Ha appena finito di stirare qualcosa e adesso sta ripiegando tutto con cura.

«Buongiorno, Adele. Ho comprato la colazione per il signor Dark. Posso poggiarla qui?» indico la penisola della cucina.

«Prego, faccia pure» risponde e, quando finisce di ripiegare i panni, fa per prenderli, ma per poco non cade a terra.

La afferro al volo e la invito a sedersi.

«Dio, vedo tutto ombrato» dice e io corro alla dispensa per prendere dello zucchero da versare in un bicchiere d'acqua.

«Stia calma, Adele, ci penso io» la rassicuro e preparo velocemente un bicchiere d'acqua e zucchero, mentre lei parla, tenendosi ancora il capo.

«A volte soffro di questi improvvisi mancamenti. Dev'essere l'età... Sa, forse il caldo, vicina al ferro da stiro. Dovevo portare questi al signor Dark» si riferisce ai panni stirati.

Le porto il bicchiere e afferro in un gesto automatico le cose del mio capo.

«Lei non si muova di qui, chiaro? Ci penso io a portare questi di là» dico decisa e avanzo a passo svelto, mentre sento la sua voce che chiama il mio nome.

«Signorina, aspetti...»

La ignoro, continuando ad avanzare.

Eh no, Adele, non permetterò che rischi di svenire ancora!

Certe cose, a volte, sono capitate anche a mio padre e, anche se sono piccolezze, bisogna starci attenti e riposarsi nel momento in cui accadono, perciò, se posso dare una mano, lo faccio volentieri.

Avanzo verso il corridoio in cui si trova camera di Logan.

Adele, quando al mio primo giorno mi ha portata in perlustrazione, non mi ha aperto la porta della sua stanza, mostrandomi solo ciò che poteva, ma almeno so dove dirigermi e lasciare le sue cose.

Busso alla porta semichiusa, ma non ottengo risposta, così mi limito a spingerla.

Quando entro nella stanza, noto che è vuota e il letto è sfatto.

Appoggio gli indumenti sul comodino e mi guardo attorno.

Le pareti sono spoglie, se non per un singolo quadro appeso proprio sopra al letto.

Mi avvicino per guardarlo meglio. Raffigura un uomo seduto e ripiegato su sé stesso. Si tiene la testa tra le mani, nascondendo il volto. Sembra triste e solo. È un bel quadro, molto poetico.

Mi guardo ancora attorno e noto una poltroncina dove è appoggiata una maglietta bianca. Sembra quella che ho indossato io ieri, dopo essermi macchiata col caffè.

Non gli do peso, ne avrà un milione così.

Guardo dritta davanti a me e noto una porta. So che non dovrei, ma la curiosità è più forte di me. Mi avvicino e la apro, ritrovandomi in un minuscolo bagno dove ci sono pochi confort: un lavandino pulito, sapone e spazzolino all'interno di un vasetto lungo, un water più lindo di tutto il mio bagno e un bidet.

Cavoli, quasi nessuno lo usa negli Stati Uniti! penso incuriosita. *Magari è un vezzo dei ricchi*, dico fra me e me.

Faccio per uscire dal bagno, ma sento una mano che mi cinge.

«Che accidenti fai qui?»

La sua voce tuona e mi fa sobbalzare. Il tono è duro.

Mi giro a guardarlo e mi si mozza il fiato. È nudo! Non completamente, ovvio, ha una asciugamani minuscolo legato alla vita ed è bello da morire.

I capelli sono leggermente bagnati e tirati all'indietro. Guardo il suo petto nudo ed è... scultoreo. Giuro, non ho altre parole per definirlo.

L'occhio mi cade pericolosamente giù, dove una marcatissima V sembra invitarmi a fare banchetto.

Quest'uomo è perfetto, cazzo! Fisicamente parlando, chiaro.

«Hai finito di guardare?» domanda ancora arrabbiato. Il suo tono è teso, tagliente.

Vorrei sparire per la figuraccia che sto facendo.

«Quando hai intenzione di tornare tra noi, mi dici che cazzo fai nella mia stanza?» chiede e io alzo lo sguardo. Sono sicura di essere diventata rossa come una bella bistecca al sangue.

«Ehm... stavo solo... io.... ti ho portato... ehm... delle cose pulite» dico, allontanandomi da lui per tornare a respirare.

«Perché non l'ha fatto Adele?» chiede, ancora brusco.

«Lei ha... avuto un giramento di testa» balbetto, cercando di guardare ovunque tranne che il suo petto nudo. «Le ho preparato un bicchiere d'acqua e zucchero e ho portato io le cose qui, perché lei non era nelle condizioni di raggiungerti. Pensavo...»

«Tu non devi pensare. Non devi entrare nella mia stanza, chiaro?» tuona, con tono troppo forte.

Sussulto e abbasso il capo, mesta.

«Mi dispiace, non avrei dovuto essere così invadente, hai ragione. Vado subito via.»

Lo oltrepasso, arrivo alla porta e lo sento sbuffare. Faccio per uscire, ma la sua voce mi blocca.

«Aspetta.»

Mi giro, ha l'aria pentita, arrabbiata, forse ce l'ha con sé stesso per il modo brusco in cui mi ha trattata.

Si morde il labbro, socchiude gli occhi e si passa una mano tra i capelli.

«Scusa, non volevo essere scortese» dice e sembra tornare a respirare regolarmente. È come se si stesse calmando...

«Hai fatto bene ad aiutare Adele, ma non c'era bisogno venissi qui a portare le mie cose.»

«Mi dispiace, non ho pensato che sarebbe stato un gesto invadente, volevo solo essere d'aiuto.»

Respira, sorride, e si appoggia a un mobile, con un'aria da stronzo impunito.

Maledizione, non sarei dovuta entrare nella sua stanza. *Avrei potuto trovarlo nudo, cazzo! O magari con una donna. Nudo e con una donna. Dio mio!*

«Perdonata» dice con un sorrisetto e io alzo lo sguardo sui suoi occhi, provando a ignorare il fatto che sia a poca distanza da me, seminudo e bello da impazzire.

«Ti ho portato la colazione!» strillo, e non so perché lo faccia. Voglio solo annullare questa assurda tensione sessuale che è nell'aria, anche se credo che non sia stato il modo giusto.

Avrei dovuto rispondergli "grazie" e filare via, non continuare a chiacchierare.

«La colazione?» domanda.

«Sì. Volevo farmi perdonare per ieri. Ammetto di essere stata un tantino insolente nei tuoi confronti e...» blatero e i miei occhi vanno su quel letto sfatto. Immagino me, lì sopra, avvinghiata a lui, ma continuo a parlare, credendo scioccamente che questo possa annullare le mie assurde fantasie a occhi aperti «pensavo che ti avrebbe fatto piacere ricevere la colazione a letto.»

Mi rendo conto della gaffe e sgrano gli occhi.

Logan sorride, si porta una mano davanti alla bocca per nascondersi un po'.

«Cioè... a casa. La colazione a casa. Una colazione presa fuori, a casa» ripeto come una bimbetta impacciata. *Ma che mi sta succedendo?*

Lui avanza e mi guarda. È ancora mezzo nudo e non accenna a vestirsi. Ha un sorriso sornione e io sono combattuta tra il tirargli uno schiaffo per farglielo scomparire grazie alla botta e l'avvinghiarmi a lui e baciarlo per un tempo indefinito.

«Ci sono molte cose che amo ricevere a letto, Iris, ma la colazione non è decisamente tra queste» dice a un palmo da me e io deglutisco forte.

Che diamine significa ciò che ha appena detto? Vuole flirtare? Beh, non gliela darò vinta.

«A ogni modo, grazie.»

«È l'unica cosa che potresti ricevere a letto da me!»

Diciamo queste ultime due frasi accavallandoci e lui mi guarda, sposta la testa da un lato, sembra infastidito. Piega il capo in avanti e accenna a un sorriso.

Ce l'ho fatta! L'ho zittito. Un punto per me!

«Beh, non sembrava, prima, mentre mi spogliavi con gli occhi» dice languido.

«Sei già spogliato, Logan» ribatto, indicandolo col capo.

«Più spogliato di così, Iris» mi tiene testa, rimarcando il mio nome.

«Non fare questo giochetto con me» replico indispettita. Non gliela do vinta!

«Che giochetto?» finge di non sapere di cosa parlo.

«Questo!» rimarco, guardandolo con sfida.

Lui sorride ancora e sposta la testa da un lato, come aveva fatto prima. Sembra si stia trattenendo dal dire o fare qualcosa.

Rimane un istante zitto, poi parla.

«Perché, invece di chiacchierare, non vai a prendere la colazione e mi mostri cosa hai portato? Poi credevo fossi venuta in pace, che volessi... chiedere scusa.»

«Sì, infatti» dico fulminea, ancora più imbarazzata. «A ogni modo la colazione è di là e...»

«Io ho sentito le parole "colazione" e "letto" accostate l'una all'altra, quindi cosa aspetti?» dice provocatorio.

Bastardo! Vuole mettermi totalmente in imbarazzo. Prima si arrabbia perché entro nella sua stanza, poi vuole che gli porti qui le cose che ho preso solo per farmi sentire a disagio.

«Sì, beh... ho solo sbagliato a parlare, comunque puoi benissimo consumarla di là, visto che non ami la colazione a letto, giusto?» ribatto piccata.

«Farò un'eccezione per te, Rhoden. Adesso fila» dice perentorio.

Lo guardo imbambolata e lui si ripete.

«Fila» ordina e io faccio come ha chiesto.

Corro a prendere la scatola con la colazione, arrabbiata con me stessa per essermi fatta sottomettere in questo modo da lui.

Cerco di respirare, ripensando alle parole di Lin, e ritorno da lui.

È ancora svestito, l'ha fatto apposta!

«Eccomi qua» avanzo nella sua direzione, aprendogli poi la scatola sotto al naso.

«Qui ci sono croissant al cioccolato, un waffle ancora caldo, con del miele che puoi versare a tuo piacimento e un bretzel. In cucina ho lasciato il caffè. Te l'ho preso amaro, non sapendo come lo preferisci.»

Sono una mitraglietta, ho sputato fuori le parole più veloce della luce. Quest'uomo mi mette in soggezione e in imbarazzo. La cosa mi fa incazzare, perché non sono mai stata in imbarazzo con gli uomini. Con Roy è iniziata perché ci ho provato io!

«Hai fatto bene. Lo prendo amaro» dice e analizza il contenuto della scatola, guardandolo quasi con disgusto.

«Perfetto. Da cosa vuoi iniziare? Io ti consiglio il croissant. Come li fa Mario nessuno in tutta la città, te lo assicuro» dico entusiasta, provando a non pensare che lui sia ancora davanti a me, mezzo nudo, con una sola misera pezza che gli copre le parti intime. Sta diventando una situazione pericolosa!

«Non conosco questo Mario, ma non mangio dolci. Grazie lo stesso per il pensiero. Puoi mangiarli tu!» ribatte e mi chiude la scatola sotto al naso.

Che cosa? Mi ha mandato apposta di là per prenderli e adesso mi dice che non li mangia?

Si allontana per cercare qualcosa in un cassetto e io rimango senza parole.

«Stai dicendo sul serio? Non mangi dolci, mai?» chiedo sconvolta.

«Esatto» replica velocemente, continuando a rovistare.

«E non faresti un'eccezione visto che sono stata così gentile nel portarteli fino in camera?» chiedo dolce, ma lui si indurisce.

Si volta a guardarmi, il volto è contratto.

«No, non faccio eccezioni! Ora, se vuoi scusarmi, dovrei vestirmi. A meno che tu non voglia restare a guardare» mi provoca, alzando un sopracciglio.

Continuo a tenergli testa, non la spunta con me.

«Non ci tengo proprio, caro il mio Mr. Dark. Sai, credevo fossi un po' meno prevedibile e noioso, ma evidentemente mi sbagliavo» dico acida, portandomi le braccia al petto come le bambine.

Lui si avvicina di nuovo a me e butta qualcosa sul letto, forse calzini e slip.

«Hai un modo molto singolare di chiedere scusa, Iris» dice divertito e mi squadra, stavolta spogliandomi lui con gli occhi.

«È che non sai cosa ti perdi. Avresti fatto un'ottima colazione, se mi avessi dato retta» dico indietreggiando, perché non voglio essergli troppo vicina, ma finisco con le spalle al muro.

Logan ne approfitta e si para davanti a me per non permettermi di fuggire.

Appoggia una mano sul muro, il suo corpo è pericolosamente vicino al mio.

«Farei volentieri colazione, ma con qualcos'altro» ribatte insinuante. Ho il suo respiro sul collo. Voglio scappare! *Dio, no, voglio restare!* Voglio che mi baci, ora! *No, non voglio che lo faccia!*

Il mio cervello è pieno di contraddizioni.

«Logan...» provo a dire, ma in un secondo si allontana e si passa una mano tra i capelli, frustrato.

Che ho fatto? Non ho detto niente!

Quest'uomo è un enigma vivente. Prima flirta con me in maniera indecente, alludendo a qualsiasi cosa abbia a che fare con il sesso, poi se ne va come se non volesse farlo, come se non volesse me.

«È meglio che torni di là. C'è molto da fare, oggi. Ci vediamo dopo» mi invita a uscire e io incasso il colpo.

«Certo, sì» balbetto e me ne vado con la coda tra le gambe, portando con me la colazione e lasciando a lui un pezzo del mio orgoglio di donna ferito.

***

LOGAN

Siamo in auto, direzione *Four Season*. Ho appuntamento con un cliente e Iris è con me.

È stata una mattinata delirante. Flirtare con lei è stato più eccitante che tirarmi una sega e venire.

Decisamente più eccitante.

Non so cosa cazzo mi sia successo, avevo giurato di mantenere le distanze, ma non ne sono stato capace.

Non baciarla, mentre ero a pochi centimetri dal suo viso, è stata una fatica enorme. Non mi sono mai sentito così frustrato in tutta la mia vita.

In auto c'è silenzio e spero che lei non dica nulla, perché voglio solo andare avanti con la giornata e lavorare.

Drew ci lascia davanti all'ingresso dell'hotel e, quando entriamo, Iris esclama un sonoro "Wow".

«Ti piace?» chiedo avanzando verso la reception.

«È favoloso. Non sono mai stata in un posto così» dice estasiata, guardandosi attorno.

«È un posto come un altro» replico senza voglia.

Arriviamo davanti a Mike, che si occupa delle reception. Ormai mi conosce bene, infatti, quando mi vede, sorride.

«Signor Dark, che bello rivederla!»

«Grazie Mike, anche per me. Ho appuntamento con Fredrick Dexon» dico fulmineo. Voglio sbrigare questo stupido incontro e uscire da qui prima possibile. La verità è che voglio che la giornata passi in fretta così da avere Iris fuori dai piedi.

Averla accanto a me, senza poterla toccare come voglio, è devastante. È come piazzare ogni giorno un'enorme fetta di torta davanti a un diabetico: è crudele. Lui saprà che mangiarla equivale alla morte, ma questo non eliminerà la sua voglia di farlo.

E io non smetto di pensare che voglio Iris in tutti i modi possibili. Legata al mio letto, bendata, in tutte le posizioni più assurde del Kamasutra.

Voglio fiondare la mia lingua nella sua bocca, poi tra le sue gambe, assaggiando il suo nettare che sa sicuramente di buono.

Voglio tutto di lei. Voglio farla godere come non ha mai fatto in tutta la sua vita. Voglio che mi dica che sono stato più bravo degli altri. Voglio che venga gridando il mio nome.

Voglio vederla nuda e pensare che non esista visione più bella al mondo e, per quest'ultima cosa, per quanto sia assurdo e probabilmente impossibile, visto che non l'ho mai vista così, lo penso già!

«Il signore mi aveva avvisato. Ultimo piano. Suite Red. È la prima suite sulla destra, non può sbagliarsi. La porta è rossa» interviene Mike, ridestandomi dai miei pensieri.

«Grazie, Mike» dico e mi fiondo all'ascensore, seguito da Iris.

Non diciamo una parola e, per fortuna, con noi ci sono altre persone.

Raggiungiamo l'ultimo piano e io busso alla porta.

È una donna ad aprirci. È vestita da diavoletto e le si vede praticamente tutto. Iris la guarda sconvolta.

«Vuoi che ti aspetti fuori?» chiede, un po' preoccupata, e io mi rendo conto che di aver sbagliato a portarla qui. Dovevo ricordarmi dei gusti di Fred e del fatto che non è mai in stanza senza una bella ragazza.

«Torna pure di sotto. Faccio presto» dico e lei annuisce, andandosene via.

La ragazza mi lascia entrare e trovo un Frederick mezzo nudo, spanciato sul letto con accanto una maggiorata di colore che dorme al suo fianco.

Sfoggio il mio miglior sorriso e mi preparo a fargli firmare il contratto.

***

IRIS

Arrivo di sotto e mi siedo su una poltrona, nell'enorme sala d'aspetto del *Four Season*.

Sono incantata dall'eleganza del posto. Fiori ovunque, arredamento chic, quadri enormi e particolarissimi appesi alle pareti.

Ogni cosa brilla e le persone sembrano uscite da uno di quegli spot pubblicitari dove tutto luccica ed è perfetto.

Penso a ciò che è successo con Logan e mi soffio al collo. Sono agitata perché non so cos'altro potrebbe accadere, se rimanessimo ancora soli.

È un uomo fascinoso e sensuale, non c'è alcun dubbio. Sa come tenere testa a una donna e come provocarla con garbo, senza scendere nel volgare, ma facendo capire esattamente ciò che vuole.

Il modo in cui flirta con me mi fa letteralmente impazzire. Se solo ci penso, mi gira la testa.

I nostri corpi stanno gridando, anche se noi cerchiamo di metterli a tacere in tutti i modi. Loro si cercano, si vogliono. Vogliono incontrarsi e scontrarsi. Vogliono fare l'amore.

«Non ci credo. Iris?»

Una voce familiare mi fa sussultare, mettendo per un attimo da parte i miei pensieri.

È Roy ed è... bello. Più bello di quando l'ho lasciato. Probabilmente la vita da single gli ha fatto bene.

«Roy!» esclamo e gli vado incontro.

Quando lo raggiungo, mi cinge in un forte abbraccio sollevandomi da terra.

«Ti trovo in forma smagliante. Sei stupenda, I.» dice e mi viene il magone. Mi chiamava sempre così, quando stavamo insieme: I. Lo trovavo stupidamente dolce, perché era un modo tutto suo di rivolgersi a me, perché solo lui mi chiamava così.

«Grazie, Roy, anche tu stai bene» balbetto, un po' imbarazzata.

«Come mai qui?» diciamo all'unisono e scoppiamo a ridere. Ci capitava spesso quando stavamo insieme.

«Sono qui per lavoro,» inizia lui, continuando a sorridere «un mio nuovo cliente alloggia qui.»

«Wow, allora è un pezzo grosso» dico entusiasta, mascherando con la mia allegria il tormento che sento dentro.

«Già. Tu come mai qui?»

«Ho un nuovo lavoro. Faccio sempre la segretaria, ma adesso sono al servizio di un uomo molto ricco. Si chiama Logan Dark. Mi paga bene e gli orari di lavoro sono flessibili» dico, dondolandomi sui piedi.

«Ottimo, mi fa piacere per te. Hai scalato i capelli? Ti stanno bene» dice spostandomi una ciocca e io tremo al suo contatto.

Quest'uomo mi ha fatto molto male, ma sono stata innamorata di lui e l'idea che il nostro amore sia in qualche modo fallito... mi rende triste.

Provo a rispondere, ma sento una voce a due passi da me.

«Eccoti.»

Mi volto e lo vedo. È Logan e sembra... incazzato.

«Logan» sibilo imbarazzata.

Lui si avvicina a noi e guarda Roy torvo.

Rompo quell'assurdo silenzio e passo alle presentazioni.

«Roy, lui è Logan, il mio capo. Logan, lui è Roy, il mio...»

«Ex!» esclama Roy, finendo la frase per me.

Logan serra la mascella e allunga la mano per stringere quella di Roy.

«Logan Dark» esala con voce rude e mascolina.

«Roy Wallinson» ribatte il mio ex e mi guarda.

«Iris, dobbiamo andare, si è fatto tardi» dice Logan, guardando storto Roy e io annuisco.

«Allora io vado. È stato bello rivederti» dico rivolta a Roy e gli allungo la mano. Lui, però, non contento del mio gesto freddo, mi tira a sé e mi abbraccia.

Mi lascia andare solo dopo qualche secondo.

«Anche per me. Abbi cura di te, I.»

«Grazie» balbetto e noto che lui ha allungato la mano verso Logan, per salutarlo.

«Signor Dark» dice con distacco.

«Roy» ribatte lui, guardandolo con aria superficiale, poi mi fa un cenno.

Andiamo via in silenzio.

Mi volto per guardare un'ultima volta Roy che, da come sentivo, ha gli occhi puntati addosso a me.

In auto, cala un silenzio spaventoso e io vorrei solo dormire per non pensare a niente. Il mio cervello rischia di friggere e il mio corpo di esplodere.

Se non do retta definitivamente all'uno o all'altro, rischio di impazzire. Il problema è... quale dei due vincerà?

Devo lasciarmi andare ai richiami del corpo o farmi guidare dalla saggezza della mente?

Non ho una risposta al momento, ma so che rivedere Roy mi ha fatto capire quanto mi manchi un uomo che mi ami. Quanto desideri qualcuno al mio fianco che si prenda cura di me e mi dica che mi vuole con sé per tutta la vita.

CAPITOLO 6

LOGAN

In auto, non faccio altro che pensare a quel coglione del suo ex. Mi ha infastidito in un modo terribile vederla accanto a lui, che le toccava i capelli come se fosse ancora sua.

Poi il modo ridicolo in cui l'ha chiamata: I. Cos'è? Forse non è capace di pronunciare il suo nome per intero? Poi Iris ha un nome stupendo, perché abbreviarlo?

È decisamente un coglione!

Guardo lei e immagino a cosa o a chi possa pensare. Prova ancora qualcosa per lui, forse?

Nah, impossibile. Iris è troppo bella per uno come Roy, sarà stata di sicuro lei a mollarlo.

Ho odiato, letteralmente, il modo in cui l'ha stretta a sé. Ma chi cazzo si crede di essere? Non può più tenerla in quel modo. Ormai, per lui, quella nave è salpata. Aveva una donna perfetta come Iris al fianco e non ha saputo tenersela, quindi è il caso che inizi a girarle alla larga.

Le sensazioni che avverto scavano dentro di me e mi fanno paura perché, prima d'ora, non avevo mai provato fastidio nel vedere una donna vicino a un altro uomo. Nessuna, eppure, di donne ne ho avute parecchie.

Forse è solo una questione di possesso. Sono abituato al fatto che ciò che è mio non si tocca e, in questo momento, lei lavora per me, quindi, in un certo senso, è affare mio. Non può perdere tempo con un coglione del genere, deve solo concentrarsi sul lavoro.

Cerco di darmi risposte, di giustificarmi, di trovare delle scuse, ma la realtà è che non voglio che quella stupida parola si insinui nella mia mente.

Gelosia! Sei geloso, Logan.

No! Non voglio. Non posso esserlo. Sarebbe assurdo, fuori luogo e senza alcun senso logico.

Perché dovrei essere geloso di una donna che conosco a malapena? Che cazzo frega a me dei suoi trascorsi amorosi o del suo futuro accanto a un uomo?

Non so nulla di lei, so soltanto che voglio portarmela a letto e il sesso non ha nulla a che vedere con la gelosia.

La verità è che quel suo cazzo di carattere mi attrae come una calamita, quasi più del suo corpo, e posso assicurare che mi fionderei seduta stante sul suo corpo!

Se solo fosse stata una tipa arrendevole, una di quelle gattine ingenue e senza spina dorsale, una di quelle che basta uno schiocco di dita per portarsele a letto... Invece no, lei deve essere così fottutamente perfetta.

Qualcosa mi dice che non sarebbe facile spuntarla con lei. Anche se... non sono un cieco, le piaccio anche io. Ma sono sicuro che per una come lei questo non basti. Sono sicuro che, per averla nel mio letto, dovrei sudare sette camicie.

La guardo di nuovo e noto che è ancora pensierosa.

«Tutto a posto?» chiedo. Lei si gira e mi sorride.

«Sì, Logan, grazie» risponde gentile.

Drew ci sta riportando a casa e noi siamo seduti sui sedili posteriori. Gli chiedo di alzare gli oscuranti, per avere un po' di privacy. Voglio che Iris si senta libera di dire ciò che pensa, senza farsi condizionare dalla paura che il mio autista possa ascoltare.

«Problemi con il tuo ex?» domando, nel tentativo di farla aprire un po'.

Lei si gira nuovamente a guardarmi e inizia a parlare. Lo sapevo che era una chiacchierona e che dovevo solo toccare il tasto giusto per farla sfogare.

«Ma no, ci siamo solo incontrati lì per caso. Lui fa l'architetto e doveva incontrare un cliente al *Four Season*. Ci siamo lasciati mesi fa. O meglio... lui mi ha lasciata» confessa e io rimango sbalordito.

«Ti ha lasciata lui?!»

«Sì, perché? Ti sembra così impossibile?» domanda divertita.

«No, è che... è solo che lui non mi sembra assolutamente alla tua altezza. Non voglio essere offensivo verso la sua persona, ma... tu sei tutto un altro livello, Iris. Fisicamente parlando, chiaro, non lo conosco per giudicare il resto. Non che di solito io mi metta a giudicare l'aspetto fisico di un uomo, ma...» mi sto impappinando con le parole e sto combinando un casino. Come cazzo mi è venuto in mente di dire ciò che ho detto?

«Ho capito cosa vuoi dire, tranquillo. La verità è che Roy, ai miei occhi, era bellissimo, forse anche più bello di quanto potrei mai essere io. Lui mi piaceva, lo amavo. Inoltre, resta comunque un bel ragazzo. Il fatto che non sia alto un metro e novanta e non abbia un fisico scultoreo non lo rende meno bello» lo difende ed è come se mi avesse appena dato uno schiaffo in faccia. Sta paragonando me a lui? Fisico scultoreo, alto un metro e novanta. Sì, non c'è dubbio che mi stia mettendo a paragone con quel coglione. L'ha persino lasciata lui! Che idiota! Se Iris fosse stata mia, se io fossi stato una persona normale, non l'avrei mai lasciata andare.

«Certo, resta un bel ragazzo, ovvio» balbetto e mi rendo conto di voler andare più a fondo in questa storia.

«Sono invadente se ti chiedo perché ti ha lasciata?» domando con garbo e lei mi sorride.

«No, Logan, non lo sei, mi fa bene parlarne. Comunque sia... un bel giorno si è svegliato, è venuto da me e mi ha detto "Non ti amo più". Ha anche detto che aveva bisogno di stare da solo e riprendere in mano la sua vita, che doveva tornare single. Che poi, in sostanza, è stato come dire "Voglio scoparmi altre donne, Iris". Non lo vedevo da allora. Ci siamo lasciati in buoni rapporti, comunque. Non potevo certo odiarlo perché aveva smesso di amarmi, anche se all'inizio è stata dura» confessa con una punta di rammarico.

«Immagino. Hai avuto altri uomini dopo di lui?» chiedo. Voglio sapere. Voglio sapere tutto di lei.

«Non storie serie. In realtà, io e Roy ci siamo lasciati solo sei mesi fa e io, da un mesetto a questa parte, mi sono... diciamo divertita. Ma... Dio, perché sto raccontando certe cose a te?» dice, scuotendo il capo e prendendosela con sé stessa.

«Mi interessa. Vai avanti» dico deciso, incalzante.

Iris si morde il labbro, un po' titubante, ma alla fine continua a raccontare.

«Ho una relazione con il mio vicino di casa. Pensavo che la dicotomia *amici con benefici* mi avrebbe aiutata a dimenticare» dice in un sibilo, quasi come se avesse vergogna, e a me sale il sangue al cervello al pensiero che attualmente scopi con un altro. La cosa non mi piace per niente.

«E lo ha fatto?» chiedo, cercando di togliermi dalla testa lei che scopa con un altro uomo.

«Non molto, a dire il vero. Quello che c'era con Hardin non era neanche un granché, se devo essere onesta» confessa, e io riesco a pensare solo alla parola "era".

«Era? Perché, adesso hai smesso?» chiedo e lei annuisce.

«Sì. Diciamo che io e Hardin avevamo.... delle divergenze di opinione su alcuni argomenti» ribatte sicura di sé e io traggo un sospiro di sollievo, perché ha smesso di scopare con questo tizio.

La guardo ancora... è bellissima. Ha un portamento e una classe fuori dal comune, è solare e fiera al punto giusto. Mi fa impazzire!

Penso ancora a lei e a quel Roy e ho bisogno di farle la fatidica domanda, anche se... temo fortemente la sua risposta.

«Sei ancora innamorata di lui?»

«Di Roy?» ribatte.

«Ovvio. Non credo che il tuo amico Hardin sia stato così fortunato» replico e lei scoppia a ridere.

«No, decisamente no. Comunque... non lo so, Logan, è ... complicato.»

«A me non sembra complicato. È una domanda semplice che prevede solo due risposte: sì o no.»

«Non è così facile» fa lei, scuotendo la testa.

«Perché no?» domando curioso. Non so niente dell'amore per una donna e voglio capirci qualcosa. Voglio che sia lei a farmelo capire.

«Perché l'amore è un casino, Logan. A volte ti confonde e ti fa dubitare di tutto, di te, di lui, di ciò che provi. Io, in questo momento, se dovessi rispondere a questa domanda, ti direi che non lo so. Insomma, fino a ieri ero convinta che il capitolo Roy fosse un capitolo chiuso e che fossi pronta per una nuova storia, ma... adesso... rivederlo mi ha smosso qualcosa che non so spiegarti» confessa e io muoio dentro.

«Allora è facile: lo ami ancora» replico granitico anche se, dentro, in realtà, sono un fuoco che arde di gelosia.

Ecco, l'ho detto!

«No, io... non è facile, Logan, te l'ho detto. Una parte di me pensa di provare ancora qualcosa, perché quando l'ho rivisto non è stato come rivedere qualcosa che, come si dice, "che non ti fa né caldo né freddo", ma allo stesso tempo un'altra parte di me crede che ciò che mi manca non sia lui, ma quello che avevo con lui. Una storia d'amore, qualcuno che si prenda cura di te, che ti chiami al mattino e ti dica che non vede l'ora di vederti. Qualcuno con cui condividere la tua vita, con tutti i suoi momenti belli e brutti. Qualcuno che ti ami per ciò che sei ma, allo stesso tempo, non abbia paura di spronarti a migliorare, perché crede in te e sa che puoi farlo» dice e io mi incanto al suono delle sue parole. Questa donna è come una sirena che, con la sua voce melodiosa, mi attira a sé e per cui potrei solo affondare, perché non c'è via d'uscita al canto delle sirene.

«E lui è stato questo, per te?» chiedo e la guardo, cercando di capire ciò che in realtà non dice dai movimenti del suo volto.

«In parte sì» sibila con una punta di rammarico e io mi sento colpito di nuovo, perché so che un disastro come me non potrebbe mai essere nulla di tutto questo, per lei.

«Capisco» ribatto e cala di nuovo il silenzio. Silenzio che, però, Iris interrompe con una domanda curiosa.

«La tua ultima relazione, invece, a quando risale?»

Sorrido mentalmente perché, a parte Gabriela, io non ho mai avuto relazioni con donne, se non di tipo sessuale.

«Un anno fa, circa. L'unica relazione della mia vita, ed è stata un disastro» ammetto senza riserve.

«Lei ti ha ferito?» chiede dolce e io scoppio a ridere.

«Chi? Gabriela? No. Era solo una sanguisuga che voleva il mio denaro e che non provava nulla per me. Non che io gliene faccia una colpa, anche io non ne ero innamorato» affermo e lei mi guarda stranita.

«Se non eri innamorato perché ci stavi assieme?»

«Perché avevo trent'anni e mia madre voleva che io mi accasassi. Ho provato ad accontentarla e a prendermi il suo "partito ideale", ma non ha funzionato e, per fortuna, da quel momento in poi, non ha più provato ad appiopparmi qualcuno. Ha capito che non sono fatto per delle storie serie» dico con sicurezza, ma la sua risposta mi fa vacillare.

«Come fai a saperlo? Magari non hai ancora incontrato la donna giusta».

Lo dice con un candore che mi fa sciogliere.

Piccola ingenua! Non mi conosce. Non sa il marcio che c'è dentro di me. Non sa quanto questo potrebbe inghiottire qualsiasi donna abbia la voglia di avvicinarsi.

Con Gabriela è stato facile perché a lei, di me, non fregava niente. Non le importava del perché non volessi dormire con lei, ogni singola notte, dopo aver fatto sesso. Non mi ha mai chiesto perché, spesso, se si alzava di notte per andare in bagno, mi trovava in cucina, divorato dall'insonnia. Non si è mai domandata perché fossi così tanto ossessionato dal mio aspetto esteriore da non permettermi un dolce, mai, nemmeno per sbaglio.

Non ha provato a capire perché, quando facevamo l'amore, le permettevo tutto.... tranne che andare lì sotto con la bocca.

No, lei non voleva capire. Non gliene fregava un cazzo di capire.

Ma una come Iris vorrebbe farlo, vorrebbe sapere, capire e io non potrei mai dirle la verità.

Sono anche sicuro che, dopo le cose che mi ha confessato, lei sarebbe una di quelle che vuole provare a cambiarti. Senza sapere che, per uomini come me, non esiste cambiamento, non esiste redenzione.

Sono come sono, perché per me non ci sarà mai altro modo di esistere, altro modo in cui vivere.

«Non esiste la donna giusta per me, Iris» ribatto glaciale, ma lei mi sfiora la mano e la prende nella sua in maniera dolce, in un modo in cui nessuna donna ha mai fatto.

«Tutti abbiamo la nostra metà lì fuori, da qualche parte, Logan. Basta solo essere pazienti e aspettare che arrivi» sussurra con delicatezza e io chiudo per un secondo gli occhi, cullato da quel contatto e dalle sue parole.

«Signor Dark. Siamo arrivati.»

La voce di Drew, dall'interfono, spezza quel momento e mi fa tornare con i piedi per terra.

«Ha ascoltato tutto ciò che ci siamo detti?» sibila Iris, portandosi una mano alla bocca.

«No. Eravamo isolati. Possiamo comunicare con lui solo con l'interfono. Non avrei certo lasciato che Drew sentisse le tue confessioni» dico per calmarla, ma lei sussulta.

«Sì, beh, grazie, ma... a proposito di questo, io.... scusami, Logan, non volevo romperti le scatole. Tu sei il mio capo e io non avrei dovuto farti certe confidenze e...»

«Shhh» la zittisco col suono della mia voce e sorrido. Le alzo il mento con una mano e la obbligo a guardarmi dritto negli occhi.

«Puoi parlare di qualsiasi cosa con me, Iris, quando vuoi» dico gentile e lei mi sorride.

«Grazie, Mr. Dark» replica con dolcezza e io mi rendo conto che, ogni volta che mi chiama così, mi eccito come un adolescente.

Respiro forte e tolgo la mano dal suo viso.

Rispondo finalmente all'interfono, liberando Drew dall'attesa.

È addestrato su tutto. Sa benissimo che se sono dietro con una donna e non gli rispondo, è molto probabile che me la stia scopando, quindi non deve fare niente finché non sente la mia voce.

Apro la portiera e Iris fa lo stesso dal suo lato.

Siamo arrivati al *Blackwood*, un locale in cui devo incontrare un altro cliente. Le chiedo di venire con me ed entriamo, facendo il secondo di un lungo giro di noiosissime visite.

***

IRIS

Dopo un lungo giro di visite, arriviamo a casa sua e io mi preparo per tornare da me.

Abbiamo girato quattro hotel, la casa di una ricca signora anziana, due aziende e due locali, di cui uno, il *Destination*, era di sicuro un locale a luci rosse.

Ho visto come mi ha guardato il tizio con cui doveva trattare Logan e ho visto la sua frustrazione nell'appurarlo.

Non so se, dopo ciò che avverto con lui, ho fatto bene a sfogarmi e raccontargli parte della mia vita.

In fondo, erano cose intime e personali. Perché diamine non sono stata zitta?

Alzo gli occhi al cielo, arrabbiata con me e col mondo.

Prendo le mie cose e faccio per andarmene, quando vedo Logan che parla al telefono con qualcuno, probabilmente una donna. Sta ridendo e io mi nascondo per origliare la loro conversazione.

«Ah, sì? Divertente. Vuoi che te lo faccia ancora? Sei davvero insaziabile, Rox» dice ridacchiando e io mi chiedo chi sia questa Rox.

«Mm, certo, quando vuoi, lo sai che per te sono sempre pronto. Ti farò urlare molto più dell'ultima volta. Porterò anche uno di quei giochini che ti piacciono tanto» sussurra quest'ultima frase, quasi come se avesse timore di farsi sentire.

Scoppia di nuovo a ridere e getta la testa all'indietro e io, nonostante l'assurdità della situazione, mi rendo conto che è bellissimo quando ride. Non lo avevo mai visto ridere così, prima.

Deve essere proprio speciale questa donna, per farlo divertire in tal modo.

A un tratto diventa serio e si rabbuia.

«Sai che non cambio idea su quello, Rox, non insistere. Cristo, mi conosci da due anni, se non è successo finora perché credi dovrebbe accadere domani? No, non esiste. Non voglio più parlarne, Roxanne, lo sai che ci sono dei taboo per me. Non provare mai più a chiamarmi in quel modo, altrimenti domani ti punisco severamente e, credimi, mi implorerai di smetterla. Sì, d'accordo, a domani».

Chiude la chiamata e io mi faccio più dentro per non farmi notare. Do un'ultima sbirciata e lo vedo che si passa nervosamente la mano tra i capelli. Sembra arrabbiato.

Aspetto qualche istante, poi entro in cucina.

«Ehi» dice vedendomi.

«Ciao, Logan. Grazie per l'interessante giornata lavorativa, davvero. Io adesso andrei, si è fatto tardi» esalo un po' imbarazzata.

«Sì, certo» ribatte freddo.

«A domani» dico e mi volto per andarmene.

La sua voce rude mi raggiunge.

«A domani, Iris.»

Iris. Il mio nome suona benissimo sulle sue labbra. Quelle labbra che vorrei prendere nelle mie, giocarci e baciarle.

Quelle labbra impertinenti che ci provano spudoratamente attraverso parole insinuanti e sottili.

Quelle labbra in cui potrei perdermi. Quelle labbra per cui potrei morire, se solo sfiorassero le mie.

Poi però penso alla sua Roxanne e a quello che domani le farà e ritorno in me.

Non avrà mai le mie labbra, come non avrà mai il mio corpo. Resisterò. Dovessi fare appello ai monaci zen, resisterò.

Io sarò capace di resistere al magnetico e tenebroso Logan Dark.

CAPITOLO 7

LOGAN

Sono in cucina, a pezzi dopo una notte lunga e tormentata dagli incubi.

Sono nervoso e sento che oggi potrei spaccare la faccia a qualcuno. Aver dormito due ore non aiuta, anzi, peggiora tutto, perché all'umore nero si unisce la stanchezza e, anche oggi, ho vari impegni da rispettare.

Sono incazzato con Roxanne per il modo in cui mi ha chiamato. Infatti, quando l'ho vista, sabato, abbiamo litigato un bel po', prima di riappacificarci scopando. Oggi la rivedrò e spero per lei che stia zitta e mi dia l'unica cosa interessante che ha da offrirmi.

Sono anche incazzato con Iris, però, perché credo sia ancora innamorata del suo ex e la cosa mi provoca un fastidio che non ho mai conosciuto prima.

È passato l'intero weekend e non l'ho né vista né sentita. Mi chiedo se abbia rivisto lui, se ci abbia fatto sesso.

Odio entrambe, anzi no, odio tutto il genere femminile.

Finisco velocemente la colazione e corro a fare una doccia. Mi vesto e, mentre sistemo la cravatta, sento Adele che accoglie Iris alla porta.

La raggiungo nel salotto, è raggiante, mentre io sono nervoso come non mai.

«Buongiorno, Logan» esordisce, con un sorriso a trentadue denti.

«Buongiorno. Dobbiamo sbrigarci, ho un appuntamento tra mezz'ora e un altro a mezzogiorno. Faremo una breve pausa pranzo, poi devo presiedere a degli incontri e a una premiazione universitaria» dico freddo, senza guardarla negli occhi.

«Oh, benissimo, non vedo l'ora di cominciare!» esclama entusiasta e io invece sbuffo.

«Tutto bene?» domanda preoccupata.

Annuisco.

«Sì, ho solo dormito poco. Adele, stasera per la cena non ti disturbare. Ordino il solito dal cinese» dico, riferendomi al riso alla cantonese e al pollo alle mandorle, unici piaceri che mi concedo fuori dalla mia dieta.

Conosco Min da molti anni e lui sa che, quando cucina quelle pietanze per me, non deve aggiungerci grassi. Il pollo viene più asciutto e non rispetta la classica ricetta, ma chi se ne frega!

«Come desidera, signore.»

Adele mi sorride comprensiva e sembra aver capito che è stata una delle mie nottate no.

«Andiamo?» chiedo a Drew, che è appena entrato nella stanza.

«Sono pronto, signore» risponde lesto e io mi avvio, seguito da Iris che ticchetta con i tacchi per terra.

Dopo il primo incontro, ci rechiamo al *Money*, un albergo di lusso dove mi vedo con Roxanne. È quasi mezzogiorno e lei è una delle poche donne puntuali che io conosca. Tutte quelle con cui sono stato a letto erano delle ritardatarie croniche e io mi incazzavo ogni volta di stare lì ad aspettarle, voglioso di scoparle e con l'uccello duro.

Entriamo in albergo e la vedo, lei mi viene incontro e mi si fionda addosso, baciandomi davanti a Iris.

Si distacca e io mi volto per guardare la mia segretaria che, con mia piacevole sorpresa, sembra un misto tra lo scioccato e l'infastidito.

«Non dovresti contenerti, davanti agli altri?» chiedo a Roxanne, che mi sorride.

«Oh, Logan, mio marito è morto da più di un anno. Perché devo fare ancora la parte della vedova afflitta?» dice sbuffando.

«Tu non l'hai mai fatta quella parte e, anche se ci avessi provato, non saresti stata capace di fingere» ribatto acido e lei mi guarda torva.

«Tesoro, sono stata per anni al fianco di un uomo che detestavo. Facevamo sesso ogni sera e a me veniva da vomitare tutte le volte. Eppure, lui era convinto di riuscire a procurarmi numerosi orgasmi» replica sicura di sé, prima di posare il suo sguardo su Iris.

«E questa splendida ragazza chi è?» domanda incuriosita e io me la mangio con gli occhi, perché conosco le sue perversioni sessuali e so che Iris sarebbe proprio il tipo con cui farebbe un ménage a trois, ma non glielo permetterò. Non la coinvolgerò in questo schifo!

«È la mia segretaria, Iris Rhoden. Iris, lei è Roxanne Cross, un'amica e cliente della *Loyalty*, una delle mie aziende» dico e Iris sorride fredda, allungando una mano per presentarsi.

«Molto piacere, signora Cross.»

«Chiamami Roxanne. Dove lo tenevi nascosto questo bel bocconcino, Logan? Iris sarebbe proprio adatta per...»

«Non ci provare, Roxanne, lei lavora per me» ribatto gelido e la fulmino di nuovo con lo sguardo.

«Ma sono sicura che la ragazza...» prova a dire, ma la blocco ancora.

«Lavora per me. Non farmelo ripetere una terza volta» dico duro. Questa volta sono incazzato e lei capisce.

«Come vuoi. Ti aspetto di sopra, solita stanza» esala, espirando come rassegnata. Mi lascia un bacio all'angolo della bocca e fa per andarsene, ma poi ci ripensa e si gira.

«Hai portato tutto? Manette, maschera, dildo e vibratore?»

Lo ha detto apposta, la stronza, lo ha fatto per sconvolgere Iris. Mi lancia un sorrisetto, poi guarda lei. Giro lo sguardo per osservarla anch'io e mi sembra a metà tra il disgustato e lo scioccato.

Maledetta Roxanne!

«Ho tutto, non ti preoccupare. Ci vediamo tra un minuto» dico, facendole cenno col capo di salire e lei se ne va.

Sono incazzato, faccio per parlare con Iris, ma lei mi precede.

«Sul serio? Questo sarebbe il mio lavoro? Mi hai portato qui per assistere ai tuoi squallidi incontri di letto con questa tipa?» sbraita agitando le mani in aria.

«Non urlare, abbassa la voce. Non devi assistere a nessun incontro. Mi aspetterai qui, la hall è grande. Mi servirà al massimo un'ora» ribatto e lei mi guarda schifata.

«Non starò qui un'ora con le mani in mano ad aspettare che il capo finisca i suoi porci comodi. Se volevi vedere Roxanne, potevi dirmi di aspettarti a casa, senza portarmi con te e farmi attendere qui. È così squallido!» replica incazzata, anche se con un tono più basso.

«Dobbiamo fare altre cose dopo, non potevi aspettare a casa. E smettila di ribattere ogni santa volta, sei pagata per fare quello che ti dico e adesso ti sto dicendo di aspettarmi qui. Sono sicuro che troverai come passare il tempo» dico con una freddezza che quasi mi spaventa e le do le spalle, avanzando a grandi falcate lontano da lei.

«Sei uno stronzo, Logan Dark» urla lei e qualcuno si gira. Lo faccio anch'io e, dopo averle regalato un sorrisetto malizioso, le rispondo come solo uno come me sa fare.

«Me lo dicono tutte.»

Le lancio un occhiolino e me ne vado, consapevole che, per quel poco che ho conosciuto Iris, stavolta, l'ho fatta incazzare di brutto.

***

IRIS

Se ne va, come se nulla fosse, e io vorrei solo tirargli una scarpa addosso. Chiamo subito Linette e lei mi risponde dopo qualche squillo.

«Tesoro, sto lavorando, posso richiamarti dopo?»

Come se non avesse proprio parlato, butto fuori tutto.

«Logan Dark è uno stronzo. Ti rendi conto che mi ha portata in un albergo dove deve scoparsi una e io devo stare qui sotto un'ora intera ad aspettare che lui venga? Ma con chi crede di avere a che fare?»

«Che cosa?» strilla lei e sento che si allontana, scusandosi con una signora e inventandosi che è una telefonata di famiglia.

«Stai dicendo sul serio, Iris?» chiede e io annuisco con la testa, come se lei potesse vedermi.

«Purtroppo sì. Ma non ha capito proprio niente della vita, il riccone viziato. Io me ne torno a casa e non termino la mia giornata di lavoro, non a queste condizioni» faccio per andarmene, ma la sua voce mi fa desistere.

«Tesoro, ricordati di contare sempre fino a dieci. Senti, lo so che sei arrabbiata e ti capisco benissimo, ma... non ti ha mica obbligata ad entrare in camera con lui e ad assistere al suo incontro sessuale, no?» dice con calma e io non capisco questo cosa c'entri.

«Sì, e quindi?»

«Quindi, per quanto tu ne sappia, lui potrebbe benissimo stare lì sopra a fare un meeting lavorativo con questa tizia. Sii paziente, aspetta e non prenderlo a parolacce, se non vuoi perdere il lavoro»

«Ma, Lin...»

«Devo andare. Fino a dieci, Iris, ricordalo» dice e riattacca.

Sbuffo sonoramente e mi accascio sul divanetto della hall. Prendo una rivista e la sfoglio, sperando che il tempo passi. Prendo la seconda, la terza, poi mi metto a cazzeggiare su Facebook, Instagram e con qualche giochino. Ripongo il telefono in borsa e sbuffo ancora, perché sono nervosa e annoiata.

Cammino su e giù guardando l'orario, ma è passata solo mezz'ora.

Dopo circa quarantacinque minuti, vedo arrivare Logan seguito da Roxanne, che lo saluta con un bacio e se ne va.

Lui la segue con lo sguardo, poi mi nota. Si sistema la cravatta e avanza nella mia direzione. Sono nera. Il mio volto la dice lunga.

Ho le braccia incrociate al petto e un'espressione che dice "Fai un altro passo verso di me e ti mangio a colazione".

«Ci ho messo anche meno del previsto. Contenta?» dice guardando l'orologio.

«Oh, sarà sicuramente meno contenta lei, visto la performance che le avevi promesso» ribatto allusiva e lui sorride.

«Ah, Ah. Divertente» ironizza, prendendomi in giro.

«Hai controllato la patta dei pantaloni, Mr. Dark? Non vorrei che qualcosa da lì sotto uscisse indesiderata» continuo a punzecchiarlo e non so perché lo stia facendo. Dovrei solo mandarlo al diavolo e ricordargli quanto sia stronzo.

«Tranquilla. La mia patta è a posto e, anche venisse fuori qualcosa, sarebbe tutto fuorché indesiderata» ribatte confessandomelo all'orecchio e io mi innervosisco solo di più.

«Sì, come no. Comunque, sai, il tempo è passato in fretta. Ho incontrato per caso Hardin, il mio vicino di casa. Ci siamo nascosti in un bagno e ci abbiamo dato dentro per un bel po'» dico sicura di me, ma in realtà so perfettamente che sto solo facendo una figura di merda con il mio capo, propinandogli una marea di palesi stronzate. Perché diamine mi sto comportando come una bambina? Perché ho tirato fuori Hardin adesso, cosa c'entrava? Sto giocando a chi si ingelosisce di più tra noi due? È assurdo!

«Beh, mi dispiace per te. Almeno il mio sesso con Roxanne è stato grandioso. Del tuo non posso sicuramente dire lo stesso» sputa fuori, credendo di colpirmi nel segno, ma io ribatto ancora.

«Sicuramente più grandioso che farlo con te.»

Logan sorride, si avvicina a me e io indietreggio, andando a sbattere contro il tavolino su cui erano poggiate le riviste.

«Non provocarmi, Iris, perché potrei farlo accadere e ne vorresti ancora» dice deciso e io deglutisco. Mi sta mettendo K.O., di nuovo.

«Sei sempre così sicuro di te, Mr. Dark?» domando, sostenendo il suo sguardo. Non cederò, non adesso.

«Sempre, quando si tratta di questo» ribatte e io non so più che dire. Mi allontano da lui e, dopo aver ingoiato il rospo, svio il discorso.

«Credevo che avessimo vari appuntamenti oggi, andiamo o no?» chiedo innervosita.

«Subito, Miss Rhoden» mi chiama in quel modo per prendermi in giro e si avvia all'uscita senza degnarmi di uno sguardo.

Lo seguo e in quel momento mi squilla il telefono. Lo prendo dalla borsa e guardo lo schermo. È mio padre.

«Mi dai un minuto?» chiedo a Logan, facendogli cenno che mi stanno chiamando.

«Ti aspetto fuori» dice e se ne va.

Rispondo a mio padre e lo sento strano. Mi dice che quella sera stessa vuole vedermi per parlarmi di una cosa importante. Sono tesa e preoccupata, ho paura che si tratti di una brutta notizia. Se avesse un tumore o una qualsiasi altra grave malattia? Se invece si trattasse di mio fratello?

Lo invito a dirmi seduta stante di che si tratta, perché non posso aspettare e, quello che mi confessa, per quanto non grave come una malattia terminale, mi fa gelare il sangue.

Vuole vendere la sua casa, la nostra casa, la casa dov'è morta mamma. Dice che i soldi non bastano e deve mandare Cedar al college. Dice che quella casa è inutilmente grande per entrambi e che prenderà un piccolo appartamentino.

Gli dico che non ce n'è bisogno, che lo aiuterò io col mio stipendio, ma lui non vuole ascoltare. Dice che non è disposto ad accettare più un dollaro da me, visto come l'ho aiutato in passato. Insisto, ma finiamo solo per litigare.

Non posso credere che voglia farlo davvero. Quella era la casa di mamma, la casa che lei aveva scelto e arredato con tanto amore. È dove ha vissuto fino alla notte in cui è morta. Non gli permetterò di farlo.

Attacco arrabbiata e raggiungo Logan. Salgo in auto e sono un fascio di nervi. Sono allo stesso tempo delusa, arrabbiata e triste. Potrei scoppiare a piangere da un momento all'altro.

Logan nota il mio malumore.

«Va tutto bene?»

«Sì, a posto» mento e lui si scusa.

«Iris, se è per il modo in cui ti ho risposto, stavo solo giocando, era solo un modo scherzoso per ribattere.»

«Non me ne frega niente di quello. Credi che il mondo giri attorno a te, Logan?» dico arrabbiata e gli occhi mi si riempiono di lacrime.

«Iris, ma che...»

Scoppio a piangere e lui mi tira a sé, lasciandomi sfogare sul suo petto.

Sento che chiede a Drew di fermare l'auto e continua a tenermi stretta per farmi capire che lui c'è, che posso piangere senza dovermi vergognare.

Mi perdo in quel suo abbraccio e mi aggrappo a lui come se non mi fosse rimasto nessun altro al mondo.

Quando mi calmo, lui mi allunga il suo fazzoletto di stoffa e mi lascia asciugare le lacrime.

Gli racconto tutto, di mio padre, della casa, del fatto che mia madre sia morta là.

Quando finisco di raccontare, lui inspira forte. Rimane zitto per un istante, poi parla.

«Se hai bisogno di soldi, se tuo padre ne ha bisogno, posso provvedere io» dice con gentilezza, ma non si rende conto del fatto che sia inaccettabile quello che mi sta proponendo.

«Non potrei mai accettare, Logan, nemmeno mio padre la farebbe. Non puoi comprare tutto con i tuoi soldi. La nostra dignità non la compri» ribatto acida, ma mi rendo immediatamente conto di essere stata troppo severa, visto che si è offerto di aiutarmi.

«Non voglio comprarvi, cerco solo di aiutarvi. Credi che io acquisti tutte quelle aziende perché mi piaccia giocare a Monopoli e fare la parte del milionario? Molte di quelle che ho acquistato erano sull'orlo del fallimento, c'erano famiglie che sarebbero finite in mezzo a una strada» dice con sincerità e io mi sento un verme per averlo offeso in quel modo.

«Lo so, Logan. Jonathan mi ha parlato di te, quella volta, a casa tua. Ti fa onore quello che fai, davvero, ma mio padre non è un tuo dipendente e la mia casa non è un'azienda. Perciò grazie, ma no!» dico con decisione.

«Va bene, come vuoi, non insisto. Ma sappi che mi avrebbe fatto piacere aiutarti» esala con dolcezza e, in quel momento, vorrei solo fiondarmi al suo collo e baciarlo, ripagandolo della delicatezza che mi sta donando in questo momento.

«Non puoi salvare il mondo, Mr. Dark» dico ironica e lui mi sorride.

«No, ma posso provarci» risponde con un altro sorriso e io sento qualcosa, qualcosa di nuovo e inaspettato, qualcosa che mi prende alla bocca dello stomaco.

Mi sto invaghendo... mi sto invaghendo del mio capo. È bello e sbagliato al tempo stesso. È come quando vuoi qualcosa di proibito, come quando sai che stai per fare qualcosa di peccaminoso, ma non riesci a resistere dal farlo.

Logan Dark è il mio proibito e, se non voglio farmi male, deve rimanere tale.

CAPITOLO 8

IRIS

Il giorno dopo, sono con Linette in tenuta da corsa. Quando possiamo, di mattina, andiamo a correre insieme per tenerci in forma, soprattutto perché io amo mangiare schifezze e, se non facessi un po' di attività fisica, diventerei una palla che rotola.

Lin, per fortuna, non è golosa come me, ma ama comunque mantenersi attiva, quindi, ogni volta che può, mi fa compagnia.

Tra una corsa e l'altra, ci siamo fermate per una breve pausa e io le ho parlato di tutto ciò che mi è successo ieri: sia di Logan, sia della telefonata di mio padre.

Per quest'ultimo grosso problema, Lin è stata fiduciosa. È una che crede molto nei segni del destino. È convinta che, mia madre, in qualche modo, mi manderà un segnale, qualcosa che sistemerà tutto e permetterà a papà di non vendere la casa o semplicemente una sorta di benedizione che ci farà capire che staccarsi dal passato e venderla non significa farle un torto, ma io non voglio che questo accada!

Sulla questione Logan, invece, stiamo discutendo da un bel po' e Lin è troppo accomodante.

«Tesoro, lui ti piace, si vede lontano un miglio. Da come mi hai descritto il vostro modo di flirtare, siete entrambi pazzi l'uno dell'altra ed entrambi non vedete l'ora di rotolarvi insieme tra le lenzuola. Quindi che problema c'è? Fallo! Che ti frega se alcune volte è un po' autoritario? Devi farci sesso, non sposartelo. Comunque, se un uomo a letto è autoritario, è eccitante, Iris, e io sono convinta che, dopo Hardin, tu abbia bisogno di qualcosa di travolgente che ti faccia sentire libera, che ti faccia avere la voglia di vivere la tua sessualità senza doverti preoccupare di tutte le implicazioni di una relazione seria. Quindi, la prossima volta che ci prova, lascialo fare. Sul serio, non capisco dove sia l'intoppo» si lamenta lei, e io non ho il coraggio di dirle che, per me, con Logan sarebbe più di un'attrazione fisica e di un rapporto di sesso, visto il modo in cui mi sono sentita ieri.

«L'intoppo è che io lavoro per lui, Lin, l'hai dimenticato? È il mio capo. Non voglio complicazioni. Lo so cosa pensi, che sia solo sesso, ma a volte il sesso può diventare complicato, può trasformarsi in qualcosa di più» mi lamento, grattandomi dietro l'orecchio.

«Tesoro, goditi il momento, non pensare a quello che potrebbe accadere domani. Poi, scusa, l'hai detto tu: è il tuo capo e il capo che si porta a letto la sua segretaria è il cliché più vecchio del mondo. Perciò smettila di farti tante remore e sii un fottuto cliché!» esclama esasperata, per poi riprendere a correre.

La seguo sbuffando e penso ancora a lui, a quanto sia bello senza maglietta, ai suoi addominali di pietra, a quanto vorrei toccarli, a quanta passione potrebbe esserci a letto, con un uomo come lui.

Fantastico ancora e passo quasi tutto il resto del tempo, nonostante ciò che mi ero ripromessa, a pensare a quante cose eccitanti potrei fare insieme a Logan Dark.

Dopo la mattinata con Lin e una veloce colazione, mi sono preparata e sono giunta a casa di Logan in orario.

Come al solito, Adele mi ha aperto la porta. Ho portato di nuovo il caffè a Logan. Non so perché l'abbia fatto, ma mi andava!

Chiedo a Adele dove sia e lei mi dice che è nella sala pesi. Resto stupita. Questo appartamento ha anche una sala pesi?

Adele mi indica la strada per raggiungerlo e io rimango un secondo lì, impalata, perché non riesco a decidere cosa fare. Aspettarlo lì con il caffè, col rischio che si faccia freddo, oppure raggiungerlo in sala pesi, sapendo la visione paradisiaca che mi attende?

Seguo l'istinto e mi avvio verso la sala pesi, con il caffè in mano, il cuore a mille e l'ansia che mi divora.

Quando giungo sulla soglia, lo vedo. Sta facendo le trazioni ed è... sudato, molto sudato. È sexy da morire! Credo di non aver mai incontrato un uomo più bello di lui così da vicino.

Indossa una canotta nera stretta e un pantaloncino da ciclista. I muscoli sono tesi e la mia mente va, inevitabilmente, a un altro muscolo. Cerco di scacciare quell'assurda immagine dalla mia testa ed entro, altrimenti rimango qui per ore, a guardarlo.

«Buongiorno, Logan» esordisco, avanzando col caffè. Lui smette di allenarsi e si ferma per guardarmi.

«Buongiorno a te, Iris. Come stai?» chiede appoggiandosi su una panca per asciugarsi il sudore con un'asciugamani.

«Bene. Ti ho portato il caffè. Tranquillo, stavolta non è accompagnato da numerosi cibi calorici, è solo caffè» ironizzo raggiungendolo.

Poggio il bicchiere su una panca libera, proprio di fronte a lui.

«Ti ringrazio. È amaro?» domanda e io annuisco. Lui lo prende e inizia a sorseggiare. Riesce a essere sexy anche solo bevendo uno stupido caffè.

«Novità con tuo padre?» chiede, riferendosi a ciò che gli ho raccontato ieri. Si alza e raccoglie le sue cose.

«Nessuna. Non positiva, comunque. Ma grazie per l'interessamento» dico gentile e lui mi sorride.

«Non c'è di che, Iris» mi guarda dritta negli occhi e io sono consapevole che potrei sciogliermi in questo istante per il modo profondo in cui incolla lo sguardo al mio.

«Comunque... torno di là. Ti lascio allenare in pace» esalo, tirandomi i capelli all'indietro. Sto cominciando a sudare anch'io.

«Tranquilla, tanto avevo finito» mi raggiunge e usciamo insieme dalla sua palestra personale.

Avanziamo nel lungo corridoio che ci porterà al salone e io sento il suo fiato sul collo. Cammina dietro di me e a pochi centimetri dal mio sedere.

Immagino un sacco di cose sconce che potrebbe fare al mio sedere e per poco non inciampo.

Logan mi prende al volo e io sospiro.

«Sta' più attenta!» mi rimprovera, aiutandomi a rialzarmi.

«Scusa, ero sovrappensiero» mi giustifico, girandomi a guardarlo, poi proseguo il mio cammino e arrivo, per fortuna, alla meta.

Logan prosegue, dicendo a Adele, che è lì a pulire la cucina, che va a farsi una doccia. Io mi siedo e lo aspetto. Mi sento un fuoco che brucia, devo assolutamente darmi una calmata.

Lo attendo e picchietto le dita sul tavolo, perché il tempo sembra passare troppo lentamente. Adele continua a pulire e io, di tanto in tanto, quando i nostri sguardi si incrociano, le regalo dei sorrisi dolci che lei ricambia. Mi sento troppo imbarazzata e non so il perché.

Quando Logan arriva, resto a bocca aperta. Ha un pantalone di tuta ed è a torso nudo. Perché? Lo sta facendo apposta, vuole provocarmi. Non poteva indossare una cavolo di maglietta, una canotta, qualsiasi cosa?

Avanza e inizia a fare colazione. Conversa con Adele amabilmente e mi ignora. Si comporta come se non ci fossi.

Lo guardo. I lineamenti sono perfetti, le labbra carnose quanto basta, gli occhi scuri e penetranti, il naso giusto, nella misura in cui dovrebbe averlo un uomo. Sorride alle battute di Adele e io mi rendo conto che diventa ancora più bello quando sorride, anche se lo fa raramente.

Finalmente si rivolge a me e mi ridesta dai pensieri.

«Iris, oggi lavoreremo da casa. Verranno dei clienti che dovrai accogliere e accompagnare nel mio studio. Quando ogni cliente terminerà la sua visita, prenderai un appuntamento nuovo per il prossimo mese; controlla l'agenda, non voglio che si accavalli niente. Ah, dopo ti lascio anche il mio telefono, quello aziendale. Ti chiameranno delle persone per prendere appuntamento con me per degli incontri qui o in città. Risponderai e dirai di essere la mia segretaria. Controlla sempre l'agenda, prima di decidere un orario con loro e, se vogliono incontrarmi in città, assicurati che gli orari di spostamento siano fattibili, considera il traffico che potremmo incontrare e dai sempre un'ora a incontro, dobbiamo calcolare gli imprevisti. Tutto chiaro? Pensi di farcela?» dice provocatorio e io sorrido sicura di me.

«Certo, assolutamente» ribatto decisa e lui mi guarda compiaciuto.

«Ottimo. Adele, oggi mangiamo qui. Per me, già sai. Mettiti d'accordo con Iris su quello che preferisce mangiare. Assicurati che non sia un pranzo di quattro portate, non possiamo sprecare tempo prezioso, inoltre...»

Logan parla, ma la mia mente è annebbiata. Sono fissa sul suo petto muscoloso che, a ogni suo movimento, a ogni suo gesticolare, si muove come se stesse ballando la samba. *Dio santissimo, è ipnotico!*

Penso a quello che mi ha detto Lin e al fatto che dovrei lasciarmi andare. Penso a quanto potrebbe essere soddisfacente il sesso con lui, dopo il disastro con Hardin. Penso a quante cose potrei imparare, visto che sembra essere un uomo esperto e, per quanto abbia avuto un po' di relazioni, sono sicura che lui potrebbe insegnarmi cose del mio corpo che nemmeno conosco.

Immagino il suo membro duro tra le mie mani e dentro di me.

Le loro voci mi arrivano ovattate, Adele dice qualcosa, Logan mi guarda. Mi pare di sentire un "Cosa vuoi mangiare" e un "Iris?", penso ancora a Lin e dico la prima cosa che mi passa per la testa.

«Voglio essere un fottuto cliché!»

«Cosa?!» esclamano all'unisono e io vorrei buttarmi giù dal palazzo. Come cazzo mi è venuto in mente di dire quella frase? Mio Dio, voglio morire, voglio sotterrarmi, voglio gettarmi sotto a un treno.

«Io... ehm...» cerco di parlare, ma non so davvero cosa dire per giustificare ciò che hanno appena sentito. Sono sicuramente diventata rossa dall'imbarazzo e sto iniziando a sudare.

«È un... locale!» esclamo sicura. *Brava, Iris, ora vedi di sistemare questo casino!*

«Si chiama così, non lo avete mai sentito?» dico, cercando di calmarmi un po'.

Logan e Adele si guardano straniti e scuotono la testa.

«No, mai» afferma Logan sicuro e Adele lo segue.

«Mai, in tutta la vita.»

«Si mangia benissimo, fa un sacco di cose buone. È un po' fuori mano, bisogna uscire da San Francisco, ma... ne vale la pena. Stavo pensando a quel locale quando avete iniziato a parlare di cibo, così ho pensato che sarebbe stato carino pranzare lì, tutto qua» affermo con una sicurezza che dentro non ho, sperando di non peggiorare le cose.

«Vuoi che ti ci porti per pranzo?» chiede Logan guardingo e io scuoto la testa come una forsennata.

«No, no, no, per carità. Fa solo roba fritta e dolci. Un sacco di dolci» dico per convincerlo a desistere.

«Sei sicura?» domanda con un sorrisetto e io spero vivamente che non abbia capito la mia gaffe.

«Assolutamente, più che sicura. Qualsiasi cosa cucinerà Adele, per me, va bene» affermo e lei si scioglie in un sorriso.

«Le farò assaggiare un piatto delizioso» dice felice e io sono contenta che questa povera donna possa darsi ai suoi manicaretti, visto che Logan le farà cucinare sempre le solite tre cose tristi da dieta.

«Grazie mille, Adele» concludo e lei si allontana, dicendo che uscirà a fare la spesa.

Rimaniamo io e Logan da soli e la cosa mi imbarazza ancora.

Lui mi fissa per un tempo interminabile e io faccio finta di niente, nonostante i suoi occhi mi stiano facendo la radiografia. Mi attraversano, mi bucano, mi desiderano, lo so, lo sento.

«Ora vado a vestirmi. Dopo ti porto il telefono e sistemeremo insieme la tua postazione» dice alzandosi dalla sedia.

«La mia postazione?» chiedo.

«Sì. Ho fatto prendere un tavolino e una sedia da sistemare qui all'ingresso. Sarai tu ad aprire la porta ai clienti e ad accoglierli. Non dovrai alzarti tutte le volte. Vieni» mi invita a seguirlo e io lo faccio.

«Vedi questo pulsante?» mi indica un piccolo pulsantino nei pressi della porta, dove immagino sarà sistemata la mia postazione.

«Mm» mugugno annuendo.

«Ti basterà premerlo ogni volta che qualcuno busserà alla porta. Per il citofono, ne ho fatto montare uno da tavolo» dice, indicando un apparecchio che in questo momento è poggiato a terra.

«Ti basterà rispondere con quello. Tutto chiaro?» domanda e io annuisco.

«Chiarissimo, Logan» ribatto fulminea e lui sorride.

«Ottimo, allora a dopo» dice e se ne va. La mia voce lo raggiunge con un "A dopo", ma penso sia già nella sua stanza.

Mi sento strana, devo concentrarmi sulla giornata lavorativa e smetterla di pensare a lui. Non voglio più pensare a lui.

***

LOGAN

Da quando abbiamo iniziato, tutti i miei clienti si sono complimentati con me su quanto sia efficiente, cortese e attraente la mia segretaria. Ho sorriso a tutti e risposto con un grazie, ma la verità è che avrei staccato volentieri la testa a ognuno di loro.

Non voglio che la guardino, mi fa ribollire il sangue il fatto che la trovino attraente. Anche se... come posso dar loro torto?

Iris è bella, intelligente, gentile e sexy da morire. Ha un corpo con delle splendide forme: un sedere perfetto, delle gambe lunghe e affusolate e un seno pieno quanto basta. È perfetto! Sono sicuro che le mie mani si chiuderebbero con piacere sulle sue montagne.

Inoltre il suo viso è così bello che ti fa venire voglia di morderlo. Ogni cosa è invitante: le sue guance morbide, il suo naso piccolo, le sue labbra carnose.

Voglio tutto di lei e lo voglio in maniera estenuante. Voglio che lei mi spompi, voglio dovermi fermare perché il mio corpo non ce la fa più, ma con la consapevolezza che la mia mente la desidera ancora.

Cerco di concentrarmi sul prossimo cliente che, per mia fortuna, è anche l'ultimo della giornata.

Dopo che se ne è andato, traggo un sospiro di sollievo, perché ho finalmente finito di lavorare.

Raggiungo Iris e vedo che sta appuntando delle cose sull'agenda.

Le chiedo se è tutto a posto e lei mi dice che ha segnato ogni cosa e che non ci sono appuntamenti accavallati. Mi dice anche che le telefonate sono state poche e che solo due persone hanno preso appuntamenti in città.

Mi chiede se può tornare a casa e io la lascio andare, consapevole che, prima o poi, non sarò più capace di farlo.

Mi butto sotto la doccia e mi lavo velocemente. Penso ancora a lei e faccio una fatica enorme per tenere a bada il mio uccello.

Mi vesto, mettendomi comodo, e rimango solo. Adele ha staccato un'ora fa e Iris è andata via da dieci minuti.

Guardo fuori. Piove a dirotto. Mi chiedo se lei stia bene, visto che si muove con i mezzi.

Cerco di non pensarci e faccio per mettermi sul divano, ma il citofono suona.

Rispondo e sento la sua voce.

«Logan, scusami, sono andata alla metro, ma è allagata e non si può entrare. Ho provato a prendere un taxi, ma quello stronzo se ne è andato schizzandomi dalla testa ai piedi e ora sono zuppa d'acqua» urla, cercando di farsi sentire oltre il rumore della pioggia.

Da quanto cazzo di tempo sta piovendo? Non mi sono accorto di nulla! Devo essere stato un bel po' sotto la doccia a fantasticare su di lei.

«Sali!» dico e suona più come un ordine. Le apro il portone e anche la porta.

Tolgo la maglia a mezze maniche che indosso e, velocemente, mi infilo una canotta. Voglio che ammiri il meglio di me.

Torno di là e lei entra in quel momento. È completamente bagnata e io vorrei solo saltarle addosso, spogliarla di quei vestiti zuppi e farla bagnare in un altro senso.

«Logan, mi dispiace, non voglio sporcarti casa» dice rimanendo attaccata alla porta.

«Non dire stronzate. Vieni» prendo un plaid e, quando lei è vicina a me, glielo metto addosso, asciugandola con quello. Trema. *Cristo santo quanto è zuppa, rischia di prendersi un'influenza.*

La asciugo per bene, massaggiandole ogni parte del corpo con il plaid. Il modo in cui lo faccio è dolce, protettivo, qualcosa di completamente nuovo per me.

«Vai nel mio bagno. Ti porto un'asciugamani e qualcosa di pulito da metterti. Adele però è andata via e non credo che i miei pantaloni ti vadano.»

«Tranquillo, mi accontenterò di una maglia. Tanto le tue magliette mi vanno a mo' di vestito» ironizza e io sorrido, inspirando un secondo dopo perché l'idea di vederla con solo una mia maglia addosso, con la consapevolezza che sotto sia completamente nuda, mi fa eccitare terribilmente. Non so se stavolta sarò capace di resistere.

«Perfetto. Vado» dico facendo per andare, ma lei mi chiama.

«Logan» esala con quella sua voce dolce e allo stesso tempo sensuale.

«Sì?»

«Ho provato a chiamare la mia migliore amica, ma non mi ha risposto. Inoltre anche lei si muove coi mezzi, quindi non so quanto avrebbe potuto essere d'aiuto. Avevo anche pensato di andare alla fermata degli autobus, ma non so quanto sia distante da qui ed ero completamente bagnata, e...»

«Iris, guarda che non c'è nessun problema. Hai fatto bene a tornare qui» dico stranito. Perché si sta facendo queste seghe mentali? Crede che mi dia fastidio che sia venuta da me per chiedermi aiuto?

«Ti ringrazio. Volevo solo dirtelo, perché... non voglio che pensi che voglia approfittare della tua ospitalità» esala a voce bassa e io torno da lei. Mi siedo sul divano al suo fianco e le alzo il mento, incastrando, per l'ennesima volta, i suoi occhi ai miei.

«Tu non approfitti mai della mia ospitalità, non pensarlo nemmeno per scherzo. Qualsiasi cosa ti accada, sempre, sappi che qui c'è un posto per te, è chiaro?» dico autoritario e lei mi sorride.

«Grazie, Logan.»

«Non c'è di che» dico e vado via.

Le preparo tutto e, quando lei arriva sulla soglia del bagno e fa per chiudersi dentro, prima che io sia troppo lontano per sentirla, mi chiama ancora.

«Logan.»

«Sì?» chiedo nuovamente.

«Posso chiederti un altro favore?» domanda e io annuisco.

«Certo che puoi.»

«Ehm... potresti... prestarmi anche... insomma, una tua... mutanda? So che sembra una richiesta assurda e non voglio essere invadente, ma... la mia è praticamente...»

«Ma certo, nessun problema» dico all'istante e mi diventa duro all'idea che lei indosserà qualcosa di mio, e non una cosa qualunque, ma un mio indumento intimo, costantemente a stretto contatto con qualcosa che vorrebbe stare a contatto con la sua morbidezza.

«Oh, ok, grazie. Te la comprerò nuova. Uguale, ok?» dice, prima che io me ne vada sorridendole.

«Perché dovresti? Puoi lasciarla qui e darla a me o a Adele, ci penseremo noi» dico, ma in realtà voglio che le dia a me perché voglio sentire il suo odore. Lo so, è da malati, ma se non posso averla, voglio qualcosa che mi faccia immaginare come sarebbe poter mettere la mia faccia lì sotto.

«Oh, no, no, no. È una cosa tua, intima, e ora la userei io, perciò... è totalmente fuori luogo che io te la restituisca dopo averla usata, a parte il fatto che farebbe anche un bel po' schifo per cui...»

Non ce la faccio più, questo è troppo, è una provocazione bella e buona.

La sbatto al muro del bagno e le sono addosso, a un centimetro dalla sua faccia. Iris sussulta, sembra spaventata.

«Non osare pensare mai che qualcosa che abbia a che vedere col tuo corpo possa farmi schifo, Iris, perché non è così. Credimi, potrebbe farmi molte cose, ma mai schifo» dico, troppo vicino alla sua bocca, ma quando faccio per avvicinarmi di più, lei scansa la faccia, girandola di lato.

«È il caso che mi lavi, adesso, Logan. Altrimenti rischio seriamente una bronchite» dice e io mi allontano.

La lascio sola e torno di là, sedendomi sul divano. Sono frustrato, perché volevo baciarla. Volevo la sua lingua nella mia bocca e volevo donarle la mia.

Accendo la tv e, dopo un po', la vedo arrivare. Ha fatto lo shampoo, i capelli sono più arruffati. La maglia le sta da Dio e mette in risalto le sue splendide cosce sode e l'idea che adesso stia indossando una mia mutanda, che preme sul suo sesso come fino a ieri premeva sul mio pene, mi fa andare letteralmente fuori di testa.

«Posso?» chiede, indicando il divano.

«Certo» rispondo, invitandola a sedere e lei lo fa.

«Grazie di tutto, Logan, sul serio. Sei stato davvero gentile» dice un po' imbarazzata.

«Nulla» rispondo granitico, cercando di non guardarla.

«Appena spiove vorrei chiamare un taxi e andarmene» dice e io sussulto.

«Perché? Puoi rimanere qui, stanotte. Ho una stanza per gli ospiti dotata di tutti i confort. Inoltre, non puoi certo andare via conciata così» mi lamento, guardando quanto sia sensuale con solo la mia maglia addosso.

«No, ma potrei mettere i panni nell'asciugatrice. Sono sicura che ce l'hai. Tutte le persone ricche ce l'hanno. Almeno, nei telefilm è così. Se mi dici dov'è, vado a metterli e, quando sono pronti, me ne vado.»

«Non se ne parla. L'asciugatrice è... occupata» invento. Non le permetterò di andarsene.

«Logan...»

«Che problema c'è? Di cosa hai paura, Iris? Di rimanere sola con me?» chiedo e lei sussulta.

«No,» nega «assolutamente no.»

«Non ci proverò con te, se è questo che temi» dico e lei sembra rilassarsi.

«Io... non è per quello» ribatte, ma io so che è esattamente per quello.

«Fidati di me» dico, prendendole una mano che lei ritrae.

«Lo faccio, Logan, è che... non voglio essere seccante. Sono piombata a casa tua, così, senza preavviso e...»

«Iris, ti ho detto che per me non ci sono problemi. Non sei seccante, né sei stata invadente. Smettila di farti stupide paranoie. Rimani qui, ti prego» la scongiuro, quasi, e lei mi regala un sorriso.

«Posso chiedere a mio padre di venirmi a prendere. Ormai a quest'ora sarà già a casa. Non c'è bisogno, Logan, davvero» insiste e mi sta mandando fuori di testa. Perché diavolo non vuole rimanere qui?

Ha paura? E di cosa, poi? Andiamo, si vede lontano un miglio che le piaccio. Perché si frena in questo modo?

«Iris...» provo a dire, ma il suo telefono squilla.

Si alza e si allontana per rispondere. Rimango lì, cercando di origliare la conversazione e capire cosa dice.

Sembra felice.

Torna dopo poco e sprizza gioia da tutti i pori.

«Mio padre non venderà più la nostra casa. Ha trovato una soluzione» dice entusiasta come una bambina e corre ad abbracciarmi. Ricambio l'abbraccio.

«È bellissimo, Iris. Sono davvero felice per te.»

«Oh, non sai che gioia che mi ha dato» dice buttandosi sul divano e io mi siedo di nuovo, accanto a lei. «Dice che ha trovato una sorta di coinquilino. Un suo collega, Omar, aveva bisogno di un nuovo posto in cui stare e lui ha pensato di proporgli di andare a vivere a casa nostra. Prenderà la mia stanza e pagherà l'affitto, così saremo coperti per le spese universitarie di Cedar» dice, riferendosi al fratello e io mi sento stranamente contento perché vederla così felice mi manda in estasi.

«Hai visto, alla fine tutto si è risolto!» dico sorridendo e le accarezzo il viso. Iris trasalisce al contatto e mi tira più a sé, prendendomi per la maglietta.

Finisce distesa e io sono sopra di lei. La vedo respirare forte, sembra tesa, ma allo stesso tempo eccitata. Sento che mi vuole.

Prendo il suo gesto di prima come un invito e mi avvicino di più al suo viso, ma lei sembra cambiare idea, così sposta la faccia di lato. *Non prenderò un altro due di picche!*

Le lascio dei leggeri baci sul collo che lei sembra apprezzare. Fa dei piccoli mugugni di piacere e sento che stringe di più le gambe. *Si sta eccitando.*

Le sposto il viso, in modo che sia di fronte a me, e la tengo ferma, così che possa guardarmi negli occhi.

«Non sottrarti di nuovo, ti prego» dico, avvicinandomi alla sua bocca.

«Logan» esala.

«So che lo vuoi anche tu. Non negarti ancora» sibilo, a un centimetro dalla sua bocca. Sono duro come il marmo e potrei entrare in lei in un solo colpo. La voglio da morire e non sono più disposto a resistere.

«È sbagliato. È completamente sbagliato» dice ansimando e io sorrido, perché la sua bocca dice una cosa, ma il suo corpo ne dice un'altra.

«Non ho mai detto che fosse giusto» sussurro e faccio per avventarmi su di lei, ma si scansa nuovamente e mi spinge via, avendo libero spazio per alzarsi dal divano.

Sono frustrato, perché sta facendo così?

«Maledizione, Iris, mi stai facendo andare fuori di testa» ringhio, passandomi una mano tra i capelli.

«Io... mi dispiace. Ho sbagliato a farti credere che... non può accadere, Logan, non deve. Io lavoro per te e basta! Non deve esserci altro che un semplice rapporto lavorativo, tra noi» dice con una finta sicurezza, ma vedo che trema e respira a fatica.

«Beh, peccato che il tuo corpo sembri non essere d'accordo» ribatto, guardandola, immaginando le mie mutande su di lei che, adesso, saranno sicuramente fradice dei suoi umori.

«Logan, ti prego, non complicare di più le cose. Ho chiesto a mio padre di venire a prendermi e a momenti sarà qui sotto. È meglio per entrambi che io me ne vada, fidati» dice e io sgrano gli occhi.

Alla fine l'ha spuntata lei, non dormirà qui.

Cristo, quanto mi fa incazzare!

«Perché? Ti avevo detto che non c'erano problemi. Hai così paura che io possa saltarti addosso? Credi che ti farei qualcosa che non vuoi? Ti ho giurato che in casa mia non ti avrei mai mancato di rispetto, ed è la verità. Non accadrà mai nulla, tra noi, che non vorrai anche tu» ribatto nervoso e mi alzo, facendo su e giù per la stanza.

«È proprio di quello che voglio io che ho più paura, Logan» sibila e si stringe di più a sé.

«Iris, non...»

«Non dire nulla, ti prego. Lasciami solo andare» chiede con uno sguardo così dolce che mi squarcia il petto in due. Sta combattendo contro sé stessa, contro quello che vuole e non capisco perché lo faccia.

Sarebbe solo del sano ed eccitante sesso, per entrambi. Si è già divertita con quel coglione del suo vicino di casa, quindi non vedo perché non possa farlo anche con me.

«Come vuoi tu, Iris» replico con riluttanza e mi allontano. «Vado in camera mia. Non c'è bisogno che mi avverti quando te ne vai. Buona serata, a domani» dico freddo e me ne vado, lasciandola lì da sola, con addosso la consapevolezza che la volevo e la voglio più di ogni altra cosa al mondo.

CAPITOLO 9

IRIS

È passata una settimana dall'incontro ravvicinato che ho avuto con Logan, dopo la pioggia battente che mi ha costretta a tornare a casa sua. È stata una settimana strana, una settimana in cui lui ha fatto di tutto per mantenere le distanze.

Abbiamo lavorato spesso da casa e, quando è uscito per degli incontri con dei clienti in città, mi ha detto che la mia presenza non era necessaria. Così mi ha lasciata sola, a casa sua, a riordinare scartoffie.

Non dovrei meravigliarmi, in fondo sono stata io a respingerlo e a dirgli chiaramente che il nostro rapporto doveva essere solo lavorativo. Sono stata io a dargli un bel due di picche, quindi che pretendevo?

Sono costantemente combattuta tra quello che desidererei fare e ciò che invece è giusto fare. Sono una mina vagante e sento che potrei esplodere da un momento all'altro.

Il mio corpo vuole Logan, non c' dubbio, e devo anche dire che, dopo quel poco che mi ha raccontato di lui in macchina, sono anche curiosa di conoscerlo meglio. C'è qualcosa di strano in lui, qualcosa che lo rende freddo e distaccato e allo stesso tempo dolce e caliente.

Sento che ci sono un mucchio di cose, del suo passato, che non mi racconterebbe e io muoio dalla voglia di sapere di cosa si tratta.

Questo mattino, arrivo a casa sua un po' in ritardo e, quando salgo su, lo trovo in cucina che chiacchiera con sua madre.

Oh no, non la signora Dark! Quella donna non mi sopporta, è palese. Crede che io sia una di quelle che non vede l'ora di scoparsi il proprio capo, in effetti in parte è così, ma... non per il motivo che crede lei.

Sbuffo mentalmente, ma poi mi sforzo e sfoggio il mio sorriso migliore.

«Signora Dark, che piacere rivederla!», esordisco in modo languido.

Lei si volta a guardarmi e mi squadra dalla testa ai piedi con aria disgustata. Poi, più finta di me, mi sorride e allunga la mano in segno di distanza.

«Il piacere è tutto mio, Ivy» sbaglia volutamente il mio nome e io vorrei cantargliene quattro, ma Logan interviene.

«Si chiama Iris, mamma» la bacchetta e lei si porta una mano in testa in maniera plateale.

«Oh, che smemorata. Perdonami. Allora, come ti stai trovando al servizio di mio figlio?» chiede curiosa, ma con una punta di cattiveria che non posso fare a meno di notare.

«Molto bene, grazie. Suo figlio è davvero... un ragazzo d'oro» dico e il mio sguardo si incrocia con quello di Logan. Non so quante cose mi stia dicendo con i suoi occhi. Potrei osare dire che è un misto tra "Baciami", "Vieni qui" e "Anch'io ti voglio".

Distolgo lo sguardo e lei interviene.

«Oh, ne sono consapevole. Spero che i vostri rapporti si siano limitati al piano lavorativo» dice allusiva e guarda Logan che la rimprovera.

«Mamma!» dice esasperato. È severo, ma non troppo. Si vede che la ama, ma ne riconosce i difetti.

«D'accordo, basta, sto zitta, non dico più una parola» alza le mani in aria, in segno di scuse.

«Posso prendere un bicchiere d'acqua?» chiedo a Logan, notando che Adele non c'è.

«Certo che puoi. Lo sai, qui sei a casa tua» risponde lui, gentile, e noto che la madre alza un sopracciglio.

Mi avvicino al frigo e sento la sua voce pigolare ancora. È così fastidiosa!

«Ah, tesoro, quasi dimenticavo di farti vedere il vestito che ho preso per il galà di stasera» dice e mi giro per guardare anch'io. Lei si allontana e arriva in salotto per prendere qualcosa da un'enorme busta poggiata sul divano.

Tira fuori un abito lungo, molto elegante. È beige e tempestato di brillanti.

«Ti piace, amore? L'ho preso da *Diana*» dice e io intervengo.

«È il negozio dove lavora la mia amica!» esclamo entusiasta e lei mi sorride, questa volta sembra sincera.

«Sì, Linette. Una gran brava ragazza e un'ottima lavoratrice» dice e io sono contenta, perché sono fiera della mia migliore amica.

«È davvero bellissimo l'abito, signora Dark, sono sicura che le starà d'incanto» dico, cercando di ingraziarmela un po', e lei si avvicina a me e Logan, che siamo ancora in cucina, attorno alla penisola.

«Oh, grazie, lo hanno creato apposta per me. Il galà di beneficenza di stasera è molto importante, combattiamo a favore della ricerca contro le malattie infantili.»

«Una causa nobile, signora Dark» sibilo gentile e lei mi sorride ancora.

«Sì, lo so. Poi sarà una festa meravigliosa: champagne, ostriche e caviale... Andremo all'*Hornitus*, l'edificio che ha appena acquistato il sindaco Grency, trasformandolo in un luogo per eventi. Un posto davvero favoloso» si pavoneggia e io ammetto di provare una punta di invidia, perché non sono mai stata in posti così.

«Non sono mai stata in un posto del genere, quindi posso solo immaginare. Deve essere bellissimo» esalo con emozione e lei ribatte seduta stante.

«Infatti lo è!»

«Vuoi venirci?»

La voce di Logan ci raggiunge e lascia di stucco sia me, sia la madre.

«Ma, Logan...» prova a intervenire lei, ma lui la zittisce.

«Ho chiesto a Iris, mamma, lasciala rispondere» dice gelido e si volta a guardarmi ancora.

«Allora?» insiste, aspettando una mia risposta.

«Io... ehm... grazie dell'invito, Logan, ma non mi sembra il caso. Poi ho già un impegno per stasera, mi spiace» mento e cerco di togliermi da quella spiacevole situazione.

«Visto, è già impegnata» dice fiera la madre, ma lui interviene ancora.

«Disdicilo.»

«Come?» esclamiamo all'unisono io e la madre. Lui la fulmina con lo sguardo perché è intervenuta, per la seconda volta, al posto mio.

«Logan, io non credo che...»

«Non te lo sto chiedendo, Iris. Lavori per me e stasera vieni con me. Sei la mia segretaria, quindi perché non presentarti a tutti i pezzi grossi con cui, presto o tardi, avrai a che fare? Poi una serata di svago ti farà bene. Stai lavorando ottimamente dal primo giorno in cui hai messo piede qui dentro, quindi mi sembra giusto ricambiare con una piccola cosa come questa» dice e faccio per parlare, ma la madre interviene ancora, mettendosi in mezzo.

«Lo fai già versandole lo stipendio, Logan. Le persone, lì, portano le proprie fidanzate, sorelle, mogli, non le proprie segretarie» dice sprezzante e io mi sento ferita dalle sue parole brusche.

«Non sono mai stato un tipo convenzionale, mamma, e questi non sono affari tuoi. Iris accompagnerebbe me, non te. Quindi, per favore, stanne fuori» ringhia, alzando un po' troppo la voce e la madre sembra molto colpita.

Si sistema i capelli e prende le sue cose, facendo per andarsene.

Mi sento in colpa. Non doveva litigare con lei per causa mia. Che senso ha portarmi a quella festa? La madre nemmeno mi vuole. Non voglio passare tutta la sera con i suoi occhi puntati addosso.

È deciso, non ci andrò!

«Hai ragione, Logan, non sono affari miei. Ora è meglio che vada, devo ritirare i gemelli per tuo padre. A stasera, Iris» dice sprezzante e io non so cosa rispondere.

Va via, lasciando soli me e Logan e io sbotto.

«Perché diamine lo hai fatto? Tua madre mi odia già abbastanza, non potevi evitare questo ridicolo teatrino?» urlo imbufalita.

«Mia madre non ti odia, è solo un po' prevenuta con le persone che... beh, diciamo con le persone che non sono del suo stesso ceto sociale. È convinta che ognuno debba rimanere al suo posto» dice un po' imbarazzato e io ribatto.

«Sì, infatti, io rimango al mio posto, perciò stasera non vengo!»

«Tu invece vieni, Iris, non mi sembra di averti dato possibilità di scelta. Consideralo un lavoro extra. Le due ore in meno che farai questo pomeriggio, le recuperi con la festa di stasera» dice e mi fa innervosire solo di più.

«Ti prego, non prenderti gioco di me!»

«Non lo faccio.»

«Sì, invece.»

«A me non sembra.»

«Ascolta... perché vuoi tanto che io venga? Sarebbe imbarazzante per tutti, soprattutto per me» affermo, camminando per raggiungere il salotto e mi accascio sul divano, spazientita.

Logan mi segue e si siede accanto a me.

«Non c'è nulla di imbarazzante nel portare un proprio dipendente a una festa. Fregatene di ciò che pensano gli altri. Vieni per me, non per mia madre, né per nessun altro.»

«Lo fai per farle un dispetto? Cos'è, avete qualche questione irrisolta e gliela fai pagare attraverso me?» chiedo, senza riuscire a capire perché, adesso, dopo una settimana di distanza e di silenzi, voglia a tutti i costi la mia presenza a quella festa.

«Mia madre non c'entra. Anzi, ti chiedo scusa io per lei se, con i suoi modi, ti ha offesa» dice dolce e io mi sciolgo, perché quest'uomo riesce a farmi incazzare e dopo un secondo diventa la persona più gentile e premurosa del pianeta.

«Sto bene, ma non puoi obbligarmi a venire» ribatto indispettita.

«Oh, potrei farlo, Iris, non mettermi alla prova» mi provoca e io ribatto.

«Ti ho già detto che non amo che mi si comandi» replico acida, ma lui risponde ancora, senza lasciarmi l'ultima parola.

«Se vuoi continuare a lavorare per me, dovrai abituartici» ribatte con freddezza, ma allo stesso tempo il suo sguardo è carico di mille sensazioni che non riesco a decifrare.

Sbuffo, passandomi una mano tra i capelli, poi mi rassegno.

«E va bene, ma ti avverto che non ho abiti costosi come quello di tua madre, quindi dovrai accontentarti del mio abito del ballo studentesco, sperando che mi vada ancora, visto che risale a quando avevo diciott'anni» dico nervosa.

Lui sorride e appoggia una mano sulla mia coscia. Trasalisco, ma poi mi rilasso perché capisco che non lo sta facendo con malizia.

«Tranquilla, Iris, andrà bene. Se proprio vuoi essere più sicura, potrei comprarti io un...»

Gli tappo la bocca con una mano, zittendolo.

«Non ci provare. Non provare a dire che mi comprerai un abito, perché non te lo consentirò, sono stata chiara?» strillo e lui annuisce con la testa, visto che ho ancora la mia mano davanti alla sua bocca.

La prende dolcemente tra le sue dita e la abbassa, per respirare, poi se la riporta alla bocca e la bacia.

«Tutto quello che vuoi, Miss Rhoden» esala, con uno sguardo che mi spoglia e io lo lascio andare, portandomi le mani in grembo.

Mi alzo e, prima di dileguarmi nel mio studio, gli dico un'ultima cosa.

«Farai meglio a sbrigarti. Abbiamo un appuntamento tra dieci minuti, Mr. Dark.»

Me ne vado e mi preparo a una strana giornata, col pensiero che va' a una serata ancora più strana, che, da qui a qualche ora, vivrò.

***

LOGAN

Sono con Drew sotto casa di Iris che la aspetto. Posso solo immaginare le sensazioni che proverò quando la vedrò tutta in ghingheri, in occasione della serata.

Iris è bellissima, intrigante, forte e coraggiosa, ma dolce e tenera allo stesso tempo. È un mix di tantissime cose che la rendono unica e speciale.

Mi sono imbestialito, nel vedere il modo arrogante e superficiale in cui l'ha trattata mia madre. Nessuno può rivolgersi a Iris così, nemmeno lei e, quando saremo da soli, le farò un bel discorsetto.

Non oso immaginare come lei si possa essere sentita, so benissimo cosa voglia dire avere contro Patricia Dark, e io non voglio che mia madre diventi un ostacolo per lei.

La aspetto fuori dall'auto, mentre controllo l'orologio, e mi chiedo cosa accadrà quando la vedrò.

La immagino in abito da sera, magari uno di quelli che fasciano alla perfezione. Immagino il suo profumo e i suoi capelli lunghi che le scendono sulla schiena.

Non faccio in tempo ad abbassare lo sguardo, che la vedo, bella come una notte stellata.

Ha indossato un abito lungo, azzurro pastello. Come immaginavo, le sta da Dio e la fascia fin troppo, mettendo in risalto le sue curve.

Ha i capelli raccolti per metà e le ricadono da un lato. Sembra un po' tesa e, quando si avvicina, per smorzare la tensione, parlo.

«Tutto a posto con l'abito del ballo?»

Lei mi sorride, sciogliendosi un po' e annuisce.

«Per fortuna sì. Il mio fisico non è cambiato molto da allora, mi va' solo un tantino più stretto» dice sistemandoselo.

Divento serio e la guardo mangiandomela con gli occhi.

«Ti sta d'incanto, Iris, sei stupenda» esalo, estasiato dalla visione che è in questo momento. Sembra un angelo, è perfetta.

«Grazie, Logan, anche tu lo sei» ribatte e io alzo un sopracciglio, divertito. Si corregge subito, schiarendosi la voce.

«Cioè... non nel senso... voglio dire che stai bene anche tu.»

«Sì, certo. Pronta per andare?» chiedo e lei fa un cenno d'assenso col capo.

La lascio salire in auto e chiudo la portiera.

Mi precipito dall'altro lato e salgo anch'io, dicendo a Drew che può partire.

Alzo di nuovo il separé, in modo da avere più privacy con lei e poter affrontare il discorso.

«Iris... ascolta, c'è una cosa che dovrei dirti» esordisco, guardando fuori dal finestrino.

«Va bene, parla pure» risponde e io mi volto verso di lei.

«Quando arriveremo all'*Hornitus*, lascerò che Drew ti faccia scendere lontano dall'entrata, in modo che tu possa raggiungerla a piedi. Se lo faccio è perché non voglio che i paparazzi ti assaltino. Io, invece, scenderò davanti all'ingresso. Sono una delle star della serata e si aspettano un ingresso trionfante» dico ironico, ma lei mi guarda stranita.

«Non capisco» commenta, scuotendo la testa.

«Se ci vedessero uscire insieme dalla stessa auto, vorrebbero scoprire chi sei, capire perché stai entrando con me all'evento. Darebbero per scontato che sei la mia donna e, anche se dovessi rispondere che sei la mia segretaria, loro non la berrebbero» continuo esplicativo.

«Ma è la verità» dice lei con tono infastidito.

«So che lo è, Iris, ma loro non ci crederebbero. Se arrivassimo insieme, con te che cammini sotto al mio braccio, ti riempirebbero di domande e inizierebbero a indagare sulla tua vita; e ti assicuro che domattina troveresti la tua faccia su parecchi giornali. Voglio solo preservarti.»

«Ah... allora grazie, è gentile da parte tua. Hai ragione: non voglio finire in prima pagina e subire le domande di mio padre» dice ridacchiando e io le sorrido.

«Dovrei comportarmi come se non ti conoscessi?» aggiunge e io scuoto il capo.

«Entrerai per prima e, quando anche io sarò dentro, lontano da occhi indiscreti, ti raggiungerò. Tu aspettami in fondo all'ingresso.

Tieni, questo è il tuo invito» prendo un biglietto dalla tasca e glielo porgo.

«Che cosa ci devo fare?» chiede e io sorrido, perché sembra un bambino al primo giorno di scuola. Ovviamente non ha mai partecipato a un evento del genere e non sa nulla di come funzioni. La cosa mi piace, mi affascina. Adoro il fatto che sia lontana dal mio mondo.

«Devi solo mostrarlo all'ingresso. Niente di difficile, tranquilla.»

«Ok, va bene. Ma quando saremo dentro posso stare vicino a te? Non conosco nessuno lì dentro» dice un po' imbarazzata e io le prendo una mano nella mia.

«Certo, che potrai farlo. Sarai mia tutto il resto della serata e ti assicuro che non ho nessuna intenzione di lasciarti andare» affermo deciso e lei arrossisce.

Non si stacca da me e lascia che io le tenga ancora la mano.

Non voglio farlo nemmeno io, perché mi piace stare così con lei.

Arrivati al punto giusto, non troppo lontano dall'ingresso, ma nemmeno troppo vicino, chiedo a Drew di accostare e farla scendere.

Prima di far muovere il mio autista, la guardo da lontano, aspetto che entri, che sia al sicuro dai paparazzi.

La guardo avanzare a piccoli passi, allontanarsi a poco a poco dal sottoscritto, e la cosa mi irrita, perché vorrei averla vicino e stringerla a me.

Non voglio che la guardino, né che pensino che sia disponibile. Non lo è, non stasera. Stasera è la mia dama e io non permetterò a nessuno di avvicinarla.

Quando è dentro, dico a Drew di ripartire.

Arrivo all'ingresso ed esco dall'auto, con fare sicuro.

Vengo accecato dalle luci dei flash e dalle domande dei paparazzi. Rispondo velocemente ad alcune di queste e, quando mi chiedono se c'è una donna nella mia vita, sorrido gentilmente e mi dileguo.

Leggo i giornali e la maggior parte di questi insinua che io sia gay e che la storia con Gabriela sia stata solo una copertura.

Mi fanno incazzare. Quando leggo alcune firme e scopro che sono di donne, vorrei andare lì e castigarle per bene, per far capire loro quanto siano lontane dalla verità.

Lascio il mio invito all'ingresso ed entro. Vedo Iris che mi aspetta poco distante, così mi avvicino a lei e la attiro a me.

«Tutto bene, principessa?» chiedo, tenendola stretta, una mano dietro la sua schiena e un'altra nella sua, quasi come se ci stessimo preparando per un walzer.

«Oh, sì, certo, una passeggiata» ironizza e io scoppio a ridere.

«Vogliamo andare?» chiedo scostandomi, lasciandola libera e offrendole il mio braccio.

«Ma certo, Mr. Dark» dice e io stringo i denti, perché questo non è proprio il momento per eccitarmi.

Avanziamo e, quando arriviamo in questa grande sala, un insieme di luci sfavillanti ci abbaglia. È tutto grande, imponente, maestoso.

L'arredamento è antico, ma elegante e c'è un enorme tavolo imbandito, dritto davanti a noi.

Proseguiamo, camminando tra la folla. Ogni tanto qualcuno mi ferma, chiedendomi chi sia la bellissima ragazza al mio fianco. Dico loro la verità: "è solo la mia segretaria, purtroppo".

Dopo l'ennesima volta che rispondo in quel modo, Iris mi ferma e mi tira in disparte.

«La smetti di dire così? Mi metti in imbarazzo» si lamenta, tirando fuori, come al solito, le sue unghie da gatta indisciplinata. Sorrido e fingo di non sapere a cosa si riferisca.

«Non so di che parli!» ribatto guardandomi intorno, fingendo di essere interessato a tutto, tranne a ciò che mi sta dicendo lei.

«Sul serio? "È solo la mia segretaria, purtroppo"» dice virgolettando e io le lancio un sorriso malizioso.

«Beh, è la verità. Purtroppo per me, sei solo la mia segretaria» replico, squadrandola avido e lei arrossisce, anche se cerca di non darlo a vedere.

«Tu... sei incredibile, sei...»

«Logan!»

Una voce alle mie spalle mi fa sussultare. Lo riconosco e vorrei solo che mi stesse lontano anni luce.

Mi giro piano e incontro il suo sguardo gelido.

«Papà» dico scocciato.

«Non mi presenti la tua amica?» chiede, affacciandosi per guardare Iris e a me sale il sangue al cervello.

«Non è una mia amica, ma la mia segretaria. Sono più che sicuro che mamma ti abbia già parlato di lei» ribatto acido.

Non voglio parlare con lui, voglio che se ne vada, adesso.

«Sì, infatti. Come diamine ti è venuto in mente di portare la tua segretaria, qui, Logan? Non credi sia sconveniente?» domanda, inizialmente calmo. Scoppio a ridere e gli rispondo.

«Più sconveniente di quando tu portavi le tue amanti a casa, mentre mamma era nell'altra stanza?» chiedo e lui serra la mascella.

«Non essere sciocco, Logan. Pensi davvero che questo sia il posto adatto a una come lei?» dice fra i denti e io mi trattengo a stento dal prenderlo a schiaffi davanti a tutti.

«Modera il linguaggio, papà. Porto chi mi pare, dove voglio e quando voglio, non devo dare spiegazioni a te, né alla mamma» tuono con ferocia, con rabbia, e lui fa quello che fa tutte le volte che abbiamo una discussione: mi ignora.

«Signorina Rhoden, se ha tempo, vorrei fare quattro chia...»

«Non ci provare, papà, tieni fuori Iris da questa storia» ringhio imbestialito, parandomi davanti a lei, come se dovessi proteggerla.

Lui mi sorride e fa per andarsene, poi ci ripensa e si accosta al mio orecchio.

«Te la sei scelta niente male, figliolo. Spero che almeno, a letto, sia una per cui valga la pena».

Mi giro di scatto e lo fermo, tenendolo forte per un braccio.

«Di' una sola parola in più e ti prendo a pugni davanti a tutta la società» dico a bassa voce, ma dentro sono una bomba che sta per esplodere.

«Non ne saresti capace» ribatte, sorridendo, ma io mi paro davanti a lui e ringhio.

«Sfidami!»

La mano di Iris mi raggiunge e la sua dolce voce mi calma.

«Logan, dai, lascia stare, per favore.»

Mi ricompongo e lo lascio andare, ancora con quel sorriso da farabutto che si ritrova.

Non appena è lontano, sbotto dalla rabbia accumulata.

«Quell'uomo è uno stronzo. Io... non lo sopporto, lo odio, lo...»

«È sempre tuo padre, Logan» dice dolcemente, provando a tranquillizzarmi.

«No. È solo un egoista figlio di puttana che mette sé stesso davanti a chiunque. Per lui conta solo la bella facciata che si è costruito in questi anni. Per lui conta cosa pensano gli altri, cosa credono di vedere: una bella famiglia, una bella casa e tutti felici e contenti. Che importa se dentro quelle quattro mura la vita è un inferno? Che gli importa se sua moglie deve subire i suoi ripetuti tradimenti e non può lasciarlo perché non sarebbe conveniente agli occhi della società? Che cazzo gli importa di suo figlio che...» non riesco a proseguire.

Iris mi poggia una mano sulla spalla e il suo tocco è magico, mi culla, mi rilassa.

«Logan, non so cosa sia successo con tuo padre, non conosco il tuo passato e non riesco a immaginare cosa sia accaduto per portarti a odiarlo tanto ma, adesso... cerca di tranquillizzarti e vivere sereno questa serata, ok?» mi chiede con gentilezza e io annuisco, scusandomi con lei per essere sbottato.

La porto con me e iniziamo un giro di ridicole visite, quando l'unica cosa che vorrei è stringerla e non lasciarla mai andare via.

A metà serata, dopo la raccolta fondi e il discorso del presidente dell'associazione, parte la musica e io la invito a ballare.

Suona *Only love* di Jordan Smith e lei si attacca a me e si perde nelle dolci note e nelle splendide parole di quella canzone.

La tiro a me e la guardo come, forse, non l'ha mai guardata nessun uomo. Mi perdo nella profondità dei suoi occhi e lei lo fa con me.

«Grazie per questa serata, Logan.»

«Sul serio? Nonostante i miei scleri?» ribatto, senza staccarle gli occhi di dosso.

«Sì, nonostante quelli. Poi, la signora Trenton è una vecchietta così simpatica... Forse potrei decidere di cambiare lavoro e offrirmi come sua tuttofare» ironizza e io sorrido scuotendo la testa.

«Non ci provare. Sei mia, Iris» ribatto e lei mi corregge.

«Lavoro per te, Logan.»

«Sì, vabbè, quello» rispondo e scoppiamo entrambi a ridere.

Sento le parole della canzone e penso a quello che mi disse Jonathan.

"I poeti dicono che l'amore può salvare, Logan". È quello che dice la canzone, è come mi sento adesso. Sento che questa donna dai grandi occhi nocciola che sono un mistero per me, ma che, contemporaneamente, mi parlano, mi può in qualche modo salvare. O forse sono io che voglio essere salvato da lei.

«A che pensi?» chiede guardandomi e io ci metto un secondo in più per rispondere.

«Alla canzone.»

«Bella, vero?» mi chiede con aria sognante.

«Sì, certo. Ma sono solo parole, Iris» dico con sguardo assente, con la consapevolezza che, per quanto mi sforzi, per quanto lo voglia, io non posso essere salvato. Anche se una minuscola, piccolissima parte di me, adesso, così, accanto a lei... ci spera profondamente.

«No, Logan, non sono parole, è solo una grande verità, e lo capirai quando incontrerai quella giusta» dice e io vorrei urlarle che è lei, che è lei quella giusta. Perché nessuna donna mi è mai piaciuta quanto lei; perché ho capito quanto la volessi dal primo istante in cui l'ho vista; perché desidero il suo corpo, ma sono attratto anche dalla sua mente; perché di lei mi interessa tutto; perché quando le sono vicino divento protettivo; perché muoio dalla voglia di baciarla e di farci l'amore. L'amore.

«Ho bisogno di andare un attimo in bagno, perdonami» dico e mi allontano da lei, dal modo assurdo e assolutamente nuovo in cui mi fa sentire. Dal calore del suo corpo. Da tutto ciò che rappresenta. Dalla donna che, da un po' di tempo a questa parte, ha invaso la mia mente e annebbiato i miei pensieri, facendomi credere che, forse, il mio cuore malato possa essere guarito.

***

IRIS

La serata è trascorsa piacevolmente e, col senno di poi, sono contenta di essere venuta a questa festa. Ho anche chiacchierato di nuovo con Jonathan, scoprendo che persona splendida sia e che meraviglioso amico sia per Logan.

Penso che dovrei presentarlo a Linette, perché è davvero un bravo ragazzo.

Sono in auto, con la testa fra le nuvole e il cuore a mille. È stata una serata speciale... Logan è stato speciale. Quando abbiamo ballato quella canzone, mi sono sentita catapultata in un'altra dimensione, una dimensione in cui esistevamo solo io e lui, dove il resto del mondo era scomparso.

Quelle parole, quel senso profondo: *solo l'amore ci può salvare*... è così vero. E io sto ancora cercando il mio, quello reale, unico, quello della vita.

Una parte di me, però... forse una minuscola e insignificante parte di me, per un attimo, ha creduto che quell'amore, un giorno, possa essere lui. Il modo in cui mi guardava.... nessuno, mai, nemmeno gli uomini con cui sono stata fidanzata, mi ha guardata come ha fatto lui stasera. Non era solo uno sguardo di desiderio, c'era molto altro dentro. Non so esattamente cosa, ma... era come se gli importasse di me. Di tutta me.

«Siamo arrivati, signore.»

La voce di Drew dall'interfono mi riporta alla realtà. Sento Logan rispondergli un veloce "Grazie" e uscire lesto per venire ad aprirmi la portiera.

Esco, aiutata dalle sue mani che mi tirano fuori. Sorrido imbarazzata.

«Grazie, non ce n'era bisogno.»

«Ci tenevo a farlo.» La sua voce è dolce, più dolce di quanto non l'abbia mai sentita in tutto questo tempo.

Lo conosco da così poco, eppure...

«Grazie per tutto, Logan, davvero. È stata una serata bellissima» dico, appoggiandomi alla portiera dell'auto. Lui si avvicina a me e mi prende una mano.

«Smettila di ringraziarmi» dice con un tono che è un misto tra un rimprovero e un piccolo ma ironico ammonimento.

«Sono stata davvero bene» guardo la sua mano che gioca ancora con la mia e noto che lui sta guardando nella stessa direzione.

«Sono stato bene anch'io» risponde, con lo sguardo fisso ancora sulle mie dita. Mi stringe contro l'auto e porta una mano sul mio fianco e un'altra a tenermi il viso.

«Logan...» lo prego. Non posso cedere ora. Vorrei farlo, ma non posso.

«Dio, Iris, mi stai facendo impazzire» dice con voce roca e io stringo le gambe, perché quando parla in quel modo ha l'innata capacità di eccitarmi.

«Dovrei andare» dico piano e la sua bocca quasi sfiora la mia.

«Lo so, ma non voglio che tu te ne vada» ribatte, guardando le mie labbra come se volesse mangiarle.

Che aspetti? Fallo! Baciami!

Il mio corpo cerca di ricordarmi cosa voglio, ma io non posso farlo.

«Logan, ti prego...»

«Smettila di pregare e lasciati andare, per una volta» ringhia rabbioso e io cerco di sottrarmi a lui che, però, non ha intenzione di lasciarmi andare.

«Io...»

«Ti voglio, piccola» dice e, quel modo dolce di chiamarmi, mi fa sciogliere come neve al sole. Sono eccitata, sono tutta un fremito. In un gesto involontario, spingo il mio bacino verso di lui che lo prende come un invito a procedere.

Si fionda sulle mie labbra e le mordicchia. Mi sposto, ma lui preme di nuovo la sua bocca sulla mia. Mi scanso ancora, negandogli l'accesso.

«Iris...» mi implora, ma io non ci riesco. Mi allontano definitivamente e mi porto una mano alla testa.

«Logan, mi dispiace, io...»

«Sul serio? È tutto quello che mi concedi? Un bacio a stampo?» dice frustrato e io mi sento in colpa, perché posso solo immaginare quanto stia scoppiando dentro.

«Mi dispiace, non avrei dovuto... mi dispiace» dico con le lacrime agli occhi e fuggo via.

Mi rintano dietro il portone di casa e mi fiondo in ascensore. Ho il battito accelerato e faccio fatica a ricacciare indietro le lacrime.

Non so che mi sia preso, perché non glielo abbia lasciato fare. Lo volevo, lo so anch'io, ma c'è qualcosa che mi frena e non mi fa essere libera di lasciarmi andare.

Mi chiudo in casa e trovo Lin seduta a guardare la tv. Mi getto tra le sue braccia scoppiando in un pianto liberatorio, che sintetizza tutto lo stress e la tensione accumulata in questa giornata.

Sono confusa e spaventata. La mia più grande paura è che se dovesse baciarmi, se dovessi lasciarmi andare, io... io potrei arrivare a innamorarmi di lui.

CAPITOLO 10

IRIS

Il mattino dopo, vengo svegliata da un tonfo. Mi desto, mettendomi a sedere, e noto che ho buttato per terra qualcosa. È l'orologio che ho accanto al letto. Lo prendo, ancora assonnata, e lo guardo.

Le nove. Merda! Dovevo già essere a casa di Logan, a quest'ora!

Mi alzo come un fulmine e comincio a urlare. Esco dalla mia stanza chiamando Linette.

«Lin, Lin» strillo come una matta e lei mi viene incontro, ancora con la tazza di cereali in mano.

«Che c'è?» mi domanda stranita e io mi agito come un'ossessa.

«La sveglia non ha suonato. Sono in ritardo!» dico rubando la sua tazza per ingurgitare velocemente i suoi cereali. Sono un lampo e, quando ho finito, gliela restituisco. Lin mi guarda perplessa.

«Ho bisogno di bere un bicchiere d'acqua. Portami qualcosa in bagno, ti prego, devo fare più veloce di un fulmine, dovevo essere alle nove a casa di Dark, invece sono ancora qui» mi lamento, correndo verso il frigo.

«Va bene, calmati, non credo verrai ammazzata per un ritardo» dice lei, andando verso la mia stanza, ma io continuo a urlare.

«Sceglimi tu un vestito, uno qualsiasi» strillo, dopo aver bevuto l'acqua. Mi fiondo in camera mia e prendo l'intimo. La vedo armeggiare nel mio armadio e le chiedo di sbrigarsi, precipitandomi in bagno.

Mi faccio una doccia a una velocità supersonica e mi lavo i denti. Indosso l'intimo e attendo che la mia amica mi porti un abito qualsiasi.

Arriva mentre mi sto velocemente passando un filo di trucco e mi porge il vestito. È lo stesso di quando io e Logan ci siamo incontrati per la prima volta, a casa di sua madre.

Lo infilo in un baleno e corro a prendere le mie decolleté beige.

Recupero la borsa e il cellulare. Provo ad accenderlo. Magari mando un messaggio a Logan, inventandomi un imprevisto.

«Cazzo, è scarico!» impreco, così corro a prendere il mio caricatore, che infilo malamente in borsa insieme al telefono.

Saluto Lin con un "a stasera" e corro giù, decidendo di farmela a piedi, visto che l'ascensore è occupato.

Arrivo alla metro di corsa, buttando tutti per aria per passare. Mi precipito dentro giusto in tempo, prima che le porte si richiudano.

Sono affannata e la gente mi guarda come fossi un alieno. Arrivo alla mia fermata e scendo, continuando a correre. Sono le nove e quaranta e io sono nervosa perché sono in tremendo ritardo.

Giungo al palazzo di Logan e, trafelata, mi affretto per prendere l'ascensore (non ci tengo a farmi tutti quei piani a piedi).

Arrivata alla sua porta, mi metto una mano in testa e cerco di respirare e riprendere fiato. Suono il campanello e Adele viene ad aprirmi.

La saluto, le chiedo di Logan e lei mi dice che è nel suo studio.

Spero non sia incazzato per il mio ritardo. Le chiedo un bicchiere d'acqua, se non bevo seduta stante, rischio di svenire.

Me lo versa e mi porge il bicchiere gentilmente, io glielo strappo di mano.

Adele mi guarda tra l'incuriosito e lo stranito. Io le riservo un sorriso sghembo e corro da Logan.

Non busso nemmeno alla porta, apro direttamente e lo raggiungo lì dentro.

«Buongiorno» esalo, dopo aver ripreso un po' di fiato.

«Buongiorno, Iris» risponde lui, senza staccare gli occhi da alcuni fogli che sta esaminando.

«Volevo scusarmi. So di essere in ritardo, ma...»

«Non serve» ribatte lui alzando una mano, come per dirmi di smettere di parlare, ma continua a tenere gli occhi puntati su quei fogli.

Io sono vicina alla porta, respiro ancora a grandi boccate, perché la corsa per arrivare fin qui mi ha stancata.

«Logan...» provo a dire e lui finalmente alza gli occhi. Mi guarda e sembra sotto shock.

«Il vestito che hai indosso» dice alzandosi dalla sedia, per poi fare il giro della scrivania.

«Sì?» chiedo, cercando di capire cosa vuole.

«È lo stesso che avevi quando ci siamo conosciuti, a casa di mia madre» dice, avanzando nella mia direzione.

«Sì» ribatto deglutendo forte. Il suo profumo di colonia, stamattina, è molto intenso e mi invade più dell'ultima volta.

«Mi piace come ti sta» dice avvicinandosi lentamente, molto lentamente, troppo... lentamente.

«Grazie» balbetto e indietreggio un po'.

Logan continua ad avanzare verso di me, è più vicino, sempre più vicino. Ora mi sfiora la spalla con una mano. Prende una delle mie bretelle e la scosta.

«Queste bretelle sono pericolose, Iris, si sciolgono facilmente» dice e comincia a sciogliere il fiocco di una delle spalline. La bretella cade e mi lascia un lato scoperto, alla sua mercé.

«Sì» esalo respirando forte. Lui mi tocca ancora.

«Te lo ricordi quando te l'ho riattaccata? Te lo ricordi il contatto?» chiede e inizia a sciogliermi anche l'altra. Lo guardo e lo lascio fare. Non so perché. Fino a ieri ero più che sicura di non volerlo fare accadere, ma ora... non lo so più. Quest'uomo mi confonde e abbassa ogni mia difesa.

«Sì» ribatto, quasi ansimando.

«Te lo ricordi il brivido che hai sentito?» chiede e vedo la spallina cadere al suo tocco.

«Sì» ansimo ancora e lui chiude gli occhi.

«Non fare più così» dice ancora, con gli occhi serrati. Sembra si stia trattenendo. Molto.

«Così come?» domando in un soffio. Sono accecata dalla lussuria, voglio solo che mi baci. Dopo aver conosciuto il tocco delle sue labbra, ieri, anche se per poco.... ne voglio di più. Voglio sentirle aderire bene alle mie e voglio saggiare la sua lingua.

«Non dire più sì in questo modo, altrimenti...»

«Altrimenti?» chiedo e lo guardo dritto negli occhi. Stavolta non mi sottrarrò, stavolta voglio che capisca quanto lo voglio.

«Merda!» impreca e da un pugno nel muro. In un secondo si avventa su di me.

La sua bocca mi invade e sento la sua lingua scivolare e incontrare la mia. È un bacio passionale e avvolgente. Logan mi rincorre, mi stuzzica, mi prende tutta. Io lo lascio fare, invitandolo, col mio tocco, a proseguire. Ci scontriamo, bruciamo e ardiamo di un fuoco che ci stava divorando e che dovevamo per forza lasciar esplodere.

Logan è così tanto dentro la mia bocca, che sento il rumore dei suoi denti che sbattono, nella forsennata ricerca del profondo di me. È devastante. È eccitante e bellissimo. *Dio, se sa baciare quest'uomo.*

Nessuno mi ha mai baciata così, prima d'ora.

Gli prendo la nuca e gioco con i suoi capelli, mentre lui mi tiene la schiena, fissando l'altra mano al mio viso.

Sembra che non voglia staccarsi, continua a spingere ancora e ancora. È irruento, è forte, è carnale. È un bacio che sa di bisogno, come se, entrambi, non aspettassimo altro dalla vita.

Sposta entrambe le mani sul mio viso e continua a darmi stoccate con la lingua, delle stoccate potenti e bellissime.

Ci allontaniamo dopo un bel po', per riprendere fiato, confusi.

Respiriamo entrambi forte e Logan si porta una mano in testa, quasi incredulo per ciò che è appena accaduto.

«È stato... è stato...» non riesce a parlare, sembra ancora sotto shock. Intervengo io e, come una stupida, pongo fine alla sua frase e a ogni sua ipotetica speranza.

«Un errore» affermo, con freddezza.

Lui mi fissa, guardandomi come se non riuscisse a credere alle mie parole.

«Iris...»

«Forse è meglio che torni di là. Sono qui per lavorare, no?» dico con asprezza e lui continua a guardarmi come se fossi fuori di testa.

Chiude un secondo gli occhi, come aveva fatto prima. Si ricompone, prima di parlare.

«Giusto. Solo uno stupido errore. Faresti bene ad andare di là, ci sono un mucchio di documenti da sistemare. È già tutto pronto nella tua stanza.»

In questo momento mi odia, lo so, glielo leggo negli occhi.

«Perfetto. A dopo, allora» lo saluto e fuggo via da lui e da tutte le emozioni che mi ha fatto provare con un solo bacio.

Arrivo nella mia stanza e mi sistemo i fiocchi, ancora col battito a mille, al pensiero di quanto accaduto.

Mi siedo per lavorare, ma non riesco a togliermi dalla testa ciò che è accaduto. Ricordare la sua bocca sulla mia e la sua lingua, che mi ha dato tanto piacere, mi fa male. Mi prende qualcosa che sa di malinconia e inizia a contorcersi lo stomaco.

No, non posso. Conosco quella sensazione e non mi fa bene. Non va bene. È completamente sbagliato!

Ti farai male, Iris. Non giocare troppo col fuoco, perché poi ti scotti.

Una voce in testa mi tormenta e io cerco di scacciarla via.

Provo a concentrarmi sul lavoro, devo concentrarmi sul lavoro.

Se penso ancora a Logan, l'unica cosa che ho voglia di fare è tornare da lui e baciarlo di nuovo.

Devo smetterla di pensare a lui in quel senso. *Basta, Iris, basta!* mi dico mentalmente, rimproverandomi.

Faccio appello a tutta la mia forza e cerco di proseguire una giornata che è iniziata nel modo più assurdo e delirante possibile.

***

LOGAN

La giornata è quasi terminata e io ho dovuto contare più volte fino a dieci, per non andare da lei e dimostrarle che, quell'errore, lo ripeterebbe altre cento volte, se io mi avventassi su di lei.

Cristo santo se è stato bello baciarla! È stata una delle più intense e forti sensazioni della mia vita. È stato fottutamente eccitante. Non riesco a descrivere come mi sento ora. Sono un groviglio di emozioni contrastanti: sono confuso, sovraeccitato, felice, triste, perché vorrei averne ancora.

Sento di nuovo il sapore della sua lingua intrecciata alla mia, sento il calore bollente che emanava la sua pelle, sento quella sensazione di morbido che avevano le sue labbra.

Dopo ieri sera, dopo averla a stento assaggiata, ero un fascio di nervi. La volevo e stavolta per bene.

Sarei impazzito, se non fosse accaduto, ma per fortuna è successo: Iris Rhoden si è finalmente abbandonata a me.

Ma c'è sempre un intoppo, c'è sempre qualcosa che la frena e che le ha fatto dire che quanto accaduto sia stato un errore, quando so benissimo che è stato, per entrambi, tutto tranne quello.

Non capisco cosa la turbi, di cosa abbia paura. Non capisco che problema ci sia. Non è solo il fatto che sono il suo capo, c'è sicuramente altro, qualcosa che non vuole dirmi.

Possibile che con quella mezza calzetta del suo vicino di casa si sia lasciata andare, finendo per farci sesso ripetutamente, e con me stia lottando con tutte le sue forze, negandomi più volte un ridicolo bacio?

Non mi sono mai sudato così tanto un bacio in tutta la mia vita. Mai.

Le donne si sono sempre lasciate guidare da me. Si sono fatte dominare.

Non ho mai dovuto chiedere, prendevo e basta. E loro me lo lasciavano fare, eccome se me lo lasciavano fare!

Mentre Iris è indomita e ribelle, ma forse è proprio questo che mi piace di lei. Amo il suo carattere, amo il modo in cui mi fa sentire.

Sbuffo, prendendomi la testa tra le mani e rimanendo così, appoggiato alla scrivania, per un tempo lunghissimo.

A un tratto sento bussare alla porta e dico "Avanti".

È lei. Sembra imbarazzata. Ha le guance rosse, sta avvampando, ed è bella da morire.

«Ho terminato tutto ciò che mi avevi chiesto. Ho anche sistemato un paio di appuntamenti che non si incastravano bene» dice fulminea e io la osservo.

«Grazie, Iris. Volevo approfittarne per chiederti se questo sabato puoi lavorare, aiutandomi con degli incontri. So di averti detto che non lavoro, ma a volte sono costretto a farlo. Se non ti va o non puoi...»

«Nessun problema» dice gentile e mi guarda.

«Perfetto!» ribatto, sostenendo il suo sguardo.

«Il mio orario di lavoro sarebbe terminato, posso andare?» chiede.

«Tu vuoi andare?» domando, in tono di sfida.

Ci pensa su un po' troppo, prima di rispondere.

«Sì, Logan» esala.

Bugiarda! Era un fottuto no! Quello avrebbe voluto dire!

«Come vuoi. Sai dov'è la porta» dico arrendevole e lei fa per andarsene, ma poi ci ripensa.

«Logan?»

«Sì?» chiedo, nella speranza che voglia ancora parlare di quel bacio, o magari rifarlo.

«Domani è il mio giorno libero» dice e io, dentro di me, sbuffo.

«Sì, lo so. Me lo ricordo» taglio corto, senza degnarla di uno sguardo.

«Allora ci vediamo venerdì» dice e io annuisco con il capo.

«Buona serata, Logan» mi augura andando via, e io la saluto con un cenno della mano, scostante.

Richiude la porta e io mi sento frustrato, perso, solo.

Ultimamente mi sembra di stare bene solo se ho lei attorno. *Che cazzo mi sta succedendo?*

Ho bisogno di parlarne con qualcuno, così chiamo John. Ci vedremo stasera, solito orario, solito locale.

Se non mi sfogo, rischio di scoppiare.

Il mio cervello sta implodendo e il mio cuore batte sempre più forte, ogni volta che lei è accanto a me.

Sono sensazioni che non riesco a credere di provare, che non voglio... provare.

Vorrei solo chiudere gli occhi e scoprire che Iris è un bel sogno. Un sogno che, purtroppo, per me, non potrà mai diventare realtà.

CAPITOLO 11

IRIS

Il giorno dopo, sono all'*Embarcadero Center*, il mio centro commerciale preferito. Ho deciso di sfruttare la mia giornata libera per fare shopping, distrarmi e sbollire tutte le ansie su quanto accaduto ieri con Logan.

Sono arrivata qui a orario d'apertura e ho già comprato un paio di stivali col tacco, due jeans, un abito rosso e un top corto color giallo pastello.

Ora sto facendo un giro per cercare dell'intimo nuovo. Vorrei comprare qualche completino particolare, visto che l'ultima volta che ne ho acquistato era ai tempi in cui stavo con Roy.

Non so perché voglia farlo, insomma… tra me e Logan c'è stato solo un bacio e a parte quello non dovrà capitare più nulla, se non voglio farmi male. Solo che, una piccolissima parte di me spera che capiti e forse vuole essere preparata per l'occasione, ecco.

Prendo dei completini e li misuro. Uno è verde di simil pizzo, l'altro è color carne, in seta e l'ultimo è bianco, quasi completamente di velo. È sexy e audace ed è tutto trasparente.

Li prendo tutti e tre e, quando faccio per uscire, i miei occhi cadono su un completino super hot, troppo!

È appeso accanto all'uscita dei camerini, dove le persone lasciano le cose indossate che non vanno bene. Lo prendo in mano e lo guardo. *Se Logan mi vedesse con questo addosso, morirebbe!* penso e cerco di scacciare via quell'immagine, perché sento che, se dovessi finirci a letto, sarei completamente fottuta.

È nero ed è... bucato, ovunque. Un triangolo vuoto circonda il seno e al centro ha solo un minuscolo pezzo di stoffa a forma di stella che copre il capezzolo. La mutandina è un perizoma che scende stretto, troppo stretto, tanto che mi chiedo se abbiano sbagliato a crearlo così, visto che non c'è molta differenza tra la parte davanti e quella dietro.

Rientro in camerino e lo provo. Rimango a bocca aperta, perché non ho mai indossato niente di così audace. Questo è quello che Lin definirebbe "un completino porco". *Dio, sembro una prostituta!*

Mi sistemo la parte davanti del perizoma che è talmente stretta da finire in mezzo alle grandi labbra. Mi tocco lì e sento un fremito al pensiero di quello che potrebbe farmi Logan, se indossassi questo in sua presenza.

Cerco di darmi un contegno e lo tolgo.

Guardo gli altri tre completini e li voglio tutti, anche quello porco. Penso allo stipendio che mi dà Logan e al fatto che non facevo un po' di shopping per me da mesi, così decido di togliermi lo sfizio e comprarli.

Quando esco dal negozio, sono soddisfatta per la mia audacia. Voglio essere libera di sentirmi donna, di sentirmi bella in quei momenti. E voglio essere libera di comprare qualcosa di molto audace da mostrare al mio uomo.

Un momento! Ho detto mio uomo? Io non ce l'ho un uomo. Logan è il mio capo e con lui potrebbe esserci solo sesso, ne sono sicura. Non mi sembra proprio il tipo da storie serie e io, per quanto voglia divertirmi, sogno l'amore, nella mia vita.

Osservo una coppietta di ragazzi che si baciano dolcemente e mi sale il magone, perché so che da Logan non potrei mai avere quello che sogno per me e per il mio futuro.

Non voglio pensarci. Voglio tornare a casa e godermi questa giornata perdendomi nel così detto "dolce fare niente".

Arrivo a casa per mezzogiorno e trovo Lin seduta sul divano. *Ma non era al lavoro?*

«Ehi. Tutto a posto? Credevo fossi al negozio» esordisco entrando e lei si gira, mettendo muto alla televisione.

«Ci hanno rimandate a casa. Un problema agli impianti idraulici. Si è allagato metà negozio» dice guardando curiosa le mie buste.

«Oh, spero nulla di grave.»

Poggio le mie borse a terra e mi siedo accanto alla mia amica che continua a osservarmi curiosa.

«Risolveranno. Allora? A te com'è andata la mattinata di shopping?» domanda e io le porgo le mie buste cominciando a tirare fuori i vestiti.

«Ecco qua. Ho preso questo abito, questo top e due jeans da Primark. Poi questi stivali nuovi...»

«Wow, sono fantastici, li voglio anch'io» dice guardandoli, estasiata.

«Ho già controllato, tesoro, conosco bene i tuoi gusti. Purtroppo il tuo numero era terminato.»

«Ah, che sfiga!» si lamenta lei e io prendo la busta del negozio di intimo.

«Ho anche preso quattro completini intimi» dico, un po' in imbarazzo e lei ammicca maliziosa.

«Mm, interessante, vuoi essere sexy per il tuo Mr. Dark?» chiede e io la rimprovero.

«Ah, smettila, scema. Poi non è il mio Mr. Dark, è solo il mio capo» mi giustifico, ma lei non molla la presa.

«Un capo che ti ha baciata come non sei mai stata baciata in tutta la vita. Parole tue, Iris» mi rimbecca e io sbuffo.

«Sì, d'accordo, ma ora non voglio pensarci» dico e lei, per fortuna, mi lascia stare.

«Va bene. Allora me li fai vedere o no?» chiede, indicando la busta e io ammicco.

«Ho un'idea migliore...» sibilo maliziosa e lei continua per me.

«Fammi indovinare: sfilata di *Victoria's Secret?*» chiede e io annuisco, scoppiando a ridere. Lin mi segue a ruota e io mi alzo per andare a prepararmi.

Da quando abbiamo iniziato a vivere insieme, io e Lin, tutte le volte che compriamo qualche completino intimo, una volta a casa, lo mostriamo all'altra facendo una sorta si sfilata dei nostri acquisti.

Fingiamo di essere delle modelle di *Victoria's Secret* e ci divertiamo un sacco a fare le sceme.

In camera mia indosso il primo completino, quello verde, sicura di sbalordire Lin quando le farò vedere quello porco, che ho deciso di lasciare per ultimo.

Esco fiera di me e lei è lì, ad incitarmi come se fossi su una passerella vera. Torno indietro e indosso quello color carne, mi riguardo allo specchio e mi calza a pennello. Mi sento bella e sicura di me.

Quando torno di là, Lin comincia a prendermi in giro, fingendo di essere una giornalista che commenta la sfilata. Scoppio a ridere e mi preparo per il terzo completino, quello bianco.

In un attimo, sono fuori dalla mia amica che, quando mi vede, esclama un "Wow" fortissimo. Mi pavoneggio davanti a lei e, quando torno indietro, guardo l'ultimo completino, quello più audace, e una piccola parte di me si vergogna di farsi vedere così davanti a lei.

Inizio a indossarlo, ma perdo tempo, indecisa se uscire o no. Alla fine penso che Lin non mi giudicherà, anzi, conoscendola, mi dirà che ho fatto bene a osare.

Faccio la parte della sexy pantera e, per rendere il momento più divertente, collego il mio Smartphone a una cassa e lascio partire, a tutto volume, la canzone *Hot stuff*. Lin rimarrà a bocca aperta di sicuro!

***

LOGAN

Sono fuori la porta di casa sua e, per un attimo, mi chiedo se abbia fatto bene a venire qui. È il suo giorno libero e io non ho il diritto di disturbarla. Per dirle cosa, poi? Che mi mancano le sue labbra e voglio baciarla ancora?

Ho trovato il portone del suo palazzo aperto. Sono convinto che, se avessi suonato al citofono, mi avrebbe lasciato di sotto e non mi avrebbe aperto. La piccola Rhoden mi sfugge sempre, ma non potrà farlo a lungo.

L'altra mia fortuna è stata che, quando siamo andati alla festa, mi ha raccontato un po' di sé e mi ha detto a che piano è il suo appartamento.

Così, adesso che sono fuori la sua porta, che recita "Rhoden – Dureaux", non potrà assolutamente sfuggirmi.

Mi ha parlato un po' della sua coinquilina. So che si chiama Linette e che lavora al *Diana*, uno dei negozi d'alta moda di San Francisco. Se ho fatto bene i miei calcoli, a quest'ora, la sua amica è in negozio, quindi la piccola Iris è tutta sola, tutta per me.

Mi faccio coraggio e premo il campanello. Non emette alcun suono, forse è rotto. Così non mi do per vinto e picchio forte alla porta.

Quando questa si apre, sussulto. Non è Iris ad aprirmi e ciò significa che non è sola in casa.

«Salve» dice la ragazza davanti a me, probabilmente la sua amica che, per una sfiga che solo io posso avere, oggi non lavora.

«Ehm, salve. Cercavo Iris. Tu devi essere Linette» dico, porgendole la mano.

«Sì, Linette Dureaux. Molto lieta» risponde stringendomela e io mi presento.

«Logan Dark. Il piacere è tutto mio. Posso entrare?» chiedo sfacciato. Non mi importa che non sia sola, ho bisogno di vederla, adesso.

«Prego, signor Dark» risponde lei, facendomi entrare. Richiude la porta e io mi avvicino alla finestra, allontanandomi dal centro del piccolo salotto.

«Avete una bella vista da qui» dico, per smorzare l'imbarazzo del momento. La sua amica annuisce e sibila un "Grazie", raggiungendomi.

Una musica proviene da un'altra stanza, l'ho già sentita da qualche parte... *Ma certo! In uno di quei locali di striptease.*

«Oh merda!» sussurra lei, portandosi una mano alla bocca. La guardo stranito e mi chiedo dove sia Iris e cosa c'entri quella musica.

Sentiamo una voce, la sua voce.

«Sei pronta?» grida e io non capisco cosa stia succedendo.

Linette cerca di farsi sentire oltre la musica che suona a palla.

«No, Iris, no, ti prego. Non uscire!» strilla, ma sentiamo una porta aprirsi. La musica si sprigiona nell'aria insieme alla sua voce.

«Arrivo, bambola».

«Cazzo!» Linette impreca e si porta una mano in faccia.

Io vorrei capire cosa diamine stia succedendo.

«Ta- da!»

Rimango a bocca aperta. Iris è lì ed è nuda. Cazzo! Ha un completino intimo che non le copre praticamente niente.

Ecco cosa stava succedendo!

«Merda!» impreca Iris, provando a coprirsi. Sfila velocemente la copertura del suo divano e se la mette addosso per celare le sue forme.

Guardo la sua amica: è rossa come un peperone e ha una mano sulla bocca. In realtà sembra voler coprire l'accenno di sorriso che sta per spuntarle fuori. Io sono totalmente senza parole.

«Ho provato a dirti di non uscire, ma non mi hai sentita» dice la sua amica, giustificandosi. Iris è diventata tutta rossa. Dio, quanto è bella!

«Sì, grazie, Lin. Potevi venire in camera, no?» fa lei, arrabbiata.

«Non ho fatto in tempo» si scusa lei e io non posso fare a meno di sorridere. È senza dubbio una situazione imbarazzante, ma assolutamente eccitante.

Ce l'ho duro da quando l'ho vista. Merda! Se non la prendo subito, scoppio!

«Che ci fai qui, Logan?» domanda lei, tenendosi stretto addosso il copridivano.

Non serve, tanto ho già visto ciò che c'era da vedere.

«Vi lascio soli. Sono in camera mia. Mr. Dark» dice Linette, prima che io possa parlare.

«Linette» rispondo educato e lei si dilegua. Sento la porta della sua stanza che si chiude e, finalmente, io e Iris rimaniamo soli.

Avanzo verso di lei, che indietreggia e si appoggia al muro.

«Non fare un passo in più, Logan» mi ammonisce, puntandomi un dito contro. La ignoro e continuo ad avanzare verso di lei.

«Hai fatto acquisti?» chiedo, notando le buste accanto al divano. Non mi risponde. Si limita a fissarmi.

«Hai comprato un completino nuovo per quando lo faremo?» chiedo imperterrito, continuando a camminare verso di lei, che però mi zittisce.

«Non lo faremo» ribatte sicura e io non posso fare a meno di sorridere.

«Ah no? Allora come mai hai comprato un completino così audace?» chiedo e sono finalmente vicino a lei. Non la tocco ancora, lascerò che sia lei a tirarmi a sé.

«Innanzitutto ne ho comprati tre, questo qui era solo.... un omaggio per la spesa che ho fatto. Non l'ho nemmeno scelto io, per cui...» si giustifica, come se indossare una cosa così fosse una vergogna. Forse perché non si è guardata allo specchio e non ha visto quanto cazzo sia sexy.

Immaginavo che nuda fosse bella, ma vederla dal vivo è tutta un'altra cosa.

«Ah, no?» chiedo, più vicino a lei. Le sono quasi addosso, basta poco per attaccarmi al suo corpo che preme contro la parete. Appoggio le mie mani dietro la sua testa e lei le guarda. Sta respirando forte, è eccitata tanto quanto me.

«No. E comunque, non ti illudere, li ho presi per Hardin. Abbiamo superato le nostre divergenze e stasera tra noi ci sarà una notte di fuoco» mi sputa in faccia, come se volesse colpirmi.

«Sei una pessima bugiarda» dico nel suo orecchio e lei sussulta.

«Logan...» sibila al contatto e io sapevo che sarebbe bastato tanto così per farla sciogliere.

«Smettila di nasconderti a me» dico e le tiro via la stoffa che usa per coprirsi. Questa cade a terra e mi mostra Iris in tutta la sua bellezza.

Ho il suo seno a portata di mano, è nudo e ci sono solo due minuscole stelline a coprire i suoi capezzoli.

Guardo in basso. La stoffa del perizoma è così stretta che si infila là sotto e io potrei morire seduta stante per quanto ce l'ho duro. Non stacco gli occhi da lì. È liscia, completamente rasata, e questo mi eccita da morire.

«Dio, Iris, sei così bella» dico, accarezzandole il viso. Lei freme a quel contatto e spinge il bacino verso di me, ma poi, subito, si ritrae.

«Non posso, Mr. Dark» ansima e io mi sento male.

«Non chiamarmi in questo modo» ringhio.

«Perché?» chiede, guardandomi.

«Perché mi fai eccitare» rispondo e prendo una sua mano per poggiarla sul mio cazzo e farle sentire quanto è duro.

Iris sussulta, ma non allontana la mano. Lo sfiora, senza afferrarlo o provare a sbottonarmi i pantaloni. È solo lì, ma mi piace da morire.

«Va bene... Mr. Dark» ribatte, chiamandomi così apposta, segnando la sua fine.

Mi avvento sulle sue labbra e lei le apre istantaneamente, come un gesto naturale e repentino. Infilo la mia lingua nella sua bocca e lei mi dona la sua. Ci baciamo come se ne andasse delle nostre vite. Un bacio che sa di bisogno, di desiderio, di impellenza. Non possiamo più aspettare.

Non voglio che la nostra prima volta sia così: appoggiati a un muro e con la sua amica nell'altra stanza, ma voglio darle piacere, così che capisca cosa la aspetterebbe.

Le prendo le cosce e la costringo ad avvinghiarsi a me. Si stringe attorno alla mia vita e muove pericolosamente il bacino verso la mia protuberanza. Mi vuole. Sta scoppiando di desiderio.

Inizio a palpeggiarle i seni, liberando i capezzoli ancora intrappolati da quelle ridicole stelle, e glieli massaggio forte.

Iris piega la testa all'indietro e si lascia andare a un rantolo di piacere. Mi abbasso un po' e prendo uno dei seni nella mia bocca, tirandolo e succhiandolo forte. Iris geme, si contorce, e quando stringo di più le mie labbra lì intorno, facendo pressione con i denti, lei urla e io sono costretto a metterle una mano davanti alla bocca.

«Logan... Dio, Logan» ansima e io sono pienamente soddisfatto.

«Ti piace, piccola?» chiedo e lei annuisce, lasciando che continui a baciarla.

Sposto una delle mie mani dal suo splendido seno e la faccio scivolare in basso, fino a incontrare il suo sesso.

Iris sussulta e geme. Io la sfioro, la stuzzico, la palpeggio, ma ancora non entro in lei con le mie dita, perché voglio che mi desideri, che mi preghi di darle piacere.

Gioco a farla impazzire e ci riesco alla grande, perché ogni volta che allontano la mia mano da lì, anche solo di poco, anche solo per un istante, lei è frustrata.

«Ti prego. Logan, ti prego» ansima e io le alzo, con una mano, le braccia sopra alla testa.

«Cosa vuoi, piccola? Dimmelo» le chiedo e mi rendo conto che vederla godere è una delle visioni più paradisiache di tutta la mia vita. Altro che le Maldive, il Grand Canyon e le Cascate del Niagara...

«Ti voglio lì, ti voglio lì» dice, rimettendo la mia mano sul suo sesso.

«Come mi vuoi?» chiedo e so che sto giocando a farle male, perché sta impazzendo di desiderio.

«Voglio le tue dita dentro di me» ansima, ebbra di lussuria. Sorrido e acconsento alla sua richiesta.

Infilo due dita dentro la sua vagina e lei mugugna.

Spingo prima piano, regalandole dei movimenti lenti, precisi, poi divento più irruento e spingo forte, con movimenti veloci e circolari che la prendono tutta. Il palmo della mia mano sbatte contro il suo clitoride e sento la sua parte intima ingrossarsi, sempre di più. Finché, stremata, non scoppia in un orgasmo che la fa gridare e io sono costretto a chiuderle forte la bocca, perché la sua amica è ancora nell'altra stanza.

Il suo petto va su e giù in maniera convulsa. La sua vagina pulsa ancora contro le mie dita e i fremiti dell'orgasmo si affievoliscono pian piano.

Iris mi guarda, è sotto shock, fuori di sé.

La guardo anch'io, ancora con l'uccello di pietra e la voglia matta di entrare in lei. Allontano le mie dita da lì sotto e lei sussulta.

«Devo andare.»

Lei mi guarda sconvolta, ma non dice una parola, mi lascia fuggire via.

Mi richiudo la porta alle spalle e sono consapevole di essere passato per il classico stronzo che, dopo aver preso ciò che voleva, si dilegua senza tanti saluti.

Raggiungo Drew, che mi aspetta di sotto, e salgo in auto.

Mi porto le mani al naso e sento il suo odore forte. Mi inebrio di quello e penso a quanto sarebbe bello fare sesso con lei.

Continuo a pensare a lei, nonostante la lunga giornata che mi aspetta, fatta di riunioni, convegni, clienti e premiazioni universitarie, non posso fare a meno di pensare a lei. Non dopo quanto accaduto.

Se prima la volevo, adesso devo assolutamente averla.

Non esiste altro obiettivo, per me. Fare mia, in ogni modo possibile, la piccola Iris Rhoden.

CAPITOLO 12

IRIS

Logan se n'è andato e io sono ancora sotto shock, incapace di credere che ciò che è successo sia vero. Mi ha toccata... e io gliel'ho lasciato fare. Nonostante tutte le mie remore, nonostante ciò che mi ero ripromessa, mi sono lasciata andare a lui e gli ho permesso di prendere ciò che voleva.

Se ne è andato da vero stronzo e io sono senza parole.

Mi ricompongo, coprendomi con la fodera del divano, e raggiungo Lin nella sua stanza.

«Si può?» chiedo, bussando alla sua porta chiusa.

La apro e la trovo seduta sul suo letto con le cuffiette nelle orecchie.

Non appena mi vede, le toglie e sorride.

«Ehi» dico, un po' imbarazzata.

«Ehi. Urlavi forte, eh?» commenta sorridendo e io mi metto una mano davanti alla faccia.

«Su, forza, vieni qui» mi invita a sedere e io la raggiungo sul suo letto. Lin mi passa una maglietta. Mi libero di quell'ingombrante copridivano e la infilo per coprire il mio corpo seminudo.

«Lin, mi dispiace» faccio per giustificarmi, ma lei mi zittisce.

«Ah, tranquilla. Ho dovuto mettere le cuffie nelle orecchie, però...» ironizza, continuando a prendermi in giro e io mi rimetto le mani in faccia piegandomi sulle gambe.

Vorrei sparire! Che figuraccia!

«Dai, smettila, ti prendo in giro» mi riprende, invitandomi a guardarla. Mi fissa intensamente e stringe gli occhi.

«Lo avete fatto?» chiede e io scuoto la testa.

«No! Non è successo, ma... c'è stato qualcosa. Mi ha fatta venire» confesso, mettendomi di nuovo le mani sul viso, a volermi nascondere.

Lin scoppia a ridere, poi ammicca.

«Però! A quanto pare, il signor Dark ha gradito il completino» dice e rido anch'io.

«Non sarebbe dovuto capitare! Non era previsto» mi lamento, sentendomi in colpa, come se stessi facendo qualcosa di sbagliato.

«No, certe cose non sono mai previste. Poi, chi l'avrebbe detto che il tuo Logan sarebbe arrivato proprio durante la sfilata di *Victoria's Secret*? Per giunta, nel momento in cui indossavi il completino più porco del mondo!» ribatte ridendo e io le prendo le mani.

«È osceno, vero? Non avrei dovuto comprarlo!»

«Iris, ma che dici? Eri una bomba sexy con quel coso e, fidati, se tu e Logan foste stati soli, sareste finiti a letto insieme. Ho visto come ti ha guardata» dice con sicurezza e io scuoto il capo.

«Non deve succedere, Lin!»

«Ma dai, è solo un po' di divertimento. Inizia tutto con un bacio, poi toccarsi, scopare...»

«Innamorarsi» dico, senza lasciarla finire e lei mi guarda sconvolta.

«Oh, oh. Devo preoccuparmi? C'è qualcosa che non so?» chiede e io mi metto più comoda sul letto per parlare.

«Ma no, non ti sto dicendo che sono innamorata di lui, ho solo paura che, se dovessi farci sesso, la cosa potrebbe, prima o poi, accadere. Insomma, Logan è un tipo così misterioso e allo stesso tempo magnetico... È un enigma vivente e le varie sfaccettature del suo carattere mi fanno andare fuori rotta. Delle volte è autoritario e severo e delle altre, invece, è buono, gentile e dolcissimo. Il modo in cui mi ha baciata, Lin, e quello che è successo prima... non c'è mai stata così tanta passione con nessuno dei miei ex. Questo mi spaventa» confesso, attendendo una sua risposta.

«Capisco, tesoro, ma non puoi impedirti di vivere una cosa che ti piace solo perché, forse, potresti innamorarti. Cerca di andarci piano e capire, magari, anche cosa vuole lui. Se arrivi al punto di pensare di provare dei sentimenti e vedi che lui non ricambia, lascialo perdere. Ma rinunciare già in partenza... non lo so, mi sembra da vigliacchi. E la mia migliore amica non è una vigliacca» dice, guardandomi dritta negli occhi e io sbuffo.

«Non lo so, Lin, è complicato. Anche se le cose dovessero andare bene, anche se dovessimo entrambi provare di più, un giorno, non potrebbe mai funzionare. Veniamo da due mondi completamente diversi. Lui è ricco da fare schifo e io sono una semplice segretaria. Altra cosa importante: la madre, che lui sembra amare tanto, mi odia. Per non parlare di quello stronzo del padre.»

«Sì, va bene, ma le storie si vivono in due, non con tutto il contorno. E comunque, per quanto Logan possa sembrare il classico stronzo che vuole solo portarti a letto, a me ha fatto una buona impressione. Voglio dire... sembra una brava persona. Inoltre, perché sarebbe venuto fin qui, se gli interessi solo da un punto di vista sessuale? Avrebbe potuto tranquillamente aspettare di rivederti domani, a casa sua. Sarebbe stato più comodo e soprattutto più semplice.»

«Forse. Ma se ne è appena andato come il classico degli stronzi, senza dire una sola parola. Mi ha guardata e ha detto "devo andare"» preciso, arrabbiata.

«Magari non sapeva cos'altro dire» lo giustifica lei.

«Sul serio, Lin, ma da che parte stai?» mi lamento, alzandomi dal letto.

«Dalla tua parte, tesoro. Ed è proprio perché vedo quanto quest'uomo ti piaccia, che ti sto dicendo di viverla fino in fondo. Non hai più provato nulla di forte, dopo la storia con Roy, sono sicura che vivere una bella emozione ti farà bene» dice dolce e io la guardo confusa.

«Non lo so. E se adesso fosse da quella rossa che si è scopato la scorsa volta? Magari non ha avuto da me ciò che voleva si sta sfogando con lei» dico, rimuginandoci sopra.

«Iniziamo già con la gelosia?» ironizza e io mi metto le mani in testa, rigettandomi sul letto come disperata.

«Non so che mi sta succedendo, Lin» mi lamento, poi sentiamo qualcuno picchiare forte alla porta di casa. *Dobbiamo assolutamente far aggiustare il campanello!*

«Rivestiti, mostro, vado ad aprire io» mi prende in giro la mia amica e io corro nella mia stanza.

Mi vesto velocemente, con il cuore a mille. Una piccola parte di me spera che sia lui, che sia tornato.

Esco dalla mia stanza e, quando arrivo in salotto, trovo Hardin che parla con Linette.

«Che fai tu qui?» domando con asprezza e Lin sorride.

«Per la seconda volta, vi lascio soli» dice la mia amica e si dilegua.

Guardo Hardin accigliata e lui alza le mani in segno di resa.

«D'accordo. Qualsiasi cosa tu voglia dire, me la merito. Sono uno stronzo.»

«Meno male che lo sai» ironizzo, alzando un sopracciglio.

«Ascolta. Se non sono venuto finora è perché sono stato fuori per lavoro e sono tornato soltanto ieri sera. Volevo scusarmi con te per averti proposto quella cosa» dice, ma io sono ancora arrabbiata.

«Si chiama ménage á trois, Hardin, ha un nome» ribatto acida.

«Sì. A ogni modo, non ti avrei mai fatto del male, spero che tu questo lo sappia» ha l'aria da cane bastonato e si appoggia al mobile della mia cucina.

Io continuo a essere rigida e distaccata. Si è comportato da vero idiota, con me!

«Forse. Ma mi hai mancato di rispetto, Hardin, e mi hai tenuta in un modo vergognoso, cercando di convincermi a fare qualcosa che non volevo fare!» ribatto decisa.

«Lo so, e sono qui per chiederti scusa. Ti prego, Iris, accetta le mie scuse e ricominciamo da capo» mi prende le mani, ma io mi allontano.

«Da capo? Da capo cosa?» chiedo e lui risponde subito.

«Tutto. Quello che c'era tra noi.»

«C'era solo sesso, tra noi» replico nervosa.

«Forse. Ma qualunque cosa fosse, era bello» ammicca e si avvicina a me.

«Per te, forse» dico con cattiveria e lui alza un sopracciglio.

«Come?» chiede.

«Senti, lascia perdere. So che sei un bravo ragazzo, Hardin, e accetto le scuse, ma non ci potrà mai essere nulla di più che una semplice amicizia tra noi» dico onesta e lui sorride, mettendomi una mano su un fianco.

«Certo, come ce l'avevamo prima», mi accarezza, ma io mi sposto.

«Non come ce l'avevamo prima, Hardin, come due persone normali.»

«Stai dicendo: niente sesso?» chiede, alzando un sopracciglio e io annuisco.

«Esatto, Hardin, niente sesso. Ora, se vuoi scusarmi, ho un mucchio di cose da fare» dico, invitandolo a uscire.

«Peccato. Però, anche se rimaniamo amici e basta, possiamo sempre uscire insieme, no?» dice e io lo guardo stranita.

«Che vuoi dire?» chiedo, mettendomi a sedere. Lui mi raggiunge e si appoggia al bracciolo del divano.

«Voglio dire che stasera io e Trent andiamo a ballare e avevo pensato che tu e Linette potreste unirvi a noi. Vorrei presentargliela» dice gioioso, ma io smorzo tutto.

«Linette non è amante del sesso a tre, mio caro» dico altezzosa e lui ride.

«Dai, fiorellino, sto parlando seriamente.»

Lo guardo arrabbiata e disgustata. Gli punto una mano al petto e parlo.

«Chiamami un'altra volta così e giuro che ti castro. Stavolta per bene!»

«D'accordo, scusa. Senti, so che Linette è uscita da una brutta storia, quindi mi sembra ovvio che non si fidi del sesso maschile. Ma stasera sarebbe solo un'uscita tra amici, divertente. Dai, a tutte le donne piace ballare. Inoltre, se dovesse piacergli il mio amico, sono sicuro che un po' di sesso scaccia pensieri non le farebbe male» dice e quando nomina il sesso scaccia pensieri penso a Logan.

Magari adesso è davvero con la sua Roxanne, il suo sesso scaccia pensieri!

Voglio fargliela pagare, perché sono sicura che si sta rotolando con lei tra le lenzuola, regalandole amplessi che forse io non avrò mai. Voglio punirlo perché se ne è andato così, dopo avermi donato uno dei migliori orgasmi di tutta la mia vita.

«Sì!» esclamo «Ci saremo. Convincerò io Linette» dico e lui sorride.

«Perfetto. Allora ci vediamo alle dieci, va bene? Vi accompagno io. Il mio amico ci aspetta lì» dice entusiasta e fa per andarsene.

«Ottimo! A stasera» lo accompagno alla porta e, dopo avergliela chiusa in faccia, mi preparo all'opera di convincimento per Lin.

Sono le 22.15 e siamo arrivate al locale. Per fortuna, non ci ho messo tanto a convincere Lin. Dopo la batosta di Gordon e l'aver capito che pezzo di stronzo fosse la sua ultima conquista, anche lei ha bisogno di svagarsi.

Nonostante non creda che l'amico di Hardin sia proprio la giusta valvola di sfogo, ha deciso di prendere la serata come viene e di divertirsi con me in pista.

Inizio a bere uno, due, tre cocktail. Mi scolo non so quanti bicchierini di vodka, poi passo al rum e pera.

Linette mi rimprovera, lo so che non dovrei mischiare l'alcool, ma non voglio pensare a niente in questo momento. Voglio togliere dalla testa Logan, almeno per stasera.

Dopo un po', quando sono brilla e con la testa che gira come un pallone, mi butto in pista, trascinata da Hardin, e inizio a ballare con lui. Linette rimane accanto al bar, a fissarmi, e io la saluto con la mano, ringraziandola di avermi tenuto la borsetta. Odio ballare con qualcosa che mi impedisce i movimenti e con Hardin ho intenzione di muovermi per bene!

Mi agito, ondeggio come una ballerina di danza del ventre e mi struscio su di lui in maniera lasciva e provocante.

Hardin è dietro di me e mi cinge la vita con entrambe le braccia. Lo lascio fare e mi muovo al ritmo di musica.

«Piccola, se continui a fare così, sarò costretto a scoparti nei bagni del locale» dice nel mio orecchio e io scoppio a ridere. Mi giro per guardarlo, è sudato e sembra che anche lui abbia bevuto un po' troppo.

«Non fare lo scemo» gli urlo in faccia e lui mi prende il viso tra le mani.

«Sei bella quando ti arrabbi» ribatte e si avvicina alla mia bocca. Prova a baciarmi, ma mi scanso.

«Devo andare in bagno» dico e mi allontano da lui. Vedo Lin ballare con Trent, ma lei non mi nota.

Vado in bagno e mi passo un po' d'acqua sulla nuca. Sono brilla, decisamente troppo.

Cerco di non pensarci e di vivermi la serata, alla faccia di quello stronzo di Logan.

Torno in pista e Hardin sta già ballando con una nuova tizia. Vado lì come un fulmine e la tiro via, riprendendomi il mio ballerino.

«Mi hai rimpiazzata in fretta, vedo» mi lamento, muovendomi ancora di più su di lui.

«Beh, se tu non vuoi darmela, piccola, devo trovare altra carne da macello» dice ridendo e io inorridisco. Logan non userebbe mai certi termini maschilisti.

«Sei disgustoso!» dico, staccandomi un po' da lui, che però mi tira di nuovo a sé.

«Non ti sembravo così disgustoso quando te lo ficcavo in bocca e lo prendevi tutto» risponde, guardandomi con desiderio e io faccio per allontanarmi, quando una mano mi tocca.

«Lasciala andare, adesso!» sento alle mie spalle. Riconoscerei quella voce tra mille.

«E tu chi cazzo saresti?» chiede Hardin e io mi giro.

«Logan! Che fai qua?» domando e lo guardo. Ha gli occhi di fuoco. Sembra capace di ammazzare un esercito intero, in questo momento.

«Conosci questo tizio?» chiede Hardin e io annuisco.

«È il mio capo» dico e vedo che Logan fissa ancora Hardin come se volesse staccargli la testa.

«Andiamo» dico, trascinando via Logan.

Hardin rimane lì impalato, a fissarci.

Logan mi prende per un braccio e mi tira con forza in un angolo del locale, dove la musica non è alta e possiamo parlare.

«Che cazzo credevi di fare?» urla con rabbia.

«Che ti importa? Non sono la tua ragazza» ribatto, arrabbiata anch'io.

«Allora perché cazzo mi hai fatto venire qua? Cos'è? Cercavi di farmi ingelosire?» chiede e io lo guardo stranita.

«Scusa? Quando ti avrei fatto venire?» replico furiosa. *Mi prende per il culo?*

«Devo ricordartelo davvero, Iris? Sei ubriaca, ma il cervello dovresti ancora averlo al suo posto» dice arrabbiato.

«Non so di cosa tu stia parlando!»

«Sul serio? Quindi quei messaggi con scritto "mi manchi" e subito dopo "raggiungimi al *Ruby Skie*, sulla Mason Street" me li sono inventati io?» ribatte deciso.

Mi porto una mano alla testa, poi faccio centro: Lin. È stata lei. Le ho lasciato la mia borsetta e ha contattato Logan per farlo venire qui. Perché l'ha fatto?

«Scusami un momento» dico e faccio per andare via, ma lui mi blocca.

«Dove credi di andare?»

«Devo parlare con la mia migliore amica. E, giusto per la cronaca, quei messaggi li ha mandati lei, anche se non so ancora per quale assurdo motivo. Io ero qui a divertirmi come hai fatto tu oggi, con Roxanne!» dico acida e lui mi guarda sconvolto.

«Che?»

«Lascia perdere!» dico e corro da Lin.

La trovo ancora avvinghiata a Trent. Si stanno baciando. Li faccio distaccare e lei mi guarda.

La fisso arrabbiata, senza dire nulla, e lei lascia andare il suo partner.

«Oh, oh. È arrivato Logan» afferma, con l'aria da colpevole.

«Come ti sei permessa di mandargli quei messaggi dal mio telefono? Ma dico, ti sei fritta il cervello?»

«Iris, stavi bevendo come una spugna. Saresti finita a letto con un tizio di cui non ti importa niente, non potevo starmene con le mani in mano» si giustifica e si sposta verso di me.

«Non sarei finita a letto con Hardin. Poi, perché diamine gli hai scritto "Mi manchi"?» urlo furiosa.

«Beh, per sapere se anche tu gli piaci quanto lui piace a te» dice dolce, ma in questo momento la sua aria da angioletto non attacca, sono fuori di me.

«Ah, sei una cretina, Lin!» mi lamento e lei sorride.

«Può darsi, ma in questo momento c'è un uomo molto sexy e arrabbiato che ti sta guardando e che vuole solo portarti via di qua, prima che finisca per staccare la testa a qualcuno» dice, indicando dietro di me. Vedo Logan, appoggiato al bancone del bar, che guarda nella nostra direzione.

«Lin...»

«È lui quello giusto, tesoro. Un giorno mi ringrazierai» dice e io scuoto la testa. La guardo e lei mi regala uno di quei sorrisi di scuse che io non posso ignorare.

La tiro a me e la abbraccio. Lin mi chiede scusa e io la perdono. Poi mi restituisce la borsetta e mi incita a tornare dal mio cavaliere incazzato. Dopo essere scoppiata a ridere, la ascolto e vado da lui.

Logan mi guarda torvo, mentre mi avvicino.

«Ora andiamo!»

«Dove?» chiedo e lui risponde granitico.

«Da me!»

«Non puoi obbligarmi» ribatto con rabbia.

«Vuoi scommettere?» chiede e io sibilo "Sì".

Logan sorride e mi carica in spalla, trascinandomi via dal locale.

Io urlo, strepito, gli ordino di mettermi giù, ma lui lo fa solo quando abbiamo raggiunto l'auto di Drew. Mi lascia andare sul sedile dell'auto e sale anche lui.

«Parti, Drew!» dice dall'interfono e io non lo degno di uno sguardo.

Non gliela darò vinta. Potrà pure portarmi a casa sua, ma non finirò a letto con lui.

***

LOGAN

In macchina la guardo, è arrabbiata, ma forse non riesce a capire fino in fondo quanto sia incazzato io.

Vederla strusciarsi così su quel tipo... l'avrei preso a botte fino a mandarlo in ospedale!

«Giusto per la cronaca, non sono andato a letto con Roxanne.»

«Ah, no?»

«No. Mentre tu con quel tizio... sembrava ti stessi divertendo molto» ribatto gelido.

«È solo Hardin, un amico» dice e io sgrano gli occhi.

«Hardin il tuo vicino di casa? Hardin quello che ti scopavi?» domando, con il sangue agli occhi.

«Non ci vado più a letto. Siamo solo amici, adesso» replica lei, continuando a guardare fuori dal finestrino.

«Togliti dalla testa che ti lascerò essere amica di uno che scopava con te» ringhio e la gelosia inizia a montare, perché la immagino a letto con lui mentre gode e regala la sua faccia da orgasmo a uno che nemmeno la merita. Ora che so com'è la sua faccia quando viene, non voglio condividerla con nessuno.

«Scusami? Non stiamo insieme, Logan, non sono la tua donna!» rimarca e io muoio dentro.

«Lo so!» replico granitico e lei continua.

«Allora perché dici certe cavolate? Non darmi più ordini in quel modo. Anche se dovessi essere la tua fidanzata, e non accadrà, non puoi permetterti di parlarmi così» dice e, quando sento la parola "fidanzata", sussulto.

Non so cosa sia avere una fidanzata. Non so cosa si provi e non potrei gestirlo. Inoltre non voglio rovinare la vita di una donna, meno che mai quella di Iris. Non posso farlo!

«Tranquilla. Tanto non sono il tipo da fidanzate» replico gelido e la guardo. Sembra colpita, forse ferita.

Si gira dall'altra parte.

«Meglio così» mormora tra sé e sé, poi parla all'interfono e ciò che dice mi fa venire voglia di prenderla a schiaffi.

«Drew, sono Iris. Puoi riportarmi al locale, per favore?»

«Drew, non farlo!» gli ordino, ma lei non molla.

«Drew, o mi riporti indietro o fermi l'auto e mi lasci scendere. Giuro che se vi mettete contro di me, vi denuncio entrambi per sequestro di persona» ribatte, guardandomi con odio.

«A che gioco stai giocando, Iris?» domando, torvo.

«A nessun gioco, ma se ora non mi riporti indietro, giuro che me la paghi, Logan» dice con rabbia e io ordino a Drew di fare retromarcia.

La guardo un'ultima volta incazzato, poi torno a fissare l'esterno, ignorandola per tutto il resto del tempo.

È arrabbiata per la frase che ho detto, l'ho capito. È delusa, perché ho detto che non sono tipo da fidanzate e in qualche modo, forse, si è sentita offesa, perché è stato come sminuire quello che c'è stato tra noi.

Ma che cosa le dico? Che il mio mondo è marcio e che non voglio infettare anche lei? Che mi hanno violentato quando ero solo un bambino e ho gli incubi che mi tormentano ogni santa notte da allora? Che non posso dormire con una donna al mio fianco perché, spesso, divento aggressivo e rischierei di farle del male? Che cosa cazzo le dico?

Arriviamo al locale e lei scende senza degnarmi di uno sguardo. La seguo dentro, ma lei mi ignora. Non la perderò d'occhio e non le permetterò di fare cazzate.

La vedo che inizia a bere, troppo, così mi avvicino per pregarla di smetterla.

«Iris, basta, per favore» provo a farla ragionare, ma lei mi scaccia via.

«Che cazzo vuoi, chi sei? Smamma» dice, continuando a ingurgitare alcool.

«Per favore. Ti chiedo scusa, se ti ho offeso in qualche modo, ma non volevo...»

«Sta' zitto e stammi alla larga» biascica, guardandomi storto e si allontana con un bicchiere.

La seguo, standole a debita distanza perché, in fondo, non posso fare niente. Non sono il suo uomo e lei non è la mia donna, non ho alcun diritto sulla sua persona.

Vedo che si siede di nuovo al bar, stavolta più in là, e si scola in un attimo due shottini.

Mi avvicino e, il coglione di prima, mi precede. Avanzo a passo più svelto e, quando sono lì, lo fulmino.

«Toccala un'altra volta e giuro che ti spacco la faccia» dico, facendo cadere il mio sguardo sulla sua mano che tocca un braccio di Iris.

«Ma chi cazzo sei tu? Sei il suo capo o te la scopi?» grida.

«Questi non sono affari tuoi» ringhio.

Iris ci ignora completamente e continua a bere. Vorrei dirle di smetterla, vorrei portarla via e allontanarla da tutto l'alcool che sta iniettando nel suo corpo, ma questo stronzetto mezzo indiano mi provoca e io non posso lasciar correre.

«Se non è la tua ragazza, sei esattamente come me: uno con cui ha scopato!» dice lui, provocandomi e Iris, finalmente, parla.

«Non me lo sono scopato!» dice e io la guardo.

«Oh, grandioso. Quindi che cazzo vuoi da lei? Va' a farti un giro e trovati una che voglia infilarsi nelle tue mutande. Iris non ti vuole ma, tranquillo, si farà volentieri un giretto con me» sibila provocatorio e insinuante, poi si avvicina al mio orecchio.

«Non preoccuparti. La farò urlare come tu non saresti mai in grado di fare» dice e io non ci vedo più. Gli assesto un pugno e lui cade per terra.

«Logan!» strilla Iris e mi trascina via.

Sono furioso, vorrei spaccare qualcosa, vorrei uccidere di botte Hardin e fargli capire che non può permettersi di parlare così di lei. Un solo pugno non basta per quanto quel coglione mi ha fatto incazzare!

Arriviamo in un piccolo corridoio che porta ai bagni e Iris si fa spazio, ma io la trascino per una di quelle minuscole porte, richiudendola dietro di me.

«Tu sei... sei completamente... ma... matto» biascica ubriaca e io, per tutta risposta, la sbatto al muro e la bacio.

Le infilo la lingua in bocca in maniera violenta, tagliente. Navigo in questo mare bellissimo e profondo che è Iris. La rivendico, con bisogno, con possesso, come se dovessi urlare al mondo che lei è mia, anche se non è così.

Iris si lascia baciare e spinge di più il bacino verso di me.

«Logan... ti voglio... ti voglio dentro di me» ansima, distaccandosi dalle mie labbra e guardandomi con passione.

«No, Iris, non possiamo» dico, scuotendo la testa, tenendole ancora il viso. Lei si lamenta.

«Sì, che possiamo» sibila e comincia a baciarmi il collo. Mi fa impazzire, ma non posso lasciarglielo fare, non adesso.

«No, piccola, non così» ribatto, mentre lei continua a lasciarmi succhiotti sul collo.

«Sì, invece. Non voglio più aspettare» dice e comincia a scendere verso la patta dei pantaloni.

«Sei ubriaca, Iris» la rimprovero, in estasi per i suoi baci. Mette una mano lì e fa uno strano ghigno di soddisfazione e piacere.

«E tu sei già duro per me, Logan» sussurra, tirandomi a sé e infilandomi la lingua in bocca. La lascio fare, ma quando prova ad andare giù con le mani e a sbottonarmi la patta dei pantaloni, la blocco.

«Iris, fermati, basta. Non accadrà qui. Non in un fottuto bagno!» urlo incazzato, ma lei sembra non capire. L'alcool le ha dato alla testa e le ha permesso di lasciarsi andare come non aveva mai fatto prima.

«Lo so che mi vuoi» esala e mi infila una mano nei pantaloni. Sussulto. Non posso lasciarglielo fare.

Cerca nelle mie mutande la mia durezza e, quando sento la sua mano fredda a contatto col mio pene di marmo, lancio un gemito di piacere.

«Lo sapevo che mi volevi» dice lei, cominciando a toccarlo. «Dio, è così grosso» ansima. Ha gli occhi chiusi e sembra in estasi. Lo sono anch'io, ma devo fermarmi. Adesso!

«Iris, basta, fermati.»

«Logan...»

«Basta!» urlo troppo forte e lei si blocca, tirando fuori la sua mano da lì e guardandomi sconvolta.

«Ti riporto a casa» dico e la prendo in braccio come avevo fatto prima, per portarla via dal locale.

Mi lascia fare e, quando la carico in macchina, dopo poco, si addormenta esausta sul sedile.

La guardo e, nell'osservarla dormire, penso che quello che sento sia la cosa più bella e dolce che abbia mai provato in tutta la mia vita.

CAPITOLO 13

IRIS

Il mattino dopo, mi sveglio con un gran mal di testa. Mi sento confusa e i ricordi della notte passata sono alquanto sbiaditi.

Ricordo di essere andata al locale e di aver ballato con Hardin. Ricordo che è arrivato Logan e mi ha detto dei messaggi. Ricordo di essermela presa con Lin e di averla poi perdonata per la sua bravata. Infine ricordo che sono andata via con Logan, ma poi abbiamo discusso e io sono tornata in discoteca seguita da lui. Tutto ciò che è avvenuto dopo è sbiadito. Non ricordo assolutamente niente.

Mi alzo dal letto controvoglia e vado in cucina dove c'è Linette che sta preparando la colazione per entrambe.

«Buongiorno, ubriacona» esordisce, vedendomi arrivare.

«Lin, Dio, che cosa ho combinato? Non ricordo nulla dell'ultima parte della serata! So che ero con Logan, ma che è successo?» chiedo e lei mi fa cenno di sedermi.

Lo faccio e mi appoggio al tavolo della cucina, per ascoltare ciò che mi racconta.

«Prima di tutto, voglio dirti che non ti ho vista arrivare, quando sei tornata in discoteca la seconda volta, con Logan. Ma poi Hardin ha raggiunto me e il suo amico perché "quello stronzo del suo capo mi ha mollato un pugno"» virgoletta, ripetendo ciò che ha detto il mio vicino di casa.

«Oddio!» esclamo, portandomi una mano alla bocca. «Logan gli ha dato un pugno?» chiedo incredula. *Perché lo ha fatto?*

«Già. Poi credo che vi siate allontanati insieme. So solo che, dopo un po', l'ho visto andare via con te sulle spalle.

Mi sono preoccupata, così ti ho riempita di telefonate, che non hanno avuto risposta. Poi di messaggi. E alla fine credo che lui, esausto, si sia arreso all'idea di rispondere al tuo posto. Mi ha detto che eri ubriaca e che ti stava riportando a casa nostra. Così l'ho informato del fatto che avrebbe trovato le chiavi nella tua borsetta e ho chiesto a Hardin di accompagnarmi, visto che non volevo lasciarti sola, nel caso ti fossi sentita male» dice, parlando velocemente.

«Wow» esalo ancora, sotto shock.

«Quando sono arrivata qui, eri nel tuo letto, in pigiama. Tesoro, quell'uomo è stato dolcissimo. Avrebbe potuto approfittarsi del fatto che eri ubriaca, ma si è comportato bene. Ti ha portata qui e ti ha persino rimboccato le coperte» dice con aria sognante e io non riesco a credere che lui si sia preso cura di me in questo modo.

«Chissà che diamine avrò combinato, mentre eravamo soli» mi chiedo, mettendomi una mano sulla testa.

«Beh, quando più tardi lo vedrai, chiediglielo, no? Ha lasciato questo, indirizzato a me» dice, prendendo un bigliettino e porgendomelo. Lo leggo ad alta voce.

«Mi dispiace per come siano andate le cose. Non volevo rovinarti la serata. Puoi dire a Iris che domani lavora solo nel pomeriggio. Scusa.

Logan Dark.»

Mi chiedo perché mi abbia concesso una mattinata libera. Non me lo merito, l'ho coinvolto nei miei casini, poi era ieri il mio giorno libero, non posso approfittarmi in questo modo della sua disponibilità.

«Credi che mi abbia detto di andare più tardi perché non vuole vedermi?» domando, sorseggiando il caffè che mi ha appena messo davanti.

«Quanto sei paranoica, Iris. L'avrà sicuramente detto perché ha immaginato ti saresti svegliata stanca, con lo stomaco sottosopra e il mal di testa. Voleva darti qualche ora in più per riposare. Perché non riesci mai a vedere oltre il tuo naso?»

«E tu perché fai così tanto il tifo per lui?» ribatto acida e lei scuote la testa.

«Io non faccio...»

«Ah, ti prego, smettila. Non provare a dirmi che non è così, perché ti conosco, Lin. Gli hai addirittura mandato un messaggio per far sì che mi raggiungesse in discoteca. Sei assolutamente dalla sua parte» la interrompo, alzandomi con nervosismo e iniziando a fare su e giù per la stanza.

«Prima di tutto, io sono sempre dalla tua parte, e lo sai. Seconda cosa, sì, è vero, forse faccio un po' di tifo per lui, ma è solo perché vedo quanto ti piaccia e quanto tu sia coinvolta. E, credimi, anche se forse non te lo dirà mai, anche lui è molto preso. Ho visto come ti guardava, tesoro, e nessun uomo prima d'ora, nessuno, nemmeno Roy, ti ha mai guardata in quel modo!» esclama con sicurezza.

«Quale modo?» domando, un po' imbarazzata, anche se so anch'io come mi guarda e mi sciolgo ogni maledettissima volta.

«Beh, come se fossi l'unica donna nella stanza. Non ha occhi che per te, Iris. Sembra che, quando siete insieme, il resto del mondo scompaia, per lui. Il suo sguardo è carico di passione e desiderio, ma anche di tenerezza e protezione. Sì, io credo che tu gli faccia provare tutto questo. E non penso che lui guardi così tutte quelle che vuole scopare e basta.»

Sbuffo, portandomi le mani tra i capelli. Mi risiedo e rimango qualche istante zitta, incapace di capire cosa fare. Così mi rivolgo a lei, la mia migliore amica, la persona che mi capisce più di chiunque altro.

«Quindi cosa dovrei fare, secondo te?» chiedo e lei mi sorride.

«Viverti il momento, Iris, goderti la vita. Buttati in questa nuova avventura senza la paura di farti male. Viviti le emozioni che provi, perché sono bellissime e vere. Lasciati andare e vedrai che non te ne pentirai.»

«Già, è quello che mi ha detto anche lui… di lasciarmi andare» rifletto ad alta voce, ricordando la sera della festa e tutte le stupende emozioni che ho provato.

«Ecco, appunto. In parte lo hai fatto, ma… stavolta credo che tu debba farlo fino in fondo. Lo volete entrambi, Iris, quindi smettila di farti paranoie e buttati.»

«Io, però, mi sto buttando nel fuoco, Lin, e potrei scottarmi» dico, alzando la testa per guardarla.

«Il fuoco può essere pericoloso, è vero, e spesso anche doloroso, ma il più delle volte è soltanto eccitante e io credo che tu abbia bisogno di tanto sano sesso. Non come quello con Hardin, ma quello che ti fa ribollire il sangue, che ti fa urlare di piacere, che ti fa venire voglia di non smettere mai» dice e io sono sicura che con Logan sarebbe proprio così.

Sbuffo e sorrido allo stesso tempo, perché immaginare di farlo con lui mi fa avvampare.

«Ci penserò. Grazie, amica» le prendo la mano e lei mi sorride dolce.

«Di nulla, amica.»

«Ora vado a prepararmi. Voglio andare da lui e chiedergli scusa per il mio comportamento da adolescente di ieri sera e, soprattutto, voglio chiedergli cos'è successo tra noi, quando siamo rimasti soli» dico allontanandomi e lei mi urla un "in bocca al lupo".

Vado in camera e, quando faccio per prendere l'intimo, mi ricordo del mio completino di pizzo verde, così lo sfilo dalla busta dov'era ancora e gli tolgo le etichette. Si intona perfettamente al vestito verde petrolio che voglio indossare.

Corro a farmi una doccia e mi lavo i capelli. Li asciugo leggermente mossi e mi trucco un po'. Quando metto su il completino, mi guardo allo specchio girandomi più volte e mi chiedo se a Logan piacerebbe.

Mi fisso la cellulite sulle cosce e sbuffo perché, probabilmente, lui, tanto fissato con la cura del corpo, sarà abituato a donne perfette senza alcun difetto esteriore.

Non ci penso e indosso anche l'abito. Vado in camera a recuperare le scarpe e la borsa ed esco, salutando affettuosamente Lin.

Prendo la metro e, quando arrivo sotto casa sua, mi rifletto nei finestrini di un'auto.

Mi chiedo se lui non sia troppo, per me. Giuro, non mi sono mai fatta di questi problemi, so di essere una bella ragazza e che molte ucciderebbero per avere il mio corpo, ma... ci sono momenti in cui mi sento inadeguata e questo è uno di quelli.

***

LOGAN

Sono nel mio studio a riordinare dei vecchi documenti. Il signor Smith, uno dei primi clienti della mia carriera, se ne è appena andato.

È stato bello chiacchierare con lui e ricordare i vecchi tempi in cui ero un giovane alle prime armi, che seguiva per filo e per segno le raccomandazioni del grande Timothy Dark.

Arthur Smith è stato il primo con cui mio padre mi ha consentito di trattare da solo. Sì, c'erano stati altri clienti prima di lui, che mio padre aveva affidato a me, ma sempre sotto la sua supervisione.

Mentre con Arthur mi sentii finalmente adulto, indipendente, pronto per fare il grande salto.

Mio padre mi diede fiducia e io mi sentii importante, felice. Non ricordo di aver amato mai mio padre come quel giorno. Anzi, forse quello è stato l'unico momento in cui io l'abbia amato davvero.

Sento bussare alla porta e il rumore mi distrae dai miei pensieri.

«Avanti» dico e questa si apre, mostrandomi la donna che mi sta fottendo il cervello da quando è entrata nella mia vita.

«Iris» esalo e lei entra, richiudendosi la porta alle spalle. Indossa un abito verde a tubino che le sta da Dio. Ha i capelli lunghi e mossi e cammina lentamente su delle decolleté in tinta col vestito.

Sembra tesa.

«Posso?» chiede, indicando la sedia e io le faccio segno di accomodarsi.

«Avevo lasciato a Linette un biglietto in cui le dicevo che potevi venire nel pomeriggio e…»

«Lo so, l'ho letto, ma avevo bisogno di parlarti» dice, guardandomi dritto negli occhi e io ricambio.

«Ti ascolto» rispondo, continuando a fissarla, e lei comincia a parlare.

«Innanzitutto, vorrei scusarmi per ieri sera, per… aver bevuto e averti costretto a riportarmi a casa come un'adolescente ubriaca. Non volevo crearti un fastidio» dice, torturandosi le mani, come se fosse in imbarazzo e non sapesse cosa dire.

«Non l'hai fatto» ribatto con sicurezza e lei sorride.

«Sì, invece. Vorrei anche chiederti di alcuni avvenimenti accaduti ieri sera, perché… non me li ricordo» ammette, senza guardarmi negli occhi.

«Chiedi pure» taglio corto.

«Ehm… prima di tutto, volevo sapere per quale motivo hai dato un pugno ad Hardin» chiede con dolcezza e io chiudo gli occhi, ribollendo dentro, al pensiero di quanto mi abbia fatto incazzare quello stronzo.

«Aveva fatto un commento poco carino sulla tua persona e non mi è piaciuto» ribatto e lei esala un "Ok" di circostanza.

«Cos'altro vuoi sapere?» chiedo e lei continua.

«Dopo che gli hai dato il pugno, cos'è successo tra noi? Insomma... immagino ci siamo allontanati da lui, ma... non ricordo cos'è successo» dice e io sgrano gli occhi. *Davvero non ricorda nulla di quanto accaduto tra noi, nei bagni?*

«Non te lo ricordi?»

«No.»

«Niente?» domando incredulo e lei scuote la testa.

«Niente.»

«D'accordo... siamo finiti in bagno e... e io ti ho baciata. Tu hai ricambiato e... siamo andati un po' oltre.»

Iris mi guarda perplessa.

«Quanto oltre?» chiede.

«Non l'abbiamo fatto, Iris, se è questo che ti preoccupa» dico con voce dura, come se ce l'avessi con lei, ma in realtà sono incazzato perché non si ricorda che mi ha toccato. Era la prima volta che mi toccava e non se lo ricorda, mentre io avrei voluto che ricordasse perfettamente le sensazioni che ha provato nel tenere il mio uccello in mano.

«Oh, ok» sibila, guardando per terra, come se si vergognasse.

«A ogni modo siamo andati un po' oltre e... e se non ti avessi fermato, tu l'avresti fatto. Avresti fatto sesso con me in quella squallida toilette» dico per ferirla, come lei e le sue assurde dimenticanze hanno appena ferito me.

«Oh. Wow, l'alcool deve avermi completamente dato al cervello, facendomi perdere la capacità di ragionare. Grazie per avermi fermata, comunque» dice, questa volta guardandomi negli occhi.

«Non avrei mai fatto sesso con te, mentre eri ubriaca. Quando lo faremo, te lo ricorderai, Iris, e credimi... non penserai ad altro per un bel po'» ringhio rabbioso e lei mi guarda con una faccia da cucciolo smarrito che mi fa incazzare ancora di più e vorrei solo sbatterla sulla mia scrivania, alzarle il suo bel vestito, strapparle le mutande e darle una bella lezione.

«Ehm... comunque non sono venuta qui solo per farti domande. Voglio lavorare» ribatte e si alza in piedi.

«Come vuoi. Va' pure di là, ti porto dei conti da sistemare» replico, freddo, come se di lei non mi importasse niente. Mentre la verità è che vorrei chiederle come sta, se ha dormito bene, se ha avuto dolori allo stomaco o addirittura vomitato, se ha dormito tanto da sentirsi abbastanza riposata per lavorare, se ha mal di testa e se c'è qualcosa che posso fare per lei.

Ma non lo faccio. Mi limito a lasciarla andare.

«D'accordo. Grazie, Logan» sibila e io annuisco, continuando a guardare ovunque, tranne che lei.

Iris se ne va e mi lascia solo con i miei tormenti.

La voglio, voglio fare sesso con lei, ma voglio che lei sia sicura al cento per cento di volerlo. Voglio che la sua mente sia libera da dubbi e ripensamenti e sgombra da ogni tipo di pensiero. Mentre lo fa con me, deve esserci completamente, totalmente. Non accetterò di averla per metà.

Quando Iris Rhoden accetterà di venire a letto con me, sarà il più bel sesso della sua vita, e mi pregherà per averne ancora.

***

IRIS

Alle 19.00, quando la mia giornata lavorativa è finita, sono stanca e penso ancora a Logan e al suo strano atteggiamento.

Non si è fatto vivo per tutta la giornata, passando solo per darmi fascicoli su fascicoli pieni di roba da correggere e obbligandomi a rispondere a un mucchio di telefonate di suoi clienti che hanno fissato svariati appuntamenti.

Qualcuno è venuto qui, Logan lo ha ricevuto in casa, e io ho dovuto accoglierlo con un sorriso finto.

A pranzo, lui si è fatto servire da Adele, chiedendole di portargli da mangiare nel suo ufficio.

Ha fatto di tutto per starmi lontano e non capisco perché, dopo il modo premuroso in cui mi ha trattata ieri.

Io volevo andare a letto con lui, gliel'ho servita su un piatto d'argento e lui ha rifiutato.

Quanti uomini l'avrebbero fatto? Quanti mi avrebbero fermata, riportata a casa e rimboccato le coperte?

Logan Dark continua a essere un mistero profondo, per me, e io vorrei solo conoscerlo meglio, capire qualcosa in più di lui.

Con coraggio, esco dalla mia stanza e lo raggiungo nel suo ufficio, ma quando esco e attraverso il corridoio, lo trovo in cucina che legge qualcosa su un giornale. Sembra molto assorto.

Avanzo ancora e il rumore dei miei tacchi lo distrae. Alza la testa e mi guarda.

«Ciao» biascico.

«Ciao» risponde lui, guardandomi.

«Ho finito tutto. Allora ci vediamo domani» dico e faccio per andarmene, ma lui mi ferma.

«Aspetta.»

«Cosa?» chiedo e lui mi fissa intensamente. Non distolgo lo sguardo. Deve capire che io non sono una bambola pronta a crollare sempre ai suoi piedi. Non ho paura di sostenere il suo sguardo. Posso tenergli testa.

«Ti va di cenare con me?» chiede e io sono incredula.

«Mi hai ignorata per tutto il giorno e ora vuoi che ceni con te?» domando. *Voglio proprio vedere cosa ti inventi, Mr. Dark!*

«Stavi lavorando, e lo stesso facevo io» dice calmo e io vorrei entrare nella sua testa per sapere cosa sta pensando.

«Avremmo potuto pranzare assieme, perché ti sei chiuso nel tuo studio?»

«Perché avevo un mucchio di lavoro da fare, Iris, e ho preferito continuare e mangiare velocemente lì» dice, ma io non gli credo.

«Non ti credo, Logan. E se ci tieni tanto a cenare con me, farai bene a dirmi la verità» ribatto, con sicurezza.

«Poi rimarrai?» chiede e io me la tiro un po'.

«Forse.»

«Sicuro.»

«Forse» continuo, per non dargliela vinta.

«Sicuro. O non se ne fa niente» ribatte e alla fine cedo.

«D'accordo, rimarrò a cena, ma solo a cena, non di più»

«Chiarissimo.»

«Bene. Sono tutt'orecchie» resto impalata sul mio posto, con le braccia al petto e l'aria nervosa.

Logan si avvicina piano a me e comincia a parlare.

«Vuoi la verità? Perfetto, avrai la verità. La verità è che l'idea che tu non ricordi niente di quando ieri sera mi hai toccato mi fa incazzare. Mi ha fatto talmente incazzare che avrei voluto scoparti sulla mia scrivania e darti una lezione. Mi fa incazzare il fatto che mi abbia pregato di fare l'amore con te e che non lo ricorda. Mi fa incazzare il fatto che mi hai toccato l'uccello, e ti piaceva, pure, ma non te lo ricordi. Mi fa incazzare il fatto che ogni benedetta volta che ti sono vicino, mi fai eccitare come un adolescente e, credimi, per tutta la giornata ho fatto una fatica enorme per non venire da te e farti godere come ho fatto ieri, a casa tua. Ti basta, come spiegazione?» dice, a un palmo dal mio viso, e io sussulto, perché le cose che ha detto, invece di sconvolgermi o infastidirmi, mi hanno fatta eccitare.

«Grazie per la sincerità» ribatto, senza muovermi dalla mia posizione o allontanarmi da lui.

«Prego, Iris» risponde, con quella sua voce rude. Stavolta mi allontano, perché non saltargli addosso e baciarlo sta diventando troppo faticoso.

«Che mi fai mangiare di buono?» chiedo, cambiando argomento.

«Lo vedrai...» dice e io spero non sia un doppio senso.

Si allontana per prendere il telefono e chiama un ristorante.

Sento che ordina qualcosa e io ne approfitto per mandare un messaggio a Lin e dirle che rimango a cena da Logan.

Mi risponde con tante facce dei diavoletti maliziosi e io fatico per non scoppiare a ridere.

Logan riattacca e viene verso di me.

«Vado a farmi una doccia veloce. Se dovesse bussare il catering, mentre sono via, apri tu, per favore.»

«Hai chiamato un catering? Ma se siamo solo in due!»

«È di un amico e mi fa un favore a cucinare solo per due. Ma, credimi, fa ottime cose. Assaggerai una delle migliori cucine di San Francisco» dice e io mi perdo per un attimo nella profondità dei suoi occhi.

«Ok» esalo e lui si allontana.

Lo guardo scomparire nel corridoio e penso a quanto, in questo momento, lo raggiungerei volentieri sotto quella grande, confortevole e spaziosa doccia.

CAPITOLO 14

IRIS

Il catering è arrivato e, ora che siamo al dolce, che Logan ha ordinato rigorosamente solo per me, sono proprio curiosa di sapere perché abbia mangiato come un uccellino, facendosi cucinare le mie stesse pietanze, ma in modo diverso. Le sue erano con pochissimo olio o addirittura senza. Le verdure erano tutte cotte a vapore e, l'unica botta di vita che si è concesso è stata il vino rosso che stiamo sorseggiando.

D'accordo, avevo capito che fosse fissato, ma non in questo modo.

«Fammi capire…» esordisco, quasi a pensarci su. «Quindi, se qualcuno ti invita a uscire, deve portarti solo in ristoranti che conosci, perché devono cucinare come dici tu?» chiedo e lui scuote il capo.

«No, può portarmi dove vuole, ma non ordinerò mai un cheeseburger o patatine fritte» dice sorridendo.

Giusto! Le patatine fritte! Come si fa a vivere senza?

«Non hai mai mangiato le patatine fritte?» chiedo, incredula.

«Da bambino, ma poi ho smesso.»

«Hai smesso» ripeto, scioccata.

«Ci tengo alla linea» ribatte, sorseggiando il vino con classe.

«Sì, d'accordo, Logan, va bene, ma… persino i modelli, se vanno al ristorante, ordinano ciò che c'è sul menù. E sono sicura che, anche se raramente, le mangino le patatine fritte» replico, muovendo le braccia.

«Ognuno è libero di comportarsi come vuole. Io sono fatto così» dice, posando il calice sul tavolo.

«Beh, sei abbastanza noioso» ammetto.

«Grazie, Iris» ribatte sorridendo e io decido di indagare.

«Come mai hai questa fissazione? Voglio dire... ci sarà un motivo, no? Per caso hai avuto problemi di peso, da bambino?» domando, cercando di suonare il più delicata possibile e lui sorride.

«Giochi a fare la psicologa, Miss Rhoden?» chiede, guardandomi.

«Sono solo curiosa, Mr. Dark» ribatto e lui muove il collo nervosamente. So che mi ha detto che lo eccito, quando lo chiamo in questo modo, ma non posso farci nulla. Adoro chiamarlo così!

«Non amo parlare di me e della mia vita, Iris» dice e io ribatto subito.

«D'accordo. Ma se mi hai chiesto di restare per cena, dovremo pur conversare di qualcosa, no?»

Non mi risponde.

«Va bene. Facciamo così: inizio io» dico con sicurezza e lui si sistema, come per mettersi ad ascoltare.

«Visto che siamo in tema "cura del corpo", ti svelerò un segreto. C'è stato un periodo, quando avevo quindici anni, in cui ero ossessionata dal mio aspetto esteriore. Mi sentivo sempre grassa, rispetto alle mie amiche. Il mio sedere era più pronunciato e il mio seno più grande di quello delle altre e questo, anche se può sembrare stupido, mi faceva automaticamente vedere più in carne rispetto a loro. Così, per un po', ho iniziato a non mangiare più dolci, a pesare ogni cosa, a essere ossessionata a tal punto che salivo sulla bilancia più volte al giorno, per controllare quanto stavo dimagrendo. È durata un po', poi ho smesso. Ho capito che mangiare mi piace e che farlo bene è una delle più grandi gioie della vita. Da allora, non mi sono mai privata di nulla e ho smesso di paragonare me alle altre. Questo non vuol dire che mi riempia di schifezze tutti i giorni, altrimenti non sarei così magra, ma... ho capito che, abbinare un po' di attività fisica a una dieta varia, aiuta, e ho anche imparato che togliersi qualche sfizio, ogni tanto, fa bene al cervello e all'umore. Chi se ne frega se ho la cellulite, quasi tutte le donne ce l'hanno.»

Prendo il bicchiere di vino e sorseggio ancora. Mi sento fiera di me e del discorso che ho fatto.

Logan sorride, poi interviene.

«È un ottimo ragionamento. Apprezzo sinceramente il tuo stile di vita, ma… io non sono fatto così.»

«D'accordo, ma non mi hai ancora detto il perché. Tocca a te parlare, io ti ho appena confessato le mie paure di adolescente, quindi mi aspetto un bel racconto» ironizzo e mi metto ad ascoltarlo, come lui ha fatto con me.

Logan sorseggia ancora, poi chiude gli occhi, quasi come se facesse fatica a raccontarsi. Schiude le palpebre e, senza distogliere lo sguardo dal bicchiere, parla.

«Ti basti sapere che, per un periodo, la mia vita è stata uno schifo, è stata un gran casino. Io mi porto quei casini appresso ancora oggi. Dentro ero imperfetto, Iris, la mia vita lo era. Così ho pensato che, se fossi stato perfetto fuori, avrei potuto mascherare l'imperfezione che portavo dentro.»

«Tutti siamo imperfetti, Logan» dico piano, e vorrei tanto capire cosa gli è successo. Sono convinta che abbia a che fare col padre, ma sono anche sicura che lui non me lo dirà mai.

«Sì, ma non così, non allo stesso modo. La mia imperfezione era… oscura. Così mi sono detto: mostrati fuori per quello che non sei e non ti chiederanno mai come stai veramente. Insomma… chi immaginerebbe che il sempre perfetto e impeccabile Logan Dark, in realtà, ha il buio dentro?» dice e io trasalisco.

Non riesco a credere alle mie orecchie.

«Che ti è successo, Logan?» chiedo, allungando una mano, fino a poggiarla dolcemente sulla sua. Lui trema e mi guarda, poi torna a bere e cambia discorso.

«Ora tocca a te. Tu hai confessato, io ho confessato, siamo pari, no? Se sei così curiosa di sapere, vai avanti» dice con freddezza e io mi schiarisco la voce.

«D'accordo, come vuoi. Non ho paura di mostrarmi per quello che sono. Direi che questo discorso ci porta direttamente a un altro: le nostre più grandi paure. Per me sono i tuoni. Io... odio letteralmente i tuoni, mi terrorizzano» dico e Logan sorride.

«È una paura infantile. Tutti i bambini hanno paura dei tuoni» risponde e mi guarda.

So che devo confessarmi. Voglio confessarmi. Voglio che mi conosca, perché sento che quest'uomo non mi giudica e non lo farà mai.

«Ma io non sono più una bambina, Logan. Non ho cominciato ad avere paura dei tuoni perché tutti i bambini l'hanno avuta. Avevo dieci anni quando è iniziato tutto, la notte in cui mia madre è morta. Pioveva forte e c'erano i tuoni. Quando è morta, io ero con lei. Ecco perché ho paura dei tuoni, Logan» confesso e gli occhi mi si riempiono di lacrime.

«Mi dispiace» sibila lui dolce e io mi ricompongo. Sono forte, non piangerò, sono in gamba, l'ho superata, ce la posso fare. Non devo piangere nel ricordare. Sono una roccia, non crollo.

«Te l'ho detto, Logan, non ho paura di mostrarmi per quello che sono. E tu? Qual è la tua più grande paura?» chiedo seria e lui mi guarda. Rimane in silenzio per qualche istante, poi mi risponde.

«Non sopporto il dolore, lo detesto. Non mi piace subirlo né infliggerlo. Se guardo una scena cruenta alla tv, preferisco cambiare canale. Insomma, riesco a sopportarlo, riesco a guardare, ma... preferisco non farlo» ammette e io mi chiedo se qualcuno gli abbia fatto del male. Magari il padre. Forse lo picchiava.

«Tuo padre ti picchiava?» chiedo senza filtri, pentendomi un secondo dopo per essere stata così diretta.

«No. Assolutamente. Perché pensi questo?» chiede e io mi sento in difficoltà. *Perché diamine gliel'ho chiesto?*

«Hai detto che non sopporti il dolore.»

«Sì, ma è solo perché evidentemente non ho una soglia così alta di sopportazione. Preferisco molto di più provare piacere che dolore. Ecco perché mi piacciono le donne e perché mi piace il sesso» dice e io sorrido.

«Immagino che tu ne abbia avute molte, nella tua vita» dico e lui ribatte.

«Tu hai avuto molti uomini?»

«L'ho chiesto prima io» replico, puntando i piedi come una bambina, ma lui mi frega.

«Sì, ma era il tuo turno adesso. Forza, rispondi alla domanda» dice e io deglutisco.

«D'accordo, come vuoi. Di storie importanti solo tre. La prima risale a quando avevo diciassette anni. Lui è stato il mio primo amore e la mia prima volta, poi siamo cresciuti, le esigenze sono cambiate, noi siamo cambiati, così ci siamo lasciati. Entrambi provavamo affetto, ma... l'amore è un'altra cosa. Si chiamava Denny, era un bravo ragazzo. Lo ricordo sempre con gioia, perché mi ha aiutata a crescere.

Dopo di lui ci sono state solo storie senza senso, finché non ho incontrato Cliff. Avevo ventitré anni, siamo stati insieme per circa dieci mesi, ma è finita quando ho scoperto che mi tradiva con la sua migliore amica. Sono stata molto male, credevo mi amasse, che mi volesse bene tanto quanto io ne volessi a lui... Alla fine sono andata avanti e mi sono risollevata. Dopodiché ho incontrato Roy, ma, come sai, anche con lui non è andata bene, così ho pensato di buttarmi sul mio attraente vicino di casa, anche se non è stato esattamente come me l'aspettavo. Non mi ha provocato niente, né sentimentalmente né fisicamente. Farlo con lui era una cosa quasi meccanica. Preferisco averlo come amico, è decisamente meglio» dico sorridendo e lui alza un sopracciglio.

«Quel ragazzo è un coglione!»

«Non è cattivo, Logan, è solo... gli piace bere e a volte dice delle cose un po' fuori luogo, tutto qui» lo difendo. In fondo, nonostante tutto, so che Hardin è un bravo ragazzo.

«Sarà...»

«Forza, tocca a te» lo incito. Logan mi guarda e si sistema sulla sedia. Si rigira il bicchiere tra le mani, poi inizia il racconto.

«Sono stato a letto con molte donne, Iris, ma non saprei quantificarle. Come sai, ho avuto una sola storia seria e non è andata bene» conclude bevendo e io mi arrabbio.

«Tutto qui? Io ti ho raccontato tutta la mia vita sentimentale e tu concludi in meno di dieci secondi?»

«Non ho avuto una vita sentimentale» risponde, deciso e distaccato.

«Ma ne hai avuta una sessuale, perciò... racconta» ribatto con sicurezza. Voglio conoscere quest'uomo in tutte le sue sfaccettature. Voglio che mi parli ancora di sé. Poco importa se immaginarlo a letto con altre donne mi fa impazzire. Starei per ore ad ascoltarlo, mentre mi parla della sua vita. Vorrei conoscere tutto di Logan Dark.

«Che cosa vuoi sapere?» chiede.

«Tutto» ribatto e lui sorride.

«Come vuoi. Per prima cosa, voglio dirti che qualsiasi esperienza sessuale, a letto, io l'ho provata. Qualsiasi giochino erotico esistente, io l'ho testato. Amo dare piacere alle donne, nel modo che loro preferiscono. L'unica cosa che non ho mai fatto è stato accettare di scoparle insieme ad altri uomini. Per il resto, ho fatto di tutto» dice e io sento un fremito in mezzo alle gambe, perché immagino quante cose potrei fare con lui, a letto.

«Wow. Quindi sei... una sorta di dominatore?» chiedo.

«All'occorrenza. Se una donna vuole essere dominata, io lo faccio con immensa gioia, ma se preferisce prendere il controllo, se si eccita tenendo il controllo, glielo lascio fare. Il mio unico desiderio è dare piacere, perché darlo ne fa provare tanto anche a me» dice e versa ancora del vino nel suo e nel mio bicchiere.

Mi sto bagnando e mi vergogno come una ladra.

«E rispetto a tutte le esperienze che hai avuto, rispetto a tutte le cose che hai fatto, adesso... come ti comporteresti con me?» chiedo, in preda all'eccitazione.

Logan mi guarda e sorride.

«Credevo che avessi detto che non saremmo finiti a letto insieme» ironizza, alzando un sopracciglio e io lo guardo.

«Infatti. Era solo per chiedere» ribatto, bevendo il vino per mascherare il mio imbarazzo.

«Iris, Iris, non fare di nuovo la bugiarda con me. Sto imparando a conoscerti, guarda che non mi freghi» dice, allungandosi verso di me per osservarmi meglio.

«Non voglio fregarti, Logan.»

«Allora che cosa vuoi?» chiede e io respiro forte, chiudendo gli occhi.

Logan si alza e viene verso di me. Si ferma in piedi davanti alla mia faccia e io posso vedere chiaramente quanto sia eccitato.

«Dimmelo, Iris. Dimmi cosa vuoi» dice e mi prende per la nuca. Fremo a quel contatto e muovo di poco la testa. Sono bagnata, completamente. Sono eccitata come non mai e voglio lasciarmi andare con Logan. Voglio che mi conosca. Voglio che conosca il mio corpo, voglio che mi prenda tutta. Voglio che assaggi ogni centimetro di me e voglio fondermi con lui, quasi a diventare una cosa sola.

Penso alle parole della mia migliore amica e penso che abbia ragione: non posso evitare di vivermi una cosa che voglio, per il timore di soffrire e, in questo momento, io voglio Logan.

«Voglio fare l'amore con te» sibilo, inumidendomi le labbra. Lo guardo e lui chiude per un secondo gli occhi.

Li riapre e ringhia.

«Cazzo, Iris!»

Si avventa all'istante su di me e mi prende in braccio, adagiandomi sul tavolo della sala da pranzo. Mi bacia delicatamente, dolcemente, poi sempre più forte, in maniera famelica. Si sposta, allontanandosi dalla mia bocca, per lasciarmi dei baci sul collo. Lecca, mordicchia, succhia. Mi sta facendo impazzire.

Mi prende un seno con una mano e stringe forte. Emetto un gemito di piacere e inarco la schiena, buttando la testa all'indietro.

Mi prende di nuovo in braccio e mi tiene così, camminando verso il corridoio che porta alla sua stanza.

Lo lascio fare e continuo a baciarlo. Voglio quest'uomo con tutta me stessa.

Arriviamo nella sua stanza e lui mi posa per terra, costringendomi a girarmi. Abbassa la zip del vestito, me lo sfila e lo getta lontano da noi.

Mi gira ancora e mi guarda.

«Sei bellissima» sibila, con quella voce che ha un suono così rude che mi fa eccitare.

Gli sbottono la camicia e lui mi dà una mano per tirarla via. Finalmente, ho di nuovo i suoi bellissimi pettorali davanti a me, e stavolta posso toccarli.

Mi bacia ancora e io approfitto delle mani libere per sbottonargli il pantalone e farlo scivolare giù.

Logan mi dà una spinta, facendomi finire sul letto. Lui toglie via le scarpe e i pantaloni.

Rimane in mutande e io lo guardo distesa sul letto. Aspetto che arrivi, che si butti su di me. Lui mi guarda come se volesse mangiarmi e, prima di raggiungermi, si toglie anche i boxer.

Dio santissimo! È duro come la pietra, perfettamente dritto e... enorme. È il più bel pene che abbia mai visto in tutta la mia vita. *Ci si può innamorare di un pene? Beh, credo di averlo appena fatto.*

Logan mi raggiunge e io, d'istinto, metto una mano lì. Lui sorride e ringhia.

«Ti piace, vero?»

«Da morire» rispondo e comincio a fare su e giù con la mano. Lui chiude gli occhi e sento che sta facendo fatica. Aumento il ritmo e lui si lascia andare.

«Oh, cazzo, sì!» dice tra i denti.

«Logan» lo chiamo e lo tiro a me. Lui mi infila la lingua in bocca, baciandomi con possesso, mentre con una mano mi sgancia i gancetti del reggiseno. Si allontana di poco per togliermelo e, quando vede i miei seni in libertà, ci si fionda sopra per torturarli.

Ansimo e gemo, perché me li succhia con forza, con ardore, li lecca come se fossero un gelato che si sta sciogliendo.

Io avvicino il suo pene alla mia vagina e lui sorride sul mio orecchio.

«Mi avrai tutto, piccola, non preoccuparti. Ma ora voglio che tu mi dia il comando. Ho bisogno di guidare io il gioco. Posso?» chiede e io annuisco con la testa.

Logan sorride e scende giù, a sfilarmi gli slip.

Quando sono nuda, mi spalanca le gambe e infila due dita dentro di me, massaggiando piano.

«Sei fradicia, Iris» sussurra e io sorrido.

«È l'effetto che mi fai, Logan» dico in estasi e lui si avventa di nuovo sulle mie labbra, baciandomi ancora, in un modo così peccaminoso e irruento da farmi sentire desiderata come mai nella vita.

«Se continui così, finirai per farmi venire ancora prima di avere iniziato, piccola» esala sulle mie labbra.

«Non sto facendo niente, Logan.»

«Mi fai eccitare. Il modo in cui parli mi fa eccitare, il modo in cui godi mi fa eccitare, vederti nuda, così pronta e bagnata per me, mi fa eccitare. Ce l'ho più duro del marmo, lo senti?» dice, riportando la mia mano lì e io sussulto al contatto. È davvero di pietra. Sembra che possa scoppiare da un momento all'altro. Lo guardo. È tesissimo e si vedono chiaramente delle grosse vene che spuntano.

È perfetto, cazzo!

«Ti voglio, Logan» ansimo e lui sorride ancora. Poi mi lascia dei teneri baci. Parte dal collo fino a scendere più giù, sempre più giù. Quando arriva all'ingresso della mia vagina e tira fuori la lingua, lancio un urlo di piacere.

Mi lecca e succhia, come se dovesse mangiarmi, mentre io gli tengo la testa tirandola forte. Mi sta facendo impazzire.

Continua a muoversi, fino a farmi quasi venire, perché quando sente che sono arrivata al limite, si ritrae.

«Logan, no, ti prego...» lo supplico e lui si prende gioco di me.

«Dimmi cosa vuoi. Dimmelo. Voglio che mi implori di farti venire» ringhia e io lo faccio, lo prego.

«Ti prego, ti prego. Nessuno mi hai mai fatta venire così» confesso e lui sgrana gli occhi, per poi regalarmi uno sguardo malizioso.

«Beh, se mi dici questo, piccola, non posso rifiutarmi» si fionda di nuovo sul mio sesso, mi stuzzica con la lingua e tira con la bocca, facendomi perdere la ragione.

Mugugno e urlo, fino a raggiungere un orgasmo intenso e disperato.

Logan si allontana, soddisfatto di sé, mentre io mi riprendo, con il cuore che batte ancora forte.

«Ora entrerò in te, piccola, e ti farò godere come non hai mai goduto nella tua vita. Come nessun uomo è mai stato capace di farti godere» sussurra lui, mordicchiandomi un orecchio.

«Sì, ti prego...» imploro, come non ho mai implorato in tutta la mia vita.

«Sarò così tanto a fondo in te e ti piacerà così tanto, che mi pregherai di non finire» continua, in una tortura lenta. Più parla, più mi eccito, perché so che ciò che dice è vero, so che proverò esattamente ciò che mi sta dicendo.

«Sì, sì...» ansimo, spingendo il bacino verso di lui. Lo voglio, disperatamente.

«Ti scoperò in ogni modo possibile, poi ti verrò addosso» sibila e io mi bagno ancora di più, all'idea che accada.

«Sì, fallo, Logan, ti prego.»

«Sarà talmente bello che mi supplicherai di farlo ancora e ancora.»

Sono stanca, perché non la smette di parlare?

«Basta parlare, Mr. Dark. Scopami» dico con volgarità e un ghigno di soddisfazione si insinua sul suo volto.

«L'hai voluto tu» dice e con un colpo secco entra dentro di me.

«Aaah...» ansimo e Logan stringe i denti, spingendosi più dentro.

«Cazzo, Iris, ce l'hai di fuoco» ruggisce, facendosi spazio.

Io continuo ad ansimare, gemere e godere, e la cosa più assurda è che non si è ancora mosso.

«Prendi la pillola?» chiede e io annuisco.

«La prendevo da quando stavo con Roy e non ho smesso, anche se quel cacasotto di Hardin usava lo stesso il preservativo. Aveva paura di mettermi inc...» dico e lui mi tappa la bocca.

«Non parlarmi di quei coglioni, adesso. Sei pronta per urlare, piccola?» chiede e io mimo un "sì".

Logan si muove e lo fa velocemente, portandomi a dei picchi di piacere mai raggiunti prima.

È sopra di me e io gli tocco il sedere perfetto per accompagnarlo nei movimenti.

Logan si muove a un ritmo impeccabile, preciso. Sento il rumore dei suoi testicoli che sbattono contro di me, per quanto è entrato a fondo.

È qualcosa di inspiegabile. Quest'uomo sa scopare e siamo solo all'inizio.

Logan continua a muoversi, stavolta più piano, dandomi delle stoccate lente ma violente, che mi penetrano fino al punto G.

Sono ebbra di lussuria e desiderio e potrei morirci tra le sue braccia.

Mi sposta di lato, continuando il movimento lento di prima, che piano piano si trasforma, fino a diventare più veloce, sempre più veloce.

Godo, urlo e scalpito. Non ho mai goduto così in tutta la mia vita. Il sesso è sempre stato bello, per me, ma non credevo potesse essere così.

«Ti piace, piccola?» ruggisce nel mio orecchio e io lo tiro a me per baciarlo con passione.

«Da impazzire» ansimo, tra un bacio e l'altro e lui mi tira di nuovo a sé, per infilarmi la lingua in bocca.

«È così bello stare dentro di te» sibila, strizzandomi i seni.

«È così bello averti dentro di me» rispondo, gemendo ancora.

Logan mi gira, in un movimento di scatto, e finisco a quattro zampe.

Mi sbatte in modo violento e mi fa strillare fin quasi a perdere la voce. Sento il rumore dei nostri corpi che si incontrano e quel suono mi piace da morire. È il suono di Logan Dark dentro di me.

Lui continua, senza stancarsi, regalandomi dei rantoli di piacere e di goduria. Poi esce da me e io emetto un suono che sembra un lamento. Lo sento ridacchiare.

Logan mi fa stendere prona ed entra di nuovo in me, da dietro, in una posizione che non avevo mai provato e che mi fa raggiungere un piacere infinito.

Sento che si sistema meglio, accovacciandosi dietro di me, per spingere più in profondità e farmi urlare come non mai. Il piacere aumenta ancora e l'orgasmo non è così lontano.

Passa un tempo eterno, infinito, prima che esca da me, per poi rientrarci e regalarmi le ultime potenti stoccate, finché, stremati, non veniamo insieme: io dentro di me e lui sulla mia pancia.

Vedo il suo liquido che mi cola addosso e, per la prima volta nella mia vita, non provo schifo. Non l'ho fatto solo per far piacere al mio partener. L'ho fatto perché ne avevo piacere io.

Logan si stende accanto a me, sfiancato dalla performance a cui ha dato vita.

Respiriamo entrambi rumorosamente e, entrambi, ci teniamo la testa con una mano.

Ci giriamo a guardarci e scoppiamo a ridere. Logan si avvicina a me e mi dona un tenero bacio.

«Facciamo una doccia per ripulirti di questo schifo, che dici?» chiede e io annuisco.

«Va bene, ma non fa schifo» rispondo e, non so perché, mi sento maledettamente felice.

So che è assurdo, che non abbiamo fatto niente, che è solo sesso e che probabilmente per lui non significa nulla di più, ma non posso fare a meno di sentirmi così, in questo momento.

Logan prende due salviette e mi pulisce dolcemente, per evitare che, alzandomi, mi coli tutto ovunque. Può sembrare stupido, ma è un gesto che apprezzo.

Getta via le salviette in un cestino e mi accompagna nella doccia, entrandoci insieme a me.

Mi lego i capelli con l'elastico che porto sempre al polso e lui mi aspetta, prima di aprire l'acqua.

Quando vede che sono pronta, alza la levetta dell'acqua calda che ci invade in un secondo, facendomi sussultare.

Lui mi tira a sé e mi bacia ancora. Poi prende del bagnoschiuma e comincia a insaponarmi tutta, lavandomi delicatamente.

Sono al settimo cielo. Non so se è una cosa che fa con tutte e in questo momento non voglio pensarci. Voglio illudermi che lo abbia fatto solo con me, solo per me.

Quando siamo puliti, apre la cabina e prende un grosso asciugamani in cui mi avvolge. Poi ne prende un altro per sé e si asciuga.

Usciamo e lui mi tira su in spalla. Rido e, quando arriviamo nella sua stanza, mi adagia sul letto, poi si stende al mio fianco. Si mette dritto e mi fa cenno di avvicinarmi.

Lo faccio e lui mi accoglie, cingendomi con un braccio, dandomi un dolce bacio sulla fronte.

Mi accoccolo a lui e sono felice, ma allo stesso tempo triste, perché mi rendo conto che potrei passare il resto della mia vita così. Perché mi rendo conto che… vorrei passare il resto della mia vita così.

***

LOGAN

È tra le mie braccia e io non la lascerei mai andare, per quanto sto bene.

Non mi sono mai sentito così. Di nessuna donna mi ero preso cura come ho fatto adesso con Iris, dopo averci fatto sesso.

Le ho raccontato un po' di me, anche se non completamente, ed è l'unica con cui io mi sia mai aperto.

L'ho fatto perché mi andava di farlo, perché, per un attimo, accanto a lei che mi ascoltava interessata, come se le importasse davvero, per un istante solo, non ho avuto paura.

Poi il sesso tra noi è stato… spettacolare, sublime. Travolgente.

Le ho detto che una volta fatto l'amore con me, mi avrebbe pregato di rifarlo ancora, ma la verità è che vorrei essere io a pregarla di farlo ancora.

La osservo. È al mio fianco e sta per chiudere gli occhi. È stupenda.

Lascio che si addormenti sul mio petto e, quando sono sicuro che sia sprofondata nel sonno, sgattaiolo via e me ne vado nella stanza degli ospiti.

Mi getto sul letto e mi prendo la testa tra le mani.

Questa donna, lentamente, passo dopo passo e giorno dopo giorno, mi sta cambiando la vita. Ma la vera domanda è: la mia vita è pronta per essere cambiata?

CAPITOLO 15

LOGAN

Un prato immenso, sconfinato. Sto correndo, sono felice. Ho la stessa età di quando Bobby mi ha fatto tanto male, ma non sono triste, non sono spezzato. Bobby non esiste e io non ho mai subito violenze. Non ho il buio dentro, non sono marcio. L'oscurità non mi appartiene più.

Sto correndo per raggiungere qualcosa, qualcuno. Una bambina.

Mi aspetta sotto a un albero, è di spalle. Ha i capelli legati in una treccia. Sono castani e molto lunghi. La guardo, ancora di spalle, e mi sembra di conoscerla, anche se in realtà non l'ho mai vista.

«Ehi» dico, per chiamarla, e lei si volta.

Quei grandi occhi nocciola, quella bocca carnosa che si apre subito in un sorriso... non l'ho mai vista, eppure la riconoscerei tra mille.

«Ciao, Logan» sussurra felice e io allungo una mano per acchiapparla. Ci sfioriamo quasi, le mie dita per poco non intrecciano le sue e...

«Aaah!»

Un forte grido di spavento mi fa svegliare. Mi alzo dal letto con un balzo e mi precipito fuori dalla stanza con foga.

Arrivo in salotto e la trovo lì, spaventata.

«Logan» sibila piangendo e si fionda tra le mie braccia. La accarezzo. Sembra una bambina smarrita.

«Ehi. Shh, shh, è tutto a posto. Iris, Iris, guardami, sono qui. Non devi avere paura di niente, finché ci sono io» dico per rassicurarla, mentre la faccio sedere sul divano.

«Aspetta qui. Ti preparo una camomilla, così ti calmi.»

«No, Logan, sta' qui. Non lasciarmi» mi implora ancora tra le lacrime e io le accarezzo dolcemente il viso per farla calmare.

Respira forte al mio tocco e io continuo a ripeterle parole rassicuranti, che la aiutino a tranquillizzarsi.

Mi abbraccia ancora, mi stringe fortissimo, e io vorrei solo capire che diamine sia successo per farla stare così.

Forse un incubo? Dio, la capirei perfettamente, visto che ne ho uno quasi tutte le notti.

«Facciamo così, vieni con me. Ti siedi accanto alla penisola, sullo sgabello. Non è comodo come il divano, ma almeno sarai vicina a me, mentre ti preparo qualcosa che ti calmi, ok?» dico con una dolcezza che non credevo nemmeno di possedere.

Lei annuisce e io la porto con me. Intreccio la mia mano alla sua e non la lascio finché non si è seduta sullo sgabello.

Inizio a prepararle la camomilla e restiamo entrambi in silenzio. Mentre aspetto che l'acqua si scaldi, la guardo. Sembra ancora impaurita, smarrita, ferita... sola.

Vorrei urlarle che ci sono e che qualsiasi cosa sia successa può parlarne con me, ma aspetto che sia lei a farlo, perché non voglio turbarla più di quanto non lo sia già.

Quando il bricco è caldo, immergo la bustina e aspetto che l'acqua si colori. Verso tutto in una tazza e gliela metto davanti.

«Ecco, bevi» dico e la osservo prendere la tazza lentamente, quasi con timore, finché non se la porta alla bocca e inizia a sorseggiare.

La guardo con interesse, forse... preoccupazione. Vedo che le tremano le mani e che il suo volto è ancora triste.

Non resisto più.

«Ti va di raccontarmi che è successo?»

Mi guarda un istante, con timore, quasi con vergogna. Abbassa la tazza e fissa il suo sguardo su di essa. Inspira forte, poi butta fuori l'aria. Fissa ancora la tazza e parla con un filo di voce.

«Non sono pazza, Logan» mi spiazza.

«Non l'ho mai pensato. Perché dici questo?» chiedo, guardandola perplesso. Lei sospira ancora.

«Mi hanno svegliata i tuoni» dice e io guardo fuori. Diluvia. Collego il tutto e capisco perché sia così turbata.

«È per questo che eri così spaventata?» chiedo, consapevole di conoscere già la risposta.

«Non per il tuono in sé. Vedi, quando ci sono i tuoni, io... può sembrarti stupido, ma... corro in camera da Lin e dormiamo insieme. Non riesco a dormire da sola, quando fuori c'è la tempesta. Così, prima...il rumore di un tuono mi ha svegliata e tu non eri accanto a me. Mi sono alzata dal letto e rivestita in fretta. Ho messo la tua canotta, è stata... la prima cosa che ho trovato» dice, come a giustificarsi e io intervengo.

«Non importa. Vai avanti.»

La mia voce è dura, ma non cattiva. Voglio solo esortarla a parlare, perché qualsiasi cosa esca dalla bocca di questa donna, mi interessa da morire. Mi importa. Mi importa tutto di lei.

«Sono arrivata qui e... ho provato a chiamarti. Non sapevo dove fossi. Poi ho sentito un altro tuono, mi sono girata e...» prova a dire, con le lacrime agli occhi.

«E...» continuo. Voglio sapere, ho bisogno di sapere. Fino a poche ore fa ero dentro questa donna e ho raggiunto l'orgasmo più incredibile, potente e completo della mia vita, ma non mi basta. Io voglio entrare dentro di lei in ogni modo possibile. Voglio conoscerla a trecentosessanta gradi, voglio che lei si apra a me e che lasci che io le legga dentro.

«E l'ho visto» confessa, mentre una lacrima le riga il volto.

«Chi? Chi hai visto?» domando preoccupato e lei, finalmente, alza gli occhi per guardarmi. Mi fissa con disperazione, quasi come se mi stesse urlando di salvarla. Non stacco lo sguardo dal suo e la sua risposta mi sconvolge.

«L'uomo che ha ucciso mia madre» sussurra con un filo di voce, ed è come se mi avesse dato una martellata sul petto.

Posso solo immaginare il suo dolore.

Che cosa ha vissuto questa ragazza? Che cosa è stata costretta a vedere?

Mi ha detto che pioveva la notte in cui la madre è morta, mi ha detto che era con lei.

Che cosa ti è successo, piccola Rhoden?

«Era... una notte di gennaio. Faceva molto freddo e pioveva a dirotto. Tuonava. Mio padre lavorava come addetto alla sorveglianza di una casa farmaceutica e quella sera aveva il turno di notte. In casa c'eravamo solo io, mia madre e mio fratello Cedar. Aveva solo un anno, era così piccolo... Per fortuna, lui non può ricordare nulla di quella notte. Accadde tutto velocemente. Forse mia madre sentì un rumore, non lo so. Scese al piano di sotto e io mi svegliai, quando sentii uno sparo. Corsi giù e la trovai a terra, perdeva molto sangue. Fu un attimo, alzai lo sguardo e vidi un uomo, fuori. Non ne ricordo i tratti, aveva un cappellino in testa ed era vestito di nero.

Rubò delle cose, ma, evidentemente, nella fretta di prendere il più possibile, fece cadere qualcosa e mia madre si svegliò. Fu la sua condanna. Quel ragazzo fu preso, alcuni mesi dopo, e confessò che si era spaventato, che aveva paura lei chiamasse la polizia. Capisci? Lui si era spaventato» ironizza, con un abbozzo di sorriso e le lacrime agli occhi.

La guardo, così piccola, così indifesa, e posso solo immaginare quanto dolore e quanta sofferenza si porti dentro.

«Che cosa hai fatto, poi?» chiedo e lei parla ancora, aprendosi con me.

«Provai a soccorrerla. Chiamai subito l'ambulanza, cercai di fermare il sangue, ma non fu abbastanza. Morì tra le mie braccia cantandomi... cantandomi la nostra canzone» sibila, con voce rotta, poi, in maniera dolcissima e allo stesso tempo triste, inizia a cantare.

«You are my sunshine, my only sunshine, you make me happy when skies are grey. You'll never know, dear, how much I love you. Please don't take my sunshine away.»

Sono ipnotizzato da questa donna. Mi ha aperto il petto in due e si è presa il mio cuore, adesso, in questo momento.

Riesco a immaginarla lì, per terra, con la madre tra le braccia che le dice addio a modo suo.

Penso a quanto debba essersi sentita sola, spaventata, triste. Penso che fosse solo una bambina e nessuno era con lei, mentre viveva il momento più brutto della sua vita.

Come eri tu in quei momenti, Logan: solo. Lei è come te! dice qualcuno nella mia testa e io cerco di zittire quelle voci.

Allungo una mano verso il suo viso e la sfioro.

«Dio, Iris» sibilo, toccandola delicatamente, con cura, con tenerezza. Lei ha bisogno di me e io ho bisogno di lei. Questa è l'unica verità che conosco, adesso. L'unica verità che mi balza davanti agli occhi, ma che non riesco ad accettare.

«Mi dispiace. Non avrei dovuto raccontartelo. Non è una cosa che faccio, in genere, con i miei datori di lavoro. Io... non volevo farti pena, non...»

La zittisco, perché quanto sta dicendo è una gigantesca stronzata. Io non sono semplicemente il suo datore di lavoro; forse non lo sono mai stato. Tutto ciò che mi ha raccontato me la fa solo desiderare più di quanto non la desiderassi già.

«Non dirlo nemmeno per scherzo. Lo sai, Iris, te l'ho già detto una volta: puoi parlare di qualsiasi cosa con me» le dico dolcemente e lei mi guarda ancora con quell'aria da cucciolo smarrito.

Iris distoglie lo sguardo per portarsi la tazza alla bocca. Fa un grande sorso, poi torna a parlare.

«Dov'eri? Voglio dire: eri accanto a me quando mi sono addormentata. Perché sei andato via?»

Ecco la domanda che non avrei voluto facesse. Eccolo lì, il peso della verità che devo sopportare sulle spalle, come un macigno troppo grosso.

Che cosa dovrei dirle? Non posso dirle la verità, non posso dirle che ho gli incubi da quando sono solo un bambino, perché ho subito violenze sessuali. Non posso dirle che non ho mai dormito con donne al mio fianco, perché spesso mi capita di diventare violento, di muovermi come un matto e sfasciare cose, ancora addormentato e coi miei demoni che mi divorano.

«Non sono abituato a dormire in compagnia. Non l'ho mai fatto e non inizierò a farlo adesso» replico gelido e lei alza un sopracciglio.

«Che è un po' come dire: "Non illuderti, Iris, non sei niente di speciale. Abbiamo scopato, che ti credevi? Di essere diversa da tutte le altre che mi sono portato a letto?"» dice con finta ironia, ma in realtà capisco che è ferita.

«Questo è quello che tu vuoi leggere nelle mie parole, non quello che ho detto» ribatto con furia, alzandomi nervosamente dallo sgabello della cucina.

Sento i suoi passi che mi seguono e la sua voce arriva tagliente.

«È quello che traspare, Logan, e il fatto che tu non abbia detto esattamente così, non significa che non sia così.»

«È soltanto una questione di abitudine, Iris, nient'altro. Non ha a che fare con te, né con nessun'altra donna che ho conosciuto nella mia vita. Riguarda solo me. Non riesco a dormire con altre persone al mio fianco. Resterei sveglio tutta la notte e io ho bisogno di dormire.»

Bugie, solo un mucchio di bugie: è tutto quello che posso concederle in questo momento.

Iris mi guarda torva, arriccia il naso e si morde le labbra. Si porta le braccia al petto e alza lo sguardo, come se pensasse. Poi porta le braccia in vita, in una posizione dispettosa.

«Neanche con lei dormivi?»

«Le chi?» chiedo.

«La tua ex. Com'è che si chiamava... Gabriela» dice, fingendo di doverci pensare un po' su per ricordarsi il nome.

Sorrido, perché so che non è vero, so che lei ricorda tutto di me, come io non potrei dimenticare nulla di ciò che mi ha detto, niente, nemmeno il più piccolo e insignificante particolare.

«No. Nemmeno con lei» ribatto e lei rincara la dose.

«Non ci hai mai provato o hai provato ed è andata male?» chiede curiosa e io scuoto la testa.

«Non ci ho mai provato e non ho bisogno di farlo, so che è così, so che andrebbe male.»

«E a lei la cosa stava bene?» domanda e io sorrido.

«Certo che le stava bene, Iris, te l'ho detto: non le importava niente di me» dico, appoggiandomi alla spalliera del divano e lei mi raggiunge.

«Non ha mai provato a chiederti perché non volessi dormire al suo fianco? Insomma, era normale per lei una cosa del genere?»

«All'inizio ha chiesto, ma era più una semplice curiosità che un reale interesse nei miei confronti. Così, quando ha visto che la risposta era sempre la stessa, beh... ha smesso.»

«Capisco» dice, abbassando lo sguardo, poi si avvicina dolce, parandosi davanti a me. Inizia ad accarezzarmi il petto.

«E questa specie di regola che hai, non può... insomma, non può essere infranta? Non faresti un'eccezione, per me?» chiede e io scuoto nuovamente il capo.

«No, Iris, te l'ho già detto: non faccio eccezioni» ribatto freddo e lei mi guarda dispiaciuta.

Poso lo sguardo sulla finestra e noto che ha smesso di piovere.

Guardo ancora Iris, così bella e indifesa. Mi si strappa il cuore a pensare che soffra. Non vorrei mai che soffrisse. Vorrei tenerla protetta da qualsiasi male e dolore della vita.

«Ascolta, facciamo così. Ti riaccompagno di là e aspetto che ti addormenti. Giuro che non me ne vado, fin quando non sarò sicuro che hai preso sonno. Ok?» dico dolcemente e lei mi sorride.

«Va bene. Vorrà dire che per questa volta mi accontenterò, Mr. Dark» esala languida, marcando volutamente il mio nome.

Sorrido e la guardo, accarezzandole il viso.

«Non "questa volta".»

«Mai mettere limiti alla provvidenza, Logan» ribatte divertita e io scoppio a ridere.

«Non ti arrendi proprio mai, vero, piccola Rhoden?» chiedo, sistemandole i capelli dietro l'orecchio.

«Mai, quando si tratta di te, Mr. Dark» sibila tenera e io la tiro a me e la bacio. Lo faccio con calma, senza foga, senza fretta.

Voglio che sia un bacio lento, dolce, delicato.

Voglio farle capire che tengo a lei e che mi importa. Mi importa, eccome!

Mi distacco e Iris apre piano gli occhi.

«Forse, però, adesso dovresti portare me nella stanza degli ospiti. In fondo ti ho fregato il letto e invaso la camera» dice divertita e io scuoto la testa.

«No. Voglio che rimani lì. Così domani il mio letto saprà di te e le lenzuola avranno il tuo odore» replico con gentilezza e lei mi corregge.

«Il nostro odore. Ci abbiamo fatto l'amore lì dentro, Logan, l'hai dimenticato?»

«Non potrei mai dimenticarlo» la accarezzo piano e non la correggo sull'*abbiamo fatto l'amore* perché, anche se non lo ammetterò mai con lei e forse nemmeno con me stesso, sento che quello che abbiamo fatto ieri sera non è stato semplice sesso.

Mi avvicino ancora e le lascio un ultimo casto bacio sulle labbra.

Ci distacchiamo e io la prendo per mano per accompagnarla nella mia stanza.

La lascio distendere e mi metto accanto a lei.

Iris si stringe a me e io mi rendo conto che nemmeno mi ricordo quand'è stata l'ultima volta in cui mi sono sentito così bene.

Aspetto che si addormenti e, quando lo fa, la lascio andare, relegandola alla sua solitudine e chiudendomi nella mia.

Raggiungo la stanza degli ospiti e mi siedo sul letto, prendendomi la testa tra le mani.

Tutto ciò che mi ha raccontato, tutto ciò che sta accadendo tra noi, mi destabilizza. Ho bisogno di dormire e fare chiarezza.

Ho bisogno di un sonno tranquillo in quelle poche ore che mi separano dalla sveglia e dal sabato di fuoco che mi aspetta domani.

***

IRIS

Il sole che entra dalla finestra mi fa svegliare. Mi stiracchio, agitandomi tra le lenzuola, poi mi alzo.

Esco dalla stanza camminando piano, c'è un silenzio spettrale.

Avanzo fino al salotto e trovo il mio cellulare sul tavolo.

L'ho lasciato lì da ieri sera, prima che io e Logan finissimo in camera sua a fare l'amore.

Se solo ci penso… è stato favoloso, spettacolare, il miglior sesso della mia vita.

Nessun uomo del mio passato è paragonabile a Logan, nessuno.

Eppure, di tutti i miei ex sono stata innamorata, mentre con Logan è ancora tutto un grosso, gigantesco, punto interrogativo.

Prendo il cellulare tra le mani e vedo un messaggio di Lin.

"Non ti ho trovata stamattina nel tuo letto, questo può significare solo una cosa. Spero che sia stato fantastico come lo immaginavi, amica mia. Mi racconterai tutto stasera, al solito pub, davanti alla solita birra. Baci" recita l'SMS e io sorrido.

Ripongo il cellulare sul tavolo e penso a Logan, a quest'uomo così enigmatico e magnetico. Non so quale trucchetto abbia usato, o quale strano sortilegio mi abbia fatto, ma mi ha totalmente catturata nella sua rete.

Una rete bellissima, intricata e complessa, della quale non vedi via d'uscita e forse non c'è via d'uscita, perché tu, in quella rete, ci stai maledettamente bene e, per quanto complicata, incasinata, ingarbugliata e strana sia, preferisci esserne vittima, piuttosto che immaginare la tua vita in una normalità che non ti soddisfa più.

Rimugino su quanto gli ho raccontato e mi sento stranamente liberata.

Se penso a quanto tempo ho impiegato per aprirmi sulla morte di mia madre, con gli altri ragazzi con cui sono stata, mi spaventa pensare alla facilità con cui invece ho raccontato la cosa a Logan. Con quanta serenità mi sono aperta a lui, con quanto bisogno...

Gli ho anche cantato la canzone di mamma, che stupida che sono stata!

Non l'avevo mai fatto con nessuno, nemmeno Lin sa quali siano state le ultime parole di mamma.

"Dì a tuo padre che lo amerò per sempre. Ricorda a Cedar chi ero e aiutalo a crescere. Quanto a te, piccola mia, non credo ci sia bisogno di parole" disse, poi iniziò a cantare.

Ricordo quanto fossi spaventata, ricordo che scuotevo la testa perché mi sembrava tutto surreale. Era un incubo, non stava succedendo a me. Non poteva essere quella l'ultima volta in cui la mamma, con la sua splendida voce, avrebbe cantato per me *You are my sunshine*. Non poteva essere!

Ricaccio indietro le lacrime e sorrido, pensando a quanto sia stato dolce Logan, a quanto mi abbia ascoltata e consolata in un modo che non mi sarei mai aspettata.

Penso ai suoi sorrisi, alle sue mani grandi quando mi sfiorano. Penso alla sua bocca che mi bacia e ruba la mia. Penso al suo corpo perfetto che cela quella imperfezione di cui mi ha parlato e che io voglio assolutamente conoscere. Voglio conoscere il suo dolore, per alleggerirlo un po'. Voglio tutto di Logan Dark.

Mi faccio coraggio e cammino verso il corridoio opposto a quello in cui c'è la stanza di Logan. Avanzo verso la camera degli ospiti, nel lungo corridoio che porta alla sua palestra personale.

Arrivo alla porta della camera, è socchiusa.

La apro piano e lo vedo. È disteso sul letto, dorme a pancia in su con un braccio lungo il fianco e l'altro in alto, sul cuscino.

Mi avvicino cauta e mi siedo sul letto, accanto a lui.

Faccio il tutto pianissimo, perché non voglio si svegli.

Lo guardo e quasi mi manca il fiato. Quest'uomo è bellissimo, cazzo. Mi fa andare fuori di testa.

Lo osservo dormire, con gli occhi serrati e l'aria tranquilla, serena. Lo ammiro come fosse un quadro di Van Gogh, perché per me è la perfezione. I miei occhi lo osservano con amore, dolcezza e tenerezza, si incollano a lui come se non dovessero fare altro nella loro vita, che guardare Logan Dark e perdersi nella sua bellezza.

Alzo piano il braccio e allungo la mano.

Voglio accarezzarlo, voglio toccarlo con tutto l'amore che può esserci dentro di me in questo momento.

Arrivo accanto al suo viso e indugio un attimo. Questo momento è così magico che vorrei non finisse.

Non so quante altre occasioni avrò nella vita di osservare Logan Dark che dorme.

Mi faccio coraggio e sfioro il suo viso.

È un istante. Logan mi afferra la mano e mi scaraventa sul pavimento.

Batto la testa contro lo spigolo del comodino, prima di finire con la faccia per terra.

La botta è forte e Logan si alza di scatto.

«Cazzo, Iris» ringhia e si precipita ad aiutarmi.

Mi tengo la testa e, quando tolgo la mano, noto che c'è sangue.

«Fa' vedere» dice Logan, girandomi verso di sé.

«Merda!» impreca, notando il taglio che mi sono fatta.

Non dico una parola, sono troppo scossa.

Perché mi ha cacciata via in quel modo? E, cosa più importante: era cosciente? L'ha fatto apposta o stava solo sognando e il mio tocco l'ha spaventato?

Mi prende per mano e mi trascina in cucina.

Mi fa sedere, prende del ghiaccio dal freezer e lo avvolge in un panno.

«Tieni premuto forte. Vado a prendere qualcosa per medicarti» dice accigliato.

«Non c'è bisogno, è solo un taglietto» ribatto, ma lui mi ignora.

«Aspettami qui» fa con voce dura e se ne va.

Ritorna in un battibaleno con un set da pronto soccorso.

Mi tampona la ferita, senza dire una parola, poi mi posiziona una benda che ferma con un cerotto.

Quando finisce, mette via le cose e chiude nervoso gli occhi, traendo un forte respiro.

«Logan...» provo a dire, ma lui mi blocca.

«Ti avevo detto che non mi piace che qualcuno entri in camera mia, soprattutto se sto dormendo. Te l'ho detto quando sei venuta a portarmi la colazione, Iris, quante volte devo ripeterle le cose, per fartele entrare in testa?» ruggisce e io mi sento mortificata.

«Logan, mi dispiace» sibilo, chiedendo scusa.

«Sì, certo, Iris, ti dispiace. Ti dispiace ogni fottuta volta, ma continui a fare di testa tua, sempre. Mi dici come cazzo devo fare con te?» urla di rabbia e io mi sto sentendo piccola come una formica.

«Logan, non volevo mancarti di rispetto.»

«Non c'entra niente il rispetto. Credi che non voglia farti entrare in camera mia perché sia una mancanza di rispetto? Ti ho fatto male, Iris, ti ho buttato per terra e ti ho procurato un cazzo di taglio. Tutto perché continui a fare il contrario di quello che ti si dice» strilla e comincia a fare su e giù per la stanza.

«Mi dispiace, io... io volevo solo osservarti dormire. Sembravi così sereno...» sibilo e lui serra la mascella.

«È una maschera, Iris, una fottuta maschera che mi segue anche mentre dormo. Fuori sembro tranquillo, sereno, in pace col mondo, ma dentro di me non c'è alcuna pace. C'è il caos, Iris, e se non vuoi trovartici dentro, per l'ultima volta, sta' lontana dalla mia stanza!» ordina.

«Beh, in teoria quella non era la tua stanza, perciò...» scherzo, provando a farlo calmare un po', ma non serve a niente.

«Ti prego, non fare della stupida ironia, perché non è il momento» mi rimprovera e io alzo le mani.

«D'accordo, scusa, stavo solo scherzando. Quanto sei permaloso... comunque... che significa che hai il caos dentro?» chiedo e lui si irrigidisce.

«Non vorresti saperlo, Iris, fidati» replica granitico e io lo guardo, cercando di capire cosa c'è che non va, cosa mi nasconde.

Qual è il segreto tieni dentro e non condividi con nessuno, Logan Dark?

«Ma se io... se io, tipo, volessi saperlo? Se volessi affrontarlo questo caos?» azzardo e lui scuote la testa con rabbia, come se l'idea lo terrorizzasse.

«No. Non accadrà, Iris. Non sopravvivresti e io non mi perdonerei mai se ti accadesse qualcosa per causa mia» dice e io lo guardo perplessa.

«Logan, dai, è stato solo un incidente» lo giustifico, ma lui si passa nervosamente una mano tra i capelli e respira con forza.

È teso come una corda di violino e sento che potrebbe scoppiare da un momento all'altro.

«Non voglio parlarne più, Iris. Non azzardarti a provare a entrare di nuovo. Anzi, sai cosa? La prossima volta, mi chiudo a chiave, così evitiamo ogni genere di contatto» dice serio e ritorna a sedersi.

«Qualsiasi? Ne sei proprio sicuro?» lo sfido e lui sorride.

Ce l'ho fatta! Si è sciolto, si è tranquillizzato.

«Stai parlando di un'altra cosa, Iris, e per quello... non c'è tempo per dormire» dice insinuante e io abbozzo un sorriso.

Logan sbuffa, calmandosi un po'.

Mi raggiunge deciso, mi tocca il viso e mi guarda dolcemente.

«Mi dispiace di averti fatto del male» sibila tenero e io mi sciolgo.

«È solo un graffio, Logan.»

«Non è solo un graffio. È una ferita che ti sei procurata a causa mia e non me lo perdonerò mai» dice, in maniera così seria che mi spaventa.

«Dai, non essere melodrammatico. Ti ho perdonato io, va bene così?» chiedo e lui non mi risponde. Fa l'ennesimo profondo respiro e torna a fissarmi.

Rimaniamo così, persi l'uno negli occhi dell'altra, finché la porta di casa non si apre, costringendoci ad allontanarci.

È Adele, che mi chiede cosa mi sia successo. Invento che sono caduta e lei guarda immediatamente Logan.

Cosa sa questa donna che io non so? mi domando.

Adele va a sistemarsi e io chiedo a Logan di poter tornare a casa per cambiarmi.

Logan acconsente, ma all'unica condizione che io mi faccia accompagnare da Drew, che aspetterà sotto casa mia finché non mi sarò preparata, per poi riportarmi qui.

Accetto e corro a prendere le mie cose.

Mentre l'autista di Logan mi riporta a casa, non posso fare a meno di pensare a lui e a tutto quello che è successo.

Qualsiasi cosa gli sia accaduta, qualsiasi dolore abbia vissuto, io voglio saperlo. Voglio conoscere Logan Dark, dentro e fuori.

So che può sembrare assurdo, e probabilmente lo è, ma anche se ci ho solo fatto sesso, sento Logan un po' mio e io mi sento un po' sua. Voglio che sia mio, lo desidero ardentemente.

Voglio che sia, che diventi e che resti... il mio Mr. Dark.

CAPITOLO 16

IRIS

Sono in auto con Drew, stiamo tornando da Logan.

A casa mi sono fatta una doccia veloce e mi sono cambiata. Indosso un abito di cotone leggero, color rosa pastello. Oggi non fa caldissimo, la pioggia di stanotte ha rinfrescato l'aria.

Guardo fuori dal finestrino la città che scorre sotto i miei occhi e penso a lui. Chissà dove si è nascosto per tutto questo tempo, chissà dov'era e dov'ero io.

Mi chiedo perché il fato l'abbia messo sul mio cammino proprio adesso e se sia destinato a rimanerci.

Mi chiedo se abbiamo mai frequentato gli stessi luoghi, gli stessi posti, se abbiamo camminato sullo stesso suolo nello stesso istante e senza sapere l'uno dell'esistenza dell'altro, ma poi mi dico che è impossibile, perché lui è ricco e io faccio fatica a pagare le bollette. Abbiamo vissuto la stessa città, fino a oggi, ma non gli stessi posti.

Mi domando se Logan Dark potrebbe essere il mio futuro e io il suo. Mi arrovello il cervello con la stessa identica domanda. Una domanda che mi spiazza, mi fa smarrire, mi apre il petto in due e mi fa mancare il fiato: mi sto innamorando di lui? Mi sto innamorando del mio capo, dell'uomo più complicato e misterioso che io abbia mai conosciuto?

È questo che mi sta succedendo?

E cosa prova lui? Cos'è che vuole da me? Solo il sesso, come sembra, oppure altro?

Prova anche lui, in minima parte, le stesse sensazioni confuse che sento io?

«Signorina Rhoden, siamo arrivati. Aspetti qui, il signor Dark sta scendendo» dice Drew, dall'interfono, facendomi balzare sul sedile.

«Grazie, Drew» rispondo e mi ricordo che oggi è sabato e che Logan ha degli appuntamenti in giro per San Francisco.

Lo vedo arrivare, mi raggiunge subito in auto richiudendo la portiera dietro di sé.

Viaggiamo in silenzio e lui, di tanto in tanto, si gira a guardare la mia ferita.

Voglio parlare, perché non posso permettere che si senta ancora in colpa per una sciocchezza. Non so cosa sia successo, se stava sognando qualcosa di brutto e io, col mio tocco, l'abbia spaventato, ma la colpa è stata comunque mia.

Mi aveva avvertita di non entrare nella sua stanza, me lo aveva detto anche Adele. Non so quale sia il motivo, ma deve essere qualcosa di grave, di serio.

Forse è perché a volte fa qualche brutto sogno e si agita, rischiando di far del male a chi è accanto a lui?

Ha paura di ferirmi? È questo che teme?

«La smetti di fissarmi? Sto bene, Logan, non morirò per un taglio» esordisco, rompendo il silenzio.

«No, ma non sarebbe dovuto accadere» ribatte con tono cupo.

«D'accordo, ma è accaduto. Vogliamo andare avanti o parlare della cosa per tutto il giorno?» chiedo e lui serra la mascella, cosa che fa tutte le volte in cui è nervoso.

Sto imparando a conoscerti, Mr. Dark!

«Rimani da me, stasera?» chiede e mi spiazza completamente.

«In che senso, scusa?» domando, guardandolo un po' stranita.

«Nel senso che voglio che ceniamo assieme, di nuovo. Puoi rimanere a dormire, come hai fatto stanotte» dice deciso e io mi sento un po' in imbarazzo.

«Logan, noi... non stiamo insieme, non siamo una coppia e... non dobbiamo per forza stare attaccati dalla sera alla mattina, tutti i giorni» dico e lui si gratta nervosamente un sopracciglio.

«Non ho detto questo, Iris.»

«E cos'hai detto, allora?»

«Ti ho solo chiesto se ti andava di cenare insieme e di dormire con me, tutto qui. Ma se non vuoi, va bene!» dice offeso e io mi sento quasi in colpa.

«Ascolta, non è che non voglia rimanere, solo... è sabato, Logan, e io ho già un impegno, stasera.»

«Con chi?» chiede, ma sembra quasi un ordine. Come se volesse a tutti i costi sapere e io fossi obbligata a dirglielo.

È forse geloso? Pensa che il mio impegno sia con un altro ragazzo?

«Con Lin» dico con sincerità «Il sabato, spesso, andiamo in un pub a mangiare qualcosa e facciamo quattro chiacchiere davanti a una birra.»

«Non puoi rimandare?» chiede.

«No, Logan. È la mia migliore amica e... ho bisogno di stare un po' di tempo con lei» dico seria e lui annuisce infastidito.

«Domani che fai?» chiede subito e io mi sento come se mi stesse facendo il terzo grado.

«Pranzo da mio padre. Conoscerò anche il suo coinquilino, si è trasferito da pochi giorni. Starò un po' con Cedar, ci vediamo così poco...» dico triste.

«Già. Anch'io ho il pranzo domenicale in famiglia» dice scocciato e io sorrido.

«Lo dici come se fosse la cosa più noiosa del mondo» replico ridendo, ma lui è serio.

«Noiosa? In parte. Ma se pranzassi una sola volta nella tua vita con Timothy Dark, fidati, scapperesti a gambe levate» ribatte serio.

«È così terribile?» chiedo e lui non risponde, si limita a fissare fuori dal finestrino per poi farmi una nuova domanda.

«A che ora vai via, stasera?» chiede e io lo guardo perplessa.

«Al solito orario, Logan. Alle 19.00, come tutte le altre volte.»

Non capisco dove voglia arrivare.

«Capito» ribatte fulmineo, prima di prendere il cellulare dalla tasca.

Cerca qualcosa sul telefono, poi se lo porta all'orecchio.

«Pronto, signor Tennence» dice dopo qualche istante. «Sono Logan Dark. Sì, io sto bene, lei come sta?»

Dopo qualche secondo di silenzio, riprende.

«Mi fa piacere. Ascolti, la chiamo per dirle che ho avuto un imprevisto e dovremmo rimandare l'appuntamento delle 18.00 alla prossima settimana. Sì, certo. Un attimo che controllo l'agenda» mette una mano davanti al microfono e si rivolge a me.

«Iris, controlla l'agenda, vedi se martedì alle 15.00 abbiamo un buco.»

La prendo un po' perplessa e la apro al giorno indicatomi da Logan. Noto che a quell'ora non ci sono impegni.

«Sì, non c'è nessuno alle 15.00» dico e lui continua la sua conversazione al telefono.

«Perfetto, signor Tennence, allora ci vediamo martedì alle 15.00. Scusi ancora per l'inconveniente. Certo, grazie, anche a lei. Arrivederci» dice e attacca.

«Anche questa è fatta» esala alleggerito.

«Scusa, perché hai spostato l'appuntamento? Che problemi hai alle 18.00?» chiedo e la sua risposta mi spiazza completamente.

«Nessuno, ma ho voglia di stare con te. Alle sette andrai via, poi ti vedrò direttamente lunedì e non ho intenzione di passare l'intera giornata a lavorare senza poterti avere» risponde guardandomi e io non so se sentirmi lusingata dal fatto che abbia spostato un importante appuntamento di lavoro per me o ferita dal fatto che abbia detto di non riuscire a stare senza "avermi".

Il sesso con lui è stato bellissimo e una parte di me ne vuole ancora, ma... un'altra parte ha paura che sarebbe di più. O forse vuole semplicemente che per lui sia di più.

Dio, non lo so, sono così confusa!

Vorrei vivermi questa cosa senza pensieri, ma dall'altra parte non ci riesco, perché sento che con uno come lui potrebbe esserci di più. Sento che potrei volere di più e sono abbastanza sicura che lui non vorrebbe o potrebbe darmelo.

Così mi arrabbio. Con me stessa per essere così confusa e vulnerabile, con lui che potrebbe portarmi, inconsapevolmente, dove non vorrei arrivare, forse spezzandomi il cuore.

«Continui a trattarmi come un oggetto sessuale, Logan» dico indispettita e lui mi guarda.

«Scusami?»

«Non puoi passare la giornata senza avermi? Cos'è? Se non scopi per un po', vai in crisi di astinenza? Beh, se hai intenzione di avere una bambola al tuo fianco, disposta ad aprirti le cosce ogni volta che ne hai voglia, ti consiglio di cercare altrove!» ribatto acida e lui mi blocca un braccio.

«Ti avevo invitata a cena, Iris, ti avevo chiesto di rimanere da me per la notte. Se l'ho fatto, non è solo per portarti a letto. Mi basta schioccare le dita per avere una donna disposta a scopare e ad andarsene da dove è venuta, una volta raggiunto l'orgasmo. Credi che, se avessi voluto questo, avrei sprecato il mio tempo con te?»

«Sprecato il tuo...» provo a dire, sconvolta da ciò che sto sentendo, ma Logan mi parla sopra, senza farmi finire.

«Credi che se fosse stato solo il sesso a interessarmi, ti avrei portata a quella festa? Ti avrei lasciata dormire a casa mia, nel mio letto? Avrei scomodato il catering migliore della città per una banale scopata?

Ti ho detto che ho voglia di stare con te e quando dico "ho voglia di stare con te" significa esattamente ciò che ho detto. Se avessi voluto dire "ho voglia di scoparti" avrei detto quello, nient'altro.

Non ho bisogno di fare certi giochetti per una donna, Iris. Ho già una vita abbastanza complicata per incasinarmela ulteriormente con qualcuno da corteggiare fino allo sfinimento, per una banale scopata. Se voglio scopare, scopare e basta, so dove andare, e di certo non faccio le stesse cose che ho fatto con te.

Non organizzo cene, non porto donne di cui non mi importa nulla alle feste dove ci sono anche i miei, non le lascio dormire a casa mia» risponde, senza prendere fiato nemmeno per un istante e io mi sento male per il modo intenso e profondo in cui mi guarda.

«Perché hai lasciato avvicinare me?» chiedo e lui accenna un sorriso.

«Perché tu sei... un'altra cosa» ammette e io non posso fare a meno di sorridere per ciò che ha detto.

«Lo prendo come un complimento, Logan» sibilo, con un sorriso di soddisfazione stampato in faccia e lui mi segue.

Rimane un attimo zitto, poi continua.

«Tutto ciò che ho detto, però, non significa che non faremo sesso.»

«Fa' decidere a me se lo faremo o meno» ribatto decisa e la sua risposta arriva, colpendo nel segno.

«Lo faccio. Proprio per questo che so che lo faremo» replica, con un sorriso sornione e io divento rossa come un peperone.

È così palese che quest'uomo mi piaccia? Voglio dire, si vede così tanto che gli salterei addosso in qualsiasi momento, soprattutto ora?

Rimango in silenzio e, dopo pochi attimi, Drew ci informa che siamo arrivati a destinazione.

Scendiamo dall'auto e io seguo Logan, di nuovo in modalità "capo": serio, taciturno e di ghiaccio.

***

LOGAN

Dopo un'intensa giornata, torniamo a casa mia. Sono stanco, ma felice, perché adesso posso finalmente godermi un po' la piccola Rhoden.

Non riesco a pensare a ciò che le ho fatto. L'ho aggredita, facendola finire a terra e, di conseguenza, l'ho ferita. So che non è colpa mia, che non l'ho fatto apposta, che è stato solo un incidente, che se Iris mi avesse ubbidito, a quest'ora, la sua splendida fronte sarebbe libera dall'orrendo graffio che le ho procurato, però... però non posso fare a meno di sentirmi in colpa.

Ecco perché ho necessità di farmi perdonare e lo farò in ogni modo possibile.

Adele ci accoglie col sorriso e io la liquido senza troppi giri di parole, come ho fatto di sotto con Drew.

Lei mi sorride, come se avesse capito perché la faccia andare via prima, e ci lascia soli.

Iris se ne sta sulle sue, sembra imbarazzata. Le vado incontro e, senza dire nulla, la tiro a me e la bacio con passione, come se mi stessi trattenendo da troppo tempo e non aspettassi altro che stare con lei per infilarle la lingua in bocca e assaporarla fino a non avere fiato.

«Logan...» ansima quando mi stacco, e adoro il suono del mio nome sulle sue labbra.

«Abbiamo perso fin troppo tempo, piccola... abbiamo solo un'ora, prima che tu vada via, e ho tutta l'intenzione di venerarti fino a un secondo prima di doverci dividere sotto al tuo palazzo, quando tu sparirai dietro il portone, lasciandomi un vuoto dentro che nemmeno immagini» dico sulle sue labbra e lei mi sorride.

«Credevo che non volessi solo portarmi a letto» ribatte ironica lei.

«No, ma se hai intenzione di fare ancora conversazione, dovrai aspettare di essere così stanca da non avere nemmeno la forza di alzarti» sibilo e lei scoppia a ridere.

«Cos'hai intenzione di farmi, Mr. Dark?» esala e mi diventa duro all'istante.

«Oh, tante cose belle, Miss Rhoden» dico con enfasi e la prendo per mano, fino a portarla nella mia stanza.

Ci fermiamo davanti al letto e comincio a baciarle il collo, molto lentamente.

Voglio farla impazzire. Voglio essere dolce e delicato un attimo prima, irruento e famelico quello dopo.

Continuo il mio movimento lento, poi mi fermo per tirarle su le braccia e sfilarle il vestito.

Iris mi lascia fare e, quando lo getto via e lei rimane in intimo, mi perdo nella sua perfezione, facendo vagare lo sguardo dai suoi occhi alla punta dei suoi piedi.

Mi tolgo la giacca, lentamente, poi mi sfilo la cravatta, buttandola per terra.

Iris mi guarda e, quando lancio via anche la camicia, sussulta, osservando il mio corpo, passandosi la lingua sulle labbra.

Faccio per togliermi i pantaloni, ma lei mi tira a sé e mi aiuta a sfilarli.

Lo fa lentamente, come ho fatto io prima, e mi guarda, forse per carpire dal mio sguardo un'impazienza che in realtà non c'è, perché quando sarò completamente nudo, la delicatezza che ho avuto finora farà spazio all'irruenza che mi contraddistingue e che ho bisogno di far venire fuori.

Iris mi toglie anche i boxer, poi fa per risalire.

So cosa sta per fare e, quando arriva all'altezza del mio pene, la blocco.

«Ferma!» urlo e lei mi guarda perplessa.

Quale donna può immaginare che l'uomo che ha davanti, così eccitato e che si vanta di essere il migliore a letto, non si sia mai fatto fare un pompino?

Iris chiederebbe perché, esattamente come ha voluto sapere perché dormissi solo.

«Sono io a comandare, adesso, e sarò io a fare impazzire te, piccola» le dico, facendola alzare.

«Ma Logan, ho così voglia...»

«Shhh» la zittisco, posandole il palmo della mia mano sulla bocca.

«Lasciami fare, piccola. Non te ne pentirai» sibilo.

Sono completamente nudo davanti a lei e Iris mi guarda con un desiderio così forte che mi spaventa.

Le sfilo piano il reggiseno e lei trema al contatto. Quando la sua pelle è nuda, la accarezzo piano, lasciandola andare dopo poco per fare qualcosa di cui ho un bisogno impellente.

Le prendo il tanga con una mano, lo tiro forte da un lato e, con l'altra, afferro uno dei lembi di questo, strappando con un'irruenza tale da tirare Iris verso di me.

Il suo seno sbatte contro il mio petto nello stesso momento in cui la mutanda si straccia sotto il mio tocco.

Questa cade per terra e Iris apre leggermente le labbra, chiudendo gli occhi.

Sembra persa in un altro mondo, ma in realtà so che è con me e si sta solo eccitando. *E pensare che non ho ancora fatto niente!*

Siamo entrambi nudi, l'uno di fronte all'altra, e ci guardiamo con passione e desiderio.

Scivolo con la mia mano giù e accarezzo piano il suo sesso.

Quando infilo due dita dentro di lei, Iris geme e, quando ne infilo un terzo, urla.

Sorrido, perché vederla godere è una visione, una visione che vorrei poter ammirare ogni fottuto giorno di questa mia misera vita.

Inizio a masturbarla con impeto. Sono violento, veloce. Non mi fermo, voglio che venga prima così, poi in molti altri modi.

Iris mi lascia fare, ansimando e gemendo sulle mie labbra.

Mi bacia, poi mugola, poi mi bacia ancora e si distacca di nuovo per prendere fiato e lanciare dei gridolini che adoro.

Continuiamo così per un bel po', finché non scoppia in un orgasmo che la fa fremere tutta.

Viene urlando il mio nome e io sorrido, perché siamo solo all'inizio.

Le do un leggero schiaffo sul sedere e la giro, toccandole forte i seni. Iris cerca le mie labbra e mi bacia come se ne andasse della sua vita, come se solo nella mia bocca trovasse la forza di respirare.

Arriviamo sul letto e io la costringo a salirci su, a quattro zampe.

Prendo qualcosa da un cassetto e inizio a lubrificarmi il pene.

Iris sussulta e mi chiama.

«Logan...» sibila girandosi di poco, per vedere cosa sto facendo.

«Arrivo, piccola, tranquilla» dico ridendo e lei si gira, mettendosi distesa.

La guardo, sta osservando il gel appoggiato sul comodino e sembra un po' spaventata.

«Che succede?» chiedo e mi sento frustrato, perché ho le mani sporche e non posso carezzarle il viso.

«È che... non ho... non l'ho mai fatto in quel modo. Non ho mai voluto farlo. Ho sempre avuto paura di questo, Logan. Non so perché» confessa e io mi sento un coglione, perché l'ho data per scontata.

Lei non è come le altre, sono stato io stesso a dirlo. Avrei dovuto chiederle, avrei dovuto aspettare.

«Ok, scusami. Dammi il tempo di sciacquarmi e sono da te, ok?» dico e faccio per andarmene, ma lei mi tira a sé.

«Non l'ho detto perché non voglio farlo, Logan. Solo... fa piano, ok?» chiede e io sono scioccato.

Ha avuto vari uomini nella sua vita e non ha concesso il suo bel sedere a nessuno, e ora... ora che ha davanti un semi sconosciuto vuole concedersi così facilmente?

Non voglio che lo faccia per farmi piacere, voglio che lo faccia perché lo vuole.

«Iris, non c'è bisogno. Va bene anche così, per me» dico, ma lei scuote la testa.

«Per me no. Voglio provare tutto, con te. Non ho paura» ammette e io mi sciolgo, sentendo il cuore andare in milioni di pezzi, per poi ricomporsi sotto al dolce tocco della sua mano che si posa sul mio petto.

«Sei sicura, Iris?» chiedo e lei annuisce.

«Lo sono al mille per mille, Logan» sibila e io la guardo, così bella, pura e perfetta.

Iris ricambia lo sguardo e mi accarezza il viso. Tremo al suo tocco e chiudo per un istante gli occhi.

Iris capisce di dover fare la prima mossa, così si sposta, tornando nella posizione di prima.

«Sono pronta, Logan» sussurra e io respiro forte.

Comincio a toccarla con un dito, lo infilo cautamente. Poi ne infilo due e lei ansima.

Non posso più aspettare e, oggi, la piccola Rhoden, perderà la sua 'seconda verginità' con me.

Avvicino il pene al suo ano e spingo piano.

Iris mugugna e lancia un grido, quando la punta riesce a entrare.

«Ti fa male?» chiedo.

«No, no, vai avanti» dice tra i denti e io ubbidisco.

Entro piano, aiutato dal lubrificante e, quando sono tutto in lei, lancio un grugnito di piacere.

Mi muovo lentamente, perché non voglio farle del male e Iris ansima in un modo così pazzesco che mi sento male alla sola idea che lei abbia regalato questi stessi gemiti a qualcun altro.

Vado avanti e indietro, e la tengo ferma per il sedere con una mano. L'altra, invece, viaggia verso l'ingresso della sua vagina. La penetro con due dita, sincronizzando questi movimenti a quelli del mio pene dentro di lei. Iris ansima, geme, urla, è al picco del piacere e questa doppia penetrazione sembra piacerle molto.

Ricaccio fuori le dita e comincio a stimolarle il clitoride.

Voglio che venga ancora.

Aumento i movimenti, sia davanti che dietro, e non ci vuole molto perché lei venga nuovamente, urlando al mondo e a me il suo piacere.

La giro, lasciandola stendere sul letto e, senza darle un attimo di pausa, entro in lei, nella classica posizione del missionario.

La sbatto con foga, digrignando i denti e tirando fuori dei versi di piacere così intensi che quasi non ricordo l'ultima volta in cui ci sono stati, con un'altra donna.

Iris sembra allo stremo delle forze, ma io non ho ancora finito.

La sposto di lato, continuo a entrare e uscire da lei con forza. Le stringo i seni, li palpeggio per bene e mi rendo conto di quanto mi piacciano le tette di questa splendida donna.

Quando ne ho abbastanza, mi stendo al suo posto e la costringo a sedersi sopra di me.

«Ora hai il controllo. Fammi vedere che sai fare, piccola» la sfido e lei, nonostante sia stremata da due intensissimi orgasmi, mi dà pane per i miei denti, cominciando a cavalcarmi con foga, con impeto e con ardore.

Sembra una puledra imbizzarrita e io adoro vederla godere sopra di me.

Iris si agita, senza smettere un solo istante, fin quando non sono io a farlo.

Mi posiziono seduto e la tiro a me ancora di spalle. La faccio sedere sul mio pene, che entra facilmente dentro di lei.

La tengo in braccio, aiutandola ad andare su e giù. Iris è una vera guerriera, non si arrende e sembra non averne mai abbastanza.

La faccio muovere velocemente e lei grida, per quanto stanca, in maniera intensa.

Continuiamo ancora e ancora, senza sosta, finché non veniamo entrambi.

Urliamo insieme, con una potenza che invade tutta la stanza.

Lascio che i battiti dei nostri cuori si affievoliscano, poi la libero, girandola in modo che mi guardi in faccia. La tiro al mio petto e la stringo forte a me.

La bacio con bisogno, tenendole ferma la testa e scompigliandole i capelli.

Iris si distacca, frastornata.

«È stato bellissimo, Logan.»

«Lo è stato anche per me, Iris» rispondo sulle sue labbra.

Mi distendo e la lascio accoccolare sul mio petto. Iris mi accarezza dolcemente e io, per un istante, mi sento l'uomo più fortunato del pianeta.

«Perché non hai voluto che ti facessi... insomma...» prova lei a chiedere, rompendo quel meraviglioso incantesimo che si era creato.

«Iris, per favore, non... non era il momento, ok?» mi invento su due piedi e lei mi guarda.

«Quindi la prossima volta potrò farlo?» chiede e io mi allontano, mettendomi seduto sul letto e dandole le spalle.

«No, va bene? Non è una cosa che faccio» replico granitico e lei si avvicina a me.

«Questo che vuol dire? Non vuoi che lo faccia perché sono un'estranea, perché ti fa schifo, è questo che stai cercando di dirmi?» chiede offesa e io mi alzo di scatto, rimettendomi i boxer al volo.

«No, Iris, smettila di leggere nelle mie parole cose che non ho detto» ringhio di rabbia e lei si alza a sua volta, tirandosi il lenzuolo per coprirsi.

«Allora mi spieghi che diamine significa?» urla e io mi sento male al solo pensiero di...

«Significa che non lascio che le donne mi facciano certe cose, ok? Non è una cosa che mi piace ricevere. Ti sembra così assurdo?» chiedo e lei mi guarda perplessa.

«Sì, beh, un po' sì. È la prima cosa che vogliono gli uomini da una donna, in quei momenti lì. Un po' fa strano» ammette e io mi sento morire.

«Beh, per me è così. Ti va bene come spiegazione?»

«Ci deve essere un motivo più...»

«Non c'è!» ribatto con durezza. «E adesso, se vuoi scusarmi, vado a lavarmi» dico arrabbiato e la lascio lì.

Me ne vado in doccia e mi strofino il corpo con forza, quasi come se volessi lavare via i segni di ciò che mi è stato fatto, i segni di ciò che sono costretto ogni volta a ricordare.

Mi asciugo velocemente e torno da lei.

La trovo seduta sul letto, con lo sguardo nel vuoto.

«La doccia è libera, se vuoi» esordisco freddo, a due passi da lei.

Iris mi guarda e mi sibila un semplice "Grazie", per poi sparire oltre la porta, lasciandomi lì da solo a riflettere sui miei assurdi modi.

***

IRIS

Siamo sotto casa mia, Logan mi ha riaccompagnata. Mi sento scossa per quanto accaduto.

Abbiamo fatto sesso in maniera spettacolare, gli ho concesso una cosa che non avevo mai concesso a nessun'altro e lui mi tratta in quel modo?

Vanno bene i problemi, va bene tutto, ma odio quando diventa così scortese.

La macchina è ferma da pochi minuti, ma nessuno dei due ha il coraggio di dire niente.

Così scelgo di essere io a parlare.

«Logan...»

«Iris...» esaliamo nello stesso istante, poi ci guardiamo per sorridere.

«D'accordo, prima tu» dico per lasciarlo parlare.

«Ascoltami, mi dispiace per i modi bruschi che ho avuto, ma... ci sono cose di cui non voglio parlare e se tu continui a riempirmi di domande, non mi aiuti, mi fai solo innervosire.»

«Logan, so che ci sono cose che non ti senti pronto a dirmi e...»

«Non è che non mi sento pronto, voglio tenerle per me e basta. È così oggi, sarà così domani e sarà così sempre» ribatte duro e io vorrei entrare nella sua testa per capire cos'è che mi nasconde.

«Sempre? Un po' troppo, non credi?» ironizzo e lui scuote la testa.

«È così» replica freddo. Sta tenendo le distanze, di nuovo.

Di cos'è che hai tanto paura, Mr. Dark?

«Logan, non credi che... qualsiasi cosa ci sia tra noi, se andiamo avanti con questa specie di... beh, qualunque cosa sia, non credi che dovremmo conoscerci e aprirci l'uno all'altro?» chiedo, sperando che mi dia in minima parte le risposte che cerco.

«Conoscerci va bene, ma ciò non significa che dobbiamo sapere tutto l'uno dell'altra» dice e io lo guardo intensamente.

«Tutto no, ma almeno qualcosa in più. Qualcosa che mi aiuti a capire. A capirti.»

Sospira, chiude per un attimo gli occhi e si morde il labbro.

Sento che non vuole concedermi di più, che è ancora frenato.

«Senti, lasciamo perdere» conclude un po' brusco. «Comunque, cos'è che mi volevi dire tu?» domanda, cambiando volutamente discorso.

«Solo scusarmi se ho insistito per sapere cose di cui tu, probabilmente, non ti senti pronto a parlare. Non volevo essere invadente e so di aver esagerato, ma... non mi piace il modo in cui diventi aggressivo, così, all'improvviso. Non mi piace che ti rivolgi a me in maniera così brusca, soprattutto dopo quello che è successo tra noi» ammetto e la sua risposta mi fa gelare il sangue.

«Sesso, Iris, quello è successo tra noi» replica freddo e mi sento come se mi avesse appena pugnalato alle spalle.

Una doccia fredda, qualcosa che non ti aspetti, non da chi credi tenga a te.

Perché fa così dopo tutto quello che mi ha detto?

Era solo un inganno per convincermi ad andare ancora a letto con lui?

Perché un attimo prima mi porta alle stelle e quello dopo sottoterra?

«Sì, giusto» ribatto con freddezza. «Ora devo proprio andare» continuo e, senza guardarlo, apro velocemente la portiera.

«Allora ci vediamo direttamente lunedì» dice.

«A lunedì. Buon weekend, Logan e... divertiti» sibilo.

«Aspetta...» prova a dire, ma io lo blocco.

«Devo proprio andare, Logan. Grazie a te sono senza mutande. Buona serata.»

Vado via col cuore a pezzi e con la consapevolezza che Logan Dark/solo sesso/niente impegni mi sia entrato nel cervello, scavando dentro e rubandomi pian piano, un po' alla volta e in modo meschino, un pezzo del mio cuore.

CAPITOLO 17

IRIS

Il mattino dopo, sono nell'autobus che mi porterà a casa di mio padre. Sto cercando di leggere un libro, ma la concentrazione non c'è, perché continuo a pensare a Logan.

Ieri sera ne ho parlato con Linette, quando siamo andate al pub, e lei è convinta che Logan abbia solo paura di buttarsi in una relazione seria, visto che non ne ha mai avuta una. Nonostante io le abbia detto di Gabriela, Lin è sicura che Logan sappia che con me sarebbe diverso, perché con me sarebbero coinvolti i sentimenti che, con la sua ex, non ci sono mai stati.

Mi ha anche detto di metterlo alle strette, perché mi vede troppo coinvolta.

Secondo Lin dovrei dargli una sorta di ultimatum: o proviamo a stare insieme come una coppia normale oppure niente.

In alternativa, mi ha suggerito di uscire con qualcuno e farlo ingelosire, in modo che, avendo paura di perdermi, si decida a essere chiaro con me, una volta per tutte.

Sono confusa, non posso metterlo alle strette. E se la sua risposta non fosse quella che mi aspetto?

Se mi dicesse: è stato bello, Iris, tanti cari saluti?

In fondo, per quanto mi abbia detto cose profonde e mi abbia guardata in un modo speciale, magari è solo bravo a fingere. Che ne so?

Non lo conosco così a fondo da essere sicura che ciò che ha detto sia vero, o meglio... quale delle due parti è vera? Quella in cui mi dice che io sono "qualcos'altro" o quando dice che tra noi c'è stato "solo sesso"?

Dio, Logan, perché mi stai mandando così in confusione?

Arrivo alla villetta dei miei e mi sale un magone, come ogni dannata volta, quando leggo sulla cassetta della posta: Rhoden- Benton.

Il ricordo di mia madre è ancora vivido dentro di me, nonostante siano passati anni dalla sua morte.

Avanzo verso la porta di casa e suono il campanello. È mio fratello ad aprirmi.

«Sorellona!» urla, saltandomi addosso per stringermi forte.

«Ahi, Cedar, mi fai male, scendi, non hai più otto anni» mi lamento. Sta diventando un uomo e in braccio inizia decisamente a pesare.

«Stai facendo più sport?» lo prendo in giro, sapendo quanto odi allenarsi.

«Piantala, scema» mi dà un leggero schiaffetto sul braccio e io scoppio a ridere, entrando in casa.

«Papà e Omar sono sul retro, stanno preparando il barbecue» dice Cedar e io lo seguo verso il piccolo giardino che abbiamo al lato opposto dell'ingresso principale.

Quando lo vedo, gli corro incontro come una bambina e lo stringo forte a me.

«Papà» esalo senza lasciarlo.

«Ehi, piccola mia, fatti vedere. Ti fai sempre più bella» dice dolce e mi accarezza il viso.

Noto che il suo amico è ancora accanto a lui e che io sono stata una perfetta maleducata a non presentarmi.

Mi giro per presentarmi e trovo due occhi di ghiaccio che mi scrutano.

«Salve. Scusi l'irruenza, è che non vedo mio padre da un po'. Sono Iris» allungo la mano e lui me la stringe.

«Omar Koven, collega e adesso coinquilino di tuo padre. Dammi del tu, ti prego. E... nessun problema per l'irruenza, ho sempre adorato le ragazze peperine» ironizza e papà scoppia a ridere.

Mi sento un po' in imbarazzo, ma non lo do a vedere.

«Va bene, Omar, come preferisci. Allora, posso aiutarvi in qualche modo?» chiedo, guardando mio padre.

«Sì, dà una mano a tuo fratello a sistemare la tavola» dice felice e io annuisco.

«Perfetto! Andiamo, fratellino.»

Io e Cedar prendiamo tutto e lo posizioniamo per bene. Quando la carne è pronta, ci sistemiamo attorno al tavolo e cominciamo a mangiare.

«Allora, tesoro, come sta andando col lavoro?» esordisce mio padre e io avvampo.

Se sapesse che con il mio capo ci ho fatto sesso giù due volte... cosa penserebbe di me?

«Direi bene. Logan è un uomo molto gentile e mi tratta bene, papà. Voglio dire... non mi fa sentire come se lui fosse il capo ricco e io la povera segretaria che dipende dallo stipendio che mi versa.»

«Non dirlo nemmeno per scherzo, Iris, tu non sei affatto questo e chiunque si azzardi anche solo a pensarlo è un perfetto coglione. Scusa la parola, Omar» risponde lui.

«Figurati» ribatte Omar veloce, prima di tornare a fissarmi.

Non so perché, ma mi inquieta un po'.

Cerco di non pensarci e parlo con Cedar.

«A te come va, campione? Stai facendo il bravo a scuola?» chiedo, tirandolo a me e lui si scansa.

«Bene, tranquilla» ribatte fulmineo e papà lo guarda sorridendo.

«E non racconti a tua sorella la novità?» dice lui e Cedar diventa rosso.

«Che novità?» chiedo curiosa.

Cedar scuote la testa, ma papà non si trattiene e parla.

«Cedar ha la fidanzata» dice sorridendo e io mi porto le mani alla bocca.

«Ma è stupendo, Cedar, sono felicissima per te. Vieni qui» dico stringendolo in un abbraccio e lui si lamenta tra un "basta", un "lasciami" e un "così mi soffochi".

«Come si chiama?» chiedo felice. Non posso credere a quanto sia cresciuto il mio fratellino.

«Si chiama Emma, è nel mio corso di chimica» dice imbarazzato.

«Una ragazza fortunata» esalo, con aria sognante e Cedar ne approfitta per farmi una domanda sconveniente.

«E tu? Da quanto tempo è che non ci presenti qualcuno? Dai, non dirmi che non hai un nuovo ragazzo!» insinua, dandomi una botta col gomito.

«Non ce l'ho» replico fredda e noto che Omar mi sta ancora guardando fisso.

«Sei ancora innamorata di quel Roy, tesoro?» chiede dolce mio padre e io scuoto la testa.

«No, papà, Roy non c'entra. Non ho ancora trovato nessuno così speciale quanto la nostra Emma per Cedar» scherzo e lui mi spintona.

«Smettila, scema!»

Scoppiamo tutti e tre a ridere, quando la voce di Omar ci fa fermare.

«Siete davvero una splendida famiglia. Hai due figli bellissimi e intelligenti, Evan, complimenti.»

«Tutto merito della madre» risponde lui con aria triste e io lo rimprovero.

«Dai, papà, smettila!»

«Va bene, la smetto» si giustifica lui, alzando in aria le mani.

Noto che Cedar sembra pensieroso, così cambio argomento.

«Omar, ci tenevo a ringraziarti personalmente per aver preso la mia camera. Ci servivano proprio quei soldi e immagino che, per papà, avere un amico come coinquilino sia davvero bello» dico gentile e lui mi sorride.

«Fidati, per me lo è ancora di più» risponde e posa lo sguardo sul mio seno. Mi alzo istintivamente la maglietta e torno a fissare il piatto.

Un suono ci fa girare. Proviene dalla casa.

È la mia suoneria. Riconoscerei la voce di Beyoncé tra mille.

«Scusatemi, è il mio» mi alzo dalla sedia e mi allontano per prendere il cellulare che squilla in borsa.

Lo recupero e, leggendo il nome di Lin, mi viene una fitta allo stomaco, perché... perché speravo fosse Logan.

«Ehi» rispondo.

«Tesoro, scusa se ti ho disturbata, ma volevo chiederti se stasera ti va di venire con me a Ocean Beach. Ci sarà una festa. Dicono sarà bellissima e che un cantante famoso terrà un concerto, ma non so ancora chi. Ho incontrato Elle nell'autobus, mentre andavo da mia madre. Ti ricordi di Elle?» chiede e io me ne ricordo perfettamente.

«Certo. Una del gruppo di Roy» dico e mi ricordo di quante persone abbia smesso di frequentare dopo la nostra rottura. Io e Lin uscivamo con gli amici del mio ex ed Elle era davvero una brava ragazza.

«Esatto. Ci sarà anche lui. Non è un problema, vero? La festa è grande.»

«Nessun problema. Ho bisogno di svagarmi un po'. Ci vediamo più tardi, a casa» dico e attacco la chiamata.

Poso il telefono in borsa e torno fuori, dove trovo Omar che racconta una barzelletta, mentre mio padre e mio fratello ridono a crepapelle.

Mi siedo e ascolto i racconti strampalati di Omar. Sembra un'altra persona.

Il tipo inquietante che mi fissava prima è diventato un burlone pieno di vita e assolutamente divertente.

«Mettiamo un po' di musica, vi va?» chiede all'improvviso, alzandosi e andando verso lo stereo.

Suona *Dancing in the moonlight* e lui inizia a ballare da solo in maniera buffa, facendo ridere me, papà e Cedar.

Ballando, costringe Cedar ad alzarsi, poi papà e infine me.

Fa fare a Cedar degli strani volteggi e io e papà ci divertiamo a prenderlo in giro.

Mi sento libera e felice. La mia famiglia è tutto per me.

«Posso rubare anche tua figlia?» ironizza Omar, venendo verso me e papà.

«Ma certo» dice mio padre felice e Omar mi prende le mani, stringendomi a sé per ballare con me.

Sono un po' in imbarazzo per il modo in cui mi ha guardata prima, ma cerco di non pensarci, convincendomi che magari guarda tutti in quel modo e non lo fa con malizia, ma quando mi stringe più forte, sento qualcosa di strano che preme all'altezza del mio bacino.

Oh no! Si sta eccitando?

Sono rossissima e vorrei scappare seduta stante.

Cerco di rimanere disinvolta, fingendo di essere ancora divertita dai movimenti scoordinati di papà e di Cedar, ma quello che dice Omar mi spiazza.

«Sei bellissima, quando ridi.»

Il suo sguardo è serio, troppo serio. Non so che fare o cosa dire, così mi limito a sorridere e poso il mio sguardo per terra.

«Dio, se avessi vent'anni di meno» ringhia tra i denti e mi stringe di più a sé.

Lo guardo sconvolta e con una scusa mi allontano.

«Perdonami, devo andare in bagno» sibilo e vado via.

Rientro in casa e mi metto una mano sul petto. Sta battendo fortissimo. Mi passo una mano tra i capelli ancora incredula e l'unica cosa che vorrei in questo momento è che Logan fosse qui, per stringermi a sé e dirmi che andrà tutto bene.

***

LOGAN

Mi sono lasciato convincere da quell'idiota di Jonathan e sono a questa stupida festa piena di finti hippie e di ragazze in costume, i cui corpi urlano "Scopami". Ho pensato che una serata diversa mi avrebbe fatto bene, che mi avrebbe aiutato a non pensare a Iris.

Avanziamo tra le persone e le donne mi guardano, qualcuna di loro mi fa addirittura l'occhiolino, girandosi, una volta superatomi, per controllare la mia risposta.

Le ignoro tutte, perché non mi fanno nessun effetto. È Iris quella che voglio.

Mi sono vestito casual, come accade raramente nella mia vita.

Ho uno short di jeans e una camicia di lino di cui ho lasciato aperti i primi bottoni.

Voglio che qualche donna si avvicini a me, voglio flirtare per poi dare un bel due di picche, in maniera crudele, come solo io so fare. Sono nervoso e arrabbiato e, quando sto così, trattare male gli sconosciuti mi fa stare bene.

So di essere stato uno stronzo con Iris, ieri sera, e Dio solo sa la fatica che ho fatto per non chiamarla e chiederle scusa, ma mi sento troppo incasinato e ho bisogno di tenere le distanze.

In maniera involontaria, Iris mi sta facendo male. Mi fa male perché porta a galla, inevitabilmente, ricordi del mio passato che vorrei seppellire.

Mi fa male perché, quando la guardo, penso a ciò che non potrò mai darle e mi ricordo il volto del colpevole di ogni cosa. Mi ricordo di lui e di ciò che mi ha fatto, mentre vorrei solo poter cancellare tutto con un gesto della mano.

Mi fa male perché sto provando cose che non credevo di poter provare e perché so che dovrò ferirla e lasciarla andare e starò male tanto quanto lei e io... io non voglio farle male.

«Che dici, quella bionda lì?» chiede Jonathan, indicando una stangona in un bikini striminzito che agita i capelli in maniera selvaggia.

Ha un fisico perfetto e due tette enormi.

«Nah, troppo per te» lo prendo in giro e lui mi sfida.

«Al primo che riesce ad appartarsi con lei» gioca e io scuoto la testa.

«Non mi interessano certi giochini, John» ribatto, guardando il mare e lui mi sfida ancora.

«Forse perché sai di non essere all'altezza» insinua e io non posso dargliela vinta.

«Mi allontanerò con lei in maniera così veloce che non avrai il tempo di chiederle nemmeno il nome» ribatto duro e lui ride, rispondendomi con un "Andiamo".

Avanziamo a grandi falcate verso di lei, che parla con due amiche e, quando siamo vicini, lo precedo.

«Logan Dark» dico allungando la mano.

Mi squadra, mi fa un sorriso spettacolare e io continuo.

«Ti ho notata da laggiù, lo sai?»

«Sul serio?» fa lei, attorcigliandosi una ciocca di capelli intorno al dito.

«Sì e...»

«Anch'io ti ho notata. Jonathan Kant, come il filosofo. Un nome importante, come molte altre cose che mi riguardano. Incantato» si insinua il mio amico, baciandole la mano in maniera viscida.

«Io sono Ariel. Grazie, ragazzi» dice un po' imbarazzata.

«Ariel, wow, come la Sirenetta? È meraviglioso» fa John, adulandola e io serro la mascella. Sta giocando la carta del ragazzo dolce e tenero, ma non funzionerà.

«Ti va di fare un giro in spiaggia, con me?» intervengo, diretto, e lei mi guarda.

«Potremmo fare quattro chiacchiere, conoscerci meglio. Ci sono un mucchio di cose che mi piacerebbe condividere con te» dico lascivo e faccio scivolare il mio sguardo sul suo corpo.

Voglio che questa donna si senta desiderata, anche se non è così. Quando una donna si sente desiderata abbassa ogni difesa.

Dopo averla spogliata con gli occhi, fisso il mio sguardo al suo. Lei non lo distoglie e, con un sorriso a trentadue denti, risponde.

«Volentieri, Logan.»

Lascia le sue amiche per venire al mio fianco. Le poso una mano attorno alla vita e guardo John con aria vittoriosa.

Jonathan è frustrato, si vede lontano un miglio, ma deve ammettere la sconfitta.

«A dopo, John» dico con un tono leggermente canzonatorio e la mia nuova amica replica.

«È stato un piacere!»

Ci allontaniamo. La tengo ancora stretta e sento che il suo corpo è bollente.

Mi sta dicendo che ha voglia e scommetto che mi ci vorrebbero pochi minuti per portarla in un luogo appartato e scoparla, ma non è ciò che desidero.

Quando siamo lontani dalla massa, lei si distacca e fa un passo per trovarsi davanti a me.

«Ti voglio scopare, Logan» esala diretta e io rimango spiazzato.

«Come?» chiedo e lei va avanti.

«Mi hai spogliata con gli occhi, prima, e hai tutta l'aria di uno che ce l'ha grosso» sibila, dando enfasi alla parola "grosso".

«Oh, non sai quanto, bionda» ribatto, dandomi delle arie e lei sorride maliziosa.

«Allora, cerchiamo un posto appartato?» chiede e io sorrido.

«A dire il vero, io...»

Lo sguardo si blocca. Lontano da me, ma non troppo, c'è lei. È con Linette e delle altre ragazze. Sta ridendo e sembra spensierata, come io non potrei mai essere.

Perché cazzo è qui? Possibile che la debba sempre ritrovare sul mio cammino, in un modo o nell'altro?

Vedo un ragazzo avvicinarsi a loro e, quando la saluta, la stringe un po' troppo forte. Non ce la faccio più, devo andare da lei, adesso.

«Scusami, devo andare» dico alla bionda di cui non ricordo nemmeno il nome.

La sento chiamarmi, ma non mi volto. Ho un solo obiettivo adesso, e quell'obiettivo si chiama Iris Rhoden!

***

IRIS

Sono con Lin e le ragazze che ho perso di vista nel momento in cui mi sono lasciata con Roy. Ci ha appena raggiunto David, uno dei suoi migliori amici.

Quando mi vede, mi stringe forte e io sono contenta che gli amici di Roy abbiano ancora un bel ricordo di me.

«Se ti vedesse adesso, quel coglione del mio amico, credo si mangerebbe le mani» dice squadrandomi e io sorrido.

Indosso un bikini bianco con un copricostume a rete. Volevo sentirmi bella e sensuale, alla faccia di quello stronzo di Logan, dovunque sia adesso.

«Logan!» esala Linette e io mi volto. Lui è lì, davanti a me.

«Che diamine fai qui?» chiedo sconvolta e lui mi guarda.

«Sono venuto a una festa. Come te, credo. Possiamo parlare?» chiede, guardando male David.

«Sì, certo» sibilo piano e mi allontano con lui.

«Arrivo tra poco, Lin» dico alla mia amica e lei mi sorride imbarazzata.

Ci allontaniamo dalla folla e finiamo vicino alla riva.

Immergo i piedi nell'acqua, osservandoli, prima di parlare.

«Che cosa vuoi?»

Sono fredda e lo guardo male. Logan serra la mascella e muove la testa di qua e di là, per poi ironizzare.

«Anch'io sono felice di vederti, Iris.»

«Dovrei essere felice di vederti?» chiedo indispettita.

«Ce l'hai con me» dice, come se lo stesse ammettendo a sé stesso e io lo prendo ancora in giro.

«Io? Ma no, figurati, perché dovrei?» ribatto canzonatoria e lui si irrigidisce.

«Non prendermi per il culo, Iris. Se hai un problema con me, risolviamolo adesso» replica a mo' di comando, come fa sempre.

«Io non ho nessun problema. Magari sei tu ad avere problemi» dico, camminando sulla riva, coi piedi nell'acqua.

Logan mi segue.

«Iris, per favore, smettila. Voglio chiarire con te» dice, tirandomi per un braccio. Finisco per sbattere sul suo petto e respiro forte.

Logan chiude gli occhi e sorride.

«Non ci vediamo da ieri sera e mi basta toccarti per farti incendiare» ha notato quanto la mia pelle sia bollente.

«Non essere presuntuoso, Logan» ribatto decisa.

«Mi sei mancata» mi accarezza il viso e io lo odio.

Lo odio perché mi dice cose orrende, poi bellissime, perché mi porta sulle nuvole, poi sottoterra. Perché mi fa provare emozioni contrastanti che non riesco a controllare.

«Non ti credo!» esclamo con sicurezza e lui mi risponde.

«A questo ci credi?» chiede e mi prende il viso tra le mani baciandomi con impeto.

Ricambio il bacio, perché è quello che voglio. Sto bene sulle sue labbra, sto bene nella sua bocca. Sto bene quando diventiamo una cosa sola, attraverso l'unione delle nostre lingue.

«Iris?»

Una voce ci fa distaccare e, quando apro gli occhi, trovo il mio ex davanti a noi.

«Roy?»

«Sì, ehm, ciao. Logan, giusto?» chiede, rivolgendosi a Logan.

«Esatto» replica lui, di ghiaccio.

«I miei amici mi avevano detto che eri qui, ma... non credevo fossi in compagnia» guarda Logan e io spero che non ci scappi un pugno come con Hardin.

«Sì, in realtà... io e Logan ci siamo incontrati adesso» dico e Roy lo guarda.

«Certo. Ehm... credevo fosse il tuo capo» fa rivolto a me, ignorando completamente Logan.

«Lo sono» risponde lui per me, fulminandolo con lo sguardo.

«Sì, noi...» provo a dire, ma una voce mi fa girare.

«Oh, eccoti qui. Pensavo avessi trovato una nuova preda, ma forse preferisci le cose a tre con gli uomini... perché da solo non ce la fai.»

Una bionda altissima si rivolge a Logan, arrabbiata.

«Sparisci... non ricordo neanche il tuo nome» fa Logan sbrigativo e io lo guardo.

«Ariel. Non ricordi il mio nome, ma il mio corpo te lo sei squadrato per bene, stronzo. E mi hai stretta forte a te, quando ci siamo allontanati dagli altri per appartarci. Ti sei perso la migliore scopata della tua vita, coglione!» dice con astio e io ricevo una coltellata al petto.

Logan era con questa ragazza e ci avrebbe fatto sesso?

Allora è vero: sono solo una scopata per lui, nient'altro.

«Ti ho detto di sparire, bionda. Va' a buttare veleno da qualche altra parte» ribatte Logan duro e lei replica.

«Tranquillo, me ne vado volentieri» dice e fa per andarsene, ma poi ci ripensa e si sporge verso di me.

«Ti consiglio di buttarti su occhi belli, lì» dice indicando Roy con la testa «che mister ce l'ho solo io, qui, è di sicuro uno tutto fumo e niente arrosto. Buona serata» conclude finta e se ne va.

I miei occhi si fissano a quelli di Logan. Sono delusa e il suo sguardo è colpevole.

Stronzo! Ti ho beccato prima che fosse troppo tardi.

«Ok, sono... decisamente capitato nel momento sbagliato: litigio tra fidanzati» dice Roy mortificato e io intervengo subito.

«Non siamo fidanzati!» ribatto, continuando a guardarlo negli occhi. Logan trasalisce. Lo sto ferendo ed è esattamente ciò che voglio fare.

«Iris, posso spiegare» prova a dire lo stronzo, ma io non glielo consento.

«Roy, ce ne andiamo? Lin mi sta aspettando, è insieme ai tuoi amici» volto le spalle a Logan e lui mi tira, facendomi girare di nuovo verso di lui.

«Tu non te ne vai!» dice con rabbia e Roy interviene.

«Non darle ordini in quel modo, e non toccarla» dice, guardando in cagnesco Logan.

«E tu chi cazzo saresti? Oh, giusto, quel coglione del suo ex che l'ha lasciata perché non la amava più. Sì, ora sparisci» ringhia Logan furioso e io sono sicura che, se non metto un freno a questa situazione, ci scappa la rissa.

«Ragazzi, per favore, basta» provo a dire, ma loro continuano.

«Sono solo uno che ha fatto un errore e che, se potesse tornare indietro, non lo rifarebbe. Ma sta sicuro che me la riprenderò e gli spacconi come te saranno solo un ricordo lontano, per lei» Roy è provocatorio e Logan respira forte.

«Vattene adesso o giuro che non rispondo di me» tuona e io capisco che la situazione sta degenerando.

«Roy, lasciaci soli» chiedo gentile e lui mi guarda sconvolto.

«Ma, Iris...»

«Roy» dico con sguardo implorante, ma lui non se ne va.

«Se questo coglione ti mette le mani addosso, devi dirmelo, Iris.»

«Cosa? No!» ribatto subito e Logan prova ad avvicinarsi a lui.

«Come mi hai chiamato?» urla.

«Logan, sta' calmo» lo fulmino con lo sguardo e lo tengo dietro, spingendolo via con la mano.

«Come te lo sei fatto quel taglio?» chiede, notando la ferita che ho sulla fronte.

Ho tolto la medicazione per farla assorbire, ma ovviamente il segno c'è ancora.

«È stato solo un incidente domestico, Roy, e ora, per favore, vattene» lo imploro, perché non voglio una rissa tra i due per causa mia.

«Spero che tu sappia quello che stai facendo, Iris. Ma ricordati che, con me, di qualsiasi cosa, puoi sempre parlare. Sono io, I., ok?» dice e mi accarezza il viso.

Lo allontano e Logan urla.

«Vattene, adesso!»

«Roy, per favore» gli chiedo ancora e lui finalmente se ne va.

Respiro forte, alleggerita da un peso e Logan mi guarda.

«Sei mia, Iris. E se quel coglione prova a dire un'altra volta che ti riprenderà, giuro che gli spacco la faccia» ruggisce incazzato e io mi porto una mano alla testa.

«Ma che cosa vuoi da me, Logan, eh? Cosa? Prima mi dici che sono diversa dalle altre, poi ci tieni a specificare che tra noi è stato solo sesso. Vieni qui e ti metti ad abbordare stangone bionde e...»

«Non ho abbordato nessuno. Era solo uno stupido gioco che stavo facendo con Jonathan e, non appena lo vediamo, sarà lui stesso a dirtelo. Non me la sarei portata a letto» giura, ma io non gli credo.

«Ti prego» ironizzo.

«È la verità. Vuoi che cerchiamo John, così te lo dice lui? Ma certo, a lui gli credi. Mentre a quello stronzo di Logan Dark è impossibile credere, no?»

«Logan, io...»

«Andiamo!» dice e mi prende per mano, trascinandomi qua e là in cerca di Jonathan.

Lo troviamo seduto sulla sabbia, insieme a due ragazze more.

«Logan. Iris» dice guardandoci. «Anche tu qui?»

«Dì a Iris che quella bionda era solo una scommessa tra me e te, per favore» chiede all'amico che, nel frattempo, si è alzato.

Le due ragazze ci guardano perplesse e io mi sento in tremendo imbarazzo.

«Sì, è la verità. Volevamo solo... vedere chi si sarebbe appartato prima. Insomma... chi tra noi due sarebbe stato più bravo a convincerla a dargliela. Platonicamente, chiaro» dice correggendosi e le due ragazze scattano in piedi imbizzarrite.

«Ti sei preso gioco di noi e della nostra amica. Sei uno stronzo!» urlano e gli danno uno schiaffo contemporaneamente, una a destra e una a sinistra.

Rido e Logan mi segue, ma le due vipere non hanno finito.

«Anche tu!»

Logan riceve due bei schiaffoni in pieno volto e, dentro di me, sto ballando di gioia.

Se l'è proprio meritato!

Le fanciulle si dileguano senza tanti saluti e io scoppio a ridere di nuovo.

«Grazie, Logan, davvero, sei... un amico speciale» fa John, tenendosi le mascelle.

«Iris vale di più di qualsiasi ragazza qui fuori» dice all'amico, poi mi guarda intensamente.

Non so come faccia. Un attimo prima lo odio e quello dopo lo amo.

«D'accordo. Vi lascio soli» dice allontanandosi e io lo chiamo.

«John!»

«Sì?»

«Se vai all'altezza della bandiera del Brasile, laggiù, sotto al portico, c'è la mia amica Lin con altri amici. Puoi unirti a loro, se ti va» dico gentile e lui mi sorride.

«Grazie, Iris. Non te la meriti una così, stronzo» dice divertito, rivolto a Logan, che gli risponde alzando un dito medio.

John sorride e se ne va, lasciandoci soli.

«Adesso mi credi? Mi sono anche beccato due schiaffi, per colpa tua»

«Per colpa mia? Sul serio?»

«Beh, tecnicamente è colpa tua. Perché se mi avessi creduto all'istante non saremmo venuti qui da John a rompergli le uova nel paniere e, a quest'ora, lui sarebbe ancora tra due splendide ragazze e la mia faccia non sarebbe arrossata» dice da paraculo qual è.

«Oh, poverino. Se vuoi te ne do qualcun altro. Ti assicuro che, dopo dieci schiaffi, la tua faccia torna liscia come il culetto di un bebè» ribatto, prendendolo in giro e lui ride.

«Se significa averti ancora, mi farei schiaffeggiare a vita, piccola Rhoden» dice serio e mi tira a sé.

Lo guardo negli occhi e mi sciolgo per l'ennesima volta.

«Logan...»

«Eccoci qui, ragazzi, il concerto sta per iniziare!»

La voce dello speaker ci fa voltare verso il maxischermo che hanno fissato in alto e ascoltiamo incantati le sue parole.

«Vi avevamo detto che ci sarebbe stato un famoso cantante, ma non vi abbiamo detto chi. Ecco, ragazzi, per voi, direttamente da X-Factor, Jordan... Smith!»

Sussulto sul posto, perché era sua la canzone che ho ballato con Logan alla festa.

Logan mi guarda, mentre Jordan inizia a parlare.

«Ciao a tutti!» urla e un boato gli risponde.

«Andiamo con la prima canzone. Per voi *Only love*!»

Migliaia di mani applaudono e partono numerosi fischi di approvazione.

La musica inizia a suonare e io mi sento mancare.

Logan mi prende per mano e mi invita a sedermi sulla spiaggia.

Lo lascio fare e mi sistemo in mezzo alle sue gambe.

Mi abbraccia e io mi sento felice. In mezzo a tante persone, per la prima volta, con lui, mi sento come se fossimo una coppia normale.

Jordan inizia a cantare e Logan sussurra.

«Una coincidenza singolare.»

Sorrido, anche se gli sono di spalle.

«Se fossi un'altra persona, ti direi che è il destino, Logan»

«E se tu fossi un'altra persona, ti direi che io non credo nel destino, ma siccome tu sei tu, facciamo che per stanotte ci credo, ok?» sibila dolce nel mio orecchio e una lacrima leggera mi bagna il viso.

La lascio scendere, sperando che lui non se ne accorga.

Jordan canta e arriva al ritornello.

Solo l'amore, solo l'amore può salvarci ora

Non lasciare che il mondo bruci, bruci, bruci

Fino al suolo, suolo, suolo

Soltanto l'amore può vedere dentro un cuore umano

E vederci per ciò che siamo

E ciò che siamo sarebbe abbastanza

Mi tengo stretta a Logan e capisco che, senza alcun dubbio, mi sto profondamente, completamente, e con tutta la forza del mio essere... innamorando di quest'uomo.

CAPITOLO 18

IRIS

Il mattino dopo, mi reco in bagno di corsa perché gli istinti chiamano.

Mi libero tirando un sospiro di sollievo e mi fermo un istante davanti allo specchio per osservarmi.

Il mio volto è riposato e ho l'aria felice.

Ieri sera è stata una notte speciale.

Logan mi ha tenuta abbracciata a sé tutto il tempo del concerto e il modo in cui mi stringeva, mentre suonava la canzone della festa, mi ha fatto capire che forse, un po', anche lui tiene a me.

Dopo il concerto, mi ha riaccompagnata a casa e mi ha lasciata con un bacio dolce e romantico, come un perfetto gentiluomo.

Lin è rimasta alla festa con gli amici di Roy e con Jonathan, con cui sembra avere un buon feeling.

Sorrido, immaginando quanto sarebbero carini quei due, insieme.

Mi aggiusto velocemente i capelli, portandoli dietro l'orecchio e apro la porta, sobbalzando all'istante.

«Aaah» urlo spaventata.

«Scusami, mi dispiace. Sono io» dice lui sorridendo e io lo guardo stranita.

Abbasso gli occhi e noto che è in mutande. Lui mi sorride e io scuoto la testa.

«Che diamine fai qui? No, aspetta un momento» dico, come in un lampo di genio «tu e Lin siete andati a letto insieme?»

«Beh...»

«Oh, mio Dio, John, è fantastico!» urlo abbracciandolo e lui scoppia a ridere.

«Ok. Sono contento che tu sia contenta» ironizza lui.

«Certo che lo sono. Tu sei un bravo ragazzo e la mia amica è fantastica. Sareste una coppia splendida» ammetto felice.

John porta una mano a grattarsi la testa, un po' imbarazzato.

«Abbiamo solo fatto sesso per adesso, Iris. Comunque sia, posso... posso utilizzare il bagno?» chiede e io gli faccio spazio.

«Certo» dico gentile e lui si chiude lì dentro.

Sorrido e torno in camera per preparare le cose da indossare.

Quando ho fatto, torno in cucina per cucinare i waffle. Dopo pochissimo, mi raggiunge Lin.

«Ehi» esordisce, venendomi incontro e io la guardo maliziosa.

«Allora, bricconcella, com'è stato andare al letto con Jonathan Kant?»

«Iris, io... mi dispiace che tu te lo sia ritrovato qui senza preavviso e...»

«Amore, non scherzare neanche. Siamo amiche e puoi portare qui chi vuoi, lo sai» ribatto decisa e le prendo una mano.

«Com'è stato stanotte tra voi?» chiedo curiosa.

«Bello. Ma è troppo presto per pensare a qualcosa di più. Non voglio correre o farmi false illusioni, Voglio andarci coi piedi di piombo» ammette sicura e io la guardo.

La mia migliore amica ha sofferto troppo, in passato, per gli uomini. Merita davvero qualcosa di speciale.

«Certo, lo capisco» dico e sentiamo la porta del bagno aprirsi.

È Jonathan. Avvertiamo un altro rumore e capiamo che forse è andato a prendere i suoi abiti per vestirsi.

Mentre io e Lin prepariamo la colazione, John si sistema in bagno e, quando esce, c'è un attimo di imbarazzo.

Lo saluto e li lascio soli, perché voglio che abbiano la giusta privacy.

Quando torno dalla mia amica, mi dice che John le ha chiesto un appuntamento per questa sera e io sono al settimo cielo per lei.

Corro a prepararmi perché il lavoro mi chiama e indosso un body beige attillato con dei pantaloni palazzo a righe, in tinta col body.

Mi guardo un'ultima volta allo specchio, poi vado via insieme a Lin.

Ci separiamo in metro, perché prendiamo due linee diverse.

La abbraccio forte e la saluto, con la promessa di arrivare a casa prima che lei esca, così da aiutarla a prepararsi per l'appuntamento. Non che abbia bisogno d'aiuto, visto che è lei l'esperta di moda, ma mi piace stare lì a consigliarla.

Lin sorride felice e va via.

Mi incammino verso la linea che devo prendere e salgo in metro al volo.

Quando arrivo sotto casa di Logan, ho il cuore che batte a mille, non vedo l'ora di rivederlo.

Salgo in ascensore e mi guardo allo specchio, chiedendomi se il mio aspetto sia piacevole.

Quando arrivo davanti la porta di casa sua, suono delicatamente. Sono agitata come fossi un'adolescente al primo appuntamento.

È il sorriso contagioso di Adele, ad aprirmi. Mi invita a entrare e mi informa che Logan è nel suo studio.

Le chiedo se secondo lei posso disturbarlo, cosa non da me, visto che faccio sempre di testa mia, e lei mi invita ad andare dicendomi che il capo, stamattina, è di ottimo umore.

Sorrido felice, sperando di essere io il motivo del suo buon umore.

Busso alla sua porta e la voce rude e mascolina del mio capo mi dice di entrare.

Apro la porta piano e, quando lo vedo, mi si mozza il fiato.

È vestito in maniera casual. Indossa una camicia coreana blu scuro e dei jeans attillati. Quest'uomo riesce a essere sexy sempre e comunque: in smoking, vestito di jeans o con una tuta.

Finirà per farmi impazzire!

«Ciao» sibilo piano.

«Ciao» risponde lui, guardandomi.

«Adele dice che oggi sei di ottimo umore» avanzo e lui sorride.

«Beh, quando so che mi sveglio e dopo poco ti vedrò... sono sempre di ottimo umore» ribatte deciso e fa il giro della scrivania per venirmi incontro.

Sorrido imbarazzata e, quando lui è a due passi da me, replico.

«Sei un adulatore, Mr. Dark.»

«E tu un'impertinente. Lo sai che effetto mi fai, quando mi chiami così» dice e mi sfiora i capelli.

«Lo so, è proprio per questo che continuo a farlo» lo provoco e lui muove la testa nervosamente.

«Posso essere molto pericoloso, se voglio, piccola» sussurra e inizia a giocare coi miei capelli, intrecciandoseli intorno al dito, fissandomi dritta negli occhi.

«È un avvertimento?» chiedo provocatoria e lui mi guarda serio.

«È solo la verità» ribatte freddo, senza staccarmi gli occhi di dosso.

Mi imbarazzo e abbasso lo sguardo.

Chissà cosa nasconde quest'uomo...

Sono sicura che, anche sessualmente, ciò che mi ha mostrato sia solo una piccola parte di quello che è lui.

«Allora, da cosa cominciamo oggi? Non ricordo, chi è il primo appuntamento? Era il signor Young o il signor Denver? Non me lo ricordo» dico pensierosa e Logan sorride.

«Nessuno dei due. Ho annullato tutti gli appuntamenti della giornata» ribatte deciso e sposta delle carte dalla scrivania, riponendole in un cassetto.

«Perché?» chiedo stranita.

«Perché ho voglia di passare la giornata con te. Ti porto in un posto» dice e io mi sciolgo dentro.

«Hai annullato tutti i tuoi appuntamenti per passare la giornata con me?» chiedo sbalordita.

«Esatto.»

«Ma, Logan, oggi avevamo l'agenda piena e…»

«Non preoccuparti. Ho spostato qualcuno a domattina e qualcun altro alla prossima settimana. Non è un problema» dice come niente fosse e io lo guardo in un misto di stupore e felicità.

«Perché l'hai fatto?» chiedo seria.

«Perché volevo passare la giornata con te, da soli e senza distrazioni. C'è un posto che voglio farti vedere» osserva la mia mise, squadrandomi da capo a piedi.

«Hai messo i pantaloni, vedo.»

«Sì, Logan. Perché? Non avrei dovuto?» chiedo stranita e lui scuote la testa.

«No, anzi. Prenderemo la moto» dice sorridendo e si poggia alla scrivania.

«Hai una moto?» chiedo e lui annuisce.

«Dammi cinque minuti. Aspettami di là» torna dietro la scrivania.

«Va bene, Logan» rispondo e quasi mi scappa un enorme sorriso per quanto mi senta al settimo cielo.

Cerco di non darglielo a vedere e lo lascio lì.

Lo attendo in cucina e, dopo pochi minuti, mi raggiunge.

Prende una piccola tracolla e ce ne andiamo insieme, salutando Adele.

Arrivati al garage sotterraneo, di cui non sapevo nemmeno l'esistenza, visto che Drew ci aspetta sempre davanti al palazzo, mi ritrovo circondata da bellissime auto.

«Che belle che sono! Qual è la tua?» chiedo e Logan sorride.

«In realtà tutte!»

«Tutte?» faccio con stupore.

«Mm.»

«Ma sono cinque auto, Logan!»

«Lo so. Regalo di mia madre, regalo di mio padre, comprata io, comprata io, regalo di una concessionaria a cui ho venduto delle azioni» spara a raffica, indicandomi le auto a una a una.

«Wow» esalo sbalordita.

«Questa è un regalo di mio nonno» dice avvicinandosi a una Harley Davidson.

La guardo a bocca aperta. È stupenda ed enorme, ma io non sono mai salita su una moto e ammetto che ho un po' paura.

«Che cosa c'è?» chiede Logan, notando la mia apprensione.

«È che... è una moto gigantesca. Sicuro di saperla portare?» chiedo spaventata e lui sorride.

«Certo che sì. Non ti fidi di me?» chiede offeso.

«Non è quello, è che... non sono mai salita su una moto. Non è che incontri proprio tutti i giorni uomini straricchi con cinque automobili e un'Harley Davidson» dico imbarazzata e Logan sorride.

«Per essere una che non è mai andata in moto, sai il fatto tuo. Come sai che è un'Harley?» chiede incuriosito.

«Chiunque la conosce. È la moto più famosa in circolazione, poi basta guardare un film, la piazzano un po' ovunque» dico cambiando discorso.

Lo ammetto, sono terrorizzata dall'idea di salire su questo bolide.

«Non sei curiosa di sapere com'è salirci sopra?» chiede dolce, accarezzandomi il viso.

«Un po', ma... devo ammettere che... ho fifa, sì, me la sto letteralmente facendo sotto» confesso e Logan scoppia a ridere.

«Iris, non devi avere paura di nulla, quando sei con me, te l'ho già detto. Non farei niente che possa metterti in pericolo. Perciò, ora ho bisogno che ti fidi di me» dice e mi fissa, prendendomi dolcemente una mano.

Respiro forte, chiudo gli occhi.

«Va bene» esalo.

Logan sorride ancora.

«Aspettami qui.»

Si allontana e apre un'auto con un telecomando.

Si avvicina al bagagliaio di questa e ne tira fuori due caschi.

Chiude l'auto e torna da me, porgendomi un casco nuovo di zecca. Ha l'etichetta attaccata, che lui strappa subito.

«Non ho mai portato nessuno in moto, a parte John che ha il suo casco, visto che anche lui ha una moto. Questo è tuo. L'ho comprato qualche giorno fa.»

«Sapevi già di volermi portare a fare un giro?» chiedo divertita e lui sorride.

«Quando l'ho comprato non sapevo ancora quando ti avrei portata, ma mi sono voluto portare avanti, diciamo così» ribatte e io scoppio a ridere.

«Mi sorprendi ogni giorno di più, Mr. Dark» esalo, guardandolo con amore e lui ricambia lo sguardo, intensamente.

Mi aiuta a infilare il casco, poi indossa il suo.

Sale sulla moto e mi invita a fare lo stesso.

Mi avvinghio a lui.

«Pronta?» chiede.

«Sono pronta!» ribatto decisa. Al suo fianco non ho paura di niente.

Usciamo dal garage e, quando siamo per strada, Logan accelera.

Il vento mi va in faccia, scompigliandomi i capelli, ma io sono felice, perché ho lui accanto a me.

Mi fido di Logan e mi sento sicura avvinghiata al suo corpo statuario.

Ci immettiamo nel traffico e Logan fa una piccola sosta da *Versace*.

«Sul serio?» chiedo, mentre lo guardo scendere dalla moto «che ci devi fare lì dentro?»

«Ho ordinato una cosa per me e devo ritirarla. Aspettami qui, torno subito» dice, sfilandosi il casco.

Mi lascia accanto alla sua moto, alla quale ha messo il cavalletto.

Rimango lì, chiedendomi cosa dovrà prendere di così urgente in un negozio così caro.

Lo vedo uscire dopo poco con un pacchetto in mano.

Lo osservo curiosa mentre ripone il pacchetto all'interno di una delle tasche porta oggetti accanto al sedile, poi, fulmineo, e senza dire una parola, rimonta in sella invitandomi a fare lo stesso.

Ripartiamo e io sono sempre più curiosa di scoprire il contenuto di quel pacchetto.

Logan guida veloce, ma io non ho paura, non temo niente.

Mi accoccolo a lui e, dopo un po', mi accorgo che stiamo costeggiando la spiaggia.

Logan fa una deviazione che ci porta all'ingresso di una villetta meravigliosa.

«Arrivati» dice rallentando e spegnendo la moto.

Scende, aiuta anche me e mi toglie il casco. Lo fa in maniera dolce e premurosa e io potrei morire per quanto mi sento bene.

Si sfila anche il suo e prende il pacchetto di *Versace* dalla tasca porta oggetti.

Mi afferra la mano, percorriamo il breve vialetto della villa e arriviamo a una porta in legno, semplice ma elegante.

Logan prende delle chiavi e apre.

«Prego» dice.

Entro in quella che si rivelerà essere la casa più bella del mondo.

Un piccolo corridoio ci fa arrivare a un magnifico salottino, con un grande divano al centro e la Tv a schermo piatto.

Davanti a me, il mare.

È una villetta che dà direttamente sulla spiaggia e io non riesco a credere di essere in un posto così incantevole.

Alla mia destra c'è una cucina dotata di tutti i confort.

Lascio Logan e ci entro dentro per ammirarla. È praticamente perfetta, ha tutto ciò di cui una persona potrebbe avere bisogno.

Questa è decisamente la casa dei miei sogni.

«Vieni, ti mostro la camera da letto» dice Logan nel mio orecchio e io lo seguo.

Oltrepassiamo il salottino e arriviamo in una stanza gigante, che affaccia sempre sul mare.

Mi guardo intorno estasiata. Il letto è spazioso e c'è la tv anche in camera.

Logan spalanca i finestroni e io esco sul patio che dà sulla spiaggia.

È una specie di palafitta bianca impiantata nella sabbia.

Ci sono un tavolino piccolo e delle sedie. Potrei vivere tutta la mia vita così: io, Logan e il rumore del mare.

«Logan è… wow, io non riesco a credere ai miei occhi. Questa casa è…»

«Mia» ribatte lui e io lo guardo stupita.

«Tua?» chiedo sotto shock.

«Sì. L'ho acquistata un paio di anni fa. Immaginavo di venire a passare qui la mia vecchiaia. Solitudine, aria di mare, niente lavoro. Solo io e il silenzio. Praticamente perfetto» dice, con lo sguardo perso nel vuoto.

«E perché hai portato me?» chiedo, prendendogli le mani. Lui le guarda.

Guarda come io ci gioco, come le prendo con dolcezza e delicatezza, poi posa il suo sguardo su di me.

«Perché da quando ti conosco la solitudine mi sembra triste. L'unica cosa che mi sembra veramente bella è… è stare insieme a te, Iris.»

Il battito del mio cuore pare cessare un istante, per poi riprendere il suo ritmo regolare.

Quest'uomo mi ha appena detto che l'unica cosa bella, per lui, è stare insieme a me.

Che significa? Anche lui si sta innamorando?

«Logan, io...» provo a dire, ma mi interrompe.

«Vieni, voglio darti una cosa» mi tira dentro.

Rientriamo in camera e lui prende il pacchetto di *Versace*, che aveva poggiato sul letto prima di aprire i finestroni.

Me lo porge e io lo guardo sbalordita.

«Questo è per te. Aprilo» ordina e a me tremano le mani.

«Per me? Nel senso che è un regalo?» chiedo sotto shock.

«Sì»

«Di *Versace*?»

«Sì. Che problema c'è?» chiede, notando la mia titubanza.

«Logan, innanzitutto non è il mio compleanno, quindi non avresti dovuto farmi un regalo, poi, *Versace*, vuoi scherzare? È uno dei marchi più costosi al mondo.»

«E allora? I soldi non sono un problema, per me. Ti serviva una cosa per questa giornata e, siccome questa giornata e questo posto dovevano essere una sorpresa, non potevo chiederti di portare con te ciò che troverai qui dentro. Perciò, adesso apri il pacchetto, grazie» dice deciso e io sbuffo.

Apro piano la busta e tiro fuori un bikini mozzafiato.

È nero e oro e la stoffa è stupenda.

«Logan, tu sei fuori di...»

«Indossalo, grazie. Voglio vedere come ti sta» dice e io guardo la taglia.

Ha preso una seconda e direi che ci siamo, visto che di seno sono una seconda abbondante, ma sono magra.

Come faceva a sapere che taglia porto?

«Come hai fatto a indovinare la taglia?» chiedo.

«Beh, abbiamo fatto sesso, Iris, e ho toccato le tue splendide tette più volte. Mi basta un tocco per sapere che taglia porta una donna» dice e io mi sento un attimo ferita, perché lo immagino con altre donne e mi chiedo se quello che ha fatto adesso per me non lo abbia fatto anche per qualcun'altra.

«Ehm... quanto l'hai pagato?» chiedo e torno sulle mie.

«Che ti importa? Mettilo e basta.»

«Logan, è un regalo troppo costoso e io non posso accettarlo» dico porgendogli il bikini, ma lui non lo prende.

«Iris, va' subito a mettere questo coso, non farmi incazzare» ringhia arrabbiato.

«Smettila di darmi ordini!» replico piccata e lui si passa una mano tra i capelli.

Sbuffa, respira piano, poi mi prende il viso.

«Ascolta, ci tengo che tu indossi questo costume. È la prima volta che faccio un regalo a una donna, a parte mia madre, perciò puoi apprezzare e basta, come farebbe una qualsiasi altra ragazza e smetterla di contraddirmi per il puro gusto di farlo?» chiede calmo.

Una parte di me è felice come una Pasqua, perché mi ha appena detto che non ha mai fatto regali del genere a nessuna, ma l'altra si sente ferita come donna.

Penso alle parole della madre, a quello che avevo detto le avrei dimostrato e al fatto che sto facendo esattamente il contrario. Penso a quello che immaginerebbe la gente, cioè che sto con Logan solo per accalappiarlo, visto che io sono una ragazza modesta e lui ricco sfondato.

«Logan, io lo apprezzo, ma... guarda che non ho iniziato questa specie di relazione con te perché sei ricco» dico un po' alterata.

«Non l'ho mai pensato, Iris, tutto il contrario. Ed è proprio per questo che meriti un regalo del genere. Per favore» chiede dolce e il modo implorante in cui mi guarda mi fa sciogliere come neve al sole.

«Va bene. Questa volta accetto, ma, per favore, la prossima volta che vuoi comprarmi un costume o qualsiasi altra cosa, vai da *Primark*!» dico e lui mi guarda stranito.

«Chi?»

«Ah, lascia perdere. Vado a indossarlo» dico rassegnata e mi avvio al bagno.

Non appena entro, noto che anche qui, come a casa sua, c'è una splendida Jacuzzi. La adoro!

Non sono mai entrata in una Jacuzzi e mi piacerebbe tanto farlo.

Mi chiudo dentro e mi spoglio per indossare quel favoloso costume.

Quando ho fatto, mi guardo e mi sento una diva. Il bikini mi sta benissimo e io... lo ammetto, lo adoro.

Esco piano e lo trovo lì, anche lui in costume, che guarda il mare con aria assorta.

«Eccomi qui» dico e Logan si gira.

Mi fissa, spogliandomi con gli occhi.

«Wow!» esala.

«Ti piace?» chiedo avanzando verso di lui.

«Ti sta da Dio, piccola» dice e, arrivata vicino a lui, mi accarezza dolcemente, lentamente. Parte dal viso, per poi scendere lungo le spalle, sul seno, sulla pancia, le gambe e, quando arriva là sotto, gemo.

Logan mi guarda sorridendo, poi toglie la mano da lì.

«Che dici, facciamo un bagno?» chiede e io sorrido annuendo.

Mi prende per mano e usciamo sulla spiaggia.

Logan mi carica in spalla e ci tuffiamo in mare insieme.

Andiamo entrambi sott'acqua e, quando risaliamo, rido.

Sono felice. Non ricordo un altro momento della mia vita in cui sia stata così felice.

Inizio a nuotare per allontanarmi da lui, ma Logan mi prende e mi tira al suo petto.

Strillo come una bambina, tra le risate, e Logan mi lascia un dolce bacio sulla guancia.

Mi giro e mi avvinghio a lui, guardandolo dritto negli occhi.

Il suo sguardo è intenso e io riesco a leggerci tenerezza, passione... forse qualcosa che somiglia all'amore.

Non sono una pazza e so di aver detto che lui potrebbe saper fingere bene, ma... o sono diventata una frana a capire quanto e se un uomo prova interesse per me, o davvero Logan Dark prova dei sentimenti verso la mia persona.

«Sto così bene, Logan. Non andrei più via» confesso, guardandolo con amore.

«Nemmeno io andrei più via, se potessi, piccola» dice, spostandomi un ciuffo di capelli dal viso, continuando a tenermi in braccio.

Lo guardo ancora più intensamente, poi chiudo gli occhi, respirando forte.

Mi sto innamorando... mi sto innamorando di lui.

«Che cosa mi stai facendo, Logan Dark?» chiedo, quasi timorosa, e riapro piano gli occhi.

«Probabilmente, le stesse cose che stai facendo tu a me, Iris Rhoden» risponde a fatica, dopo essersi preso un istante di pausa.

«Logan, io...» provo a dire, ma lui assale la mia bocca, facendosi spazio con la lingua.

Lo lascio entrare e lo bacio con veemenza.

Logan comincia ad accarezzarmi e io gemo sulle sue labbra, tra un respiro e l'altro che mi prendo di pausa dallo scontro delle nostre lingue, perché quest'uomo mi bacia in modo così violento che mi fa mancare l'aria.

«Logan, oh, Logan...» ansimo e lui mi scioglie il bikini che, in un attimo, si disperde in acqua.

Abbassa il suo costume e, senza chiedere permesso, entra in me.

Ho fatto l'amore in acqua una sola volta, con Roy, ma la sensazione non è minimamente paragonabile.

Logan ci sa fare, si muove con maestria e mi possiede in un modo nuovo e sconosciuto.

Godo senza sosta attaccata al suo corpo e lui non è da meno.

Ansima nel mio orecchio e io mi rendo conto che non esiste suono più bello che questo. È un suono così rude e gutturale che mi arriva al cervello e straccia ogni minuscola particella del mio cuore.

Logan mi fa salire e scendere su di sé, poi sposta una mano sulla mia bocca. Afferro un suo dito e inizio a succhiare.

Voglio fargli capire come sarebbe se si lasciasse andare a me in quel senso. Voglio fargli capire cosa si perde, nel non lasciarmi fare ciò che vorrei.

Mi sento imbambolata. Ho sempre fatto certe cose agli uomini perché so che a loro piace, persino con Hardin.

Mentre con Logan lo volevo fare io, per voglia, desiderio e piacere mio.

Certo, avrei voluto donare tanto piacere anche a lui, ma per la prima volta ero io a voler sapere che effetto mi avrebbe fatto assaggiare completamente un uomo, e quest'uomo è Logan Dark e mi sta fottendo il cervello!

Continuo a succhiare con foga e Logan non stacca gli occhi da me. Sento il suo pene ingrossarsi dentro, lo sto facendo eccitare ancora di più. Continuo così per pochi secondi, finché non lo sento venire, con un urlo che si perde nel mare e squarcia il cielo.

Riprendiamo fiato e Logan mi sposta.

Cerco di guardarlo per capire come si sente, cosa ha provato, ma lui non incrocia il mio sguardo e non so se lo stia facendo apposta.

Recupero il mio costume, poi ci allontaniamo dall'acqua per tornare a riva. Logan mi prende per mano, ma sento che è distante.

Quando risaliamo, mi lascia andare e si avvia verso casa.

Lo seguo in silenzio, perché vorrei che fosse lui a parlare.

Quando siamo all'interno, richiude la porta finestra e prende due asciugamani.

Me ne passa uno e lui si asciuga con un altro.

«Vuoi fare una doccia?» chiede rompendo il silenzio e io lo guardo basita.

«Vuoi davvero parlare della doccia, adesso?» domando perplessa.

«Non voglio parlare della doccia, ti ho solo chiesto se ti andava di farne una, Iris» ribatte duro e io cerco di essere paziente e prenderlo con le buone.

«Solo se la fai con me» dico maliziosa, avvicinandomi a lui che mi sorride.

Riesco a farti sciogliere, Logan Dark, che tu lo voglia o no!

«Vuoi un secondo round?» chiede tirandomi a sé e io scuoto la testa.

«Voglio solo fare la doccia assieme. Puoi concedermelo?» chiedo dolce e lui mi guarda divertito.

Richiude gli occhi e risponde.

«Concesso.»

Ci allontaniamo per entrare in bagno e, quando vedo la Jacuzzi, quasi come se la sua visione me ne avesse ricordato l'esistenza, come una bambina, strillo.

«Quella!»

Logan si gira e mi guarda.

«È una Jacuzzi» dice perplesso e io sorrido.

«Lo so, l'avevo già vista prima. È lì che voglio lavarmi. Voglio entrarci con te» sussurro dolce e lui ride.

«Ai suoi ordini, signora» dice e comincia ad aprire l'acqua, versando subito nella vasca del bagnoschiuma.

Mentre attendiamo che la vasca si riempia, Logan si poggia al lavandino e io inizio a spogliarmi.

Sono completamente nuda davanti a lui, che mi guarda come se volesse sbranarmi.

«Problemi?» chiedo notando il suo costume improvvisamente gonfio.

«Nessuno» mente, spostando la testa di qua e di là, nervosamente.

Rido e mi avvicino di più a lui, sempre di più, finché non sbatto contro la sua protuberanza.

«Ops» dico, guardando in basso e lui mi guarda serio.

«Che posso farci se ogni dannata volta è questo l'effetto che mi fai?» chiede toccandomi il viso e io, per tutta risposta, gli abbasso il costume, lasciandolo nudo.

Logan mi tira di nuovo a sé e il suo pene mi preme contro.

«Dobbiamo solo fare un bagno, Mr. Dark» dico provocatoria.

«So trattenermi, Miss Rhoden» ribatte e io lo punzecchio.

«Davvero? E perché tutte le volte che volevi baciarmi o fare di più non ti sei trattenuto?»

«Oh, l'ho fatto piccola, non sai quante volte. Se fosse stato per me, ti avrei baciata la prima volta che ti ho vista, davanti a mia madre. E comunque, il fatto che io sappia trattenermi non vuol dire che abbia voglia di farlo. Sono due cose ben diverse.»

«Ti sto facendo scoppiare, Mr. Dark?» esalo nel suo orecchio con un filo di voce.

Logan muove la testa nervosamente, poi si avvicina al mio, di orecchio.

«Scoppierei volentieri dentro di te come ho fatto prima, Miss Rhoden.»

Mi guarda intensamente e io ricambio, poi distolgo lo sguardo e chiedo.

«Ti è piaciuto molto, prima, è così?» chiedo e lui sorride.

«Come tutte le volte con te, Iris» risponde.

«Sì, ma… il modo in cui ti ho succhiato il dito… sembrava piacerti molto, ed è una cosa che non avevo mai fatto prima.»

«Tutto quello che fai mi piace, piccola» dice carezzandomi e io chiudo gli occhi.

«Allora perché la prossima volta non mi lasci prendere il controllo? Permettimi di guidare il gioco e di farti quello che vorrei farti da tanto» sibilo languida e lui scuote la testa.

«Perché quello che mi vuoi fare non mi piace, Iris, non proverei alcun tipo di piacere nel riceverlo o nel vedertelo fare. Che senso ha?»

«Ma come fai a sapere che non ti piace se è una cosa che non hai mai provato?» chiedo e lui si allontana.

«È così e basta. Possiamo non parlarne più e goderci quello che abbiamo? Quello che siamo» dice e io lo colgo in castagna.

«E che cosa siamo, Logan?» domando decisa, aspettando una sua risposta.

Logan si passa una mano tra i capelli, poi guarda l'acqua.

«È pronta. Entriamo» dice e mi porge la sua mano.

Salvato in calcio d'angolo dalla Jacuzzi, Logan Dark, ma dopo non mi sfuggirai!

Entro in quella vasca fantastica e mi immergo.

Logan fa lo stesso e mi tira a sé. Sono di spalle mentre lui mi cinge e mi lascia dolci baci sul collo.

Quest'uomo sa come farti impazzire, incazzare, poi impazzire ancora, facendoti per un attimo dimenticare l'incazzatura.

Mi passa la spugna e io mi insapono il corpo, finché non me la toglie di mano e continua lui il mio lavoro.

Chiudo gli occhi e lo lascio fare, appoggiando la testa su di lui.

Voglio godermi ogni singolo momento con quest'uomo, perché sento che un giorno potrei pentirmene.

Mi giro e mi accovaccio su di lui, sentendo che si sta eccitando di nuovo.

Voglio perdermi in lui e dimenticare ogni cosa; tutte le remore, tutti i sé e tutti i ma.

Gli sposto il suo grosso membro e lo faccio entrare dentro di me.

Logan chiude gli occhi e lascia che io lo cavalchi.

Non diciamo nulla. Rimaniamo solo in quella splendida vasca, lasciando che a parlare siano i nostri gemiti.

Dura tantissimo, Logan sembra non finire mai e io mi sento stanca dopo che mi ha regalato due orgasmi.

Mentre sento arrivare il terzo, Logan scoppia dentro di me e io tiro la testa all'indietro lasciando esplodere il mio.

Rimaniamo lì e, quando i nostri battiti si affievoliscono, Logan mi lava di nuovo con cura, una cura quasi maniacale.

Sembra non voler smettere, è così assorto...

«Prima di dirigere aziende lavoravi per le fattorie?» ironizzo.

«Le fattorie?» chiede stranito, ripassandomi la spugna, per l'ennesima volta, sulla schiena.

«Sì. Pulivi i cavalli?»

«Ma che stai dicendo?» chiede divertito.

«Hai una precisione maniacale nel lavarmi, Logan. In ventisette anni di vita credo di non essermi mai lavata così bene. E sono sicura di poter giurare che nemmeno quando ero una bimbetta, i miei mi abbiano mai lavata con la stessa cura con cui lo stai facendo tu» dico girandomi a guardarlo di tre quarti.

Vedo il suo volto perso in qualcosa, forse un ricordo. Fissa il vuoto, così io mi giro per guardarlo meglio.

Intreccio le mie gambe alle sue e gli carezzo il petto. Non passano molti istanti, prima che Logan inizi a parlare.

«Da bambino, quando avevo circa otto anni, mi lavavo da solo. E lo facevo sempre molto bene, con precisione, come hai detto tu. Ricordo che stavo un tempo infinito in vasca o sotto la doccia, a massaggiarmi con la spugna. Ogni volta, mia madre si arrabbiava perché ne uscivo con le dita avvizzite. È importante lavare via lo sporco. È molto... importante»

«Eri un bambino che si rotolava nel fango?» chiedo divertita, ma lui è serio, troppo. Così serio che mi fa quasi paura.

«Ero solo un bambino molto pulito» dice con freddezza e io lo guardo.

Cosa c'è che non mi dici, Mr. Dark?

«Quindi a... maniaco dell'ordine e della forma fisica devo aggiungerci maniaco del pulito?» chiedo per smorzare il momento e lui mi guarda serio.

«Sono maniaco di molte cose, Iris, ma non devi vederle tutte in maniera negativa. Sono anche maniaco del sesso, ma questo è un bene per te» ironizza e io sono contenta che si sia sciolto un po'.

«Capito.»

«Forza, asciughiamoci» dice alzandosi dalla vasca per aiutarmi a uscire.

Mi passa un accappatoio e io mi asciugo.

Ho i capelli mezzi bagnati e Logan mi passa un phon che uso prontamente.

I miei capelli, adesso, sono un disastro e non lo sopporto, perché vorrei essere sempre impeccabile ai suoi occhi.

Lasciamo il bagno e torniamo nella sua stanza per rivestirci.

«Puoi passarmi la tua camicia? Vorrei indossare quella per stare in casa» dico e mi ricordo di tutte le volte che lo facevo con Roy e di come lui si infastidisse perché non voleva che gli sporcassi i vestiti col trucco o altro.

Logan, invece, me la passa subito senza obiettare, anzi, mi sorride e, quando la indosso, mi guarda come fossi una visione.

«Grazie» dico una volta fatto e mi siedo sul letto.

«Sei un incanto» risponde squadrandomi e io sorrido.

«Anche tu non sei male, Mr. Dark» ironizzo, lanciandogli un occhiolino e lui scoppia a ridere.

Sento il mio telefono squillare e trovo un messaggio di mio padre.

Lo leggo. Cedar ha appena preso una A, a scuola, evento più unico che raro.

Rispondo a mio padre che sono felice e che passerò a trovarli in questi giorni.

Lascio anche un messaggio a mio fratello per congratularmi e la risposta sua e di papà arrivano quasi all'unisono.

Mentre leggo ciò che mi hanno scritto, sento gli occhi di Logan che mi osservano e ne sono felice; mi fa sentire desiderata, voluta... amata.

Mentre sto per riposare il telefono, sento un nuovo squillo e vedo che è Lin su WhatsApp.

"Te la ricordi Jenny, quell'acida che stava a scuola con noi? Ha avuto un bambino. Corri a vedere le foto che ha messo su Facebook. Ha la sua stessa faccia imbronciata". Così recita il messaggio e io le rispondo che è una stronza.

Apro Facebook e trovo una notifica nelle richieste di amicizia.

Ci clicco sopra per vedere chi è e trovo una foto di Omar che sorride, con la scritta Omar Koven.

Il mio volto cambia.

Cosa vuole quest'uomo da me? Era davvero necessario mandarmi una richiesta di amicizia?

«Tutto a posto?» chiede Logan, destandomi dai miei pensieri.

«Cosa?»

«Con chi chattavi?» chiede, lasciandomi perplessa.

«Solo con mio padre prima, mio fratello poi e infine Lin» balbetto.

«E cosa ti hanno scritto di così sconvolgente?»

«Sconvolgente?»

«Hai cambiato faccia, piccola Rhoden. Te l'ho detto, sto imparando a conoscerti» si alza e viene a sedersi sul letto, dal lato opposto a dove sono seduta io.

«Oh, ehm... è solo per... una strana richiesta di amicizia che mi è arrivata su Facebook, niente di che» confesso, e mi chiedo se non avrei dovuto, invece, stare zitta.

«Una strana richiesta?» domanda, osservandomi con circospezione.

«Solo... è che... ieri mattina ho conosciuto il coinquilino di mio padre e ora mi ha mandato la richiesta di amicizia, tutto qua» minimizzo, ma lui non molla.

«Perché sarebbe strano?» domanda guardandomi.

«Non lo so, forse perché non ho mai ricevuto richieste di amicizia da persone che hanno l'età di mio padre e che conosco. O meglio, in genere sono solo degli sconosciuti che vogliono fare i piacioni, a mandarmi richieste di amicizia, ma ovviamente le rifiuto e... fa solo un po' strano, tutto qui» dico guardando per terra.

«E pensi che questo... amico di tuo padre, voglia fare il piacione con te?» chiede lui, alzandosi e venendo dal mio lato.

«Non ho detto questo, Logan, ho solo detto che fa un po' strano, tutto qui.»

Logan si siede davanti a me e mi prende il viso.

«Non mentirmi, Iris» sibila duro.

«Logan...»

«Non ci provare. Sto imparando a...»

«Conoscermi, lo so!» concludo la frase per lui.

«Quindi?»

«Quindi... quindi cosa, Logan? Sei stato tu a dire che non dobbiamo per forza conoscere tutto l'uno dell'altra. Cos'è? La cosa vale per te, ma non per me? Poi anche tu menti. Lo fai continuamente, ogni volta che cerco di conoscerti meglio o che ti chiedo qualcosa del tuo passato» dico con veemenza.

«Io non ho mai mentito, ho solo omesso dei particolari, quello non è mentire» ribatte sicuro di sé e io decido di giocare sporco.

«Ti dirò la verità solo se tu, prima, dirai una tua verità a me» dico con sicurezza.

«E questo che significherebbe?» sussulta per la mia richiesta.

«Significa che voglio sapere una cosa di te, una cosa che non mi hai detto e che ha a che fare col tuo passato» ribatto decisa.

«Che cosa?» domanda e io rispondo subito.

«Voglio sapere perché non vuoi che io ti faccia determinate cose. Voglio saperlo, Logan. Solo se me lo dirai, avrai la mia verità» esalo e lui chiude forte gli occhi.

Respira cacciando fuori l'aria e sembra stia tremando.

So che gli sto chiedendo tanto, ma voglio sapere. Ho bisogno... di sapere.

***

LOGAN

Respiro nervosamente, perché so di non poterle dire la verità, almeno non tutta, ma so anche che, allo stesso tempo, ho bisogno di sapere di lei e di questo tizio.

Ho visto la faccia che ha fatto, sembrava sotto shock. Qualsiasi cosa sia successa con lui, io devo saperla, qualsiasi cosa le abbia detto o.... fatto, non oso nemmeno pensarci!

Devo proteggere questa donna, perché è tutto quello che voglio dalla vita, perché nessuno può osare comportarsi in maniera scorretta con lei, che sia con uno sguardo, con delle parole o con dei gesti. Se questo figlio di puttana ha alzato un solo dito sulla mia piccola, la pagherà cara, quanto è vero che esisto.

Ma lei mi dirà la verità? O ha fatto tutto questo solo per sapere di me e mi rifilerà una banale scusa?

Non voglio pensarci, preferisco togliermi subito il dente.

«Non è vero che nessuno mi ha mai fatto un... insomma, una persona c'è stata e fa parte del mio passato. Dopo quella persona ho provato a... ho provato a lasciare che altre donne mi facessero quello che... ma non ci sono riuscito. Non ci sono riuscito perché ogni volta vedevo il suo volto. Perciò ho deciso di non provarci più. Non volevo che un momento bello diventasse brutto e doloroso. Ho semplicemente deciso che... non l'avrei più fatto perché non potevo stare ogni volta con l'ansia che, se ci avessi provato, avrei visto il suo volto» dico tra pause e momenti in cui vorrei solo scoppiare a piangere, lasciando uscire fuori il bambino che è in me, che ha sofferto, che è stato ferito e che ha bisogno solo di essere protetto e amato.

Lei mi guarda perplessa, quasi smarrita.

«Era una donna di cui eri innamorato?» chiede e io mento, perché so che, se dicessi di no, la cosa diventerebbe sospetta, lei continuerebbe a indagare e... non è stupida, farebbe due più due in breve tempo.

«Sì» esalo, guardandola dritto negli occhi, sperando che così si convinca che le sto dicendo la verità.

«Ma credevo che con Gabriela...»

«Infatti non era Gabriela» ribatto nervoso.

«E chi? Una tua compagna di liceo?» chiede curiosa, ma per me è ora che smetta di fare domande.

«Hai avuto la mia verità. Tocca a te dirmi la tua» dico serio e lei mi guarda.

«D'accordo. Uff...» sbuffa, poi continua «Omar è... il coinquilino di mio padre. Sembra una brava persona, ma... ma non mi è piaciuto il modo in cui mi ha guardata, ieri.»

«Come ti ha guardata?»

«Beh, non come vorrei essere guardata da un uomo che ha, più o meno, l'età di mio padre» dice e io mi sento morire dentro.

Immagino il suo sguardo che vaga su di lei come a volerla spogliare e posso solo provare a capire come si sia sentita fuori posto e in imbarazzo.

«Poi?» chiedo, sicuro che ci sia dell'altro.

«Logan, non...»

«Hai avuto quello che chiedevi, Iris, ora tocca a te darmi ciò che chiedo» ringhio, cercando di non sembrare troppo aggressivo.

Iris si tortura le mani.

«Mi ha detto delle cose» esala.

«Quali cose?» chiedo, cercando di trattenere la rabbia che monta dentro di me.

«Niente di così... eclatante, ma... noi stavamo ballando insieme e...»

«Stavate ballando insieme?» mi alzo di scatto dal letto, quasi fuori di me.

«Eravamo tutti in giardino, abbiamo pranzato lì. Così lui ha messo della musica e ha iniziato a far ballare mio fratello, sembrava molto divertito. Ci siamo uniti anche io e mio padre, finché Omar gli ha chiesto di poter ballare con me e mio padre ha detto di sì.»

«Come cazzo ha fatto a dirgli di sì? Come cazzo ha fatto a non accorgersi del modo in cui ti guardava?» sbraito andando su e giù per la stanza.

«Non sembrava nulla di malizioso, Logan» dice lei per giustificare il padre.

«Che cosa ti ha detto mentre ballavate?» chiedo serio, fermando la mia camminata nervosa.

«Te l'ho detto, niente di eclatante.»

«Cosa!»

«Solo... solo che sono bellissima quando rido, poi... poi ha fatto "Dio, se solo avessi vent'anni di meno". Magari stava scherzando» biascica, guardandomi negli occhi con aria colpevole e io sono sconvolto per ciò che ho appena sentito.

Mi passo una mano sulle labbra, perché mi manca la salivazione. Sono nero, furioso, fuori di me.

«Iris, ti rendi conto di quello che mi hai raccontato? Quel tipo non ha avuto nessun rispetto di te, del fatto che fossi figlia di un suo amico e che tuo padre fosse a pochi passi da voi. Vuole solo infilarsi nel tuo letto e mandarti l'amicizia su Facebook è così penoso e ridicolo che... io... io dovrei andare a spaccargli la faccia!»

«Logan, dai, non esagerare.»

«Esagerare? Ti rendi conto di ciò che ti ha detto o no? Per giunta, mentre eravate avvinghiati in uno stupido ballo. Non avresti dovuto accettare. Non avresti dovuto ballare con lui. Figlio di puttana, se solo ci penso. Magari il coglione si è anche eccitato mentre ballava con te» dico fra me e me e, quando la guardo, la sua faccia dice tutto.

«No. Si è davvero eccitato, Iris?»

«Logan, non...»

«Si è davvero eccitato? Ce l'aveva duro mentre ballava con te?» strillo e lei mi guarda con l'aria da cane bastonato.

«Così sembrava, ma magari...»

«Ti prego, non dire più una sola parola. Non posso credere che... e tu non hai detto niente a tuo padre? Non hai detto niente a me!» grido per la rabbia e lei si alza per venirmi incontro.

«Cosa avrei dovuto dirti?»

«La verità, quello che mi hai detto adesso. Cristo santo, dovrei solo andare a casa tua e riempirlo di botte» tuono e lei si avvicina a me, ironizzando.

«Certo, fallo pure, così dovrei spiegare a mio padre perché il mio capo sta picchiando il suo collega. Non solo dovrei dirgli che il suo amico è un pervertito, ma anche che tu e io andiamo a letto insieme. Sarebbe davvero perfetto!»

«Non fare l'ironica con me, Iris, non è proprio il momento!»

«Logan, senti, hai avuto la tua verità. Non posso farci niente se questa non ti piace. Non è necessario fare assurde scenate, non ho bisogno del paladino difensore, so cavarmela da sola. Non è successo nulla. Ha solo fatto qualche battuta.»

«Qualche battuta? Tutto quello che mi hai raccontato lo riduci a "qualche battuta"?»

«Qualunque cosa fosse, non è affar tuo. Non sei il mio fidanzato e non devi difendermi. Se mai vedrò che oltrepassa il limite, sarò io stessa ad andare da mio padre» dice seria.

«Ha già oltrepassato il limite, Iris» ribatto gelido e non riesco a calmarmi, perché sento che potrei farlo soltanto trovando questo tizio e spaccandogli la faccia.

«Logan, non posso dire ciò che è successo a mio padre, perché lo manderebbe via, non prima di avergli almeno tirato un pugno, chiaro, e io non posso permettere che tutto questo accada, abbiamo bisogno dei soldi che porta Omar con l'affitto della mia stanza, non possiamo permetterci di perderlo.»

«Te lo trovo io un altro inquilino. Mi assicurerò che sia una persona per bene. Anzi, magari mi assicurerò che sia gay!»

«Non dire sciocchezze, Logan. Non abbiamo bisogno di un nuovo coinquilino e, anche se ne avessimo, non chiederei aiuto a te. Ce la caviamo da soli, a casa, perciò, per favore, stanne fuori!» ribatte decisa e io provo a calmarmi, ma non ci riesco.

Iris mi guarda e capisce come mi sento, così posa una mano sul mio viso e io torno a respirare a ritmo regolare grazie al suo tocco.

«Non preoccuparti per me, Logan» chiede e io scuoto la testa.

«Non permetterò a nessuno di farti del male» dico con gli occhi serrati.

«Nessuno mi farà del male» risponde, ma io non le credo.

Apro gli occhi e la tiro a me, stringendola forte per la vita.

«Sei mia, Iris, non devi dimenticarlo, ora più che mai» dico con rabbia, quasi a volerla rivendicare.

«Lavoro per te, Logan, e andiamo a letto insieme» fa con ironia, sorridendo, ma io sono molto serio, non sono in vena di scherzi.

«No, sei mia, e non voglio ripeterlo!» ringhio e premo le mie labbra sulle sue, come se la stessi attaccando.

Iris le apre e io mi ci fiondo dentro, incontrando la sua lingua.

Voglio ricordarle quanto mi appartenga e voglio farlo con i miei baci, voglio farlo con l'unione dei nostri corpi.

Le tiro via la camicia con rabbia, con violenza, e lei mi lascia fare.

La spingo sul letto e in un attimo sono su di lei.

Non voglio giocare, non voglio i preliminari, devo entrare in lei e devo farlo subito.

Mi spingo dentro la mia piccola e mi sento da Dio solo quando raggiungo il limite.

Inizio a scoparla con una foga e una violenza inaudita. La sbatto come se volessi ferirla, ma in realtà sto solo cercando di rivendicarla. Nessuno può toccarla, nessuno può farle del male, nessuno deve osare anche solo guardarla in un modo in cui non vuole essere guardata. Finché sarò vivo, nessuno oserà più mancarle di rispetto!

Iris urla, ma non mi ferma, e io continuo senza sosta, con ardore, con prepotenza.

La giro a quattro zampe e le tiro i capelli, continuando a sbattere il mio membro dentro di lei.

Continuo così ancora e ancora, sentendo Iris urlare, finché non mi chiede di fermarmi.

«Logan, sono stanca» esala e io mi blocco.

Respiro affannosamente e sto facendo una fatica immane. Non avrei voluto fermarmi, avrei voluto continuare fino allo sfinimento, fin quasi a farle male.

Esco da lei e velocemente mi alzo.

«Finisco da solo» esalo con durezza e me ne vado, sentendo che mi chiama.

«Logan...»

Non le rispondo. Mi limito a chiudere la porta del bagno, sbattendola forte. Mi guardo allo specchio e vedo il fantasma di quello che sono diventato.

Devo lasciarla andare, se non voglio farle del male, se non voglio farla lottare contro i miei demoni. Perderebbe e ne uscirebbe distrutta.

La voglio. Vorrei amarla e cambiare la mia vita con lei, per lei, ma so che questo è impossibile e che lei non merita uno come me. Iris merita il ragazzo migliore del mondo, che le dia la vita che ha sempre desiderato, non un uomo rotto che non la farà mai vivere serena.

Mi guardo ancora allo specchio e una lacrima mi bagna il viso. La asciugo subito ed entro in doccia, cercando per pochi istanti di dimenticare quanto la mia vita faccia schifo.

***

IRIS

Mi ha riaccompagnata a casa con la sua splendida moto, ma il viaggio dalla villa sul mare al palazzo in cui vivo è stato troppo silenzioso.

«Ci vediamo domattina» dice, provando a rimettersi il casco per andare via, ma io lo fermo.

«Aspetta. Ho fatto qualcosa che...»

«Non ce l'ho con te, Iris, sono solo stanco» risponde freddo.

«Allora perché hai voluto finire nella doccia? Ti ha dato così fastidio che ti abbia chiesto di fermarti?» domando guardandolo male e lui ribatte.

«No. Ho solo preferito smettere, visto che eri stanca» dice, senza guardarmi negli occhi.

«Ce l'hai per la questione di Omar? O c'è dell'altro?»

«Dio, Iris, smettila di farmi sempre domande. Io le odio le tue domande» sbraita e a me viene solo da piangere.

«Sai, scusa se provo a capirti, a capire cosa c'è che non va, visto che un attimo prima sei alle stelle e quello dopo a stento mi guardi in faccia. Scusami se cerco di capire cosa c'è tra noi o cosa stiamo costruendo. Che stiamo facendo, Logan, che cosa siamo noi? Che cosa vuoi da me? Perché sei geloso come un fidanzato, ma se ti nomino questa parola fingi che io non l'abbia fatto? Che cosa devo pensare? Insomma... se dovessi uscire con Lin e qualcuno dovesse avvicinarsi e chiedermi se sono single, che cosa dovrei rispondere?» chiedo quasi senza forze e lui mi guarda fisso.

«Vuoi uscire con altre persone, Iris, è questo che mi stai dicendo?» domanda.

«Adesso sei tu che leggi nelle mie parole cose che non ho detto» ribatto decisa, cercando di calmare quel magone che si è formato al petto.

«Allora cosa vuoi da me? Cosa vuoi che ti dica?» urla e io so che è il momento giusto, adesso, in questo istante.

Devo fare come ha detto Lin e, se lo perderò, sarà lui a perdere di più.

«Voglio che definisci ciò che siamo, adesso. Cosa siamo, Logan? Solo due che scopano o stiamo insieme? Siamo una coppia o due estranei che si divertono tra le lenzuola? Cosa?» incalzo e lo vedo in difficoltà.

«Iris, non...»

«Non c'è una terza opzione, Logan: o amici di letto o fidanzati. Che cosa?» urlo.

«Non puoi mettermi alle strette così, non puoi mettermi tutta questa pressione, tu non puoi» grida più forte di me, ma io sono stanca, e non gliela darò vinta stavolta.

«Invece posso, ho tutto il diritto di sapere se sto dando il mio corpo a uno che si diverte solo a scopare con me o è qualcuno che potrebbe innamorarsi.»

«Io non sono fatto per l'amore, Iris» sibila e mi colpisce al cuore.

«Però per quella donna... quello da cui ti sei fatto... beh, per lei lo eri» dico trattenendo a stento il pianto.

«Quella è un'altra storia» risponde freddo e io mi chiedo chi sia Logan Dark, chi abbia conosciuto fin ora, con chi mi sia aperta, a chi abbia donato tutta me stessa, a chi? Chi è questo estraneo che si comporta come se non gliene fregasse niente?

«Quindi mi stai dicendo che tu e io scopiamo solo, è così?» chiedo e lui non risponde.

«Ti ho fatto una domanda, Logan» urlo e lui mi guarda con un guizzo negli occhi che non riconosco, con una rabbia repressa e una cattiveria che non appartiene al Logan che ho conosciuto io.

«Non ti devo nessuna spiegazione. Per quanto mi riguarda, puoi pensarla come vuoi» ringhia e io gli tiro uno schiaffo così forte da spostargli il viso.

«Mi fai schifo, Logan Dark» esalo e scappo via, rifugiandomi nel mio palazzo, piangendo fino a non avere più lacrime in corpo.

Penso alla ragazza misteriosa di cui mi ha detto di essere stato innamorato e mi domando se non lo sia ancora. Mi chiedo se il suo non aver avuto relazioni lo porti a confondersi e a scambiare l'attrazione che prova per me in qualcosa di simile alla gelosia, che fa parte di una relazione tra due persone che si amano.

Penso ancora a quella ragazza e mi rendo conto che lui non mi amerà mai, perché è lei l'unica che ha amato.

Rimango per terra, finché non smetto di piangere e torno di sopra con la sola consapevolezza che, d'ora in avanti, Logan Dark sarà esclusivamente il mio capo.

CAPITOLO 19

IRIS

Sono davanti alla porta di casa Dark e non ho il coraggio di suonare al campanello.

Il cuore batte a mille e io sono spaventata da quello che potrebbe accadere quando lo rivedrò.

Logan è l'uomo più complicato che abbia mai conosciuto: un attimo mi tratta come la cosa più importante della sua vita e quello dopo come fossi niente.

Dopo la bellissima giornata passata assieme, mi ha nuovamente ferita e io non so come affrontare la cosa, come affrontare il fatto che d'ora in avanti non ci sarà più nulla fra noi.

Non sono la sua bambola e non gli permetterò di trattarmi ancora così, non prenderà ciò che vuole per poi buttarmi via come una scarpa vecchia.

Farò appello a tutta la forza del mondo, ma resisterò.

Resisterò, vero?

La verità è che ho paura di me stessa, perché so ciò che voglio e so l'effetto che mi fa Logan Dark.

Prendo un bel respiro e mi faccio coraggio.

Suono il campanello. È Adele ad aprirmi.

«Signorina Rhoden, è qui? Non ha suonato al citofono?» chiede.

«Il portone del palazzo era aperto» biascico, tesa.

«Prego» dice un po' in imbarazzo e mi lascia entrare.

Non faccio che un passo, perché sento una risata sguaiata. Avanzo nel piccolo corridoio d'ingresso e in un attimo la vedo, con Logan.

Gli tiene una mano sul petto e continua a ridere in maniera plateale.

«Signor Dark, la signorina Rhoden è appena arrivata. Io torno di là» sibila Adele con un filo di voce.

Va via e io mi sento sola. Guardo negli occhi Logan, ma lui abbassa subito lo sguardo.

«Oh, ecco qui la tua attraente segretaria. Immagino ti ricordi di me» dice lei, avanzando e io ribatto immediatamente.

«Ma certo, Roxanne, è un piacere rivederti.»

Il mio tono sembra troppo forzato e la mia voce risulta finta. Sto morendo dentro, vorrei solo scappare via e piangere ancora.

«Ottima memoria, ragazza. Scommetto che hai un mucchio di qualità, oltre al tuo splendido corpo e al tuo bel viso. Eh sì, hai un viso davvero spettacolare» dice e mi sposta una ciocca di capelli dietro l'orecchio.

Arrossisco e Logan interviene.

«Roxanne, basta!» ringhia, venendoci incontro. Le lancia un'occhiataccia e lei si allontana da me.

«Puoi andare nella tua stanza. Ti ho già preparato dei fascicoli da sistemare. Ti raggiungo dopo» dice freddo e io vorrei tirargli un altro schiaffo.

«Certo, capo» ribatto acida, sottolineando la parola "capo", e lui muove la testa nervosamente.

Me ne vado lasciandolo lì, con un magone dentro che mi sta uccidendo.

Non passano molti minuti, prima di sentire la porta della stanza in cui mi trovo aprirsi.

Logan entra e si para davanti a me. Continuo a tenere la testa bassa sui fogli, finché lui non parla.

«Mi dispiace per come si è comportata Roxanne. Nel caso non l'avessi capito, lei è bisessuale.»

«Oh» faccio con un sussulto.

«Stai bene?» chiede e io rimango senza parole.

Come può chiedermi se sto bene, dopo il modo in cui mi ha trattata ieri, quando mi ha riaccompagnata a casa?

«E tu stai bene?» faccio di rimando.

Logan guarda per terra, poi alla finestra. Si passa una mano tra i capelli e biascica.

«Iris, ascolta...»

«Era lei, vero? Era lei quella di cui ti eri innamorato?» balbetto e la voce trema.

«Chi? Roxanne?» chiede ridendo e io annuisco.

«No, Iris, non era lei. Per favore, togliti questa storia dalla testa, non ha alcuna importanza» dice frustrato.

«Ha importanza per me» ribatto alzandomi dalla sedia.

«Iris, ti prego...»

«Che ci faceva lei qui? Te la sei portato a letto?» chiedo pungente e lui mi guarda come se avessi appena pronunciato un'eresia.

«Dio Santo, no. Roxanne era qui per una questione lavorativa. Te l'ho detto che è una cliente di una delle mie aziende. L'ultimo dei miei pensieri era portarmela a letto» dice serio e io non so se credergli o no.

«Beh, non sembrava, visto il modo in cui ti sei lasciato toccare mentre rideva come una gallina, attaccata a te» mi lamento, gelosa marcia.

«Iris, Roxanne è un'amica. Sì, in passato siamo andati a letto insieme. Siamo andati a letto insieme fino al giorno in cui c'eri anche tu, all'albergo. Da allora non l'ho più rivista. Roxanne ha molti amanti e che io ci sia o no non fa alcuna differenza per lei.»

«E per te? Per te fa differenza?» chiedo. Sono un fuoco che vorrebbe esplodere. Vorrei malmenarlo, per quanto mi sta facendo sentire uno schifo, ma allo stesso tempo vorrei baciarlo per rivendicarne il possesso. Logan è mio e non ho intenzione di dividerlo con nessuna.

E tutti i tuoi bei propositi? "D'ora in avanti sarà solo il mio capo". Sei così debole, Iris!

Una voce fastidiosa mi ronza in testa e io faccio fatica a scacciarla.

«Iris, qual è il problema? Sei gelosa?» chiede, spostando la testa di poco e io lo ammetto.

«Sì, Logan, sono gelosa» esalo, guardandolo negli occhi e lui sposta lo sguardo, allontanandosi.

«Davvero non l'hai più rivista dopo quella volta in albergo, Logan?» chiedo e lui si gira a guardarmi.

«Sì» dice piano.

«Perché?»

«Perché, da quando ti ho baciata, ho capito che non avrei più voluto nessuna donna al tuo posto. Perché, dopo aver assaggiato le tue labbra, qualsiasi altro sapore sarebbe terribile come quelle orrende medicine che prendevo da bambino. Perché è solo te che voglio, Iris. È solo il tuo corpo che voglio nel mio letto, che voglio far congiungere al mio, per diventare insieme una cosa sola. Perché mi sono chiesto come abbia fatto tutti questi anni a vivere senza di te, a scopare con qualcuna che non fossi tu, anche solo a baciare delle labbra che non fossero le tue. Mi chiedo come cazzo abbia fatto, Iris, e l'unica cosa che mi viene in mente è che... che prima di conoscerti io non avevo mai vissuto. Ho iniziato a vivere grazie a te. Io respiro, grazie a te.»

Una lacrima mi cola sul viso, perché queste sono le più belle parole che un uomo mi abbia mai detto. Se questo non è amore, io sono una pazza e Logan è solo un bel sogno che sto creando nella mia mente.

«E tutto questo è sbagliato» conclude, dandomi le spalle e io resto senza parole.

«Sbagliato?» chiedo incredula.

«Iris, tu non puoi entrare nel mio mondo, non puoi. Quello che ci troveresti dentro è solo dolore, distruzione e sofferenza. Io non voglio farti soffrire, non posso. La mia anima è nera, Iris, e io non posso infettare la tua che è così pura e perfetta. I demoni che ho dentro, tu non riesci nemmeno a immaginare che...»

«Lo affronteremo insieme. Qualsiasi problema tu abbia, Logan, lo supereremo insieme» dico, avvicinandomi a lui che arretra. Sembra a pezzi.

«No, non accadrà. D'ora in avanti, gli unici rapporti tra noi saranno quelli tra un capo e la sua segretaria. Per quanta fatica io possa fare, è giusto così» afferma, guardando nel vuoto.

«Logan, lo so che sei rotto, l'ho capito. So anche che, qualsiasi cosa tu abbia vissuto, non vuoi parlarmene. Va bene, non te lo chiederò. Ma dammi la possibilità di aiutarti, dammi la possibilità di aggiustarti» lo imploro, tendendogli una mano.

Lui non la prende e si allontana, parandosi davanti alla porta.

«Non c'è più nulla da aggiustare, Iris. Ciò che ero si è rotto molto tempo fa e non c'è modo di rimetterlo a posto. Quello che hai visto... il modo in cui ti ho aggredito quella mattina... è solo una minuscola parte di ciò che sono io e non ho intenzione di guardarti appassire con la consapevolezza di essere stato io a distruggerti. Non lo farò».

«Logan...»

«Continua a lavorare. Tra mezz'ora arriva il primo cliente, ormai sai come fare. Ci vediamo alla fine del tuo turno. Buona giornata, Iris» dice con freddezza e se ne va, richiudendosi la porta alle spalle.

Rimango lì, con la mente offuscata e la vista annebbiata dalle lacrime che, prepotenti, minacciano di uscire.

***

LOGAN

Sono nel mio studio, con lo sguardo fisso all'orologio a parete.

Aspetto che lei arrivi, per dirmi che sta andando via e salutarmi. Io non posso farlo, non reggerei il suo sguardo accusatore, il suo entrarmi così tanto dentro da mozzarmi il fiato.

Ho appena ricevuto una telefonata. Un mio dipendente della *HoldJack* di Los Angeles ha combinato un casino e devo partire domattina all'alba per sistemare tutto. Ci sono in ballo un cliente importantissimo e un mucchio di soldi.

Se fosse stato un altro momento, un qualsiasi altro momento, le avrei chiesto di venire con me, ma adesso non posso farlo.

Sento la porta aprirsi e la vedo. Sembra stanca.

«Scusa se non ho bussato,» esordisce, andando dritta al sodo «ma vado molto di fretta e volevo solo...»

«Domani non c'è bisogno che tu venga» dico fissando il vuoto. «In realtà mi sono meravigliato di vederti qui, stamattina» continuo, rimuginandoci su.

«Perché non sarei dovuta venire? E che significa che domandi non devo esserci?» chiede guardandomi stranita.

«Credevo che fossi arrabbiata con me e che quindi...»

«Il lavoro e la vita privata sono due cose ben diverse e io so essere professionale, Logan. Mi dici che vuol dire quello che hai detto? Cos'è, vuoi licenziarmi?» chiede ferita e io scuoto il capo.

«No. Ho solo un viaggio di lavoro improvviso. Un mio dipendente, a Los Angeles, ha creato un bel casino e io devo volare lì e sistemare tutto. Partirò stanotte. Non so quando tornerò o quanto ci metterò per riparare il danno, ma ti chiamo io non appena torno, ok?»

«Vuoi che venga comunque qui e faccia qualcosa per te, mentre sei via?» domanda gentile, ma io scuoto ancora la testa.

«Non c'è bisogno. Considerala una piccola vacanza anticipata» dico sorridendo a stento e lei mi guarda fisso.

«Drew verrà con te?» chiede e io annuisco.

«E perché non hai pensato di portare anche me?» domanda e io la guardo.

«La tua presenza non è necessaria, Iris» ribatto freddo e lei mi guarda.

«Ho capito a che gioco stai giocando. Fai lo stronzo per far sì che io ti odi e mi convinca che la decisione che hai preso per entrambi sia quella giusta, ma io non sono una stupida, Logan, e so quello che provi per me. Non solo per le splendide parole che hai detto prima o che mi hai detto altre volte, non solo per come diventi dolcissimo a volte e nemmeno per come fai l'amore con me, Logan. Perché sì, è questo che facciamo tu e io, insieme! Non è per tutti questi motivi che lo so, ma perché io ti leggo dentro. Ti guardo negli occhi e loro mi parlano. So che anche se adesso mi stai lasciando andare, perché hai paura di soffrire, in realtà non vorresti, non vorresti affatto. Così... ho deciso che lotterò io, per noi. Ho deciso che ti aspetterò e quando sarai pronto io sarò qui. Perché io non sono una vigliacca, non sono una che scappa, no! Io sono coraggiosa e più forte di quanto tu pensi. Nella vita bisogna essere forti, bisogna avere coraggio, per ottenere ciò che più si desidera. In questo momento, Logan Dark, io desidero te e so che anche tu mi desideri. Perciò starò semplicemente qui, seduta ad aspettarti. Sono sicura che alla fine ne sarà valsa la pena, Logan.»

Il mio cuore si ferma, balza dal petto, torna al suo posto e riprende a battere, per poi fermarsi ancora.

Questa donna è la cosa più bella, perfetta e incredibile che mi sia capitata in tutta la vita e le parole che mi ha appena detto me la fanno desiderare da impazzire, per quanto la desiderassi già più di ogni altra cosa al mondo.

Ed è vero, io non vorrei perderla, ma è proprio perché provo tutte queste cose così meravigliose per lei che non posso infettarla, non devo e non voglio.

Così la ferirò, se è questo l'unico modo per mandarla via. Lo farò perché è giusto così, è giusto per lei.

«Hai detto bene, Iris, sto giocando. Ho giocato tutto il tempo, ma non al gioco che dici tu. Sono molto bravo a fingere, lo sono sempre stato. Ho imparato a farlo in un periodo della mia vita in cui fingere, per me, era l'unica strada possibile. Così tu... sei caduta esattamente nel mio tranello, nella mia rete. Hai creduto che io...» sorrido, con disprezzo. «Tu, hai davvero creduto che uno come me potesse... cosa? Innamorarsi? Di te! Oh, piccola Rhoden, sei più ingenua di quanto credessi. Mi piacevi, è vero, mi piaci. Eri... come si dice, la preda perfetta. Sai, io e John, in passato, abbiamo fatto molte scommesse: chi avrebbe abbordato una tipa per primo, chi si sarebbe portato a letto più ragazze nel giro di una settimana e molte altre cose. Ma stavolta, io ho fatto una scommessa con me stesso. La scommessa era farti cadere ai miei piedi, farti precipitare, volevo farti innamorare di me e, per farlo, ho usato tutte le tecniche migliori. Ho fatto il dolce, poi lo stronzo perché so che alle ragazze piace, ti ho fatta sentire desiderata come probabilmente nessun uomo aveva mai fatto prima, poi ti ho conquistata, con i gesti, le parole, col sesso. Ho persino fatto la parte del geloso, prima con Hardin, poi col tuo ex, e tu ci sei cascata in pieno. Ma sai cosa sei per me, Iris, cosa sei stata dal primo momento in cui ti ho vista? Un bell'involucro che volevo scopare, nient'altro. Ti ho assunta per questo, ricordi? Tu ti sei autoconvinta che non fosse così, perché ti faceva comodo. Adesso... quanto sei dura, Iris Rhoden? Quanto sei forte e coraggiosa? Riuscirai a continuare a lavorare per me dopo tutto ciò che ti ho detto? O te la darai a gambe levate perché ti ho spezzato il cuore?»

Sono stato il peggior stronzo sull'intero pianeta, non so dove abbia trovato la forza di dire tutte queste merdate.

La vedo vacillare, i suoi occhi si stanno riempendo di lacrime e forse è davvero il caso che scoppi a piangere, così che io tenga ben impressa l'immagine di lei che piange, perché è così che la vedrei tutti i giorni se decidessi di starci insieme.

«Tu...» balbetta «tu hai detto solo una marea di stronzate, Logan. E io... non ti credo.»

«Un bell'involucro, Rhoden» dico, come a ricordarglielo. «Ah, e giusto per la cronaca, stamattina me la sono scopata Roxanne, come ho sempre fatto, d'altronde. Devo dire che... è stato meglio di tutte le volte in cui ho scopato con te.»

Iris trasalisce, ma non piange, non me la dà vinta.

Si avvicina lentamente.

«Non mi licenzierò, Logan Dark. Se proprio mi vuoi fuori dalla tua vita, sarai tu a doverlo fare. Non preoccuparti per me, troverò di sicuro un altro lavoro. Sono un bell'involucro, no? L'hai detto tu!

Magari potrei usare il mio corpo per pagarmi le bollette. In fondo sono certa che qualche cliente lo troverei. Chissà, magari potrei iniziare proprio da casa mia. Sono sicura che l'amico di mio padre sarebbe ben lieto di avermi nel suo letto» mi provoca e io cedo.

«Iris, non ti azzardare...»

«Beccato, Logan Dark. Sei furioso e lo sei per davvero. Soltanto l'idea ti fa andare fuori di testa e non stai giocando, visto che, se anche fosse stato vero, mi hai appena confessato tutto, per cui...»

Sono un coglione. Un perfetto e inutile coglione!

«Iris...» provo a dire con tono sommesso.

«Te l'ho detto, Mr. Dark, ti leggo dentro, ma non credere che non abbia sentito tutto il veleno che mi hai sputato addosso, anche se non è vero. Le parole possono ferire più di qualunque arma, Logan, e io non ti consentirò più di parlarmi in questo modo. Se ti azzarderai di nuovo a farlo, mi licenzierò per davvero e non mi vedrai mai più.

Buon viaggio!» dice trattenendo la rabbia e va via, richiudendosi rumorosamente la porta alle spalle.

Questa donna è più intelligente e furba di quanto credessi.

Mi ha fottuto il cervello, si è presa il mio cuore, e io non so davvero come fare per farlo tornare al suo posto.

CAPITOLO 20

IRIS

Sono passati quasi due giorni da quando Logan è partito e non ho ancora avuto sue notizie.

Mi aveva detto che mi avrebbe chiamata una volta rientrato a San Francisco, ma non ho ricevuto da lui nessun messaggio, tantomeno una telefonata.

So che sto sbagliando, perché anche se dovrei odiarlo con tutta me stessa, dopo le cattiverie che mi ha sputato addosso, mi manca, mi manca da morire.

Mi sento strana, è come se mancasse un pezzo di me e la cosa mi sconvolge.

Sono innamorata di lui, non c'è altra spiegazione. Sono dannatamente innamorata del mio capo. Mi sono fatta rubare il cuore dall'uomo più assurdo che abbia mai incontrato in tutta la vita. Sono completamente andata, pazzamente e perdutamente sua. Io amo con ogni fibra e cellula del mio corpo Logan Dark.

«Ha intenzione di spostarsi? Così mi copre la vetrina!»

La voce di un uomo mi ridesta dai pensieri e mi scanso.

«Chiedo scusa» sibilo piano e mi sposto di qualche passo più in là.

Sono davanti a un negozio e sto aspettando mio padre. Devo andare con lui dal nostro commercialista a firmare delle carte.

Inizio a passeggiare su e giù per ammazzare il tempo e noto, all'angolo, un'edicola.

Mi avvicino per comprare una rivista da sfogliare nell'attesa e, quando la raggiungo, un articolo di giornale, messo in evidenza dall'edicolante su un espositore, cattura totalmente la mia attenzione e rimango scioccata.

Un titolo tuona: "L'imprenditore Dark ha una nuova fiamma?".

Mi tremano le gambe e non riesco a credere ai miei occhi.

Sotto il titolo che mi spezza il cuore c'è una foto di Logan che esce da un albergo con una donna. È bionda, indossa degli occhiali scuri ed è vestita di nero. Sembra una donna molto bella e il modo in cui la tiene per la vita mi fa accapponare la pelle.

«Un *San Francisco Chronicle*» chiedo, allungando una banconota all'edicolante. Lui mi sorride e mi porge una copia, dandomi il resto, che prendo e poso nel portafoglio.

Mi allontano col cuore a mille e mi siedo su una panchina per leggere l'articolo.

"L'imprenditore Logan Dark è stato avvistato nella soleggiata Los Angeles mentre abbandonava l'Hilton Hotel assieme a un'accattivante biondina. Tra i due sembra esserci molta sintonia..."

Continuo a leggere e mi soffermo su altre due foto che trovo a fine pagina.

Nella prima, Logan tiene il viso di questa donna tra le sue mani, in maniera dolce, esattamente come fa con me.

Mi brucia lo stomaco e vorrei scappare via, via da ciò che sto vedendo, via da lui e da tutto ciò che mi ha fatto provare.

Guardo l'altra foto, la sta abbracciando in maniera premurosa e lei si lascia avvinghiare dalle sue possenti braccia, come se lui dovesse consolarla.

Una lacrima mi scende sul viso e la asciugo subito, mentre il mio cellulare comincia a squillare.

Guardo lo schermo e noto che è mio padre, per fortuna. Non avrei retto se fosse stato Logan, non in questo momento.

Probabilmente l'avrei riempito di parolacce, dicendogli quanto lo odi e mi sarei anche licenziata. In questo momento so soltanto che non vorrei mai più vederlo.

«Papà» esalo afflitta, rispondendo al telefono.

«Tesoro, scusami, ho avuto un contrattempo e non posso più venire con te dal commercialista. Un collega ha avuto un serio problema a casa e mi ha chiesto di sostituirlo al lavoro, ero la sua ultima chance» dice trafelato.

«Tranquillo, papà, nessun problema. Me ne torno a casa» rispondo con la testa che ancora pensa a Logan.

«Va bene. Comunque ho avvisato io Carlos.»

«Chi?» domando un po' sperduta.

«Carlos Rivera, il nostro commercialista. Chiamerò poi per un nuovo appuntamento per la prossima settimana, il tempo di controllare bene i turni» mi risponde.

«Ok, sì, Carlos, giusto» dico, come a ricordarmene.

«Tesoro, è tutto a posto?» chiede mio padre premuroso.

«Sì, sì. Sono solo un po' stanca, non ho dormito granché stanotte» mento.

«Come mai?» chiede apprensivo.

«Ho avuto un po' di mal di schiena e la cosa mi ha tenuta sveglia. Niente di grave, comunque, sta' tranquillo» lo rassicuro.

«Se persiste chiama un medico, piccola, ok?» mi consiglia, dolce, e io sorrido pensando al papà speciale che ho.

«Promesso. Ora vado, così torno a casa e mi riposo un po'.»

«Giusto. Vai, tesoro, e riguardati.»

«Sì, papà. Ti voglio bene» esalo dolcemente.

«Ti voglio bene anch'io.»

Stacco la chiamata e poso il cellulare. Guardo un'ultima volta le foto di Logan, poi richiudo il giornale, custodendolo gelosamente in borsa.

Quando sarà il momento, glielo schiafferò in faccia e gli dirò quanto mi faccia schifo.

Mi dirigo verso la metro per tornarmene a casa e, dopo quattro fermate, scendo.

Arrivata, mi butto sul divano sconsolata e il telefono suona ancora.

Lo apro e c'è un messaggio con la scritta "Roy", l'ennesimo.

Dopo la sera della festa in spiaggia, mi ha mandato un messaggio al giorno per dirmi che vuole rivedermi e parlare con me, provare a rimettere a posto le cose.

Gli ho sempre dato buca, perché ormai lui fa parte del mio passato e i sentimenti che provavo sono morti. Roy rimarrà sempre un bel ricordo per me, ma niente di più.

"Ho bisogno di vederti, I., ti prego. Non dirmi ancora di no. Dammi solo una chance, una sola, poi ti giuro che non ti disturberò più" leggo.

Penso a Logan e al fatto che adesso starà sicuramente tra le braccia di questa misteriosa donna. Penso a loro due che fanno l'amore, penso a come lo faceva con me. Li immagino insieme tra le lenzuola e mi si spezza il cuore.

Non esisteva nessun cliente da recuperare, nessun casino da mettere a posto. È andato fin lì per lei.

Se fosse lei la donna di cui mi ha parlato, quella di cui era innamorato? L'unica che gli abbia mai fatto certe cose. L'unica che gliele farà mai.

Immagino loro due e lei che gode di qualcosa di cui io non godrò mai. Penso a lui che viene nella sua bocca e un senso di vomito mi prende lo stomaco.

È tutto assurdo, tutto sbagliato: il modo in cui mi sono fatta abbindolare, il modo in cui lui si è preso gioco di me, il modo in cui io gliel'ho lasciato fare e ho continuato a credergli dopo le merdate che mi ha detto.

Sei solo un bell'involucro, Iris. Un involucro che volevo scopare.

Le sue parole arrivano come lame taglienti al mio cervello e la testa gira.

Digito sul cellulare, per rispondere a Roy.

"Vediamoci stasera. Mi farò bella, perciò, mi raccomando: portami in un posto speciale".

Premo invio, con una soddisfazione che mi fa stare bene, anche se solo al momento.

Punirò Logan e gli farò capire che io sto bene senza di lui, che se lui può portarsi a letto il grande amore della sua vita, io farò lo stesso col mio.

La risposta di Roy arriva subito.

"Grazie, piccola, non sai quanto mi hai reso felice. Ti passo a prendere alle 20.00.

P.S. Sei già bellissima, ma sono contento che ti farai particolarmente bella per me.

Non vedo l'ora che sia stasera".

Il cuore mi batte forte nel petto e, per un attimo, ma solo per un attimo, mi chiedo se sto facendo la cosa giusta.

Vado in camera e mi butto sul letto, attendendo che siano le otto e che io possa finalmente vendicarmi di quello stronzo di Logan Dark.

Alle 19.50, sono pronta, tutta in ghingheri in attesa di Roy.

Ho mandato un messaggio a Lin per dirle che sarei uscita, ma lei, per fortuna, non ha fatto domande.

Alle 19:55, Roy mi manda un messaggio per dirmi che è già arrivato e che mi aspetta di sotto.

Scendo allegra e, quando arrivo nella sua auto, lo saluto dandogli un bacio sulla guancia.

Roy è raggiante e mi guarda incantato.

«Andiamo?» chiedo e lui mi sorride.

«Ma certo, piccola I. Stasera sei tutta mia e, fidati, ti farò cambiare opinione sull'idea di tornare insieme.»

«Roy!» lo rimprovero e lui ride.

«D'accordo, capito, bocca cucita. Lascerò che siano i fatti a parlare» dice sicuro di sé, poi fa scivolare lo sguardo sul mio corpo.

Ho indossato un abito rosso molto corto e i tacchi alti.

La scollatura del vestito è pronunciata e lui si lecca le labbra come se volesse mangiarmi, o come se si stesse trattenendo dal fare qualcosa.

«Siamo pronti?» chiedo, distogliendo lo sguardo imbarazzata e lui annuisce, mettendo in moto.

Sono pronta per cominciare un capitolo nuovo della mia vita. Capitolo che inizierà con me che mi perdo nei ricordi grazie al mio ex, in tutti i modi possibili e immaginabili, e che finirà con la soddisfazione di aver avuto la mia vendetta nei confronti di Logan.

La serata è volata e Roy mi ha fatto davvero stare bene. È stato premuroso, dolce, galante. Mi ha regalato dei fiori e portata in un posto da sogno.

Abbiamo parlato del passato e dei nostri progetti per il futuro.

Non credevo, ma perdermi nel passato con lui, ricordando assieme le nostre avventure e disavventure, è stato bello.

In fondo, per due anni, abbiamo condiviso un sacco di cose.

Quando ferma la macchina di fronte casa mia, prima che possa dire nulla, parlo io.

«Grazie per la serata, Roy, sono stata bene.»

«Sono stato benissimo anch'io, I. Non sai quanto mi sei mancata» dice dolce e io abbasso lo sguardo con un pizzico di imbarazzo.

«Ascolta, voglio essere totalmente sincero con te, perciò andrò dritto al punto, e anche se so che te l'ho già detto, voglio che ti sia chiaro come il sole: ti rivoglio nella mia vita, I., voglio stare con te. Voglio che tu sia di nuovo la mia donna e io voglio essere il tuo uomo. Tu non hai nemmeno idea di che fatica sia stata per me non baciarti per tutta la sera, quando mi guardavi coi tuoi occhioni dolci, o quando mi sorridevi, o tutte le volte in cui i miei racconti ti hanno fatta scoppiare a ridere. Mi è mancato tutto questo, I., e lo so che è stata colpa mia, ma... dammi un'altra chance, diamoci questa seconda occasione. Ti giuro che non te ne farò pentire» dice d'un fiato e io mi sento colpita.

«Roy, io...»

«Se è per il tuo capo, quel Logan...»

«Logan non c'entra» mento. Logan è la causa di tutto, è per lui che sono qui con Roy, adesso.

«Piccola, io non so cosa ci sia stato tra voi, ma... non è la persona adatta a te, venite da due mondi troppo diversi. Poi, non voglio ferirti, I., ma quel tizio voleva solo portarti a letto perché eri la sua segretaria. Una volta ottenuto ciò che vuole ti butterà via e, se anche ti illuderà di poter avere una relazione, ti tradirà alla prima occasione, Iris, fidati di me. Io li conosco quelli come lui» dice sicuro e io penso che, in realtà, l'abbia già fatto, mi ha già tradita.

«Se è per questo, ha già ottenuto ciò che voleva» ammetto guardando nel vuoto.

«Ci sei andata a letto?» chiede e io annuisco.

«Lo immaginavo, ma... ho sperato fino all'ultimo che non fosse così. Io... Dio, gli spaccherei la faccia» dice con rabbia.

«Roy, per favore. Non è quello che voglio. Nessuno spaccherà la faccia a nessuno. Non devi preoccuparti, tra me e lui è tutto finito» dico, pensando alle foto che ho visto.

«Sul serio?» chiede speranzoso e io gli sorrido fintamente, facendo un cenno d'assenso col capo.

«Oh, piccola» sibila, prendendomi il viso. «Ti prego, dimentichiamo tutto. Cancelliamo il passato e andiamo avanti io e te» dice e io penso a quella bionda, al passato di Logan. L'unica che abbia mai amato.

«Un passo alla volta» dico e lo guardo negli occhi. Mi sorride felice, poi si avvicina a me, piano.

Dischiudo le labbra e guardo le sue, come a invitarlo a proseguire.

Quando è a pochi millimetri da me, chiudo gli occhi e in un attimo vengo invasa dalla sua lingua.

Le labbra di Roy premono forte sulle mie, come se questo bacio lo stesse trattenendo da un tempo infinito.

Mi bacia con passione, ma io non riconosco il suo sapore. Sa di sconosciuto, di diverso, di estraneo. Non sa di Logan e questo mi spezza il cuore.

Lo tiro a me, perché non devo pensare a lui in questo momento. Devo solo perdermi tra le braccia del mio ex e domattina Logan sarà un ricordo lontano e sfocato.

Roy mi accarezza la nuca con una mano, mentre l'altra scende a cercare la mia intimità.

Quando infila le mani sotto la gonna del vestito, mi scanso, perché sento un fastidio che non credevo di poter provare.

Decido di non pensarci e fare una mossa più audace.

«Ti va di salire da me?» chiedo, distaccandomi dalle sue labbra e lui accenna un sì emozionato.

So che Lin non c'è, perché mentre ero al ristorante con Roy mi ha mandato un messaggio per dirmi che sarebbe uscita con Jonathan.

Quei due si stanno frequentando, a quanto pare.

Sono felice per lei, ma allo stesso tempo triste, perché lei ha il suo John e io non ho il mio Logan.

Cerco di non pensarci ed esco insieme a Roy dalla sua auto. Lo tengo per mano fino all'ingresso del mio palazzo.

Arrivati a casa mia, lancio la borsetta per terra e mi fiondo addosso a lui, che si lascia baciare e mi accarezza con foga, come se non potesse più aspettare.

Avanziamo camminando e baciandoci fino alla mia stanza e, quando arriviamo lì, Roy mi sfila il vestito e io rimango in intimo.

«Cazzo, I.» ringhia, passandosi la lingua sulle labbra, poi si avventa su di me, baciandomi con violenza e mordendomi il labbro talmente tanto da farlo sanguinare.

«Ahi» mi lamento.

«Scusami, piccola. È che non resisto più» dice e mi asciuga il sangue con il pollice.

Mi bacia ancora, stavolta dolcemente, poi mi fa atterrare sul letto.

Si lancia su di me e mi palpeggia i seni, scostandomi subito il mio Wonderbra, indossato per l'occasione.

Si avventa sul mio capezzolo per torturarlo e inizia a leccare senza sosta.

Sento la sua erezione premere sulla coscia e ricordo tutto: Logan, il modo in cui mi faceva sentire desiderata, voluta, amata. L'erezione di quello stronzo di Omar e la reazione di Logan quando gli ho detto di lui.

Penso a quando era Logan a baciarmi i seni e a torturarli, a quanto fosse bello fare l'amore con lui.

Gli occhi si riempiono di lacrime e mi sento malissimo.

Non posso andare a letto con Roy, non prima di aver parlato con Logan e chiarito. Non senza averlo guardato in faccia e capito che persona sia realmente.

Lo odio, ma non posso fare l'amore con Roy per punire Logan. Sto punendo solo me stessa.

«Roy, basta, fermati» imploro, ma lui è così preso che non sembra sentirmi.

La pressione dei suoi denti che tirano il capezzolo mi fa male e voglio solo che smetta.

«Roy, ti prego, basta. Basta!» urlo e lui si allontana.

«Ma che succede?» chiede basito e io lo allontano, alzandomi dal letto.

Mi ricopro il seno e mi metto una vestaglia.

«Devi andartene, adesso» ordino, con gli occhi pieni di lacrime.

«Piccola... I., ho fatto qualcosa che...»

«No, Roy, ma... non voglio che sia così. Se dobbiamo rimettere le cose a posto dobbiamo farlo per bene. Un passo alla volta, come ho detto prima» mento e lui mi guarda basito.

«Ma sei stata tu a invitarmi a salire» dice piano.

«Lo so e ho sbagliato. Per favore, chiudiamo qui questa serata senza ulteriori danni» imploro e lui si avvicina.

«È per il labbro? Mi dispiace. Ok, sono stato un po' troppo irruento, ma...»

«Non è per quello, Roy, ho solo bisogno di un po' di tempo» sibilo, senza guardarlo in faccia.

«Tempo? A quel coglione del tuo capo gliel'hai data in un battito di ciglia e con me hai bisogno di tempo?» chiede scioccato.

I suoi occhi sono di fuoco e in questo momento voglio solo che vada via.

«Smettila di pensare sempre a Logan. Non stiamo parlando di lui, ma di me e te. Ti sto dicendo che voglio fare le cose per bene, stavolta. Per questo non voglio ridurre il sesso con te a una scopata qualsiasi. Ti sembra così assurdo?» mento spudoratamente e gli occhi sono ancora più zeppi di lacrime che vorrebbero solo uscire liberamente e cadere senza sosta.

Logan è con lei, l'amore della sua vita, e io non ho più il mio perché ormai l'amore della mia vita non è più Roy, ma Logan.

«Oh, piccola, mi dispiace» fa Roy, stringendomi a sé. «Sono stato un coglione, un idiota. Hai perfettamente ragione. Tu e io facevamo l'amore, I., e non possiamo ridurre tutto a una banale scopata, come hai fatto col tuo capo» dice e io sorrido di un sorriso triste, perché, per me, Logan è stato tutto tranne che una banale scopata.

«Sei un po' troppo fissato. Parli sempre di lui» dico ironica, distaccandomi dalle sue spalle e guardandolo negli occhi.

«È che sono geloso, I., non sai quanto. L'idea che lui ti abbia baciata e toccata e... mi fa andare fuori di testa» ringhia e io sorrido.

«Non è stato l'unico. Prima di lui sono stata anche col mio vicino di casa» ammetto, tirando in dentro le labbra.

«Hardin? Sul serio?» chiede basito e io annuisco.

«Ti sei data da fare!» fa con un pizzico di cattiveria e io alzo un sopracciglio.

«Dai, era solo una battuta, I.» dice scusandosi e io mi allontano.

«Come se tu da quando ci siamo lasciati fossi rimasto con le mani in mano» dico sedendomi sul mio letto.

«No, hai ragione, non l'ho fatto. Ma nessuna ha significato niente per me, piccola, te lo giuro.»

«È meglio che tu vada, adesso. Sono stanca» guardo nel vuoto e lui si siede accanto a me.

Mi prende il viso tra le sue mani e io penso che non sia la stessa cosa. Non sono le mani grandi e possenti di Logan.

«Non avercela con me, ti prego. Non roviniamo tutto. Voglio davvero ricominciare col piede giusto e farlo funzionare» dice.

«Non ce l'ho con te, Roy, sono solo stanca. Davvero» rispondo guardandolo negli occhi e lui annuisce.

Poi si alza e si allontana.

«Ci vediamo domani pomeriggio, niente obiezioni. Ti mando un messaggio per aggiornarti sull'orario, ok?» dice e io sibilo un semplice "sì".

Lo accompagno alla porta e ci salutiamo con un bacio.

Quando la richiudo, prendo la borsa da terra e sfilo il cellulare da questa.

Clicco il tasto di sblocco e trovo un messaggio di Logan.

Il cuore batte a mille, poso una mano sul mio petto, quasi a volerlo calmare.

Mi faccio coraggio e lo apro.

"Tra qualche ora sarò in viaggio, tutto si è risolto. Ci vediamo domattina, se non hai già preso altri impegni. Ci sono molte cose da fare al lavoro, quindi spero di vederti.

Buona notte,

Logan".

Sono triste e afflitta. Non ci sentiamo e vediamo da tre giorni e questo è tutto ciò che mi scrive?

Penso che adesso, magari, sia con lei e che il messaggio me l'abbia scritto mentre lei dormiva sul suo petto.

Resto un'infinità di tempo a decidere cosa rispondere e alla fine digito un semplice "Ok".

Domani sarà il giorno che cambierà per sempre la mia vita. Dirò a Logan, una volta per tutte, cosa penso di lui e che d'ora in avanti io sarò solo la sua segretaria, nient'altro.

Sarò io, stavolta, a sputargli addosso tutto il mio veleno e ne sarà colpito.

Potete giurarci che ne sarà colpito!

***

LOGAN

Mi arriva la sua risposta, in tremendo ritardo.

Mi chiedo cosa abbia fatto in tutto questo tempo e perché ci abbia messo tanto a rispondermi.

Sì, ok, ci siamo lasciati male e io l'ho ferita terribilmente, ma... perché fa così? Vuole farmela pagare?

Mi liquida con un freddo "Ok" e io penso di essermelo meritato e che, anzi, mi meriterei di molto peggio.

Allontano il telefono, ma squilla ancora, un altro messaggio.

Guardo lo schermo, questa volta è di Francine.

"Grazie per tutto quello che hai fatto per me, Logan, davvero. Sei una persona speciale e io non ti sarò mai abbastanza grata per come mi hai protetta in tutti questi anni.

Ti voglio un bene immenso".

Le rispondo subito.

"Non devi ringraziarmi, Francine. Tuo padre ha fatto per me e mia madre quello di cui avevamo bisogno e nel momento in cui ne avevamo più bisogno. Lo sai che, da quando non c'è più, puoi contare su di me per ogni cosa. Spero che la tua vita in India sia un po' meno complicata di come lo è stata qua.

Ti abbraccio forte".

Invio il messaggio e la risposta non tarda ad arrivare.

«Amavo mio padre, Logan, e tu lo sai, ma lui ha fatto solo quello per cui è stato pagato, quello che ha fatto tutta la vita e che adesso mi ha portata a dover scappare. Spero anch'io che l'India mi dia la pace che cerco.

Addio, Logan, stammi bene".

Il telefono inizia a squillare.

Guardo il numero, è il mio legale.

«Yuri, ciao» rispondo.

«Buona sera, Logan, scusami se ti disturbo a quest'ora.»

«Nessun disturbo. Problemi?» chiedo, sedendomi sul letto della stanza che ho affittato all'*Hilton*.

«Me ne sono accorto solo ora, mi è arrivato un comunicato via mail, ma ho avuto una giornata assurda e ho potuto controllare solo adesso.

Sul *San Francisco Chronicles*, stamattina, è apparso un articolo su di te. Ci sono foto tue e di una donna, mentre uscite dall'*Hilton*. Ipotizzano una storia tra voi due. Non so chi lei sia e non mi interessa, ma ci tenevo a informarti, perché so quanto tieni alla tua privacy» dice e io trasalisco.

«Che foto sono?» chiedo preoccupato.

«Una in cui uscite dall'albergo, un'altra in cui tu la abbracci e un'ultima in cui le tieni il viso. Non è niente di sconveniente» dice e io mi preoccupo.

«Lei è riconoscibile, secondo te?» chiedo nervoso.

«Ha gli occhiali scuri ed è vestita di nero, non credo.»

«D'accordo, ok. Grazie per avermi avvisato, Yuri. Ci sentiamo domani. Sono ancora a Los Angeles, parto tra poche ore» dico e, dopo esserci salutati, attacco.

Devo essere sicuro che quelle foto non vadano nelle mani di persone sbagliate e che Francine sia al sicuro.

È l'unica cosa di cui mi importa adesso… saperla al sicuro.

CAPITOLO 21

LOGAN

Sono le nove e trenta e io aspetto con ansia che Iris arrivi. Ho bisogno di vederla, di sentire la sua voce.

Mi è mancata in un modo pazzesco, ogni cosa di lei mi è mancata, persino le sue continue domande su di me e sul mio passato.

Sento suonare il citofono e so che è lei.

Aspetto che sia Adele ad aprire e, dopo cinque minuti, sento bussare alla mia porta.

«Avanti.»

Quando questa si apre, la donna che mi ha cambiato la vita fa capolino e io vorrei solo correre da lei e baciarla, abbracciandola fino a toglierle il respiro, ma non lo faccio.

«Ciao, Iris» dico guardandola e lei avanza verso di me.

«Capo» risponde fredda.

Ce l'ha ancora con me, merda!

«Come stai?» chiedo, mentre lei si ferma davanti alla scrivania.

«Bene. Tu?»

«Stanco.»

«Immagino» fa lei alzando un sopracciglio e portando le braccia al petto.

Non gli do peso e vado avanti.

«Ascolta, so che non ci siamo lasciati esattamente bene, ma... adesso preferirei concentrarmi sul lavoro. Oggi non ci sono appuntamenti, ma dobbiamo chiamare dei clienti per organizzarli e ci sono vari documenti da sistemare. Ho già spostato io i clienti che dovevo vedere quando sono stato via. Trovi tutto nell'agenda» spiego e lei annuisce col capo.

«Perfetto. Sono di là» dice con distacco e se ne va lasciandomi qui, a pensare a cosa possa fare per appianare questa assurda situazione.

Devo farmi perdonare, ma come?

Non sono abituato a certe cose e non so proprio come comportarmi.

Mi maledico, spostando nervosamente delle carte sulla scrivania.

Fanculo, fanculo tutti!

Fanculo a Bobby per quello che mi ha fatto.

Fanculo a mio padre per non aver mosso un dito per me.

Fanculo a me stesso per non essere stato capace di guarire.

Fanculo a chi mi ha detto "ne verrai fuori", perché è una grandissima cazzata.

Fanculo a mia madre che ha deciso di fare un colloquio a Iris, mettendola inevitabilmente sul mio cammino e fanculo, ancora una volta, a me che ho deciso di portarle un regalo proprio in quel giorno, in quel momento, incontrando i suoi occhi e distruggendo per sempre la mia vita.

Provo a mettermi al lavoro, cercando di non pensare. Dopo alcune ore, vedo Iris che rientra nella mia stanza. Sembra tesa.

«Dimmi».

«Ehm... volevo chiederti se posso andare via un'ora prima, stasera. Avrei un impegno» biascica e io la guardo.

«Non ci sono problemi. Che impegno hai?» chiedo e lei mi guarda dritto negli occhi.

«Mi vedo con Roy» dice per ferirmi e io mi sento come se mi avessero preso il cuore dal petto e lo avessero fatto a pezzi, per poi rimetterlo al suo posto, con la consapevolezza che non sarà più quello di prima.

L'hai trattata da schifo, che ti aspettavi?

«Il tuo ex?» chiedo.

«Sì. In questi giorni ha insistito molto per un appuntamento. Vuole provare a… rimettere le cose a posto» dice, guardando ovunque tranne che me.

«E tu vuoi la stessa cosa?» chiedo osservandola. Sono sotto shock.

«Ci ho pensato un po' ed è… la cosa giusta per me. Ci vorrà del tempo, ma… Roy mi ha amata, lo so, e sono sicura che, un po' alla volta, anch'io tornerò ad amarlo.»

«Stai parlando di sentimenti, Iris, non sono una cosa che puoi comandare» dico con rabbia.

«No, infatti. Ma io sono stata due anni con lui, lo amavo. Sono certa che dentro di me, da qualche parte, quel sentimento ci sia ancora» risponde a tono, restando lì, ferma davanti a me.

«Quindi tutte le parole che mi hai detto sul… sul lottare per noi, sull'avere pazienza con me, sul fatto che mi volevi e tutte le altre cose, erano solo un mucchio di stronzate?» chiedo ferito.

Lei non mi guarda, si limita a scrollare le spalle con indifferenza, come se non gliene importasse niente.

Mi stai spezzando il cuore, piccola Rhoden.

«Perché stai facendo così?» chiedo, alzandomi di scatto.

«Non sto facendo niente!» si difende lei.

«Mi stai uccidendo, Iris» ammetto, con l'orgoglio ferito.

«Io ti starei uccidendo? Questa è bella!» fa lei, ridendo.

«Ascolta, lo so che l'ultima volta che ci siamo visti ti ho detto delle cose irripetibili e hai tutto il diritto di avercela con me, ma non punirmi in questo modo, non è giusto!»

«Io non ti sto punendo, Logan, sto semplicemente andando avanti con la mia vita, come hai fatto tu!» ribatte fulminea.

«E questo che significherebbe?» chiedo raggiungendola e parandomi davanti a lei.

«Ti prego, adesso non fare il santarellino con me, perché non sono una stupida» dice con rabbia e io non capisco dove voglia arrivare.

«Perché non la smetti di lanciarmi frecciate e vai dritta al punto?» chiedo e lei ride nervosamente.

«Il punto? Te lo do io il punto, Logan Dark» dice sprezzante e se ne va.

«Dove cazzo stai andando?» chiedo seguendola e vedo che torna nella stanza in cui lavora.

La seguo lì dentro e lei prende qualcosa dalla sua borsa, un giornale.

Me lo sbatte davanti al naso, è la pagina dell'articolo su me e Francine.

«Il punto è che sei uno stronzo, Logan. Il punto è che tutte le merdate che mi hai detto erano la verità. Tu volevi solo portarmi a letto, e mentre io mi struggevo al pensiero di te lontano e mi facevo forza su quello che provavo, su quello che sentivo guardandoti negli occhi, tu eri a Los Angeles a scopare con questa donna. Sono proprio una stupida, una stupida che non si accorge di nulla. Che non si accorge del suo fidanzato che ha smesso di amarla, che non si accorge che l'uomo che frequenta è un bugiardo cronico, un viscido essere che si diverte a giocare coi sentimenti delle persone» urla di rabbia.

«Iris, non è come credi, posso spiegarti» provo a dire, ma lei urla ancora.

«Che cosa, Logan? Che cosa vuoi spiegare?» strilla come una matta e si allontana.

La seguo fino al salone e mi sembra di vivere un incubo.

«Iris, per favore...»

«No. Non voglio più sentire una sola parola, perché per me, da adesso in poi, ogni cosa che esce da quella fogna che ti ritrovi al posto della bocca è una fottuta bugia. Io ti odio, Logan. Ti odio e non ti perdonerò mai per come mi hai usata» dice, quasi in lacrime.

Deve sapere, non può credere che io le farei questo!

«Iris, no, lasciami parlare. Ti darò la mia versione, poi, se non vorrai crederci, va bene, ti lascerò andare» la prego, ma lei scuote la testa.

«Logan, smettila.»

«Per favore» la imploro, mettendole le mani sulle spalle.

Lei respira forte.

«Logan, non...»

«Ti sto implorando, Iris» dico con un filo di voce e la guardo dritto negli occhi.

Lei ricambia lo sguardo. È triste, è delusa. Glielo leggo in faccia.

«Va bene, parla pure» sibila, allontanandosi da me.

Si appoggia alla mia penisola e io la guardo.

Comincio a parlare e prego Dio che mi creda.

«Quando ero bambino, mia madre chiese un favore a una persona. Un favore grosso, Iris. Da allora, l'uomo che aiutò mia madre si tenne in contatto con noi. È morto alcuni anni fa, ma aveva una figlia. La ragazza che hai visto in foto è lei, si chiama Francine Stuart e io e mia madre abbiamo promesso a suo padre che l'avremmo protetta.

Quell'uomo... suo padre, non era esattamente una persona raccomandabile, faceva parte di un losco giro e, dalla sua morte, sua figlia ne paga le conseguenze. Mentre ero a Los Angeles, Francine mi ha chiamato e mi ha detto che le avevano recapitato un pacco bomba e che non era la prima volta che accadeva. Per fortuna non hanno mai avuto problemi economici e può pagarsi una guardia del corpo, ma... la cosa stava diventando troppo pericolosa. Le ho detto di raggiungermi a Los Angeles e di cercare di fare tutto nella maniera più silenziosa possibile. L'ho aiutata ad acquisire una nuova identità e adesso è in India, sotto falso nome, per ricostruirsi una vita. La stavo proteggendo, Iris, ecco perché hai visto le nostre foto sui giornali. Era spaventata e io stavo solo cercando di consolarla e dirle che sarebbe andato tutto bene» confesso e spero che non mi chieda che tipo di favore aveva chiesto mia madre a quell'uomo, perché non potrei raccontarlo.

«È una storia assurda, Logan» sussurra, guardandomi perplessa.

«So che può sembrare così, ma è la verità» dico con onestà e lei rimane qualche istante in silenzio.

Mi avvicino a lei e le prendo le mani.

«Fidati di me, piccola, ti prego.»

Iris mi guarda sprezzante e gli occhi le si riempiono di lacrime.

Mi guarda ancora qualche istante, ma ciò che riesco a leggere nel suo sguardo è solo disprezzo.

«No, Logan, mi dispiace, non ti credo. Hai finito di giocare con me, basta. Io non voglio più saperne nulla, né di te né di questo lavoro. È finita, mi licenzio» dice e mi sorpassa, avanzando dritta verso la sua stanza per prendere le sue cose e andare via.

Non glielo permetterò.

«No, tu non ti licenzi. Sei mia, Iris, chiaro?» urlo, rivendicando il suo possesso, quasi come se lei fosse una cosa e non una persona.

So che è sbagliato e forse insano, malato, ma ho troppo bisogno di lei per lasciarla andare via così, per lasciarla scappare tra le braccia di Roy.

«Io non sono in vendita, Logan. I tuoi soldi non possono comprarmi. Non sono mai stata tua. Non lo ero allora e non lo sono adesso» urla, prendendo la sua borsa.

Fa per andarsene, ma io la seguo fino all'ingresso.

«Vieni qui, Iris, non puoi farlo!» urlo, ma lei mi ignora.

«Addio, Logan Dark» esala con odio e fa per aprire la porta di casa.

La blocco per un braccio.

«Non ho intenzione di perderti, Iris» ringhio.

«Lasciami andare.»

«No!»

«Toglimi le mani di dosso» urla sotto shock e io mollo la presa.

Iris si gira per guardarmi un'ultima volta, con aria cattiva, sprezzante.

«A mai più rivederci, capo» sibila tra i denti e mi dà l'ultima mazzata, quella finale.

Richiude la porta con forza e una lacrima viene fuori, cadendo sul viso, poi a terra.

Questa volta l'ho persa per sempre.

***

IRIS

Sono per strada, sono furiosa e allo stesso tempo scioccata.

Ho chiamato Roy, dicendogli che avevo bisogno di vederlo immediatamente.

Si è preso una pausa dal lavoro per vederci, tra un quarto d'ora, al *Plaza*, un locale sul mare.

Arrivo lì in anticipo e mi siedo a un tavolo.

Ordino per me e lo aspetto.

Quando arriva la mia coca, la bevo quasi d'un fiato.

Le lacrime cominciano a scendere e io scoppio a piangere, calmandomi pian piano e solo dopo molti minuti.

Quando lo vedo arrivare, gli corro incontro e lo bacio.

Roy mi lascia fare.

«È tutto a posto?» chiede, quando mi allontano.

«Sì, Roy, sto bene. Solo... ho lasciato il lavoro» dico e lui sorride.

«Beh, questa è una notizia fantastica, I. Vieni, sediamoci» dice e torniamo al tavolo.

«Piccola, so che sei in ansia, ma ti aiuterò a trovare un lavoro degno delle tue abilità. Ricominceremo tutto daccapo, I., e vedrai, sarà fantastico» mi rassicura, ma io vorrei solo tornare a casa e deprimermi.

Ordina qualcosa anche lui e chiede una bottiglia di spumante, per festeggiare.

Non passano che pochi minuti, poi lo vedo. È lì e viene dritto verso di noi.

«Logan» esalo e Roy si gira.

«Che cazzo fai qui?» ringhia alzandosi.

«Iris, dobbiamo parlare. Vieni fuori» dice, tendendomi una mano.

«È finita, coglione, Iris sta con me, adesso.»

«Stanne fuori, Roy. Iris!» incalza e io lo guardo cercando di capire perché stia facendo questo, perché insista tanto. Cosa vuole da me?

«Vattene, Dark» tuona Roy, ma Logan non si arrende.

«Iris, per favore» implora, ma io rimango impalata sul divanetto.

«Ti sto implorando, Iris» insiste e incontro i suoi occhi. Sono tristi. Mi sembra un bambino sperduto ed è come se solo io potessi aiutarlo.

«Va' via, stronzo, non te lo ripeterò una terza volta.»

«Sono io, Iris, guardami. Tu lo sai quello che abbiamo provato, lo sai che non mentivo. Ti prego, ti chiedo solo cinque minuti per parlare con te, in privato.»

«Dark!»

«Lascia, Roy, va tutto bene. Cinque minuti e arrivo» dico alzandomi e lui mi guarda spaesato.

«Ma, I.»

«È tutto a posto. Solo cinque minuti» lo rassicuro e seguo Logan all'esterno del locale.

«Perché sei qui, come mi hai trovata?» chiedo rabbiosa.

«Col trova amici» dice.

«Ma se nemmeno so come si usa quel coso» mi lamento, scuotendo la testa.

«Te l'ho attivato io tempo fa» confessa e io sono sbalordita.

«Cosa? Tu sei pazzo!»

«Sì, Iris, sono pazzo di te. Ascolta, so che ti ho deluso e adesso non credi più a una sola parola che dico, ma ti giuro su mia madre, su tutto ciò che ho di più caro, che ciò che ti ho detto è la verità.»

«Come faccio a crederti? Come pretendi che ti creda? Dimmi qualcosa in più, qualcosa che mi faccia capire che non mi hai mentito. Che ne so, tipo... se è vera la storia che mi hai raccontato, dimmi che tipo di favore ha fatto quel tizio a tua madre e perché siete così tanto in debito con lui» chiedo e Logan abbassa lo sguardo.

«Questo non posso dirtelo.»

«Perfetto!»

«Ma te lo dirò, ti giuro che te lo dirò. Fidati di me, Iris, ti supplico. Ho solo bisogno di più tempo, solo di tempo, poi saprai tutto di me. Ogni cosa che mi riguarda, ogni cosa che fa parte del mio passato. Tutto. Torna a casa con me, ti prego» dice, tendendomi una mano e io mi sento morire dentro.

Le lacrime che fino ad allora si erano trattenute, innaffiano copiose le mie guance.

«Non voglio tornare a essere la tua puttana, Logan» biascico tra i singhiozzi.

«Non lo sei mai stata, Iris. Non lo sei mai stata!» dice con voce strozzata e si prende una piccola pausa.

Mi guarda di nuovo negli occhi, poi continua.

«Mi avevi chiesto di definire ciò che eravamo. Bene, lo faccio adesso. Stiamo insieme, Iris. Voglio che tu sia la mia donna e io sarò il tuo uomo. Voglio costruire il mio futuro con te e lottare insieme per tutti i casini che mi affliggono. Ti voglio, Iris, e farò il possibile per renderti felice ma, per favore, non tornare da lui» implora.

«È solo per una questione di possesso. Non vuoi che torni con Roy perché stavo con te e... essere lasciato per un altro sarebbe un affronto troppo grande per te. L'uomo che non deve chiedere mai, quello abituato ad avere tutto ciò che vuole» scuoto il capo e Logan mi prende una mano poggiandola sul suo petto.

«È per questo, Iris. È per questo che ti voglio con me. Lo senti come pulsa? Lo senti come va veloce? Batte solo per te. Io respiro grazie a te, ricordi? Non puoi andartene, perché se te ne vai non avrò più ossigeno per farlo.»

«Logan...»

«Io non posso dirti quello che vorresti sentirti dire, Iris, non posso... e ti assicuro che un giorno ti racconterò il perché, ma ti giuro che sono a tanto così, piccola, a tanto così» dice stringendo le dita e io singhiozzo, perché lo amo da morire e lui, non pronunciando quelle parole, mi sta comunque dicendo che mi ama a sua volta.

«Che cos'è cambiato, Logan, perché adesso?» chiedo, senza forze.

«Perché, quando mi hai detto che volevi tornare con Roy, si è sgretolato il mondo. Non per gelosia, non per possesso. Ma perché se fossi tornata con lui, ti saresti ricordata com'è stare con un uomo normale, uno che ti ama e che non ti fa vivere ogni giorno con mille ansie e mille paure e... ti saresti innamorata di lui ancora e io ti avrei persa per sempre, Iris, per sempre. E non posso permetterlo!

Sono un fottuto egoista, è così, ma io ho bisogno di te, piccola Rhoden. Ne ho bisogno come l'aria, l'acqua e il cibo, ne ho dannatamente bisogno. Dammi solo un'opportunità. Una sola e non te ne farò pentire» implora e io lo guardo.

Mi volto indietro e penso a Roy. L'ho usato e non è giusto. Poi penso a Lin, a tutto ciò che mi ha detto, e io mi sono sempre fidata della mia migliore amica.

Non ha occhi che per te, Iris. Sembra che quando siete insieme il resto del mondo scompaia, per lui. Poi il modo in cui ti fissa... il suo sguardo è carico di passione e desiderio, ma anche tenerezza e protezione.

Mi avvicino a Logan e gli prendo la mano.

«Ne avrai solo una, Logan Dark» dico, guardandolo seria.

«Me la saprò giocare, Iris Rhoden» risponde, più serio di quanto non lo sia stata io.

«Vado a prendere la borsa dentro» dico, facendo per andarmene.

«Aspetta, vuoi che vada io?» chiede, ma io scuoto il capo.

«Gli devo almeno una spiegazione, Logan.»

Mi lascia andare e io rientro dentro, per prendere la borsa.

«Se n'è andato?» chiede Roy, seguendo i miei movimenti.

«No, ma me ne vado io» dico fredda.

«E questo che significa?»

«Che ho scelto, Roy, e ho scelto lui. Io lo amo, mi dispiace» sibilo e faccio per andare via, ma lui mi tira per un braccio.

«No, tu credi di amarlo. Sei soltanto confusa. I., ti prego.»

«Devo andare, Roy, mi dispiace tanto» dico scusandomi e mi divincolo dalla presa.

Roy mi segue fino all'uscita e, quando salgo nell'auto di Logan, lo sentiamo urlare.

«Non è finita, Logan Dark. Non mi arrendo così. Iris è mia, chiaro? Mia! E presto me la riprenderò!»

La sua voce diventa un eco, mentre io e Logan ci allontaniamo, andando dritti verso quella che spero sia la nostra nuova vita insieme.

CAPITOLO 22

IRIS

Il viaggio in auto con Logan è stato silenzioso e io mi chiedo il perché.

Mi ha detto delle cose importanti, mi ha detto che vuole essere il mio uomo, che vuole provare a costruire il suo futuro con me. Ho scorto nei suoi occhi il Logan che conosco, quello di cui mi sono innamorata e quello che ero certa fosse il vero Mr. Dark.

Arrivati a casa, Logan convoca Adele e le chiede di lasciarci soli.

La sua governante corre a prendere le sue cose e se ne va, regalandoci uno dei suoi soliti dolcissimi sorrisi.

Quando rimaniamo soli, Logan si toglie la giacca e la cravatta, come se stesse morendo di caldo.

«Stai bene?» chiedo, seguendolo con lo sguardo.

«No! Quel coglione di Roy deve uscire dalla tua vita, stavolta per sempre!» ringhia arrabbiato.

«Logan, era solo ferito e ha detto delle cose che...»

«Avrebbe dovuto tacere! È meglio che gli sia chiaro una volta per tutte che tu adesso sei mia, che stai con me. Se prova a intromettersi tra noi, giuro che...»

«Non lo farà» lo rassicuro, andandogli incontro. Gli poso le mani sulle spalle e lo accarezzo piano.

«Sta' tranquillo, Logan, non permetterò a nessuno di metterci i bastoni tra le ruote» esalo con dolcezza e lui respira forte, chiudendo gli occhi.

Quando li riapre, incontra il mio sguardo e mi osserva con intensità. Potrei morirci nei suoi occhi. Potrei morire quando mi guarda così.

«No. Non lo permetteremo» dice serio e si porta una mia mano alla bocca. La bacia con dolcezza, poi inizia a mordicchiarla piano.

Chiudo gli occhi, lasciandomi guidare dal piacere e Logan continua.

«Grazie per avermi dato una chance, piccola Rhoden» esala sulle mie labbra, prima di baciarmi piano.

«Non farmene pentire, Mr. Dark» dico tra gli ansimi, distaccandomi dalla sua bocca.

«Non lo farò» mi rassicura e mi invade la bocca, baciandomi con impeto, con foga, con passione e desiderio... mette in questo bacio tutto ciò che di bello può nascere dall'incontro di due anime come le nostre.

Logan è perso e io sono la sua salvezza, la sua àncora. Io sono il giorno e lui la notte. Lui mi protegge e io mi abbandono tra le sue braccia.

Siamo fatti per stare insieme, lo so, ne sono certa.

Eravamo due anime destinate a legarsi, a vivere incatenate nella profondità del nostro sentimento.

«Posso andare oltre?» chiede scendendo sul collo e io rido.

«Che c'è? Ti ho fatto il solletico?» domanda lasciandomi e io scuoto la testa.

«No, ma è la prima volta che mi chiedi il permesso di andare oltre e, detto da te, fa strano» dico tra i sorrisi.

«Voglio fare le cose per bene, stavolta, piccola. Non voglio che ti senti come... beh, quella parola che hai detto prima e non voglio neanche ripeterla. Sei speciale per me, Iris, lo sei sempre stata. Se ti serve che io faccia il gentiluomo per capirlo, farò il gentiluomo.»

Lo guardo innamorata, rendendomi conto che quest'uomo è la cosa più bella della mia vita.

«Hai il mio permesso, Mr. Dark» ironizzo e lui mi prende in braccio.

Camminiamo così fino alla sua stanza e Logan mi lancia sul letto.

Si sfila veloce la camicia e, quando rivedo i suoi pettorali, mi scappa un gemito.

Logan sorride, poi si toglie i pantaloni, rimanendo in mutande.

Avevo quasi dimenticato cosa significasse averlo così davanti a me.

Mi guarda con desiderio e mi fa mettere seduta per sfilarmi il vestito. Glielo lascio fare e mi sgancio subito il reggiseno per permettergli di tirarlo via.

Logan non se lo fa ripetere due volte e, in un baleno, questo finisce a terra, raggiungendo i nostri vestiti.

«Non voglio più stare senza di te. Avevo quasi dimenticato quanto tu sia bella nuda» esala con ardore e io rido.

«Non sono ancora nuda, Mr. Dark» lo provoco e mi mordo il labbro.

Logan si avventa su di me e mi bacia, sfilandomi gli slip con una mano.

Ansimo, quando mi ritrovo le sue dita dentro e mi spingo in avanti, come a invitarlo a proseguire.

Lui continua, muove le dita con dei gesti secchi, precisi e molto abili.

«Ti voglio. Logan, ti voglio, non posso più aspettare» gemo, toccandogli il sedere, sentendo la sua grossa erezione premermi contro.

Gli abbasso le mutande e lui ride. Mi aiuta con le mani e lascia che il suo pene venga fuori, senza togliere completamente gli slip.

È come scartare un regalo, ma non completamente, rimanendo piacevolmente colpiti dalla sorpresa.

Il membro del mio uomo, che spunta fuori dagli slip, grosso e duro, è il mio splendido regalo.

Non posso credere di aver detto “mio uomo”. È tutto vero, tutto reale. Logan Dark è mio e io sono sua.

«Logan, ti prego...» mugugno in un lamento, perché ancora non è entrato in me.

Lui mi guarda e sorride, con malizia. Mi bacia ancora e, senza dire una sola parola, con un colpo secco mi penetra.

«Aaah» ansimo per l’attrito e Logan inizia a muoversi piano, lentamente, con maestria.

Ansimo e gemo sotto al suo corpo e Logan digrigna i denti. Vederlo godere è qualcosa di unico, qualcosa di sublime. Non esiste visione più bella al mondo, per me.

«Sei mia, piccola, finalmente sei completamente mia» esala tra i gemiti, continuando a darmi stoccate che mi fanno letteralmente impazzire.

«E tu mio. Mio, mio, mio. Il mio Mr. Dark» ansimo, accennando un sorriso tra un mugugno e l’altro.

Mi godo il nostro amplesso e, quando Logan mi sposta di spalle, mi lascio penetrare con foga.

Sento il rumore dei nostri corpi che si incontrano e non vorrei essere in nessun altro posto.

Logan mi rigira e mi prende in braccio. Ci attacchiamo al muro e io avvinghio le mie gambe attorno al suo corpo.

Mi penetra forte, senza sosta, con violenza, e io mi chiedo come faccia quest’uomo a scopare tutte le volte così bene.

Mi accarezza il viso, poi i capelli, poi mi bacia ancora.

Ritorniamo sul letto e lui entra di nuovo in me. Mi alza le gambe al limite, per farmi provare più piacere e inizia a stimolarmi il clitoride per farmi raggiungere l’orgasmo.

«Sei mia!»

Una stoccata.

«E lo sarai sempre.»

Un'altra stoccata.

«Lo senti l'effetto che mi fai?»

Una stoccata ancora.

«Senti che è duro come la pietra, per te?»

Una nuova stoccata, stavolta più forte.

«Senti quanto ti voglio?»

Non rispondo, perché sto sprecando la voce urlando il mio piacere. Urlando al mondo quanto sia bello essere scopata da Logan Dark.

«Abituati a questo, perché non finirà mai.»

È fino in fondo e io sono quasi arrivata.

«Mai, piccola mia.»

Sono al limite e...

«Logan...» urlo tirandolo a me e mozzo gli ansimi del mio orgasmo sulla sua spalla, mordendola forte.

Logan viene insieme a me, dentro di me e, quando ci distacchiamo, noto che gli ho lasciato il segno.

«Dio, Logan, mi dispiace» chiedo scusa, toccandogli il braccio laddove gli ho lasciato il morso.

«Non importa. Qualsiasi segno sulla mia pelle che mi ricordi di te, è un regalo speciale» dice dolce e mi bacia con amore.

Ci distacchiamo e Logan si sposta per lasciare che mi accoccoli a lui.

Lo faccio. Finalmente mi sento di nuovo a casa, tra le sue braccia. Tranquilla, protetta, al sicuro.

Rimaniamo così per un tempo che non riesco a contare ma, quando apro gli occhi, Logan non c'è.

Mi stropiccio la faccia e tiro il lenzuolo per coprirmi.

Esco dalla stanza per raggiungere la cucina.

Lo trovo lì, mentre spalma della marmellata su un toast.

«Logan...» esalo e lui incontra i miei occhi.

«Ehi, ben svegliata. Ti stavo preparando uno spuntino, devi essere affamata» dice tenero e io mi avvicino a lui.

«In effetti, sì. Grazie.»

Logan mi allunga una fetta di toast con la marmellata e io la mordo con foga.

Avevo una fame da lupi!

Logan mi guarda, in un modo che mi squarcia il petto in due, poi appoggia il suo viso sulle mani.

«È così bello vederti mangiare. E dormire. Qualsiasi cosa che fai è bella» esala.

«Grazie, Logan» dico arrossendo.

Lui mi sorride e continua a spalmare la marmellata su altri toast.

Lo aiuto e vedo che per lui ha preparato uno yogurt bianco magro. Deve essere disgustoso!

«Quando potrò vederti mangiare qualcosa di buono? Quando ti concederai finalmente un cibo grasso?» chiedo tra i sorrisi e lui scuote la testa.

«Mai!» dice categorico.

«Vedremo» ribatto, sicura di me. *Prima o poi lo convincerò a lasciarsi andare.*

«Perché invece di chiacchierare non vieni qui?» dice, allargando le braccia e io lo raggiungo.

«Mi piace così tanto chiacchierare...» confesso, facendogli un occhiolino.

«Sì, l'ho notato» risponde Logan, scoppiando a ridere.

Lo seguo a ruota e mi rendo conto che così bello vederlo ridere, vederlo tranquillo e spensierato. Vorrei che fosse sempre così, non per me, ma per lui.

Perché vederlo triste, o afflitto da chissà quale tormento interiore, mi spezza dentro.

«Senti, stavo pensando... perché stasera...» provo a dire, ma il suono del mio cellulare mi interrompe.

Mi alzo per andare a rispondere e leggo il nome di Elle, un'amica del gruppo di Roy. Uscivamo spesso insieme, quando stavo con lui.

Scorro il dito sullo schermo per rispondere.

«Ehi, Elle, ciao» dico radiosa.

Sono felice che mi abbia chiamata, anche se non so quale sia il motivo.

A parte Lin, non ho amiche, e le uniche ragazze con cui ogni tanto esco sono le colleghe di negozio della mia coinquilina.

«Ciao, Iris, ti disturbo?» chiede.

«No, figurati. Dimmi tutto.»

«Oggi è il mio compleanno e stasera darò una festa» dice felice.

«Oh, wow, auguri» rispondo entusiasta.

«Ti ringrazio. Scusa il poco preavviso, ma ho organizzato tutto all'ultimo minuto. Siccome aspettavo una risposta per un nuovo lavoro, non volevo fare nulla prima di sapere quella risposta. Alla fine è stata positiva e sono in vena di festeggiamenti» cinguetta.

«Oh. Doppi auguri, allora.»

«Grazie. Volevo chiederti se ti va di venire. Ho già contattato Lin e mi ha detto che ci sarà. Lei porta un amico, anche tu puoi portare chi vuoi, la casa è grande» dice e io sono al settimo cielo, perché sono sicura che Lin ci andrà con Jonathan.

«Wow, non me lo aspettavo. Grazie, Elle, verrei volentieri. Ehm... puoi scusarmi un attimo?» chiedo.

«Certo.»

Metto una mano davanti al microfono del cellulare e mi rivolgo a Logan.

«Sono di là» dico indicando il corridoio dove si trova la stanza in cui lavoro.

Lui mi guarda stranito e io sgattaiolo via.

Quando sono sola, parlo di nuovo con Elle.

«Scusami. Dicevo… ehm, mi fa davvero piacere che tu mi abbia invitata. Posso solo chiederti se stasera alla festa ci sarà anche Roy?» domando, un po' in ansia.

«No, mi ha appena chiamato e mi ha detto che non si sente bene, quindi non verrà.»

Faccio un sospiro di sollievo mentale e sorrido.

«Bene, allora ci sarò. Sai, con lui le cose sono un po' complicate e preferirei non incontrarlo, per questo te l'ho chiesto» dico, giocando con una ciocca dei miei capelli.

«Figurati, nessun problema. Verrai da sola?» domanda Elle e io penso a Logan.

«Posso portare il mio ragazzo?» chiedo, e quasi non mi sembra vero che lo stia definendo così.

«Ma certo. Non sapevo avessi una nuova storia, congratulazioni!» dice entusiasta.

«Grazie. Allora ci vediamo stasera. A che ora?»

«Alle 22.00. Ti scrivo l'indirizzo via messaggio. A stasera, Iris.»

«A stasera, Elle.»

Attacco la chiamata e sono al settimo cielo, perché anche se saremo a una festa con un bel po' di gente, sono contenta che venga anche Logan. Anche se… in realtà nemmeno gliel'ho chiesto se gli andasse di venire, ho dato per scontato che lui volesse accompagnarmi.

Lo raggiungo in cucina e lo guardo mentre mangia senza voglia quello schifoso yogurt acido.

«Se ci metti dentro dei pezzetti di cioccolata diventa meno disgustoso» esordisco, prendendolo in giro.

«Non è disgustoso e, in casa mia, non troverai mai la cioccolata» ribatte a tono.

«Io adoro la cioccolata!» lo rimprovero, sgranando gli occhi.

«Comprerò la cioccolata» dice e io scoppio a ridere.

Logan è l'uomo più dolce sulla faccia della terra.

«Tornando seri, ehm… mi ha chiamata Elle, una mia amica» dico cauta.

«Sì, ho sentito. Perché sei andata a parlare di là?» chiede.

«Non volevo annoiarti con discorsi tra donne» mento. «Mi ha invitata alla sua festa di compleanno, stasera, alle dieci a casa sua. Le ho chiesto se potessi portare il mio ragazzo» dico divertita e Logan alza un sopracciglio.

«Davvero? E chi è quest'uomo fortunato?» chiede, tirandomi a sé.

«Un uomo molto enigmatico… travolgente. Un uomo tanto bello quanto stronzo, alcune volte. Mi ha fatto penare per convincerlo a mettersi con me, non sai quanto!»

«Beh, quell'uomo si farà perdonare in ogni modo possibile per essere stato tanto stupido. Te lo prometto, Iris» mi accarezza piano e io chiudo gli occhi, colpita dal suo magico tocco.

«Perché non inizia col venire alla festa con me?» chiedo.

«Iris… non sono abituato a queste cose. Sto cercando di fare tutto per bene, ma ho bisogno di tempo» dice e io lo guardo dispiaciuta.

«Ma è solo una stupida festa, Logan, non ti ho mica chiesto di presentarmi all'alta società… Ci sarà anche Lin con Jonathan. Lo sai che quei due fanno sesso, sì?» chiedo.

«Sì, lo so. Ho parlato con John. A ogni modo, ho appuntamento con mia madre, stasera.»

«E non puoi rimandare?» chiedo, facendo gli occhioni da bimba.

Logan sbuffa, poi mi guarda.

«Facciamo così. Ti raggiungo lì, ok? Tu avviati con Lin e Jonathan e, quando ho finito con mia madre, vi raggiungo alla festa.»

«Ok, affare fatto» dico, stringendogli la mano. Logan ride, prima di tirarmi a sé per baciarmi.

Quando mi distacco, sono frastornata.

«Non vedo l'ora di iniziare la mia vita insieme a te, Logan Dark!» sibilo sulle sue labbra.

«La tua vita insieme a me è già iniziata, piccola, solo che doveva prendere il volo» dice con un lieve sorriso, poi diventa serio.

«Io non posso giurarti che sarà tutto rose e fiori con me, Iris. Non posso assicurarti solo momenti perfetti, perché non sarà così. Ma posso giurarti che ti rispetterò sempre e che proverò a migliorare per te. Posso giurarti che non guarderò mai nessun'altra nel modo in cui guardo te. Posso giurarti... che farò l'impossibile per farla funzionare, perché io non vivo senza te, piccola Rhoden, l'ho sempre saputo, solo che mi imponevo di non pensarci, di fingere che tra noi fosse solo sesso e che prima o poi sarebbe finita senza troppi rimpianti. Se facevo tutto questo, era per proteggerti da ciò che sono io, dalla mia vita, dai miei casini, dal mio passato, ma ora so che non basterebbe una vita intera per dimenticarti. Non voglio dimenticarti, Iris. Io voglio svegliarmi ogni fottuto giorno e pensare a quanto sia bella la vita, da quando il destino ha deciso di metterti sul mio cammino.»

Deglutisco forte e una lacrima mi scappa dal viso. Logan la asciuga con un bacio e io mi stringo forte a lui.

Non so che dire. Le parole dolcissime che ha speso per me valgono ogni momento di merda che mi ha fatto passare.

Vorrei dirgli che lo amo, che lo amo da morire, ma non gli metterò pressione. No, adesso farò le cose per bene.

«Sei un essere speciale, Logan Dark» dico, accarezzandogli il viso.

«Tu lo sei, Iris» ribatte lui, guardandomi intensamente.

«Lo sei anche tu. Solo che avevi bisogno di una segretaria rompiscatole e impicciona che te lo facesse notare» dico ironica e lui scoppia a ridere.

«Beh, io adoro follemente questa segretaria impicciona» mi accarezza la schiena e io mi sento felice come quando da bambina mi portavano al luna park.

«E io adoro te» dico e Logan mi bacia ancora.

«Che dici? Riprendiamo a lavorare? Credo che questa giornata sia andata già abbastanza a puttane. Dal punto di vista lavorativo, ovvio!» si corregge subito.

«Come vuole, capo. Spero che ne sia valsa la pena, però.»

«Tu ne vali sempre la pena, Iris» risponde serio e dolce allo stesso tempo.

Ci diamo un ultimo intenso bacio, poi ci separiamo. Logan va nel suo studio e io nella mia stanza.

Mi rimetto seduta, perdendomi tra i fogli e mi chiedo quanto sarà bello, stasera, poterlo presentare a tutti come il mio fidanzato.

Alla festa, abbiamo salutato Elle e le abbiamo dato il nostro regalo.

Io e Lin siamo arrivate con qualche minuto di ritardo, ma la maggior parte degli invitati era già qui.

«Quanta gente! Dio, guarda quel ragazzo come si è conciato» fa Lin ridendo.

Mi giro a guardarlo e la rimprovero.

«È solo un kilt, Lin.»

«Beh, ma qui non siamo in Irlanda» si lamenta lei.

«Il kilt è scozzese» la correggo e lei alza gli occhi al cielo.

«Ecco la mia amica sapientona. Mi era mancata, lo sai?» dice e io rido.

«Scema!»

«A ogni modo credo che… oh, oh!» fa, guardando dietro di me.

«Che?»

«Non voltarti, ma… sta entrando Roy.»

«Cosa? Ma Elle mi aveva detto che non ci sarebbe stato» mi lamento, preoccupata.

«Magari ha cambiato idea. Comunque… ops, credo che mi abbia vista. Sta venendo qui, Iris» dice, abbassando lo sguardo.

«Merda!» impreco e in un attimo lo ritrovo dietro di me che mi cinge i fianchi.

«Ciao, I., Lin» dice, rivolto alla mia amica.

«Roy» ringhio, divincolandomi dalla presa.

Mi giro a guardarlo in cagnesco.

«Puoi lasciarci soli, Linette, ti dispiace?» chiede e, prima che possa dire qualsiasi cosa, parlo io per lei.

«Sì, le dispiace. Tu e io non abbiamo nulla da dirci, Roy.»

«Invece sì. Vieni» dice con sicurezza e mi prende per mano, per trascinarmi lontano dalla folla.

«No, smettila, lasciami, non voglio venire» mi lamento, ma lui mi porta all'esterno della casa.

Mi divincolo dalla sua presa e mi tocco il polso.

«Ti sembrano questi i modi?»

«È l'unico modo, visto che hai deciso di fare la stronza» mi rimprovera, guardandomi con disprezzo.

«Io farei la stronza?» dico alterata.

«Mi hai detto che potevamo rivederci, hai accettato il mio appuntamento. Siamo quasi finiti a letto insieme, Iris. Poi mi chiami addirittura il giorno dopo per vedermi prima e, quando siamo lì, che fai? Te ne vai con quello stronzo del tuo capo. Ma non capisci che vuole solo usarti? Come fai a essere così ingenua?»

«Tu non conosci Logan, quindi smettila di sparare sentenze. Senti, Roy, mi dispiace se ti ho... ferito in qualche modo. Credimi, non volevo usarti. Ero solo molto confusa e per un attimo ho creduto di poter recuperare il nostro rapporto, ma sarebbe stato impossibile, perché oramai il mio cuore appartiene a un altro» ammetto con onestà e lui scuote il capo.

«Era bello quello che avevamo» dice con la voce rotta.

«Sì, ma fa parte del passato, Roy. Credo sia ora che tu te ne faccia una ragione. Ti auguro il meglio, davvero. Ti auguro di incontrare una persona che ti ami come meriti e che tu faccia lo stesso con lei, ma ti prego, d'ora in avanti, non cercarmi più. Sono innamorata di un altro ed è con lui che voglio costruire il mio futuro. Addio» esalo e gli do le spalle, rientrando in casa.

Raggiungo Lin, che mi chiede cosa sia successo e si scusa per non avermi raggiunta. Mi dice che l'ha fatto solo perché conosce Roy e sa che non mi avrebbe fatto del male.

Le racconto ogni cosa e lei mi ascolta paziente.

Passiamo un'oretta tra chiacchiere e risate, quando mi giro verso la porta e lo vedo entrare.

«Logan» esalo felice e gli vado incontro.

Lin mi segue, avendo anche lei, immagino, notato la presenza del suo John.

Quando arrivo da lui, gli salto al collo e lo bacio.

«Ehi, ti sono mancato, vedo» ironizza lui.

«Da morire.»

Mi giro a guardare Lin che saluta John, mentre lui le dice qualcosa all'orecchio che la fa morire dalle risate.

Si allontanano insieme e io rimango con Logan.

«Vieni, ti presento Elle» dico e ci dirigiamo entrambi dalla festeggiata.

Dopo le presentazioni, ci allontaniamo a bere qualcosa e noto che, da lontano, Roy ci sta guardando.

Spero vivamente che Logan non lo veda, perché non voglio creare casini a Elle.

Guardo Logan che sorseggia un Martini e mi sento in colpa, perché adesso stiamo insieme e io non gli ho detto nulla di me e Roy, di quello che è successo solo ieri sera.

Ho bisogno di parlarne con Lin, perché lei sa sempre consigliarmi.

«Scusami un secondo, vado in bagno» fingo e lui annuisce.

Mi allontano e spero di trovare una soluzione all'assurda situazione in cui mi sono messa.

***

LOGAN

Aspetto che Iris torni e continuo a bere il mio drink.

Vedo arrivare John e lo prendo in giro.

«Sembra che tu faccia molto sul serio» dico, riferendomi a Lin.

«È ancora presto per dirlo, ma... sì, lei mi piace» ammette e io sorrido. Sono felice per lui.

«Sono contento» dico e una voce mi raggiunge.

«Logan Dark.»

Mi volto e incontro quella faccia di cazzo di Roy. *Che diamine fa qui?*

«Roy! È un piacere vederti» ironizzo e lui mi guarda con odio.

«Non posso dire lo stesso di te» ribatte, facendosi più vicino.

«Sì, ora smamma, grazie» dico dandogli le spalle e John mi guarda stranito.

«Sai, stavo pensando che ho capito perché Iris ha scelto te. D'altronde, tra un uomo d'affari milionario e un semplice architetto, chi sceglierebbe il secondo?» dice sfidandomi e io mi volto di nuovo per guardarlo dritto negli occhi.

«Quello che c'è tra me e Iris tu non puoi nemmeno immaginarlo. E sai perché non puoi? Perché, quando stavi tu con lei, non sei stato in grado di darle nemmeno un grammo di quello che le do io. Perciò ti consiglio di informarti la prossima volta, prima di sparare stronzate!» ribatto duro, sulla sua faccia. Mi giro ancora, per andarmene, ma la sua voce mi blocca.

«Dovresti farlo anche tu! Perché, quando ieri sera io e lei ci siamo visti, non mi sembrava pensasse molto a te.»

«Di che stai parlando?»

«Logan, andiamocene, lascia stare, non vedi che è ubriaco?» fa John, tirandomi per un braccio.

«Stanne fuori, John. Allora?» lo incalzo.

«Ieri sera siamo usciti assieme e ci siamo baciati. Mi ha invitato a salire da lei. Siamo stati sul punto di finire a letto insieme, c'è mancato così poco... Non mi è sembrata una che pensa che io non possa darle quello che lei dai tu, per niente. Il modo in cui godeva mentre le succhiavo i capezzoli è stato così eccitante... Fremeva tutta, avresti dovuto vederla» dice e il sangue mi arriva al cervello.

«Non ti credo!»

«Prova a chiederlo a lei, allora. Vediamo la nostra Iris quanto sarà sincera col suo nuovo amore» dice e io gli assesto un pugno sul naso.

La gente si scansa e io mi faccio spazio tra la folla.

La trovo insieme a Lin.

«Logan!» esclama felice, ma non ha la minima idea di quanto sia incazzato in questo momento. Non mi ha mai visto così e, se è come mi ha detto Roy, è meglio per entrambi che mi stia alla larga.

«Ho appena parlato con Roy. Voglio sapere se mi ha detto la verità o solo stronzate» ringhio furioso e Lin la guarda.

«Vi lascio soli» esala, sgattaiolando via.

«Logan...»

«Siete usciti insieme? Ieri sera siete usciti insieme e non mi hai detto nulla?» urlo e lei trasalisce.

«Logan, mi dispiace. Non è stato come...»

«Come cosa? Ti ha davvero baciata?» chiedo e lei mi guarda con aria colpevole.

«L'hai fatto salire a casa tua e ci sei quasi finita a letto, è questo quello che mi ha detto. Ti prego, dimmi che erano solo stronzate. Dimmelo, Iris. Maledizione, guardami!» grido, alzandole lo sguardo.

Gli occhi sono tristi e pieni di lacrime. Non c'è bisogno che dica niente.

«Cristo!» impreco, lasciandola andare.

«Logan, ti posso spiegare.»

«No! Non voglio sapere altro» dico e vado via, facendomi spazio tra la folla.

Arrivo all'esterno della casa e prendo le chiavi dell'auto.

«Logan! Logan, aspetta. Ti prego» la sento urlare, ma non mi fermo.

Sento i suoi passi, sento che è vicina. Mi tira per un braccio e la guardo negli occhi. Mi sento l'uomo più ferito del mondo.

«Mi dispiace. Non avrei mai voluto andasse così, te lo giuro. È stato solo un…»

Non riesce a parlare, si sente in colpa e si vede lontano un miglio, ma io non la perdonerò mai per avermi mentito.

«Che cosa avrei dovuto fare, Logan? Insomma, tu te ne eri andato lasciandomi con delle parole orrende.»

«Alle quali avevi detto di non credere» tuono con astio e lei mi guarda triste.

«Lo so, lo so, lo avevo detto, ma poi ho visto le tue foto con quella donna e ho dato di matto. Credevo fosse la tua amante, credevo fosse quella di cui mi avevi parlato, quella di cui sei stato innamorato.»

«Non c'è mai stata quella donna, Iris, non è mai esistita. E se tu fossi stata un tantino più intelligente, l'avresti capito tempo fa» ringhio e lei mi guarda delusa.

«Logan…»

«Non voglio più sentire niente. Basta! Non posso credere che tu mi abbia mentito così, che sia andata da lui come niente fosse, cadendo tra le sue braccia. Ti sei arresa al primo ostacolo, Iris, e questo non te lo perdonerò mai» dico rabbioso e faccio per andarmene, ma lei mi ferma ancora.

«No! Non puoi farmi questo, Logan. Ho sbagliato, è vero, ti chiedo scusa, ma non puoi punirmi così. Ero delusa, lo capisci? Ero convinta che mi stessi tradendo!»

«E quindi hai pensato: rendiamogli pan per focaccia» ironizzo nervoso.

«Non siamo finiti a letto insieme, Logan, te lo giuro» dice per giustificarsi.

«No, ma ci siete andati molto vicini, Iris» ribatto e l'idea di lei che gode sotto il suo tocco, sotto i suoi baci, dopo aver provato il mio tocco e i miei baci, mi fa impazzire.

«Che cosa avrei dovuto fare?»

«Sul serio? Mi stai davvero chiedendo cosa avresti dovuto fare? Beh, io ti dico cosa non avresti dovuto fare: non avresti dovuto uscire con lui, non avresti dovuto baciarlo né tantomeno invitarlo a casa tua. Non avresti dovuto permettergli di toccarti, né godere mentre lui ti succhiava... non riesco nemmeno a immaginare che tu abbia fatto una cosa del genere!»

«Non ha significato niente. Non ho provato niente, Logan, te lo giuro. Noi due non stavamo nemmeno insieme, non hai mai voluto definire ciò che eravamo. So che non è una giustificazione, ma...» prova a dire, in lacrime, ma io non voglio ascoltarla.

«No, non l'ho mai definita e no, non è una giustificazione! Sai qual è stata la differenza tra me e te, Iris? Che mentre io ero in un'altra città a lavorare, a provare a salvare il culo a un'amica, mentre io ti pensavo e pensavo a quanto mi sentissi di merda per tutte le cattiverie che ti avevo sputato addosso, mentre ero lì a struggermi per te, per noi, con la consapevolezza che non ci sarebbe stata nessuna dopo di te, tu... tu eri nel tuo letto con lui» dico con delusione e lei mi guarda triste.

«No, Logan, ti prego, no, non è andata così, anch'io ti pensavo e pensavo che mi avessi presa in giro e lo so che ho sbagliato e che avrei dovuto parlarne con te, prima di cercare conforto altrove, ma non punirmi per una stupidaggine, ti scongiuro» implora.

«Una stupidaggine? Tu questa la chiami stupidaggine? Sei quasi finita a letto con lui e non me l'hai detto. Mi hai mentito e mi hai portato qui con la consapevolezza che lui c'era.»

«No, questo no. Lui non doveva esserci, avevo chiesto a Elle, prima di accettare di venire. Mi aveva detto che non sarebbe venuto.»

«Beh, mi dispiace per te, ma lui l'ha fatto e mi ha detto tutta la verità, rompendoti le uova nel paniere. Che peccato, no?»

«Non l'ho detto per questo. Logan, ti prego...» fa per toccarmi, ma mi scanso.

«Non toccarmi! Non ti azzardare ad avvicinarti a me! Torna pure dentro a divertirti con i tuoi amici. Io me ne vado.»

Mi incammino verso l'auto a passo svelto e lei mi chiama ancora, poi sento la voce di John che la blocca e le dice di lasciarmi andare.

Salgo in auto e sfreccio via, via da tutta la merda che ho sentito stasera, via dalle bugie, dalle menzogne, dal dolore.

Aveva detto che mi credeva e che era sicura che le mie parole cattive fossero stronzate. Aveva detto che mi avrebbe aspettato, che non mi avrebbe voltato le spalle, che non si sarebbe arresa, invece l'ha fatto.

Alla prima buona occasione, al primo problema, lei mi ha voltato le spalle e si è arresa, come fanno tutti con me.

È questo che fanno: loro si arrendono.

Si sono arresi i miei medici, quando mi dichiaravano "un caso perso" e dicevano che non sarei mai guarito. Si è arreso mio padre, quando ha preferito fingere che il problema non ci fosse, voltandomi le spalle. Mi sono arreso io, perché la mia vita faceva schifo e sarà sempre così, farà sempre schifo. Ora, da sempre... per sempre.

CAPITOLO 23

IRIS

Rientro in casa con Jonathan che mi tiene stretta, mentre piango come una fontana.

Mi porta da Lin che, quando mi vede, mi abbraccia forte.

Mi perdo nel suo abbraccio e mi appoggio alla sua spalla, sfogando tutto il mio dolore.

«Iris, ascoltami, conosco Logan meglio di chiunque altro, gli passerà, fidati, dagli solo un po' di tregua. Quando è arrabbiato diventa intrattabile e non ragiona, quindi è inutile sprecarci tempo, sarebbe deleterio e doloroso, soprattutto per te. Ti sputerebbe in faccia cattiverie che non pensa e non ne vale la pena, fidati. Domattina, quando le acque si saranno calmate, prova a mandargli un SMS o a chiamarlo e vedi come va» dice John, mentre io continuo a singhiozzare sulla spalla di Lin.

Mi calmo un po' e, ancora in lacrime, gli rispondo.

«Non posso, John, ho bisogno di vederlo, di parlargli. Deve capire che lo amo, devo farglielo capire.»

«Sono sicura che lui lo sappia già, tesoro. Dagli solo un attimo di respiro. Adesso è confuso e... deluso. Lascia che gli passi l'arrabbiatura, poi sistemerai tutto» interviene Linette che, finora, era rimasta in silenzio.

«Ragazzi, voi non potete capire. Il modo in cui mi ha guardata... lui... era offeso, amareggiato e... non posso perderlo, io non posso» dico, provando ad asciugarmi le lacrime, ma gli occhi si bagnano di nuovo.

Mi terrorizza l'idea di perderlo, non adesso che le cose stavano andando bene, non adesso che lui aveva deciso di abbandonarsi a me e di creare un futuro insieme. Non dopo tutte le cose meravigliose che mi ha detto. Non posso!

«Non lo perderai, Iris, fidati di me. È vero, Logan adesso è amareggiato, ma domani vedrai che gli sarà già passata. Il mio amico sa perdonare, credimi» assicura John.

«E se pensasse che non me ne frega niente? Se pensasse che non lo chiamo perché non mi importa, o che non lo cerco perché credo di avere ragione? Io so di aver sbagliato, so che ho torto marcio, ma... ho fatto un errore e voglio rimediare. Ho bisogno di rimediare con lui.»

«Lo farai, tesoro, stanne certa. Entrambi vi siete detti e fatti cose sbagliate. Sono sicura che, se poteste tornare indietro, fareste andare le cose diversamente, ma recupererete rimediando a tutto, te lo prometto» giura Lin, abbracciandomi forte.

Avverto tutto il suo affetto dalla scarica d'amore che mi arriva tra le sue braccia. Mi asciugo le lacrime e mi calmo un po'.

Guardo le mie mani e sono piene di trucco. Lin mi guarda e ride, per smorzare un po' la tensione.

«Su, vai di sopra a sciacquarti la faccia, pagliaccio!» dice, prendendomi in giro.

«Sì, mi sa che è il caso» rispondo, sorridendo un po'. Anche se sto morendo dentro, la mia migliore amica riesce sempre a strapparmi un sorriso.

«Grazie di avermi consolata, ragazzi» dico, sia a lei sia a John.

«Figurati» risponde Jonathan dolce.

«Vuoi che ti accompagni?» chiede Lin, guardando in alto e io scuoto la testa.

«Non c'è bisogno. Il tempo di sciacquarmi il viso e scendo» le prendo la mano per dirle ancora grazie. Lin me la stringe forte e mi guarda comprensiva.

La lascio andare e mi reco al piano di sopra. Il bagno, per fortuna, è libero.

Mi sciacquo gli occhi, provando, con le dita, a togliere via il trucco sbavato.

Quando ho finito, mi guardo un'ultima volta allo specchio.

Ho l'aria stanca, afflitta, triste. Penso a Logan, a dove sia adesso, a quanto si stia dannando, e vorrei solo poter correre da lui e dirgli quanto lo amo e che farò di tutto per rimediare ai miei errori.

Esco dal bagno, richiudo la porta, e una mano mi prende, tirandomi in una stanza.

«Ahi!» mi lamento, sbattendo contro il muro.

La porta si chiude, la luce è soffusa. Guardo il volto di chi mi ha chiusa qui dentro e riconosco gli occhi di Roy.

«Roy?» chiedo, sbalordita.

«Ciao, I.» dice avvicinandosi e toccandomi il viso.

Puzza di alcool in una maniera incredibile.

«Sei ubriaco, Roy, lasciami andare» provo a uscire, ma lui mi blocca, chiudendo la porta a chiave.

«No, no. Tu non te ne vai. Dobbiamo parlare» biascica, dondolando.

«Non abbiamo niente da dirci. Anzi, la dico io una cosa a te: sei uno stronzo! Che motivo avevi di raccontare tutto a Logan?» chiedo arrabbiata.

«Ma, piccola, credevo lui lo sapesse. Hai detto che è il tuo grande amore e io ho pensato, ingenuamente, che al grande amore si racconti tutto» ironizza, spostandomi i capelli.

Sono ancora attaccata al muro e voglio andarmene. Non mi piace che mi trattenga contro la mia volontà.

Conosco Roy e so che non mi farebbe mai del male, in due anni è stato un fidanzato perfetto, ma non mi piace stare con lui così. È ubriaco e dovrebbe solo tornare a casa per riposare e far sì che la sbornia passi.

«Glielo avrei raccontato, infatti, ma a modo mio e con i miei tempi. Ora lasciami andare, Roy. Tornatene a casa e fatti una bella dormita, ne hai bisogno» dico spostandolo, ma lui mi tira di nuovo a sé.

È pericolosamente vicino e il suo corpo preme sul mio togliendomi il respiro. È pesante e mi fa male.

«No. Non te ne vai da qui, prima di avermi dato ciò che voglio!» ringhia e io comincio a spaventarmi davvero. È fuori di sé.

«Roy, lasciami, mi stai spaventando» supplico, ma nei suoi occhi non riconosco il Roy dolce e gentile con cui sono stata per due anni interi. No. Nel suo volto c'è odio, rabbia, risentimento e voglia di vendetta.

«Se devi stare con lui, piccola, devo almeno averti un'ultima volta» sibila nel mio orecchio e in un attimo mi scaraventa sul letto.

«No!» urlo, ma lui è già sopra di me.

Si spinge sul mio corpo e comincia a baciarmi. Giro la faccia da un lato e dall'altro, urlando e dimenandomi con tutte le mie forze.

Roy mi stringe forte, tenendomi bloccata per impedirmi di scappare.

Mi sembra di vivere un incubo, questo non è reale, non sta succedendo a me, non con lui.

«Se ti agiti, sarà peggio, I., lasciati andare» biascica piano, ma io non lo ascolto. Le lacrime mi rigano il viso e mi gira la testa.

"Ti amo, I." mi aveva detto. Stavamo insieme da due mesi e mi aveva regalato una collana d'argento con un ciondolo a forma di stella. "Sei la mia stella" diceva. La sua stella!

Continua a toccarmi, senza permesso, e sento che, con una mano, si sbottona i pantaloni. Io continuo a dimenarmi, provo a fuggire via, così lui mi sposta in un colpo, facendomi finire di spalle, in modo da tenermi i polsi bloccati dietro la schiena.

«Roy, basta, ti prego, lasciami!» urlo, ma lui non mi ascolta.

"Sei bellissima" aveva detto la prima volta in cui mi aveva vista nuda, in cui avevamo fatto l'amore. Io mi sentivo a casa, al sicuro. Mi sentivo protetta, accanto a lui.

Ed è proprio da lui, adesso, che mi devo proteggere! Da lui, che diceva di amarmi e mi trattava come fossi un cristallo che, con un semplice movimento brusco, avrebbe potuto infrangersi.

«No, Roy, no!» urlo e lui mi alza il vestito, strizzandomi forte il sedere.

Ho la faccia nel cuscino e non riesco a respirare.

Nessuno ti salverà, Iris, nessuno verrà a salvarti!

Giro la faccia di lato, per respirare, e la vedo, una lampada, è la mia unica occasione.

Riesco a liberare un braccio e in un attimo la prendo, provando a rompergliela in testa, ma sono di spalle e il colpo non lo scalfisce.

Prova a togliermela di mano e, in quel momento, lascia andare anche l'altro braccio.

Comincio a colpirlo forte e lui si scansa, dandomi modo di girarmi di faccia.

Gli do una ginocchiata nelle parti basse, più forte che posso, e lui urla.

Mi alzo dal letto velocemente e corro verso la porta. Prima che possa girare la chiave, però, lui mi raggiunge. Sbatto di nuovo al muro, ma riesco ad assestargli un nuovo calcio.

Guardo la finestra, è la mia unica speranza.

Corro verso questa, mentre Roy si accascia davanti alla porta, bloccandola.

Esco sul tetto e guardo di sotto, non ho molto tempo per pensare, devo saltare.

La caduta da qui non so quali conseguenze potrebbe avere, ma…

Prendo un bel respiro e, guardandomi indietro per un istante, vedo che Roy si è rialzato e sta venendo verso di me.

Non ho più tempo per pensare, devo saltare, adesso.

Guardo in cielo e dico "Aiutami, mamma" e, chiudendo forte gli occhi, salto giù.

Il tonfo è forte e la testa fa male. Sento le grida delle persone che stavano fuori casa di Elle e mi hanno vista cadere.

Provo a muovermi, le gambe sembrano a posto, ma il braccio sinistro mi fa un male cane.

«Oddio, Iris!»

Sento la voce di Lin e la vedo sfocata.

«Tesoro, che è successo? Iris!»

Mi sbatte la mano sul viso per farmi riprendere. Intravedo John.

«Dobbiamo portarla in ospedale. Potrebbe avere qualcosa di rotto!»

È la voce di John, sembra preoccupato.

«Sì, ma perché si è buttata, perché? Iris, sei pazza!» urla Lin e vedo che comincia a piangere.

Non capisco più nulla. La vista si annebbia e l'ultima cosa che ricordo sono gli occhi terrorizzati e tristi della mia migliore amica.

***

LOGAN

Sono alla casa sul mare, è qui che vengo quando ho bisogno di stare solo, quando ho bisogno di un posto tranquillo per riflettere.

Il telefono squilla, ma non mi interessa vedere chi è. Potrebbe essere lei e io non voglio nemmeno leggere il suo nome su uno stupido telefono, in questo momento.

Mi stendo sul letto e guardo il soffitto, col pensiero a lei e a ciò che ha fatto.

Mi ha deluso, mi ha deluso profondamente e io non so se le cose potranno mai tornare come prima.

Il telefono continua a squillare e io mi faccio coraggio, guardando il display.

Il nome che lampeggia è quello di John, ma non ho voglia di sentire nemmeno lui in questo momento.

La chiamata finisce e, dopo poco, il telefono squilla ancora. È sempre John.

Continuo a farlo squillare e metto il silenzioso perché il suono mi sta martellando il cervello.

Vado in bagno, mi faccio una doccia per lavare via la delusione e il sapore amaro di ciò che provo.

Quando ho fatto, mi rivesto con calma, come se il tempo potesse aiutarmi a sentirmi meglio.

Torno nella mia stanza e sul letto il mio telefono è illuminato da una notifica. È un messaggio in segreteria.

Rimango qualche istante bloccato, indeciso se ascoltarlo oppure no. Potrebbe essere lei e non mi va di sentire la sua voce.

Alla fine cedo e prendo il cellulare. Premo la notifica e ascolto il messaggio.

«Logan, sono io, ehm... senti, stiamo andando in ospedale perché... Iris si è fatta male, ok? Non è nulla di grave, ma... devi venire qui, lei ha bisogno di te. Raggiungici al *Zuckerberg*, per favore.»

Il cuore si ferma nel petto e mi manca il fiato. Che significa "si è fatta male"?

Lascio casa e corro alla macchina, mettendo subito in moto.

«Chiama John!» dico e i comandi fanno partire la chiamata. Gli squilli della sua linea, che grazie a Dio è libera, risuonano in tutto l'abitacolo.

«Pronto.»

«John, sto arrivando. Che cazzo è successo?» chiedo preoccupato e spingo il piede sull'acceleratore.

«Logan, è meglio che ne parliamo da vicino.»

«No, John, voglio saperlo adesso. Che cazzo significa che si è fatta male? Sta bene? Sta...»

Non riesco nemmeno a finire la frase, perché mi sento male. La sola idea che lei possa soffrire mi paralizza.

«È con i medici adesso, era svenuta. Attendiamo notizie, ma è meglio che tu venga qui.»

«Che cazzo significa era svenuta? Hai detto che si era fatta male!» chiedo confuso.

«Sì, infatti, credo... credo che si sia rotta qualcosa» dice e io sgrano gli occhi.

«Rotta qualcosa? Dio santo, John, che significa? Mi stai mandando fuori di testa, dimmi che è successo e basta!» urlo.

«Logan, tu non sai reagire alle pressioni.»

«Scusami?»

«Non voglio che raggiungi i duecento all'ora solo per venire prima» dice preoccupato.

«Sto già correndo come un matto e giuro che se non mi dici che cazzo è successo ci arrivo ai duecento all'ora e li supero pure» ringhio rabbioso.

John prende un bel respiro.

«Si è lanciata dal piano di sopra, dal tetto. Era salita per andare in bagno, io e Lin eravamo giù. So solo che a un certo punto abbiamo sentito delle urla e siamo usciti a vedere che fosse accaduto. L'abbiamo vista per terra, la gente continuava a dire che si era buttata» confessa e il cuore comincia a battermi all'impazzata.

Si è buttata dal tetto? Perché? Per colpa mia? Voleva ammazzarsi, è questo che voleva fare?

«Logan... Logan ci sei?»

«Sto arrivando!» dico e attacco la chiamata.

Spingo di più l'acceleratore e spero di trovare la forza di arrivare in ospedale tutto intero.

Quando arrivo al *Zuckerberg San Francisco General Hospital*, chiedo di lei e mi indicano il piano.

Lo raggiungo e trovo Lin e John che aspettano.

Corro dal mio amico e guardo Lin che sembra molto preoccupata.

«Come sta? Dov'è?» chiedo con gli occhi lucidi.

«Stiamo aspettando. Quando siamo arrivati qui sembrava avesse solo un braccio rotto, ma aveva perso conoscenza» fa Lin triste.

«Maledizione!» urlo, dando un pugno nel muro.

«Logan, calmati» prova a tranquillizzarmi John, ma io sono fuori di me.

«Calmarmi? Come cazzo faccio a calmarmi? Si è buttata di sotto, voleva... suicidarsi.»

«No, Iris non lo farebbe mai» fa Lin, scuotendo la testa e piangendo.

«Davvero? E allora perché si è lanciata, eh? Dio, è tutta colpa mia» mi rimprovero, ma John mi ferma.

«Logan, non fare così, non accusarti di qualcosa di cui non hai colpa. Non sappiamo come siano andati i fatti o perché abbia deciso di buttarsi. Magari era solo ubriaca ed è scivolata, non possiamo saperlo» dice per convincermi che la colpa di tutto non sia mia, ma io non riesco a fare a meno di accusarmi.

«Ragazzi.»

La voce di un medico ci fa girare.

«Logan Dark» mi presento a lui, tendendogli la mano. «Sono il suo fidanzato, mi dica come sta» chiedo preoccupato.

«La paziente, da quanto ci avete detto, si è buttata dal tetto di una villetta. Ha riportato una lesione al braccio sinistro, che abbiamo dovuto ingessare. Vorremmo tenerla sotto controllo almeno per tutta la giornata di domani. La tac era buona, ma con la caduta ha battuto la testa ed è meglio tenerla ancora un po' sotto osservazione» dice e io mi tranquillizzo, anche se solo per un momento.

«Posso vederla?» chiedo e lui annuisce.

«Potrete vederla uno alla volta» dice e mi fa strada.

Lo seguo e, quando arrivo in stanza, la vedo su quel letto e mi si spezza il cuore.

«Ehi» sibilo e lei mi guarda.

«Logan» esala con disperazione e io faccio una fatica immensa per non piangere.

Mi avvicino cauto e, quando arrivo accanto al suo letto, prendo una sedia e la avvicino. Mi metto seduto e le prendo la mano.

«Come stai?» chiedo, senza metterle troppa pressione.

«Mi fa un po' male la testa, ma credo sia normale» dice sorridendo.

«Credo di sì» rispondo freddo, ma non resisto più.

«Iris, perché l'hai fatto? Insomma... ti sei buttata di sotto e...»

«Logan, non è come credi. Non volevo... uccidermi. So che Lin era preoccupata e... mi dispiace di averla fatta soffrire, io non sono come suo padre» dice piangendo.

«E questo che significa?» chiedo.

«Il padre di Lin si suicidò quando lei aveva quindici anni. Le stetti molto vicina, come fece lei quando morì mia madre. Non voglio che pensi.... le promisi che non l'avrei mai abbandonata, ho bisogno di vederla, Logan» dice, provando a mettersi seduta.

«D'accordo, dopo la chiamo, ok? Ma adesso devi dirmi...»

«No! Ho bisogno che ci sia anche lei, e John. Altrimenti non saprai mai la verità» biascica terrorizzata.

«Iris, non capisco.»

«Non devi capire, devi solo chiamare loro e saprai tutto. Per favore» mi implora, stringendomi la mano.

«Ok.»

Mi alzo ed esco dalla stanza, chiamando Lin e John, sperando che nessuno ci veda, visto che il dottore aveva detto di entrare uno alla volta.

«Tesoro» strilla Lin, correndo incontro a Iris per abbracciarla forte.

«Lin, non mi sono buttata. O meglio, sì, ma non per ammazzarmi. E, John, ho bisogno che mi prometti che non gli permetterai di commettere sciocchezze, ti prego» chiede a John, guardando me e io sono confuso.

Che significa ciò che ha detto?

«Ok, Iris» fa John, guardandomi.

Siamo entrambi in piedi davanti al suo letto, mentre Lin è seduta accanto a lei.

«D'accordo, grazie. Ehm... da dove inizio? Fiu... ehm, quando sono andata in bagno, dopo... cioè, quando sono uscita, ehm... ho visto Roy, o meglio, lui mi ha trascinata in una stanza. Era ubriaco.»

Il sangue mi pulsa forte e mi sale al cervello, mentre il cuore batte all'impazzata.

«Ha iniziato a parlare di ciò che era successo, poi... ha cercato di...» dice tra le lacrime e io sono sotto shock.

«Dio, Iris...» piange Lin, attaccata a lei.

«Non mi ha mai fatto del male in due anni, mai, e tu lo sai, Lin. Era ubriaco, io non lo so... ma è diventato un altro, un mostro.

Mi ha buttata sul letto e io ho provato in tutti modi a difendermi, l'ho implorato di smetterla, di lasciarmi andare, ma lui era come accecato. Sono riuscita a scappare, ma non ho fatto in tempo ad aprire la porta, perché lui mi ha bloccata.

La mia unica via d'uscita era la finestra. Dovevo buttarmi, dovevo farlo, capite?» dice, cercando comprensione e John mi guarda.

Siamo tutti sconvolti, ma io sono furioso. Voglio ammazzare con le mie mani quel verme, voglio vederlo morto.

«Logan, ti scongiuro, non fare niente, non ne vale la pena. Dimentichiamo solo tutto, te ne prego» dice e io mi limito a fissarla senza dire una parola.

«Per favore, Logan...» chiede ancora.

«Ho bisogno d'aria, scusatemi» biascico e faccio per andare via, ma John mi blocca.

«Vengo con te» dice, lanciando uno sguardo d'intesa a Iris, ma io non gli permetterò di fermarmi.

Bobby ha pagato e anche Roy deve pagare.

Nessuno può capire Iris meglio di me, nessuno! E farò di tutto perché Roy abbia la fine che merita. Di tutto!

CAPITOLO 24

LOGAN

Sono fuori di me, non riesco a connettere e mi manca il respiro.

«Logan, Logan!» mi chiama John, come a riportarmi nella realtà.

«Io lo ammazzo, John, ti giuro che lo ammazzo» ringhio, furioso oltre ogni limite.

Immagino quello che le ha fatto e come debba essersi sentita lei: persa, sola, spaventata... anzi, no, terrorizzata.

Posso capire come si è sentita, posso percepire il suo dolore. Ci sono passato e quel dolore non se ne va.

Mi si bloccano i battiti, perché immagino la scena davanti ai miei occhi. Lui che cerca di violentarla, lei che si dimena e gli implora di smetterla. Il suo corpo pesante che preme contro il suo, mentre lei non vuole. Lei che cerca di scappare e lui che la bracca ancora. E infine la sua decisione drastica di buttarsi giù dal tetto per sfuggire a quel verme.

Avrei dovuto rimanere con te, piccola Rhoden, non sarei dovuto fuggire via.

«Logan, non puoi. Iris ti ha chiesto esplicitamente di rimanerne fuori, di non fare niente. Tu farai quello che lei vuole, perché è lei la vittima e non puoi decidere al suo posto» fa John con sicurezza, ma io non voglio ascoltarlo.

«Quel farabutto deve pagare, John, e io non me ne starò con le mani in mano.»

«Pagherà. Convinceremo Iris a denunciarlo ma, per favore, la violenza non risolve nulla. Ci siamo già passati con tua madre. Vuoi invischiarti davvero in qualcosa di losco come ha fatto lei, eh? Viviamo ogni giorno con la paura che qualcuno possa scoprire, che possa aver visto e che venga a far pagare a tua madre il suo conto» dice John, allontanandomi dall'ingresso dell'ospedale.

«La situazione è diversa, John, perché stavolta lo ucciderò con le mie mani» esalo di ghiaccio e lui trasalisce.

«No, Logan, non puoi. Non devi sporcarti le mani per un verme del genere, non ne vale la pena. Come pensi la prenderebbe Iris, eh? Credi che voglia stare con un assassino? Hai pensato a questo? Per favore, amico, ragiona!»

«Lo farò, ma adesso voglio solo vendetta, John. Quel bastardo pagherà e sarò io a fargliela pagare!» tuono e faccio per andare via.

John mi segue, mentre io avanzo a grandi falcate fuori dall'ospedale.

Raggiungo l'auto col mio migliore amico ancora alle calcagna e, quando prova a fermarmi, mi volto e gli assesto un pugno sul viso.

«Scusa, amico, ma non mi fermerai. Nessuno lo farà» dico ed entro in auto sfrecciando a tutta velocità.

Troverò Roy e lo ammazzerò con queste mani, quanto è vero che mi chiamo Logan Dark!

***

IRIS

Il mattino dopo, mi sveglio confusa, la testa mi fa nuovamente male e sono ancora bloccata in questo dannato letto d'ospedale.

Mi guardo intorno, ma non c'è nessuno, né Lin né John e tantomeno Logan.

Mi chiedo dove siano finiti e soprattutto se Logan sia ancora qui o sia andato a cacciarsi in qualche guaio.

Forse non avrei dovuto dirgli la verità, forse avrei dovuto tacere, avrei dovuto lasciargli credere che mi fossi buttata e basta.

Se dovesse accadere qualcosa a Logan, sarebbe colpa mia.

Non l'ho mai visto così sconvolto e la causa sono io e la mia dannata boccaccia che avrebbe dovuto stare zitta!

Sento la porta che si apre e Lin entra richiudendosela alle spalle.

Ha in mano un vassoio con la colazione. Si avvicina a me e si siede su una sedia accanto al mio letto.

«Buongiorno, splendore. Questo è per te» dice poggiando il vassoio sulle mie gambe.

«Grazie, Lin, sarei persa senza di te» ammetto, guardandola con amore.

«Figurati. Ascolta, Iris, ho appena chiamato tuo padre, sta arrivando. Non gli ho descritto le dinamiche dell'incidente e non so cosa tu voglia dirgli, ma è una decisione che spetta a te. Io gli ho solo detto che eri in ospedale perché ti eri rotta un braccio per una caduta, ma non ho specificato né come né perché.»

«Hai fatto bene, tesoro, grazie. Non voglio si preoccupi. Gli dirò che sono scivolata, non deve sapere di Roy» sibilo, mentre lo stomaco si stringe, al ricordo di ieri sera.

«Ehm... a proposito di questo... Roy è andato alla polizia ad autodenunciarsi» dice e io spalanco gli occhi.

«Cosa?»

«Sì, mi ha chiamato Elle per dirmelo. È andato lì poco dopo che noi abbiamo lasciato la festa per portarti in ospedale. Elle mi ha detto che ha confessato a lei e ad altri amici la verità e che doveva pagare per quello che ti aveva fatto. Proprio per questo sarebbe andato lui stesso alla polizia a confessare.»

«Ci è davvero andato?» chiedo sbalordita.

«A quanto dice Elle, sì. Ha chiamato un taxi per farsi accompagnare alla centrale. Qualche suo amico aveva provato a chiedergli di parlare con te e chiederti scusa nella speranza di appianare le cose, ma lui è sembrato molto deciso ad andare fino in fondo» racconta e io sono sotto shock.

«Devo andare da lui» faccio per alzarmi, ma lei mi ferma.

«Iris, no, il dottore vuole tenerti un'altra giornata qui per sicurezza. E tuo padre sarà qui a momenti. In ultimo, perché cavolo vuoi andare da lui? Non ti basta ciò che ha fatto?»

«Lin, era ubriaco, lui non è così. Sì, deve pagare in qualche modo, ma non finendo in carcere» ammetto.

So quanto mi abbia fatto male, soltanto io so cosa ho provato in quei momenti, ma sono sicura che c'è un motivo più profondo che ha fatto impazzire Roy, e non solo perché era ubriaco.

Il Roy che stava con me, quello che ho conosciuto in due anni, che mi trattava come una principessa, non mi ha mai sfiorata con un dito, mai, nemmeno per sbaglio.

«Tu sei completamente matta! Iris, ti ha messo le mani addosso e se tu non fossi riuscita a fuggire, ti avrebbe violentata. Come fai a giustificarlo?» chiede basita, alzando un po' troppo la voce.

«Io...»

Non faccio in tempo a parlare, che la porta si apre di scatto, mostrandomi un Logan completamente furioso.

«Quel bastardo si è autodenunciato alla polizia. Maledizione!» impreca, fuori di sé.

«Perché ti arrabbi? Dovrebbe essere una bella notizia, no?» chiede Lin, guardandolo stranita.

«Perché dovevo ammazzarlo con le mie mani, Lin, ecco perché» risponde Logan e io sgrano gli occhi.

Avrebbe davvero fatto una cosa del genere per me?

Io non avrei mai voluto!

«Invece adesso la polizia indagherà, ti convincerà a denunciarlo, ci sarà un processo e se tutto va bene starà fuori in quattro e quattr'otto.»

«Un processo? Potrebbe essere condannato?» chiedo incredula.

«Iris, smettila di preoccuparti per lui, basta! Anzi, Logan ha detto bene. Se non lo denunci la cosa si chiuderà qui. Devi farlo.»

«Ma io...»

«Ti stai davvero preoccupando per lui, Iris? Ma che cazzo hai nel cervello? Vuoi davvero preservarlo dopo quanto accaduto?» urla Logan, gesticolando nervoso.

«Io non... dico solo che la prigione mi sembra una cosa esagerata, tutto qui» confesso, vergognandomi e Logan mi raggiunge.

«Esagerata? Ti sembra esagerato che un bastardo paghi per averti fatto del male, provando a forzarti a fare una cosa che non volevi fare? Facendoti sentire sporca, sola, in colpa... Facendoti credere che sia successo perché è questo che meritavi! Sei finita in ospedale con un braccio rotto e ti è andata anche bene, considerato il volo che hai fatto, quindi non venirmi a dire che la prigione per lui sia esagerata!» ringhia, attaccato alla mia faccia.

«Logan, lo so, che credi? C'ero io in quella stanza con lui, non tu. È solo che... conosco Roy e.... fatico a credere che sia diventato un mostro» sibilo e una lacrima mi cola sul viso.

«Le persone cambiano, tesoro, a volte succede» fa Lin, prendendomi una mano.

«Sì, forse hai ragione tu. Avete ragione entrambi. Sono solo molto scossa e confusa.»

«Riposati un po', ok? Io e Lin siamo qui fuori, ti lasciamo dormire, così vedrai che ti sentirai meglio, va bene?» fa Logan con dolcezza e mi accarezza il viso.

Annuisco, chiudendo gli occhi sotto il suo tocco. Dopo poco essersene andati, arrivano mio padre e mio fratello Cedar e io mi impegno a raccontar loro la bugia più grossa della mia vita.

Tre giorni dopo, sono finalmente fuori dall'ospedale e Logan mi è venuto a prendere per riaccompagnarmi a casa.

In macchina, però, abbiamo litigato pesantemente, perché io gli ho chiesto di portarmi in prigione, da Roy. Lo stanno tenendo in custodia in attesa di processo.

Dopo le domande della polizia, aver raccontato tutto a mio padre e mio fratello, mi sono convinta che avevano ragione loro: dovevo sporgere denuncia.

Nonostante provi pena per lui, è giusto che paghi. Per salvarmi dalla sua furia ho quasi rischiato di ammazzarmi e porto ancora dentro e fuori i segni di quanto accaduto.

Nonostante ciò, devo vederlo, ho bisogno di guardarlo in faccia e capire cosa gli è accaduto, cosa è accaduto al Roy che conoscevo e di cui mi ero innamorata.

Ho bisogno di chiudere col passato.

Solo dopo aver insistito a lungo, Logan si è arreso e ha deciso di accompagnarmi.

Siamo in fila e io aspetto il mio turno. Lo guardo mentre, con lo sguardo arrabbiato e fisso nel vuoto, mi sta in qualche modo urlando che mi odia.

«Non odiarmi, Logan, ti prego» lo supplico, allungando una mano per accarezzarlo.

Lui sposta la mia mano e mi guarda torvo.

«Non ti odio, Iris, ma proprio non ti capisco. Stai facendo una grandissima cazzata! Quell'uomo ti ha quasi violentata e tu vuoi parlargli? Per dirgli cosa? Cosa vuoi che lui ti dica? Che ti chieda scusa, eh? Beh, ti svelerò un segreto: le sue scuse non ti aiuteranno a sentirti meglio.»

«Io non voglio le sue scuse, non lo perdonerò mai per ciò che mi ha fatto, ma ho bisogno di capire cosa è andato storto in lui.

Logan, l'altra sera, quando l'ho invitato a casa mia, mi sono fermata. L'ho pregato di smettere di baciarmi e lui si è allontanato. Perché? Insomma, avrebbe potuto andare avanti. Non c'era nessuno, eravamo solo io e lui, mi aveva a portata di mano. Invece si è fermato e mi ha anche chiesto scusa per aver esagerato e non essersi allontanato al mio primo "basta". Spiegami perché...»

«Questo non lo so, Iris. Magari la gelosia gli ha dato alla testa o forse l'alcool ha fatto la sua parte, ma se avesse voluto fermarsi davvero, se non avesse voluto farti del male, l'avrebbe fatto alla festa, ti avrebbe lasciata andare. Invece non l'ha fatto, piccola. Ti prego, andiamocene via e dimentichiamoci di questa storia» mi implora, ma in quel momento una voce ci interrompe.

«Iris Rhoden. Può venire, è il suo turno.»

Lascio Logan e, quando mi giro per guardarlo un'ultima volta, il suo volto è nero come la pece.

Seguo la guardia lungo un corridoio e arrivo nella stanza addetta alle visite.

Ci sono un mucchio di persone sedute e l'unica cosa che le separa dai loro cari è un enorme vetro.

Prendo posto e Roy è qui, davanti a me. Ha già il telefono vicino all'orecchio. Quando alzo la mia cornetta, è lui il primo a parlare.

«Mi dispiace, I., per tutto. So che ti ho fatto del male, troppo, e so anche che tu non mi perdonerai mai, ma sono qui perché lo merito e perché l'unica cosa per cui io stesso non mi perdonerò mai è averti fatto quello che ho fatto» dice, con le lacrime agli occhi.

«Perché...?» domando, col cuore che batte a mille.

Sono agitata e pervasa da una strana sensazione di angoscia.

«Non ho giustificazioni, Iris. Io non so cosa mi sia preso. Ero ubriaco e fuori di me. Ti rivolevo e l'idea che tu avessi scelto Logan mi faceva ammattire. Eri stata con me la sera prima e io mi sono sentito preso in giro. Sono stati mesi duri, per me, I., non sai quanto. Il lavoro non sta andando così bene come ti ho detto. Ho fatto un mucchio di casini.

Poi, mia madre ha scoperto di avere un cancro allo stadio terminale, le resta poco da vivere» confessa e io sono senza parole.

«Oh, Dio, Anne...» sibilo sotto shock. La madre di Roy è una donna fantastica, mi faceva sempre sentire come una figlia, quando andavamo a trovarla.

«Ne ho combinate tante, troppe, ma non cerco giustificazioni. Avrei dovuto farmi aiutare, curarmi, trovare qualcuno che riuscisse a farmi stare meglio e superare questo periodo assurdo, invece non l'ho fatto e la mia vita è andata a puttane per colpa mia, soltanto mia, I.»

«Avresti potuto dirlo a me. Ti avrei aiutato, anche se non stavamo più insieme» dico comprensiva.

«Lo so, sono stato un coglione e... Dio, piccola, non mi perdonerò mai per ciò che ti ho fatto» sibila e inizia a singhiozzare.

Piange disperato, non l'ho mai visto così.

«Mi dispiace, Roy, non avrei voluto andasse così. Ma mi hai terrorizzata l'altra notte e non ti perdonerò mai per avermi fatto stare così male. Probabilmente avrò gli incubi per colpa tua e, se camminerò da sola per strada, di notte, mi guarderò indietro mille volte per la paura di essere aggredita. La mia vita cambierà a causa tua» ammetto, tra le lacrime, e lui mi guarda con disperazione.

«Lo so, lo so, mi dispiace. Mi dispiace così tanto...» dice piangendo.

Lo guardo un'ultima volta, chiedendomi perché si sia ridotto così e cosa abbia fatto io per meritare tutta quella violenza da parte sua.

«Spero che troverai in qualche modo la tua pace, Roy. Addio» esalo e rimetto a posto la cornetta.

Lui mi guarda e appoggia una mano al vetro, come a chiedermi un'ultima volta perdono.

Lo osservo un istante, poi me ne vado, lasciandolo con i suoi tormenti, consapevole del fatto che si sia preso per sempre una parte di me, una parte che non potrà più tornare al suo posto.

CAPITOLO 25

LOGAN

Sono passate tre settimane da quando siamo andati al carcere e Iris ha parlato con Roy.

Sto provando a starle accanto e a supportarla in ogni modo. Deve tornare a fidarsi della vita e del prossimo. Deve capire che d'ora in poi ci sarò io accanto a lei e non permetterò a nessuno di farle del male.

Vorrei tenerla per sempre al sicuro tra le mie braccia, proteggerla dai mali del mondo. Vederla star male, vederla soffrire, piangere e tremare, è stato quanto di più brutto potessi vivere.

Iris è diventata tutto il mio mondo, la ragione per cui esisto e respiro. Sarei perso senza di lei, non posso vivere senza di lei.

Da tre settimane tento di convincerla a rimanere a dormire da me, ma non ne vuole sapere.

Credo sia per paura che io la tocchi, che provi a fare certe cose, ma le ho giurato che la sfiorerò solo quando lo vorrà. Dovesse volerci tutto il tempo del mondo, la aspetterò.

Entro nella sua stanza, le avevo chiesto di prendersi una pausa dal lavoro, ma non ha voluto sentire ragioni. Dice che lavorare la tiene impegnata e la aiuta a non pensare.

«Ehi» esordisco, entrando.

«Logan.»

«Ti va una pausa? Ti faccio mangiare qualcosa. Ho comprato la cioccolata» dico e lei sorride.

«Hai comprato la cioccolata, per me?» domanda sgranando gli occhi.

«Sì. Vieni!» dico, invitandola ad alzarsi «Il tizio del supermercato mi ha giurato che è la cioccolata più buona presente in circolazione.»

«Vedremo, Mr. Dark» dice divertita, seguendomi fino in cucina.

La faccio sedere sul divano del salotto e prendo la cioccolata dalla mensola.

Gliela porto e mi siedo vicino a lei per osservarla mangiare.

Iris ne taglia un pezzo e la morde.

«Allora? Com'è?» chiedo subito.

«Puoi assaggiarla tu stesso e dare un giudizio» dice porgendomela, ma io scuoto il capo.

«Non mangio dolci, Iris, lo sai.»

«Beh, comunque non ti perdi granché.»

«Scusa?» faccio, leggermente offeso.

«È fondente extra. Troppo extra. C'è solo cacao qui dentro, è disgustosa» dice, porgendomela di nuovo.

«Ehm... credevo ti piacesse la cioccolata fondente» mi giustifico, prendendola.

«Questa cioccolata è da dieta! E comunque, no, preferisco quella al latte. Amo le cose dolci... molto dolci» dice, facendomi un occhiolino e io sorrido.

«Me lo segnerò per la prossima volta: cioccolata al latte, la più dolce che ci sia» dico a mo' di slogan e lei scoppia a ridere, ma poi diventa subito seria.

«Ehm, Logan, c'è qualcosa che devo dirti» fa con sguardo triste e io mi preoccupo.

«Che succede?» chiedo, cercando di mascherare la mia agitazione.

«Niente, io volevo solo... volevo solo chiederti scusa» dice, guardandomi dritta negli occhi.

«Chiedermi scusa?»

«So di averlo già fatto, ma non è abbastanza. Tutto quello che è successo, tutto quanto, è stato colpa mia.»

«No, Iris, no!»

«Sì, invece. Sono io che ho accettato l'invito di Roy per farti dispetto e io che mi sono lasciata baciare e l'ho invitato a salire, finendoci quasi a letto, facendogli credere cose che non provavo. Se non avessi fatto tutto questo, a quest'ora, non avrei ferito te, condannato me a giorni d'inferno e lui alla prigione.»

«No, Iris, questo no, maledizione! Lui merita di stare lì e tu non dovresti provare pena per lui!» urlo di rabbia.

«Io...»

Le prendo il viso tra le mie mani e la obbligo a guardarmi.

«Ascoltami. Voglio che mi ascolti attentamente, Iris: non è stata colpa tua, nulla di ciò che è accaduto è stata colpa tua. Devi convincertene, altrimenti non ne uscirai mai. Tu sei la vittima in tutta questa situazione e Roy merita di pagare per il male che ti ha fatto.»

«E tu? Tu meriti di pagare, Logan? Insomma... sei qui, con me, nonostante io ti abbia ferito e deluso e... aspetti che io... che in qualche modo il mio corpo ritorni a posto e questo non è giusto» dice in lacrime e io gliele asciugo col palmo della mia mano.

«Tesoro, non sono mai stato con te solo per il sesso, lo sai. Non ci stavo allora e non ci sto adesso. Non mi importa quanto tempo ci vorrà, io ti aspetterò qui, perché l'unica cosa di cui mi importa è che tu stia bene» dico deciso. Voglio che capisca ciò che provo per lei, voglio che sappia quanto ci tengo.

Iris rimane un secondo in silenzio, poi si porta la mia mano alla bocca per baciarla. Una lacrima cade su questa e me la bagna. È il suo amore che me la sta bagnando, la sua sofferenza e il suo dolore.

Dio, quanto vorrei avere una bacchetta magica per poterti miracolosamente guarire, piccola Rhoden.

«Sei l'uomo migliore che io abbia mai incontrato, Logan Dark» sibila guardandomi e, in quello sguardo, riesco a percepire tutto l'amore che prova nei miei confronti.

Come ho fatto a meritarmi una come te, piccola? Come?

«No. Non lo sono. È solo che tu fai uscire il lato migliore di me» dico serio e lei scoppia a ridere.

Pagherei tutto l'oro del mondo per vederla sempre ridere. Per vederla felice, allegra, spensierata.

«A mio padre hai fatto un'ottima impressione, all'ospedale, lo sai?» dice e io alzo un sopracciglio.

«Sul serio?» mi ricordo del fugace incontro con suo padre e suo fratello.

«Sul serio. Ovviamente non sa di noi, crede semplicemente che tu sia il mio capo, ma... ha detto che sembri una bravissima persona e il fatto che sia venuto in ospedale ad accertarti delle mie condizioni lo conferma.»

«Dovrei ringraziare tuo padre ogni singolo giorno della mia vita, sai?»

«Perché ha detto che sembri una brava persona?» chiede, guardandomi stranita.

«Perché ti ha messa al mondo» dico con sguardo profondo e lei sorride, abbassando il capo imbarazzata.

«Senti, facciamo così, ti porto a casa, così ti metti qualcosa di comodo. Voglio andare in un posto» mi alzo e faccio alzare anche lei.

«E il lavoro?» chiede preoccupata.

«Il lavoro può aspettare.»

«È la casa sul mare, per caso?» domanda, seguendomi nella mia stanza. Devo cambiarmi e mettere qualcosa di più comodo.

«No, non lo è, e siccome deve essere una sorpresa, non fare domande.»

«Va bene. Non ne farò!»

Comincio a spogliarmi, tirando via la giacca, poi la cravatta. Sfilo la camicia e resto a torso nudo.

Iris mi guarda, ma non se ne va.

«Puoi aspettarmi di là, se vuoi» dico, cercando una maglietta dal cassetto.

«No. Ti ho già visto nudo, Logan» ironizza e io sorrido.

«Sì, decisamente, mi hai già visto» rispondo divertito e lei si avvicina.

«Metti questa» indica una maglietta verde. «Ti dona il verde» continua, con sguardo serio e allo stesso tempo ammaliante.

Dio, piccola, mi stai facendo scoppiare!

«Ok» sibilo in un soffio. Le fisso le labbra, ho una voglia matta di baciarle!

Distolgo lo sguardo e infilo velocemente la maglietta. Apro l'armadio e cerco dei comodi jeans. Quando li vedo, li prendo al volo, buttandoli sul letto.

Comincio a sbottonare i pantaloni del completo elegante e Iris si avvicina per darmi una mano.

Si muove pericolosamente lì sotto e il mio amico non può fare a meno di eccitarsi.

Quando mi sfila i pantaloni e vede la mia protuberanza fare capolino, si porta una mano alla bocca e sibila "Wow".

«Sì, scusa. Non riesco sempre a controllarlo» mi giustifico, imbarazzato.

«Non scusarti. È bello sapere che ti ecciti ancora per me, nonostante siano tre settimane che non mi tocchi» dice languida.

«È proprio perché sono tre settimane che non ti tocco, che sono così eccitato» mi scappa e lei sembra dispiaciuta.

«Iris, mi dispiace, non avrei dovuto...»

«Non importa. È normale, insomma, tre settimane sono tante» biascica imbarazzata e io capisco che ce l'ha di nuovo con sé stessa. Non posso permetterlo!

«Niente è troppo, o tanto, quando si tratta di te. Ti aspetterò una vita intera, se dovesse servirti, piccola Rhoden» dico serio, prendendole il viso e lei mi guarda.

«Sì, ma se fai così, mi fai venire voglia di fare l'amore con te, adesso, Mr. Dark» ansima e si avvicina alle mie labbra, respirando a fatica.

Non è ancora pronta, lo so per certo, e io non la forzerò.

«Un'altra volta. Abbiamo una sorpresa che ti aspetta» dico e mi infilo i pantaloni.

Iris sorride e, quando usciamo e le prendo la mano, stringe forte la mia.

Arriviamo a casa sua e Iris si mette comoda: un paio di jeans e un top corto. Riesce a essere sexy con qualsiasi cosa addosso.

Saliamo in auto e la porto a *Parkwide*, uno dei parchi di San Francisco.

Quando arriviamo lì, Iris sgrana gli occhi, felice.

«Dio, Logan, adoro *Parkwide*!» dice, entusiasta come una bambina.

«Ne sono felice. Ho pensato che una giornata di normalità, all'aria aperta, ti avrebbe fatto bene.»

«È stata un'ottima idea» si ferma e mi si para davanti, guardandomi con trasporto.

«Tu fai sempre centro con me, Logan Dark.»

«Tu hai fatto centro nel mio cuore, Miss Rhoden, quindi direi che devo fare di tutto per tenerti stretta» la stringo e Iris ride e urla.

«Oh, mio Dio!»

«Che c'è? Che c'è? Ho qualcosa nei capelli? Un insetto?» chiedo dimenandomi.

«Ci sono i tandem!» strilla, battendo le mani come una bambina.

«Che?»

«I tandem! Oh, mio Dio, Logan, ho sempre desiderato fare un giro in tandem. Pensa che ho giurato a me stessa che, quando mi sarei sposata, mi sarei fatta regalare un tandem e avrei girato per la città con mio marito.»

«È solo una bicicletta, Iris.»

«No, non è una bicicletta normale, Logan. Ci si va in due, capisci? Insieme. Dio, è così romantico. Mi ci porti? Possiamo affittarlo? Ti prego, ti prego, ti prego!»

«D'accordo, d'accordo, ti ci porto» dico divertito. Non posso immaginare come ci si possa entusiasmare tanto per una cosa così.

Io ho urlato così tanto quando mi hanno regalato un jet privato.

Ma è proprio questo che adoro di lei: la sua semplicità, la sua normalità. È tutto così finto e artefatto nel mio mondo...

«Sì!» strilla lei felice e mi salta letteralmente in braccio.

La prendo e lei si stringe forte a me. Quando scende, afferro la sua mano e la porto dal Bike rental.

Affitto un tandem per un'ora e, quando ci montiamo sopra, Iris non smette di urlare dalla gioia.

È dietro di me, perché ha acconsentito che guidassi io il tandem, e riesco a sentire solo i suoi strilletti felici che mi emozionano e mi rendono contento.

«Sei pronta?» chiedo.

«Pronta!»

Inizio a pedalare e Iris si entusiasma per qualsiasi cosa incontriamo sul nostro tragitto: un bambino in una carrozzina, una paperella che nuota nel lago, dei fiori di campo, qualsiasi cosa.

Adoro tutto questo, adoro la vita con lei. Vivere la quotidianità con Iris, fare assieme a lei cose normali, mi fa sentire un uomo nuovo. Sento di essere rinato, da quando questa donna ha messo piede nella mia vita.

È la prima volta anche per me, non sono mai stato su un tandem e sono felice di farlo con lei. Quale donna avrebbe abbandonato i suoi tacchi o i suoi vestiti eleganti per mettersi a pedalare su una stupida bici? Quante lo avrebbero fatto col suo stesso entusiasmo?

Mi hai cambiato la vita, piccola Rhoden, tu non sai quanto!

Dopo mezz'ora di pedalata, ci riposiamo e finiamo distesi su un prato. Le ho comprato delle noccioline dolci da un venditore ambulante e lei sembra la persona più felice del pianeta.

La guardo mentre le mangia e sposta lo sguardo, osservando tutto ciò che la circonda. Questa donna è la perfezione.

«È bello vederti felice» dico e lei sposta lo sguardo su di me.

«Tu mi rendi felice, Logan.»

«Ed è... bella la normalità con te» sibilo piano e lei sorride.

«Non desidero altro dalla vita. Mi basta già tutto questo. L'importante è che ci sia tu accanto a me» dice seria e io la stringo forte al mio petto.

Rimaniamo così per un tempo lunghissimo, poi devo lasciarla andare.

Iris si sistema davanti a me e io la cingo con le braccia.

«Lo sai, qualche volta, ci sono venuta con mia madre, qui» dice e io resto ad ascoltarla.

«Adorava la natura. Ecco perché mi chiamo Iris. Lei era un'amante della natura e dei fiori. L'iris era il suo fiore preferito e lei si chiamava Rose. Diceva che era una specie di segno del destino che lei, amante dei fiori, avesse proprio quel nome. Per Cedar è stato un po' più difficile, trovare un nome maschile che avesse a che fare con i fiori le è costata tanta fatica. Così, alla fine, ha deciso di dargli il nome di una pianta: il cedro. Adorava anche cucinare dolci e il cedro lo amava, letteralmente, lo mangiava anche così, a pezzi, per quanto ne andava ghiotta.»

La sua voce è dolce e mesta, mi culla.

Amo sentirla parlare ed è profondamente sensibile, quando parla della sua adorata mamma.

«Stava proprio mangiando del cedro, quando mi diede la notizia più bella di tutta la mia vita» dice e io mi incuriosisco.

«Cioè?» chiedo

«Sai… prima che lei morisse, insieme a mio padre, aveva prenotato un viaggio per *Disneyworld*. Dovevamo andarci tutti e quattro, saremmo partiti due giorni dopo. Lei sapeva che il mio più grande sogno era andare a Orlando e vedere i personaggi dei miei cartoni preferiti. Cercava di rendermi felice tutti i giorni, in ogni modo, ma quel sogno è rimasto lì e se ne è andato via insieme a lei» dice triste e si allontana.

Sta piangendo e l'ultima cosa che avrei voluto era vederla piangere.

«Ehi, piccola, ti prego, non piangere. Vuoi che andiamo via?» chiedo, ma lei mi fa cenno di no.

«No, no. Non volevo intristirmi e non volevo intristire te.»

«Non l'hai fatto.»

«Fiu. Torniamo sul tandem, ti va?» chiede sorridendo e io muovo il capo per dirle di sì.

«Certo che mi va» dico alzandomi e le porgo una mano per aiutarla a fare lo stesso.

Rimontiamo in sella a quello strano oggetto e io sento di nuovo la mia piccola Rhoden felice, tutto quello di cui ho bisogno da questo mondo.

***

IRIS

Arriviamo sotto casa mia e io sono più felice che mai.

Logan sta facendo di tutto per tirarmi su il morale e aiutarmi a stare meglio e io lo amo da morire per questo.

Ho iniziato ad andare in terapia da una settimana e devo ammettere che aiuta molto, anche se la strada sarà lunga, so che di Logan Dark posso fidarmi ciecamente. Gli affiderei la mia vita, se potessi, e so che lui la curerebbe meglio di come farebbe con la sua.

«Grazie per la giornata di oggi, Logan. Sono stata benissimo e sono contenta di aver diviso con te il mio sogno del tandem» dico divertita e lui scoppia a ridere.

«Felice di averti accontentata.»

Rimaniamo zitti per qualche istante, poi è lui a parlare.

«Perché non vuoi rimanere a dormire da me? Hai paura che io possa... insomma, che ci provi con te per... Iris, ti ho detto che ti aspetterò e vorrei che ti fidassi.»

«Lo so, Logan, certo che lo so. Potrà sembrarti stupido, ma... da quando sono tornata a casa dall'ospedale, non dormo mai da sola. Dormo sempre con Lin e, ti giuro, mi sto odiando, perché so che lei vorrebbe passare la notte da John e io glielo sto impedendo. So che può sembrare stupido e infantile, ma...»

«Non lo è. Non è stupido e infantile, Iris. Hai subito un trauma.»

«Sì, è vero, ma non posso costringere chi mi sta accanto a vivere i postumi di questo trauma con me» dico rimproverandomi.

Logan guarda fuori, poi sbuffa.

«È perché io non dormirei con te, è per questo che non rimani. Tu avresti bisogno di me, della mia presenza di notte e io non posso aiutarti» dice e le sue parole suonano un po' troppo dure verso sé stesso.

«Logan, ehi, no! Guarda che il problema è mio, non tuo.»

«Sì, ma se non cerco di aiutarti a venirne fuori, che razza di fidanzato sono?»

«Il migliore del mondo! Lo stai facendo, Logan, mi stai aiutando a venirne fuori. Lo stai facendo in tutti i modi possibili, perciò non rimproverarti se una cosa su mille non puoi farla. Non sta a te salvarmi, Logan. Puoi starmi vicino, aiutarmi, ma sta a me venirne fuori, devo essere io a salvarmi» dico decisa e gli carezzo piano il viso.

«Sì, come dici» ribatte freddo e io gli giro il viso per costringerlo a guardarmi.

«Sei la mia casa, Mr. Dark, il mio porto sicuro. Ti giuro che un giorno supereremo entrambi tutti i nostri casini e dormiremo insieme come qualsiasi altra coppia, ma, fino ad allora, siamo semplicemente Logan e Iris, coi nostri tormenti, i nostri guai, ma anche col sentimento che ci lega e ci tiene uniti. Non è poco, amore, credimi» sibilo a un centimetro dalle sue labbra.

Logan annuisce e mi tira a sé.

Mi bacia con dolcezza, poi mi lascia andare.

«Ti accompagno di sopra» dice e io annuisco.

Saliamo fino al mio appartamento, tenendoci abbracciati.

Quando Logan mi lascia andare, mi stringe ancora a sé e mi dà un ultimo e profondo bacio. Non mi staccherei mai dalle sue labbra, non mi slegherei mai dalla sua lingua abile e calda.

È lui ad allontanarsi, quando sente Lin uscire dalla sua stanza.

«A domani, piccola» sibila sulle mie labbra.

«Buona notte, Mr. Dark» rispondo e lo lascio andare via.

Mi ha regalato una delle giornate più belle di tutta la mia vita e io non gli sarò mai abbastanza grata per questo.

Respiro forte e chiudo gli occhi, nella speranza di riuscire, di nuovo e presto, a lasciarmi andare e ricongiungermi al solo uomo che voglio al mio fianco, da adesso fino alla fine dei miei giorni.

CAPITOLO 26

IRIS

Una settimana dopo, con un weekend di pausa, una domenica passata con mio padre e mio fratello fuori città e con il mio fidanzato perfetto che continuava a mandarmi messaggi dolci, il lunedì mattina, arrivo da Logan puntuale, ma lui non c'è. Mi apre la porta Adele e mi dice che è andato a sbrigare un servizio.

Mi chiedo cosa dovesse fare di così urgente, ma poi decido di non pensarci e mi metto ad aspettarlo in cucina.

Non passano che pochi minuti, quando qualcuno bussa alla porta.

Faccio per alzarmi e andare ad aprire, ma Adele mi precede.

Sento che parla con qualcuno, ma non riesco a capire cosa dice.

Quando torna da me, la persona che la accompagna è una donna giovane, bionda e bellissima.

Ha un'aria altezzosa e un portamento molto elegante. Indossa dei tacchi vertiginosi e un abito che la veste alla perfezione. La sua pelle è perfetta ed è truccata quanto basta. Credo sia un po' più alta di me e, di sicuro, dal tipo di abito che indossa, indubbiamente di ottima fattura, appartiene all'alta società.

«Signorina Stroup, lei è la signorina Rhoden, la segretaria del signor Dark» fa Adele, un po' in imbarazzo, presentandomi.

«Non sapevo che Logan avesse assunto una segretaria. Gabriela Stroup, molto lieta» si presenta, tendendomi la mano, e quasi mi mancano le gambe quando pronuncia il suo nome.

È l'ex di Logan, l'unica donna con cui abbia mai intrapreso una relazione seria.

Non mi meraviglio, questa donna è uno schianto, ha un portamento e una classe fuori dal comune.

«Iris Rhoden» biascico tesa, stringendole la mano.

«Adele, puoi anche tornare alle tue mansioni. Sarà Miss Rhoden a tenermi compagnia» dice squadrandomi e Adele si congeda con un inchino.

Per il modo in cui l'ha trattata - *Le sue mansioni!* - la prenderei a schiaffi.

«Allora... Iris, giusto?» chiede, cominciando a fare su e giù per la stanza.

«Sì, esatto» ribatto fredda.

«Da quanto tempo lavori per Logan?» domanda.

«Un paio di mesi, circa» rispondo e lei sorride.

«Però! È tanto. Considerato anche che, prima di te, Logan non aveva mai avuto una segretaria» dice, squadrandomi.

Provo a rimanere calma e rispondo con gentilezza.

«Il lavoro è molto e io do una mano a tenere i conti, segnare gli appuntamenti e accogliere i clienti quando si presentano qui. Aiuto come posso. Logan ha parecchio lavoro da fare.»

«Logan? Vi date anche del tu?» domanda alzando un sopracciglio.

«Ehm...»

Non faccio in tempo a rispondere che la porta si apre. Logan ha la testa bassa e ancora non si accorge di chi c'è accanto a me. Quando la alza, il suo sguardo la dice lunga.

«Gabriela? Che diamine fai qui?»

«Ciao, tesoruccio» sibila languida e avanza come una pantera verso di lui. Gli si para davanti e gli accarezza il viso. Logan la guarda sconvolto, ma la lascia fare.

«Mi sei mancato» sussurra e prova ad avvicinarsi a lui che però si scansa. La supera e viene verso di me, guardandomi come a urlarmi perdono per la sua presenza qui.

«Non posso di sicuro dire lo stesso. Perché sei venuta?» chiede freddo e posa una busta accanto al lavello.

«Perché è giunto il momento, per noi, di riprendere da dove avevamo lasciato. Puoi darci un po' di privacy, Ingrid?» chiede rivolta a me, ma Logan la fulmina con lo sguardo.

«È Iris!» ringhia e io vorrei scoppiare a ridere e dirle di andarsene a fanculo perché Logan è mio, ha scelto me.

«Sì, quello che sia. Ho bisogno di parlarti in privato, Logan» dice, avvicinandosi di più a lui.

«Non abbiamo nulla da dirci, Gabriela. Non c'è nulla da riprendere, perché tra me e te non c'è mai stato nulla per cui valesse la pena continuare.»

«Tesoro, ho bisogno che tu adesso ci lasci un momento soli» si rivolge a me, ignorando Logan, che però la ferma.

«Iris rimane qui! E tu dovresti tornartene da dove sei venuta, Gabriela» ribatte gelido.

Dio, Logan, non sai quanto ti stia amando in questo momento.

«Stai dicendo sul serio?» fa lei, offesa.

«Sì. Ho un mucchio di lavoro da fare e non ho intenzione di perdere tempo con della roba vecchia» ribatte Logan e lei trasalisce.

«Ti pare questo il modo di trattarmi davanti a una tua sottoposta?» sbraita lei, urlandogli in faccia.

«Non parlare così di lei, non ti permettere, Gabriela. Ti ho vista per mesi trattare di merda chiunque non fosse del tuo cazzo di rango, adesso basta. Non te lo consento, non in casa mia e non con le persone a cui tengo. Ora, per favore, vattene, prima che ti cacci fuori a calci» ringhia sulla sua faccia e lei sembra molto colpita.

«Io non… non posso credere a ciò che sto sentendo. Che razza di persona sei diventata, Logan?»

«Una persona migliore. Mentre tu, a quanto pare, sei sempre la stessa. Sempre la solita ricca, viziata e arrampicatrice sociale che sputerebbe sulla tomba di sua madre pur di raggiungere i suoi scopi» tuona con disprezzo e gli arriva un sonoro schiaffo in faccia.

L'ha umiliata, credo sia naturale che lei abbia reagito così.

«Se credi di potermi parlare come se fossi merda, ti sbagli di grosso, Logan. Il fatto che tu sia in casa tua, non ti dà alcun diritto di umiliarmi davanti alla tua segretaria.»

«Ti interessa più il fatto che ti stia umiliando o che lo stia facendo davanti alla mia segretaria?» chiede provocatorio e lei mi guarda.

«Sai, Dark, non so cosa tu abbia fatto per diventare così stronzo, ma è un vero peccato per entrambi... perché, che tu adesso voglia ammetterlo o meno, quello che avevamo era speciale» posa una mano sul suo petto, poi mi guarda.

Non so se lo sta facendo apposta, non so se ha capito che tra me e Logan c'è qualcosa, ma in questo momento la sto odiando con tutta me stessa.

«Quello che avevamo erano solo scopate senza senso» ribatte lui, spostandole la mano.

«Beh, non ti sembravano così senza senso, quando mi legavi al letto e mi sbattevi fino allo sfinimento, giurandomi che ero il miglior sesso della tua vita» replica lei con sfida e io trasalisco.

Non voglio immaginare Logan con un'altra donna, men che meno con questa vipera.

«Hai detto bene: sesso. Se voglio scopare, mi basta uno schiocco di dita per trovarne una disponibile. E, credimi, avrei l'imbarazzo della scelta. Quindi perché dovrei tornare con te?»

«Perché io sono altro, Logan. Io non sono una puttanella che rimorchi nei bar, o una segretaria che ti scopi tra una scartoffia e l'altra» sputa con odio e alla fine mi guarda.

Sono sotto shock.

«Adesso basta, Gabriela, mi hai ampiamente rotto i coglioni. Non voglio più vederti, chiaro? Perciò adesso vattene e lasciami in pace.»

Logan è furioso e so che si sta trattenendo. Sono anche convinta che, se Gabriela non ha ancora ricevuto un pugno in faccia, è solo perché è una donna.

«Che c'è? La tua segretaria si è forse sentita offesa?» domanda, spostandosi per guardarmi.

«Ascolti...» provo a dire, ma Logan mi interrompe.

«Lascia perdere, Iris, non ne vale la pena.»

Prende un bel respiro, poi si rivolge nuovamente a lei.

«Parlale un'altra volta in quel modo e giuro che ti prendo per i capelli e ti trascino fuori a forza. Non lo ripeterò più, Gabriela, vattene!» ruggisce, mettendosi in mezzo.

Lei sorride e lo guarda, poi sposta lo sguardo su di me e mi squadra da capo a piedi.

«Non finisce qui, Logan Dark. Ricordati che ottengo sempre ciò che voglio» dice decisa e se ne va sbattendo i tacchi.

Sono sconvolta, senza parole.

«Iris, ascolta, ti chiedo scusa per lei, io... non so perché sia venuta qui, perché adesso, e non ho nessuna intenzione di permetterle ancora di mancarti di rispetto. Chiederò a Adele di non farla più salire» si scusa con me.

Mi prende il viso tra le mani, accarezzandomi dolcemente.

«Sembrava molto decisa a non mollarti» dico triste, ma lui scuote il capo.

«Non devi preoccuparti di nulla, piccola. Io voglio te e non permetterò a nessuno di intromettersi, a nessuno!»

«Ok» sibilo piano e lui mi tira a sé per baciarmi dolcemente la fronte.

«Ascolta, c'è una cosa che vorrei chiederti.»

«Certo, dimmi» rispondo, guardandolo dritto negli occhi.

«Ehm... stasera c'è un galà di beneficenza e vorrei portarti con me» dice serio e io resto un attimo interdetta.

«Logan, l'ultima volta, tua madre non sembrava entusiasta del fatto che ci fossi anch'io» biascico, un po' imbarazzata e lui mi prende di nuovo il viso per costringermi a guardarlo.

«Non mi importa. Farà meglio ad abituarsi alla tua presenza, perché stasera, piccola Rhoden, voglio urlare al mondo che sei mia e voglio che sia chiaro a tutti. Niente più misteri, bugie o segreti. Non voglio più nascondermi, non voglio più nascondere te o ciò che siamo.

Ci sarà la stampa, stasera, Iris, e io voglio presentarti a tutti come la mia fidanzata.»

«Logan, ma sei impazzito?» strillo leggermente, allontanandomi da lui. «Non puoi, non possiamo. Non prima di averlo detto a tua madre o a mio padre. Vuoi che lo scoprano così? Tua madre alla festa e il mio dai giornali?» chiedo.

«Parlerò con mia madre prima della festa, se è questo che ti preme. E tu puoi chiamare tuo padre e cominciare ad accennargli la cosa.»

«Logan...»

«Piccola, ti prego, non tirarti indietro. Non voglio più fingere con tutti che tu sia solo la mia segretaria. Io tengo a te, sei importante per la mia vita e voglio che il mondo intero lo sappia.»

Sorrido dolcemente e mi sciolgo al pensiero di quanto sia dolce tutto questo, di quanto sia dolce lui.

«Logan, io apprezzo ciò che vuoi fare, sul serio, ma non capisco che fretta ci sia. Perché adesso, cos'è cambiato?»

«Non è cambiato niente, Iris, sono solo stanco. Stanco del modo in cui ti trattano gli altri, solo perché non sei dell'alta società, stanco di mia madre che continua a telefonarmi e a propormi ogni volta una ragazza diversa, rigorosamente straricca. Sono stanco dei giornali, che non vedono l'ora di uno scoop sulla mia vita sentimentale. Vogliono uno scoop? Bene, glielo daremo, e sarà l'ultimo che avranno su di me fino alla fine dei miei giorni. Sei la cosa più bella che mi sia mai capitata, Iris, che male c'è se voglio che lo sappiano tutti?» dice con gentilezza e io mi sento una stronza, perché sto smorzando ogni suo entusiasmo.

Rimango zitta qualche istante, rimuginandoci su, poi mi arrendo.

«E va bene, va bene. Verrò con te alla festa e mi presenterai a tutti come la tua fidanzata» dico sorridendo.

«Sul serio?» fa lui incredulo e io annuisco. Logan mi prende il viso e mi bacia, con una passione, un amore e una dolcezza infiniti.

Mi distacco dalle sue labbra e sorrido.

«A una sola condizione, però» dico a pochi centimetri dalle sue labbra.

«Quale?» chiede distaccandosi.

«Ho bisogno di un'ora per andare da mio padre e parlargliene da vicino. Non voglio che lo scopra per caso, magari leggendo sui giornali. Adesso è al lavoro, posso andare lì e rubargli qualche minuto per dirgli tutto.»

«Va bene, piccola, come vuoi. Permetti a Drew di accompagnarti, ok?»

«D'accordo.»

«Ehm, prima che tu vada... questo è per te» dice, porgendomi la busta con cui era entrato.

«Cos'è?» chiedo aprendola e, quando vedo che dentro ci sono un numero spropositato di barrette di cioccolata al latte, rido come una matta.

«Logan, mi hai comprato la cioccolata al latte?» faccio tra le risate e lui annuisce.

«Ogni tuo desiderio è un ordine, per me, madame» mi prende in giro e io lo tiro a me e lo bacio.

Ridiamo sulle nostre labbra, felici di ciò che siamo, felici di ciò che abbiamo.

«Grazie, Logan» sibilo dolcemente e lui mi accarezza piano.

Rubo una barretta e aspetto Drew, chiamato dal mio uomo.

Mi allontano con lui e lancio un'ultima occhiata a Logan che mi sorride felice, esattamente come sono io in questo momento.

***

LOGAN

La aspetto sotto casa sua e non vedo l'ora che scenda indossando l'abito che le ho comprato.

Gliel'ho fatto trovare a casa mia al suo ritorno con Drew, dopo che lui l'ha accompagnata al lavoro dal padre.

Come al solito, la piccola Rhoden si è arrabbiata perché non vuole che io le compri cose, ma che male c'è se voglio viziarla un po'? È la mia donna, adesso, è davvero mia, completamente, e tutto ciò che ho, tutto ciò che mi appartiene, per quanto mi riguarda, è anche suo.

Convincerla a indossare l'abito di seta che ho preso al negozio in cui lavora la sua migliore amica è stata un'impresa, ma alla fine ce l'ho fatta.

La vedo arrivare. Dire che sia stupenda è dire poco. L'abito di seta color oro le sta d'incanto e risalta ogni minima curva del suo corpo.

È favolosa, spettacolare, non ci sono parole per descriverla.

Ha i capelli sciolti sulla schiena e un piccolo diadema impreziosisce la sua acconciatura, raccogliendola in parte. Ha indossato dei piccoli cerchi dorati e dei sandali luccicanti.

«Praticamente niente di ciò che indosso è mio, a parte gli orecchini. L'abito è tuo e il diadema e le scarpe sono di Lin» ironizza, ma io la rimprovero.

«L'abito è tuo, Iris, si chiama regalo.»

«Sì, d'accordo» sbuffa e io sorrido per quanto sia testarda la mia donna.

«Sei un incanto, Iris. Mi mozzi il fiato tutte le volte, ma stasera sei... wow!» dico spogliandola con gli occhi.

Lei scoppia a ridere, portandosi le mani alla bocca.

«Direi che 'wow' sintetizza perfettamente ciò che volevi esprimere» dice divertita.

«Pronta per andare, Miss Rhoden?»

«Prontissima, Mr. Dark.»

La prendo per mano e la aiuto a salire in auto. Quando le portiere sono chiuse, faccio cenno a Drew di partire.

In auto, le chiedo del padre, di come ha preso la notizia, e lei mi dice che, nonostante un po' di dubbi iniziali per la mia posizione altolocata, è felice per lei.

Mi sento sollevato, perché ci tengo a piacere a suo padre. So quanto lui e Cedar siano tutto ciò che Iris ha al mondo e farò l'impossibile per farmi amare anche da loro.

Dopo questa conversazione rimaniamo in silenzio e ci perdiamo tra le luci sfavillanti della città.

Iris intreccia la sua mano alla mia e mi guarda. Lo faccio anch'io e mi perdo in quei suoi occhi così enormi ed espressivi.

Arriviamo sotto all'edificio in cui si terrà il galà. Sento già le voci e il chiasso della stampa.

La guardo e lei annuisce col capo. Le prendo la mano e apro la portiera, uscendo prima di lei per farle spazio e, quando siamo fuori, le luci dei flash ci invadono, insieme alle domande della stampa.

«Signor Dark, chi è la ragazza che la accompagna?»

«È la sua nuova fidanzata?»

«Come si chiama?»

Domande a raffica mi arrivano da ogni dove e io guardo per un attimo Iris che mi sorride imbarazzata.

La stringo forte a me e rispondo, mentre una marea di microfoni si fanno spazio per arrivare sotto la mia faccia.

«Lei è Iris Rhoden. Sì, è la mia fidanzata. Grazie per l'interesse. Andiamo» le sussurro e mi faccio spazio tra la folla che continua a fare domande.

La tengo stretta e, solo quando siamo dentro, la lascio andare.

«Stai bene?» chiedo fermandomi.

«Sì, sto bene. Non posso credere che l'abbiamo davvero fatto!» dice ridendo e io la blocco, prima di proseguire.

«Ehm... prima di andare avanti, ehm... mia madre non sa di noi, non gliel'ho detto» confesso e lei sgrana gli occhi.

«Che cosa? Ma avevi detto...»

«Lo so, lo so, mi dispiace. Volevo farlo oggi, ma avevo un mucchio di lavoro da sbrigare e non volevo litigare con lei al telefono. So già quale sarebbe stata la sua reazione e l'ultima cosa che volevo era ritrovarmi mio padre a casa per un'assurda ramanzina, come se fossi un adolescente che ha disubbidito ai genitori.»

«Ma, Logan, tua madre già mi odia, cosa credi penserà di me, adesso? Abbiamo fatto tutto alle sue spalle. Lo scoprirà davanti ai suoi amici.»

«È meglio così, fidati di me. Almeno non farà scenate. Ora stringiti a me e lascia che ti guidi in questo orribile mondo che è l'alta società» dico dolce, ma lei mi rimprovera con lo sguardo.

«Se prima tua madre mi odiava, adesso vorrà vedermi morta» si lamenta e io sorrido.

«Mia madre non ti odia, ha solo delle assurde convinzioni legate al modo in cui è cresciuta, ma si ricrederà, piccola, te lo prometto» la rassicuro e mi porto una mano alla bocca per baciarla.

Le do il braccio e Iris lo prende, camminando con me verso il grande salone dove si terrà il galà.

Avanziamo tra gli ospiti e la presento a tutti come la mia fidanzata. Qualcuno la ricorda, perché era presente al party in cui la portai con me, quando entrammo separati e la presentai come la mia segretaria.

Iris sorride dolcemente e risponde in maniera garbata a tutti.

Vedo mia madre da lontano, insieme a mio padre, che mi guarda in maniera sospettosa e fredda.

Credo sia il momento di fare il grande passo e dir loro la verità.

«Vieni» trascino via Iris e raggiungo i miei genitori.

La mia donna trema, lo percepisco. Spero che loro non si comportino da idioti.

«Mamma, papà. Vi ricordate di Iris?»

«Come dimenticarla?» fa mio padre con ironia, alzando un sopracciglio.

Non voglio dargli peso, ma mia madre parla prima che io possa continuare.

«Porti ancora la tua segretaria con te, Logan, davvero? Ma non ti rendi conto di quanto sia sconveniente?»

«Basta con tutta questa ipocrisia, mamma, sono stufo. Solo quello che pare a voi è sconveniente, non è così? Perché l'unica cosa che vi interessa è la vostra ridicola facciata! Ma che vi frega di cosa pensa la gente di voi? Credete che le vite degli altri siano perfette? Credete che tutte le persone che sono qui dentro non abbiano scheletri nell'armadio? Il novanta percento degli uomini che sono qui, e che giocano a fare i perfetti mariti e padri di famiglia, si scopano altre donne fuori dal matrimonio, probabilmente l'ottanta percento di loro ha un'amante fissa e qualcuno magari è anche gay e ha sposato una donna per copertura, mentre lontano dal focolare si vede con uno, due o più uomini alla volta.»

«Logan, stai esagerando» mi rimprovera mio padre, fulminandomi con lo sguardo.

«Disse quello con l'amante fissa e le numerose avventure durante i viaggi di lavoro» lo provoco.

«Logan, adesso basta, stai parlando con tuo padre!» mi ammonisce mia madre con sguardo severo.

«Ma perché continui a difenderlo? Dopo tutto quello che ti ha fatto. Dopo tutto quello che ci ha fatto!»

«Logan, forse è il caso che io...» prova a dire Iris, ma io la fermo.

«No, Iris, resta. Sono venuto qui solo per dirvi che io e Iris stiamo insieme, seriamente. Ci siamo fidanzati e non permetterò a nessuno di intromettersi tra noi. Chiaro?» sbraito e mamma mi guarda sconvolta.

«Logan, come puoi...»

«Non aggiungere altro, mamma!»

«Credi davvero che stia con te per... per cosa? Per amore? È il tuo portafogli quello a cui è interessata, figliolo. Farà di tutto per farsi sposare e mettere incinta, così tu sarai fregato, lei entrerà a far parte dell'alta società e ti prosciugherà il patrimonio» interviene mio padre con durezza.

«Queste cose le pensi perché tu, al posto suo, faresti esattamente così. Staresti con una persona ricca solo per i suoi soldi.»

«Mentre lei no... che brava ragazza» fa mia madre ironica, guardando Iris con disprezzo.

«Mamma!»

«No, Logan, lascia stare. So difendermi da sola. Signora Dark, signor Dark, so che non mi conoscete e che il fatto che io lavori per vostro figlio vi fa credere che io stia con lui per una sola ragione, ma non è così, ve lo assicuro. Non ho mai chiesto a Logan nemmeno un centesimo e mai lo farò. Quel poco che ho, me lo sono guadagnato e non permetto a nessuno di darmi dell'arrampicatrice sociale, perché non lo sono mai stata in vita mia. Ora, se volete scusarmi...» dice allontanandosi a passo svelto.

«Iris. Iris, aspetta» la chiamo, provando a raggiungerla, ma mia madre mi blocca per un braccio.

«Tu e io adesso parliamo» ringhia, trascinandomi in un posto appartato.

Finiamo sulla balconata e lei respira pesantemente.

«Mamma...»

«No, Logan, adesso parlo io. Ho capito da subito che questa ragazza era per te molto più che una scopata e la conferma me l'hai data quando l'hai portata a quella festa, ma non potevo fare niente, avevo le mani legate e la cosa più assurda... è che sono stata proprio io a consegnarla nelle tue braccia. Ho pensato che col tempo ti saresti stufato, che l'avresti lasciata andare per via dei demoni che ti affliggono. Ho pensato: se non è durato con Gabriela, non durerà nemmeno con lei.»

«Ma Iris non è Gabriela, mamma!»

«È proprio per questo che devi lasciarla andare, Logan, non lo capisci? Hai già sofferto tanto nella tua vita, vogliamo aggiungere anche la delusione d'amore, adesso?»

«Mamma, ma che stai dicendo?»

«Ti spezzerà il cuore, Logan. Te lo strapperà, lo masticherà e te lo sputerà addosso. Ti ho già visto soffrire per molte altre cose, tesoro, non voglio vederti più star male. Per niente al mondo» sibila piano e una lacrima le cola sul viso.

«Tu non la conosci, mamma, lei tiene a me» dico deciso. Deciso a difendere a ogni costo lei e quello che siamo.

«D'accordo, facciamo così, facciamo pure che non stia con te per i tuoi soldi, ma perché si sia... invaghita. Quanto credi che durerà, Logan? Quanto credi che potrà stare con te senza sapere chi sei, senza sapere cos'hai vissuto e perché sei così pieno di tormenti?

Quanto credi che aspetterà, dormendo in un'altra stanza senza conoscere il motivo reale, senza sapere il perché dei tuoi incubi e tutto il resto?»

Respiro forte e strizzo gli occhi, perché non voglio che sappia tutto questo. Non voglio che mi guardi con la stessa compassione che proverebbero tutti, non lei. Da lei non riuscirei a sopportarlo.

«E, cosa molto più importante, Logan: come credi che reagirà? Quando saprà la verità, quando questa verrà fuori, come la prenderà? Sei così sicuro che sia disposta ad accettare tutto, a prendersi cura di te nonostante i casini che ti porti dentro e a conviverci per tutta la vita?

Tesoro, ogni storia normale è già piena di problemi, figuriamoci in questo modo. Il tempo cambia le cose, la pazienza delle persone svanisce e si arriva a odiarsi, a volte. Aggiungi a tutto questo la persona complicata che sei è il gioco è fatto. La perderai, Logan. La perderai quando avrai più bisogno di lei, perché sarà stanca, demoralizzata, afflitta e si arrenderà.»

«No, lei non...»

«Si arrenderà, Logan, getterà la spugna. Fidati di tua madre» posa una mano sul braccio, ma io non voglio ascoltarla.

Lei non sa niente di Iris, non sa niente di noi, di ciò che siamo, di ciò che abbiamo.

«No, io non... non voglio, mamma. Correrò il rischio, se è quello che intendi. Lo correrò, perché lei ne vale la pena.»

«Tesoro, stare con qualcuno per cui non provi niente è molto più semplice, soprattutto per uno come te. Come fai a non capirlo?»

«Come te e papà, non è così? Io non voglio quello che avete voi e non voglio essere un uomo come lui. No, io voglio essere felice e, in questo momento, è Iris la mia felicità. Perciò, te lo dico un'ultima volta: non metterti in mezzo o mi perderai per sempre, mamma» dico con rabbia, ma anche con decisione, perché so che niente è più importante di lei.

«Tesoro...»

«Ora vado a cercarla. Buona serata» esalo e vado via, lasciandola lì da sola a rimuginare sulla persona che è.

***

IRIS

Esco dal bagno dopo essermi sciacquata il viso e aver fatto un grosso sospiro davanti allo specchio.

Non faccio che due passi, perché mi ritrovo davanti il padre di Logan.

«Signor Dark!» esclamo sorpresa.

«Miss Rhoden, complimenti per il vestito. Le sta d'incanto. Mio figlio ha sempre avuto buon gusto coi regali» dice con disprezzo, certo che io non mi possa permettere un abito così costoso.

«L'ho accettato solo perché Logan ha insistito» mi difendo.

«Oh, sì, ovviamente. Ascolta, Iris, sei una ragazza meravigliosa, sei senza ombra di dubbio intelligente e attraente. Sono sicuro che sei un'ottima collaboratrice e che lavori sodo, non lo metto in dubbio, ma, andiamo... qualsiasi ragazza giovane e bella come te non vedrebbe l'ora di appendere il cappello al chiodo e godersi una vita fatta di shopping, palestra, ricevimenti e quant'altro.»

«Le ho già detto che lei non mi conosce» ribatto con sfida e mi avvicino di più a lui.

«Invece ti sbagli. Quelle come te le conosco come le mie tasche. Sai quante me ne sono scopato? Sai quante mi hanno chiesto favori o erano convinte che avrei lasciato mia moglie per loro? Un'infinità! Volete tutte la stessa cosa. Solo che alcune sono semplicemente più oneste ad ammetterlo subito.

Quelle come te, invece, giocano a fare le santarelline che non vogliono un dollaro dal proprio uomo, ma siete esattamente come tutte le altre.»

«Io non le consento...»

«Quanto vuoi, Iris? Quanto vuoi per sparire dalla vita di mio figlio?» chiede e io non riesco a credere alle mie orecchie.

Crede davvero che prenderei dei soldi per lasciare Logan?

«Lei è fuori di testa. Completamente. Non so con chi sia stato abituato a trattare, signor Dark, ma io non sono in vendita e nemmeno i sentimenti che provo per suo figlio lo sono. Mi dispiace per lei, ma finché Logan lo vorrà, sarà costretto a sopportarmi» ringhio di rabbia e lui sorride.

«Duecentomila? Vanno bene?» chiede imperterrito e io non so se ridere o piangere.

«Mi sta offrendo duecentomila dollari per sparire dalla vita di Logan?»

«Sono molto ricco, miss Rhoden, ma questo immagino lo sappia già. Se hai bisogno di più soldi, basta chiedere. Possiamo trovare un accordo molto vantaggioso. Ci guadagneremo entrambi, fidati di me, posso…»

«Basta così, papà!»

La voce di Logan mi fa sussultare e ci giriamo entrambi per trovare un Logan infuriato al nostro fianco.

«Logan…» esalo e sono felice di vederlo.

«Ti avevo detto di non immischiarti, ti avevo detto che non ve l'avrei consentito» urla Logan in faccia al padre e io indietreggio.

«Stavo solo concludendo un affare, figliolo. Non è colpa mia se la tua puttana è così cara» ringhia e immediatamente Logan gli sferra un pugno in pieno volto.

Il padre cade a terra e si tiene il naso dal quale esce sangue.

«Logan!» strillo, portandomi le mani al viso.

«Sta' lontano da lei, state lontani tutti quanti. Giuro che ve la faccio pagare, è chiaro?» urla e io lo tiro a me.

«Logan, basta, andiamo via» lo prego.

Lui mi guarda, ha gli occhi infuocati. Lo accarezzo piano e si calma al mio tocco. Annuisce silenziosamente e io lo trascino via da quell'assurda festa e da tutto lo schifo che ho visto stasera.

***

LOGAN

Siamo a casa mia, Iris mi ha preparato una camomilla per farmi calmare.

La guardo trafficare col bricco e penso che questa donna sia l'unica cosa di cui mi importi al mondo.

«Avevi ragione tu. Non è stata una buona idea portarti a quella festa» ammetto sconsolato e lei si avvicina a me con la tazza in mano. Me la porge e si siede sul divano, accanto a me.

«Non importa, Logan.»

«Sì, che importa. Loro ti hanno umiliata e...»

«E tu mi hai difesa. Questo conta tanto, per me, lo sai. Però non volevo che litigassi con i tuoi per colpa mia» ammette triste e io non voglio che si senta in colpa anche per questo.

«Iris, tu non c'entri niente, io e mio padre non ci siamo mai sopportati» dico e le accarezzo piano il viso.

Voglio che mi creda, voglio che si fidi di me.

«Ma con tua madre vai d'accordo e adesso hai litigato anche con lei.»

«Mia madre deve imparare a farsi gli affari suoi, Iris. La vita è mia e non permetto a nessuno di dirmi come viverla e, soprattutto, non permetto a nessuno di trattarti con sufficienza, di parlarti come ti hanno parlato loro stasera» esalo sulle sue labbra e lei mi sorride.

«Sei il mio eroe, Logan Dark» sussurra.

«E tu sei l'amore della mia vita, Iris Rhoden» confesso e lei mi guarda con stupore, quasi incredula per le parole che ha appena sentito.

Mi accarezza dolcemente e posa le sue labbra sulle mie. Cominciamo a baciarci e, in pochi istanti, i baci diventano più famelici, più vogliosi.

«Dio, piccola» gemo sulle sue labbra e lei ansima.

«Logan, oh, Logan...»

«Iris, non dobbiamo necessariamente...» provo a dire, ma lei mi tappa la bocca con un dito.

«Shhh... va tutto bene, Logan, sono a posto» sibila piano e io la guardo come se fosse un oggetto prezioso che ho paura di rompere.

«Sei sicura? Perché se vuoi che ci fermiamo, se vuoi che non vada avanti...»

«Voglio che tu vada avanti.»

«Iris, non voglio farti male. Non voglio farti rivivere certi momenti...»

«Non potresti mai farlo, perché anche tu sei l'amore della mia vita, Logan. Tu sei... l'unico che io voglia al mio fianco e l'unico con cui abbia desiderio di fare certe cose. Credimi, sto morendo dalla voglia di sentirti ancora dentro di me» esala e io scuoto la testa.

«Cristo, piccola» ringhio e mi avvento su di lei. La bacio e la lecco con foga, senza fermarmi.

Iris ansima e geme sotto il mio corpo e mi tira con una forza che non credevo possedesse.

Sta fremendo tutta, sta scoppiando. Mi vuole anche lei, mi vuole disperatamente e io non vedo l'ora di darle ciò che chiede.

La tiro a me e la giro per sbottonarle il vestito. Iris si tira i capelli da un lato per aiutarmi e, quando ho fatto con l'ultimo bottone, la spoglio completamente.

C'è solo una minuscola mutandina di seta a coprire le sue nudità, perché non indossa il reggiseno e, Cristo, io adoro quando non indossa il reggiseno.

Le sfilo gli slip e me li porto al naso. Iris scoppia a ridere e io li tiro via avvicinandomi a lei.

«Non sai quanto mi sei mancata» ringhio, prendendole un capezzolo tra i denti.

«Aaah... anche tu mi sei mancato» geme, tirandomi forte a sé e io non ho nemmeno il tempo di spogliarmi, perché la voglio disperatamente.

Mi sbottono velocemente i pantaloni e me li calo insieme ai boxer.

Entro in lei con un colpo secco e, quando la sento godere, capisco che posso andare.

Mi muovo per farla impazzire e Iris si muove con me, dimostrandomi quanta voglia aveva di ricongiungere il suo corpo al mio.

Strofino i piedi per togliere le scarpe e poi sfilo i pantaloni ancora attaccati alle mie caviglie con un gesto nervoso, in modo da essere libero di muovermi.

La prendo in braccio, ancora dentro di lei, e la porto in cucina, adagiandola sulla penisola.

Mi muovo a un ritmo preciso e lento, per poi andare più veloce, aumentando le stoccate e provocandole un piacere senza pari.

Vado avanti così, ancora e ancora, e lei gode come una matta, strillando il mio nome più e più volte.

Quando arriva al limite, inarca la schiena e si lascia andare sulla penisola, dimenandosi e contorcendosi per i fremiti dell'orgasmo.

Vengo anch'io, dopo poco, e mi accascio sul suo petto.

So che non è stata esattamente la performance migliore della mia vita, ma era un bel po' che non facevamo l'amore e avevo bisogno di sfogarmi, non ce la facevo più, stavo impazzendo.

La lascio andare e la bacio piano.

«Ti amo, Logan Dark» mi confessa e le sue parole sono come un colpo al cuore, perché so di non poterle dire la stessa cosa.

Per me quelle due parole sono associate a ricordi terribili.

Mi limito a sorriderle e a stringerla a me, nella speranza che non si accorga del tormento che passa sul mio volto.

CAPITOLO 27

IRIS

Il mattino dopo mi sveglio presto. Sono andata a dormire con un unico pensiero fisso in testa: fare una sorpresa a Logan.

Il mio uomo è stato un angelo con me, dopo quanto accaduto con Roy. Mi ha dimostrato quanto tenga a me in tutti i modi possibili e immaginabili e, anche se, ieri, quando gli ho detto "ti amo" per la prima volta, non mi ha risposto, sono sicura che sia così anche per lui.

Logan non solo ha aspettato che mi sentissi pronta, ma ha fatto di tutto per tenermi al sicuro, protetta. Mi ha difeso davanti alla sua ex e con i suoi genitori, ha avuto cura di me in un modo così dolce e perfetto che quasi mi commuovo, se ci penso.

Ero bloccata dalla paura e, per tre settimane, ho avuto il terrore che se mi avesse toccata, i ricordi della notte dell'incidente sarebbero tornati a galla, rovinando un momento perfetto.

Logan non solo mi ha aspettata, non mettendomi alcuna pressione, ma mi ha anche cullata e amata in miliardi di modi, con la sorpresa del tandem, della cioccolata, di quel meraviglioso vestito che indossavo ieri, con il suo prendere le mie difese schierandosi contro il padre e con il suo atteggiamento stanotte. Ero lì, pronta, sicura e decisa a voler fare di nuovo l'amore con lui, e lui si è assicurato che io fossi certa della mia decisione, che io lo volessi davvero. So quanto fosse eccitato e quanta fatica abbia fatto per tenere le mani a posto per tre settimane.

Logan Dark è la persona più buona e dolce sulla faccia della terra e, con i suoi modi gentili e premurosi, mi ha liberata dalle mie paure e ha fatto sì che tornassi a respirare, che tornassi a vivere.

Penso sia arrivato anche il suo momento di superare le fobie e le paure. Un passo alla volta, è vero, ma deve farlo.

Sono le sei del mattino e mi incammino verso la cucina.

Apro il frigo per vedere cos'ha e mi appunto ciò che mi serve sul cellulare.

Apro anche i mobili per vedere se ha il necessario per la mia sorpresa, ma ciò che mi serve, come immaginavo, non c'è.

Mi vesto velocemente e vado via, dritta al supermarket più vicino.

Quando arrivo, vista l'ora, il supermercato è deserto e io scelgo le mie cose con calma. Appena finito, pago e vado via.

Ritorno da Logan e, per fortuna, sono stata così furba da portarmi le chiavi appresso. Rientro in casa cercando di non fare rumore e vado a chiudere la porta di camera sua. Non voglio che si svegli per il rumore e che la mia sorpresa sia rovinata.

Ritorno in cucina e mi metto all'opera. Dopo circa un'ora, Logan dorme ancora e la mia sorpresa è pronta.

Preparo il tutto per portarlo da lui e, quando apro la sua porta, lo chiamo per farlo svegliare.

Non mi avvicino, so che non vuole e potrebbe essere brusco per qualche brutto sogno, così lo chiamo ripetutamente, ma non si sveglia.

Richiudo la porta alle mie spalle e ci busso violentemente sopra.

Logan sussulta e si alza di scatto.

«Scusami, non volevo svegliarti in maniera così brusca, ma ho provato a chiamarti e non mi hai sentita. So che non potevo avvicinarmi e non l'ho fatto, ma ho dovuto usare le maniere forti» dico avanzando e vado a sedermi accanto a lui, sul suo letto.

«Non importa. Che ore sono?» chiede.

«Le otto.»

«Mmm, ti sei svegliata presto» mugugna stropicciandosi gli occhi.

«Sì, ti ho fatto una sorpresa. Tieni» gli porgo un piattino coperto con un tovagliolo.

Logan lo sfila e guarda la mia sorpresa. Sembra stupito.

«È una…»

«Torta!» finisco per lui. «Al cioccolato fondente. L'ho fatta io, con le mie mani. Stamattina mi sono svegliata presto e ho controllato se avessi l'occorrente per prepararla, ma ovviamente non c'era niente. Così ho preso le tue chiavi e sono andata al supermercato aperto h24 e ho acquistato tutto il necessario, anche fruste e teglia» dico felice.

«Hai comprato delle fruste e una teglia?» chiede sorridendo.

«Sì, e non lamentarti. Tu puoi comprarmi bikini e abiti firmati, io non posso rinnovare i tuoi utensili?» lo prendo in giro.

«Grazie, Iris, non so che dire. È stata una bellissima sorpresa e la apprezzo, davvero, ma… io non mangio dolci.»

«Lo so, ma è arrivato il momento di tornare ad assaggiare qualcosa di veramente buono. Non perché sia di parte, ma sono un'ottima cuoca, Logan Dark!»

«Non lo metto in dubbio, ma io davvero non…»

«Logan, so che cerchi di sembrare perfetto agli occhi del mondo e che il tuo mantenere una linea invidiabile deriva da qualche trauma di cui non mi vuoi parlare, va bene, ma non ingrasserai per un pezzo di torta.»

«Iris, nemmeno mi ricordo quando è stata l'ultima volta che ho mangiato un dolce. Non ci sono abituato. Probabilmente mi verrebbe da vomitare, fidati. Senza offesa, ovviamente. Non ha nulla a che fare con te, sono certo che sia una torta deliziosa» si corregge subito, giustificandosi.

Lo guardo e sorrido. Capisco che è giunto il momento di passare al piano B.

«D'accordo, Mr. Dark, non avrei voluto giocarmi questa carta, ma… non mi lasci altra scelta» dico e comincio a spogliarmi.

«Che stai facendo?» mi guarda stranito e allo stesso tempo carico di tensione sessuale.

«Sai, so che non mangi cibi grassi o calorici,» dico, senza rispondere alla sua domanda «ma so anche che c'è una cosa a cui non puoi resistere, Logan. Quella cosa è il mio... corpo» concludo, togliendo la mutandina e rimanendo completamente nuda davanti a lui.

Logan deglutisce forte e mi squadra, senza dire una parola.

Gli tolgo il piattino dalle gambe e lo appoggio sul piccolo mobiletto accanto al letto.

Mi impiastriccio le mani col dolce e inizio a passarmelo ovunque.

«Perciò la mia domanda è: resisterai al mio corpo tutto sporco che vorrebbe tanto essere pulito dalla tua abile lingua?» lo provoco, mentre mi passo il dolce sui seni, macchiandomeli per bene.

Passo alla pancia e continuo a parlare.

«Sarebbe un vero peccato non darmi una mano, non credi?» sibilo languida.

«Iris, stai giocando sporco!» mi rimprovera lui, mentre io mi imbratto la pancia.

«Sporco è il termine adatto e lo sporco va lavato, no?» chiedo, inumidendomi le labbra, immaginando la sua lingua che mangia via tutto quel dolce.

Logan respira forte e mi guarda con desiderio, con fame. «Soprattutto...» inizio a scendere più in basso, fino all'ingresso della mia vagina «quando ci sono certi punti... che non vedono l'ora di essere puliti da te» esalo e, quando pronuncio la parola "te", il freddo della crema mi fa ansimare.

«Aaah» gemo, buttando la testa all'indietro.

«Cristo santo, Iris» ringhia Logan, e in un attimo è su di me.

Mi spinge sul letto e si fionda tra le mie gambe. Mi succhia le grandi labbra con forza e io mugolo di piacere.

Logan continua a torturarmi, leccando ogni centimetro di torta sparsa lì sotto.

Quando ha pulito per bene, si allontana e io sono frustrata.

Non avrebbe dovuto cominciare da lì. Avevo creato un percorso preciso con quella dannata torta, maledizione!

Logan mi lecca i seni, giocando con i capezzoli, poi scende più giù a pulirmi la pancia.

«Allora, com'è questo dolce?» lo tengo per la testa, mentre lui continua a leccare.

«Divino, ma mai quanto te, piccola Rhoden, mi hai fatto andare fuori di testa» sibila e torna a giocare coi seni.

Li succhia e li morde con una passione e un impeto senza pari.

Lo guido con la mia mano nei movimenti e, quando sono completamente pulita, Logan torna più giù.

«Logan…» ansimo, vogliosa di sentire ancora la sua lingua lì sotto.

«Sei stata molto cattiva, piccola Rhoden, hai giocato coi miei istinti. Ora tocca a me giocare con te» dice, allontanandosi da lì.

Mi lamento contorcendo le gambe.

«Cosa vuoi farmi?» chiedo, curiosa ed eccitata.

«Lo vedrai» dice e si alza per andare a prendere qualcosa dal suo armadio.

Torna con uno strano oggetto. Guardo bene e scopro che è un dildo enorme.

«Wow!» mi scappa.

«È nuovo, ovviamente, non l'ho mai usato con nessuna» dice e lo poggia sul mobiletto, dal quale estrae del lubrificante.

«Mi farà male?» chiedo un po' impaurita e lui sorride.

«Non farei mai niente che possa farti male, piccola. Ma se, in qualsiasi momento, dovessi sentire fastidio, basta che tu me lo dica e io mi fermo.»

«Dobbiamo usare una safeword, qualcosa del genere?» chiedo. *Non sono abituata a tutto questo!*

Logan sorride, divertito.

«Non ce n'è bisogno. Quando mi dirai "basta", toglierò via quell'aggeggio, intesi?»

Annuisco e aspetto che lui mi dica cosa fare.

«Girati a quattro zampe, Iris» ordina e io lo faccio. Sento che si lubrifica il pene, poi entra dentro il mio sedere.

«Aaah» gemo e lui spinge piano. Continua il suo ritmo, lentamente e io mi sento riempita in un luogo che, prima di lui, non avevo dato a nessuno.

Quando meno me lo aspetto, sento un oggetto freddo vicino alle grandi labbra e so che sta per entrare.

Logan lo spinge piano e, quando è completamente dentro, urlo.

Sono scioccata per questa doppia penetrazione, ma anche sovreccitata e non vedo l'ora che Logan muova quel coso dentro di me e che si muova a sua volta per darmi un piacere moltiplicato al quadrato.

«Sei pronta per godere, piccola?» chiede e io sibilo un "sì" strozzato. Lo sento ridacchiare per un attimo, poi inizia i movimenti: davanti col dildo e dietro col suo enorme ed erettissimo pene.

Non ho mai provato nulla del genere in vita mia, è qualcosa di strabiliante.

Urlo come una forsennata, ansimo, gemo e scalpito. Sono totalmente fuori controllo.

Per darmi pausa, dopo un po', Logan esce da me e tira via il dildo dalla mia vagina.

Sono fradicia dei miei umori e, quando sento Logan entrare in me e il dildo che preme tra le mie natiche, mi lascio andare a nuovi mugugni di piacere.

Logan mi scopa così, con forza e vigore. Non so come faccia a essere così preciso, nei movimenti che fa con la mano, tenendo dentro il mio sedere quell'oggetto, e col suo bacino che spinge la sua grossa durezza dentro me.

Raggiungo un orgasmo intensissimo, mai provato prima, e sento Logan uscire e venire sul mio sedere.

Mi accascio stremata e Logan toglie via il dildo dal mio ano. Si stende vicino a me e mi cinge il corpo con un braccio.

Mi lascia un tenero bacio sulla testa e io rido.

«Cos'hai da ridere?» chiede divertito.

«Non ho mai avuto un orgasmo così esplosivo, Logan» confesso.

«Ne avrai molti altri, piccola Rhoden» dice e io rido ancora.

Logan mi lascia andare e va in cucina a prendere qualcosa per pulirmi.

Mi asciuga il sedere e, quando ha terminato, mi prende per mano e mi trascina nel suo bagno.

Facciamo la doccia insieme e finiamo per scopare ancora.

Dio mio, quest'uomo è insaziabile!

Direi che abbiamo abbondantemente recuperato i giorni di astinenza.

Dopo esserci asciugati e rivestiti, vado in camera mia e trovo un messaggio da un numero sconosciuto.

Lo leggo.

"Ciao, Iris, sono Patricia Dark, la madre di Logan. Avrei bisogno urgente di vederti, chiamami appena puoi. Grazie".

Rileggo il messaggio, indecisa sul da farsi. Alla fine approfitto del fatto che Logan sia ancora in bagno e la chiamo.

Mi risponde all'istante e mi dice che vuole vedermi perché ha delle cose importanti da dirmi su Logan. Mi dà appuntamento tra un'ora a casa sua e io accetto, pentendomi un secondo dopo.

Se stesse architettando un piano per tenermi lontana da lui? Magari vuole usare la foto di Francine, per farmi credere che mi abbia tradita, ma io conosco quella storia, per sua sfortuna.

Non voglio rimuginarci troppo, ho bisogno di affrontarla una volta per tutte: deve mettersi in testa che io amo suo figlio e non lo lascerò andare per niente al mondo!

Mi reco in cucina e trovo Logan lì.

«Devo chiederti di nuovo un permesso. Problemi a scuola con mio fratello. Niente di grave, ma... devo andare lì» invento e mi sento un verme per la bugia che gli sto raccontando.

«Ok, nessun problema. Vuoi che ti faccia accompagnare da Drew?» chiede, ma io scuoto la testa.

«Non ce n'è bisogno, ma grazie. Giuro che recupererò con ore extra, ok?» dico per farmi perdonare e lui avanza verso di me con un sorrisetto malizioso.

Mi tira a sé e mi sposta un ciuffo di capelli dal viso.

«Attenta a ciò che dici, Miss Rhoden, potrei approfittarmi delle tue ore extra!» dice ammiccando.

«Io parlavo di recuperare il lavoro, non di altro, Mr. Dark» ribatto, più maliziosa di lui.

«Ah, peccato!» fa, fintamente dispiaciuto.

Scoppio a ridere e lo lascio.

«Devo proprio andare, adesso.»

«A dopo, piccola» esala con dolcezza, lasciando andare con fatica la mia mano. Lo guardo innamorata e vado via a malincuore.

Mi sento una merda per avergli mentito, ma non ho avuto altra scelta.

Chiuderò una volta e per sempre la questione Patricia Dark e tornerò vittoriosa dal mio uomo.

Arrivo alla sua villetta, ad aprirmi è la stessa cameriera di quando venni qui per il colloquio.

Mi lascia entrare e mi dice di aspettare in salone.

Mi siedo sul divano e, dopo un po', la vedo arrivare: Patricia Dark, col suo portamento di classe e lo sguardo glaciale.

Mi alzo per salutarla, ma lei mi blocca.

«Stai comoda, Iris, non serve» dice, sedendosi su una poltrona di fronte a me, e io mi rimetto al mio posto.

La sua cameriera aspetta come un soldatino e io la guardo compassionevole.

«Ginevra, porta un bel bicchiere d'acqua alla signorina Rhoden, ne avrà bisogno» ordina, poi si volta a guardarmi. Ginevra si allontana e torna in un istante con l'acqua.

Si congeda con un inchino e ci lascia sole.

Non starò qui a farmi umiliare, sarò io a parlare per prima.

«Signora Dark, so quanto ci siamo dette quando suo figlio mi ha assunta, ma...»

«Non c'è bisogno, Iris, non sei qui per questo» alza una mano per farmi smettere di parlare.

«Allora perché sono qui?» domando.

«Perché io conosco mio figlio più di chiunque altro e sono convinta che... prima di decidere di stare davvero con lui, anche tu debba conoscerlo» dice seria.

«Io lo faccio, lo conosco. Insomma, non so tutto di lui, ma...»

«Non sai niente di lui, Iris, e credo ti manchino i pezzi più importanti per capire davvero chi hai davanti.»

«Oh, la prego, non mi parli male di suo figlio perché non attacca!» mi difendo, ma lei scuote il capo, come se volesse dirmi che sono del tutto fuori strada.

«Non lo farei mai, è mio figlio. Credi ti abbia fatto venire qui per parlarti male di lui? E a che pro, poi? Tu non mi sopporti, non ti fidi di me, quindi le mie parole sarebbero state aria per te.»

«Che non la sopporto non è vero» dico con poca convinzione e lei sorride.

«Lasciamo perdere. Tanto non siamo qui per parlare di me e te, Iris, ma di Logan. Ci sono tante cose che non sai di lui. Cose che gli sono capitate e che lo hanno reso, nel bene e nel male, quello che è oggi» dice, sfregandosi le mani con nervosismo.

«Signora Dark, tutti abbiamo un passato su cui fatichiamo ad aprirci con gli altri. Logan me ne parlerà quando sarà pronto» ribatto decisa.

«Quando sarà troppo tardi, Iris. Ci sono delle cose... delle cose che sono impossibili da superare per lui, cose per cui anche il tuo affetto o la tua presenza non bastano. I demoni che lo perseguitano non lo abbandoneranno mai, lo avvolgeranno nelle tenebre fino alla fine dei suoi giorni» sibila piano e i suoi occhi guardano un punto fisso. Sono sgranati. Sembrano terrorizzati.

Dio, mi sta spaventando!

«Di che sta parlando?» chiedo, e ho paura che quello che mi dirà non mi piacerà affatto.

«Di quello che è successo a mio figlio quando aveva solo otto anni, Iris. Lui... frequentava il campo da golf, seguiva... delle lezioni. È sempre stato un bambino molto talentuoso. Suonava il piano, tirava con l'arco ed era un genio in matematica. Il mio piccolo Logan» dice con aria sognante, ma anche assente e io mi sto seriamente preoccupando.

Patricia torna in sé e continua a raccontare.

«Vedi, Iris, Logan a un certo punto cominciò a comportarsi in maniera strana. Si isolava da tutti i suoi amici, stava spesso da solo e si chiudeva in camera, ordinando che nessuno lo disturbasse; era diventato chiuso e taciturno. Cominciò a mangiare poco e iniziò a farsi la doccia da solo. Non voleva che nessuno entrasse per aiutarlo, diceva che era grande, ormai. Credevo fosse perché stava crescendo e la mia presenza lo imbarazzasse, ma tutti gli altri atteggiamenti cominciarono a preoccuparmi. Così lo portai da uno psichiatra e Logan iniziò a seguire una terapia. Il medico individuò la causa di tutti questi cambiamenti e la individuò nelle sue lezioni di golf.»

«Le lezioni di golf?» chiedo stranita e lei annuisce lentamente.

«Il maestro di mio figlio. L'uomo che doveva insegnare a mio figlio a giocare a golf, lo ha spezzato per sempre, Iris. Robert "Bobby" Wenthon ha abusato di mio figlio ripetutamente» confessa tra le lacrime e io mi porto le mani alla bocca guardandola con orrore.

«No» sibilo sconvolta.

No, no, no! Non lui, non il mio Logan. Non hanno fatto una cosa così orribile al mio uomo forte e fiero, no. Non gliel'hanno fatta, non è possibile.

«Sul primo momento non volevo crederci. Mandai al diavolo il medico e tornai a casa. Ma poi guardai gli occhi di Logan e scorsi tutto quel dolore, tutta la sofferenza che era costretto a subire. Non diceva niente. Non diceva niente perché quel bastardo lo minacciava convincendolo che, se avesse parlato, avrebbe ucciso me e suo padre. Minacciò anche di uccidere il suo amato cane, Bailey. Adorava quel cane con tutto sé stesso. Io non sono stata una madre perfetta, Iris, ma ho fatto di tutto affinché l'aguzzino di mio figlio avesse la fine che meritava. Bobby non c'è più, adesso. È morto, ma... ma il dolore che ha inflitto a mio figlio non se ne andrà. Non svanirà perché lui è morto, non è mai svanito. Logan soffre d'ansia e prende delle pillole che lo aiutano a calmarsi. È pieno d'incubi e spesso paranoico. Si tiene alla larga dalle persone e dai sentimenti, perché ha paura di essere ferito ancora, perché gli è già stato fatto tutto il male possibile.

Le cose che gli ha fatto quell'uomo, Iris, sono... irripetibili. Mi prende un senso di vomito se solo ci penso e, credimi, non le augurerei a nessuno al mondo. Perciò, Iris, ora che sai la verità, vattene finché sei in tempo, salvati e salva Logan prima che sia troppo tardi» mi implora.

«Io non capisco...» balbetto con gli occhi pieni di lacrime.

«Il male che ha dentro vi distruggerà, vi schiaccerà e si prenderà quel briciolo d'amore che provate adesso. Starete male entrambi, Iris, ma mentre tu ne uscirai con le ossa rotte, Logan non ne uscirà. Lo annienterebbe e io non posso permetterlo.»

Scuoto la testa sconvolta. No, non può chiedermelo, non dopo ciò che mi ha confessato.

«Si sbaglia, signora Dark, quello che proviamo non è un briciolo d'amore. No! È un amore immenso. Un amore così grande che non riuscirei a quantificarlo. Se crede che tutto quello che so adesso mi spaventi, si sbaglia di grosso. Non riuscirà nel suo intento, non mi separerà da lui» ringhio con rabbia, alzandomi di scatto.

«Era questo che voleva. Mi ha detto tutte queste cose per spaventarmi e farmi fuggire via. Ma io non fuggo via, non me ne vado. L'amore è questo. Nella buona e nella cattiva sorte, si dice così, no?»

«Sarà soltanto cattiva, Iris» dice gelida e io non posso credere che mi abbia raccontato tutto questo solo per allontanarmi da lui.

«Vorrà dire che abbraccerò la mia sorte e la amerò fino alla fine dei miei giorni, con tutti i suoi demoni, signora Dark. Adesso, se vuole scusarmi, ho un lavoro che mi aspetta. Buona giornata» esalo col cuore che va a mille e fuggo via.

Scappo fuori da quella villa che per me è solo dolore e distruzione e chiamo un taxi.

Aspetto fuori, mentre l'aria fresca mi sbatte in faccia.

Chiudo forte gli occhi e immagino quel bambino spaventato, quel bambino indifeso, violato. Immagino tutto il suo dolore e tutta la sua sofferenza. Immagino i suoi occhi terrorizzati e collego tutto: gli incubi, il fatto che diventi violento, come a volersi difendere, lo strofinarsi con la spugna per lavare via lo sporco e quella persona che gli aveva fatto "certe cose"... Mi ha mentito, dicendomi che era una donna di cui era innamorato.

Mi accascio per terra e piango disperata per il mio uomo e per tutto ciò che ha dovuto subire.

Come ho fatto a non capirlo subito? Come ho potuto essere così stupida?

Non sopporto il dolore, mi disse. Come ho fatto a non collegare i pezzi? Come?

Non avevo idea, non credevo che una cosa così fosse possibile. Non a lui. Sono stata fin dal primo momento prevenuta, perché lui era ricco e, automaticamente, per me, la sua vita non poteva che essere perfetta. Non avrei mai potuto immaginare quanto male gli avessero fatto. Non avrei potuto mai immaginare che gli avessero strappato via l'infanzia nel modo più meschino, crudele e terribile del mondo.

Ti guarirò, amore mio. Dovesse volerci una vita intera, ti giuro che ti guarirò.

***

LOGAN

Sono a casa con dei documenti aperti sulla scrivania. Sto sistemando dei conti dopo che l'ultimo cliente è andato via.

Guardo l'orologio e mi chiedo dove sia finita Iris.

So che può sembrare assurdo, ma da quando le cose stanno andando bene tra noi, stare senza di lei, anche per poco tempo, diventa una tortura atroce. Mi manca da morire, vorrei tenerla ogni istante della mia vita accanto a me.

Sento la porta che si apre, le avevo dato le chiavi, e sorrido immaginando noi due che viviamo assieme e me che, quando sento quelle chiavi girare nella toppa, sono felice sapendo sia lei.

Aspetto che arrivi da me, nel mio studio e, quando la vedo, il cuore si ferma un istante.

Ha l'aria stravolta, afflitta. Sembra quasi che abbia pianto.

«Cos'è successo?» chiedo alzandomi di scatto.

«Logan, possiamo parlare in un posto tranquillo? Manda via Adele e Drew, per favore» supplica e io mi sto davvero preoccupando.

«Ok, d'accordo, ma... tuo fratello sta bene?» chiedo.

«Sì, è tutto a posto, tranquillo» esala mogia e io corro a dire a Adele e a Drew di andare via.

Ci accomodiamo entrambi nel mio salotto, Iris seduta sul divano e io in piedi ad aspettare che quei due vadano via.

Arrivano insieme, come fulmini, e si congedano.

Io e Iris rimaniamo soli e non posso più aspettare.

«Iris, dimmi che succede, per favore. Mi stai preoccupando» dico serio, rimanendo in piedi. Ho bisogno di calmarmi e di mandare via l'ansia.

«Logan, prima di tutto, voglio dirti che non sono andata da mio fratello e mi dispiace di averti mentito. Ho visto tua madre...» confessa torturandosi le mani e io la guardo smarrito.

«Mia madre?»

«Sì. Mi aveva mandato un messaggio, mentre tu eri ancora in bagno. Mi chiedeva di vederci. Sono andata da lei nella speranza di porre fine a questa assurda storia, decisa a difendere il nostro amore, ma...» si blocca un istante, tirando dentro una specie di singhiozzo.

«Ma lei non voleva vedermi per urlarmi contro o dirmi quanto fossi sbagliata per te. Lei mi ha voluto lì per raccontarmi la tua storia» sibila piano e mi guarda negli occhi.

«La mia storia? Che significa?» chiedo turbato, mentre il cuore mi martella nel petto con un ritmo incessante.

«Mi ha raccontato tutto, Logan. Tutto quanto» dice piano e io stringo gli occhi.

No, non è possibile, mi sto sbagliando. Mia madre non farebbe mai una cosa del genere. Forse ha solo inventato una ridicola storia per allontanarla da me, e pagherà per questo, ma... non può averle detto di Bobby, non può averlo fatto.

«Tutto cosa?» chiedo ansioso e Iris guarda per terra come se si vergognasse.

Prende un profondo respiro, poi risponde.

«Mi ha detto dei tuoi otto anni, delle tue lezioni di golf e di Bobby. Mi ha detto del male che ti ha fatto. Dio, Logan, mi dispiace così tanto...» biascica tra le lacrime e prova ad avvicinarsi a me, ma io la respingo.

«No, non è... non può. Non può avertelo detto!» esalo scuotendo la testa, rifiutando la terribile realtà che mi si sta presentando davanti agli occhi.

«Invece l'ha fatto, Logan, mi dispiace. So che volevi i tuoi tempi, che avresti voluto dirmelo tu, ma non è andata così. Logan, mi dispiace per quello che ti è stato fatto, io...»

«No, non farlo, non tu, da te non lo accetto, non guardarmi così» urlo.

«Così come?»

«Con compassione! Io non la voglio la tua...»

Non riesco a continuare, mi manca l'aria, sento che potrei svenire da un momento all'altro.

«No, Logan, non è compassione. Sono solo distrutta per ciò che ti hanno fatto!»

«Non doveva! Non aveva il diritto di raccontarti certe cose! Come cazzo ha potuto farmi questo?» grido e con un colpo distruggo il vaso cinese che mi aveva regalato mia madre.

Si infrange a terra in mille pezzi, come la mia anima in questo momento: un insieme di minuscoli pezzi distrutti e dannati.

«Logan, ti prego, calmati. Sono qui per te, non me ne vado.»

Iris prova ad avvicinarsi, ma io arretro, alzando una mano per dirle di fermarsi.

«No, non... non volevo che mi vedessi così. Tu non dovevi sapere!»

«Ma adesso lo so, Logan, e per me non è cambiato niente! Siamo gli stessi di prima. Io sono la stessa di prima.»

«Ma io non lo sono. Non più.»

Rimango in silenzio un istante, mentre gli occhi si bagnano.

La guardo dritto in faccia.

«Era un mio diritto tenerlo per me, era un mio cazzo di diritto!»

«Mi dispiace, Logan» si scusa, e una lacrima cade dal mio viso nello stesso momento in cui due grossi lacrimoni bagnano il suo.

«Devo andare» dico e faccio per andare via.

«No, aspetta, dove vai?»

Iris prova a fermarmi e, quando la sua mano arriva quasi a sfiorare il mio petto, urlo.

«Non toccarmi!»

Iris la allontana spaventata e mi guarda persa.

La guardo anch'io, un ultimo lunghissimo istante e, senza dire una parola in più, vado via sbattendo forte la porta.

Il rumore che provoca quel mio movimento brusco somiglia tanto a ciò che c'è in questo momento nella mia testa e nel mio cuore: caos, rabbia, casino, un suono incessante che mi martella il cervello e fa pompare male il mio cuore.

Disperazione, sconfitta, umiliazione.

Tristezza, sconforto, annientamento.

Dolore! Dolore, dolore, dolore, dolore...

CAPITOLO 28

LOGAN

Sono ore che vago per la città senza sosta. Sono stanco, distrutto. Ciò che ha fatto mia madre mi ha annientato, reso nulla. Non doveva permettersi di raccontare tutto a Iris, non doveva farlo!

Perché tutti quelli che amo mi deludono? Perché mi feriscono?

Lo ha fatto mio padre molti anni fa e adesso lei.

Sono solo al mondo, non ho nessuno, solo i miei perfidi demoni che continuano a perseguitarmi.

La mia anima è nera, dannata, il mio mondo a pezzi. Ogni speranza che avevo per un futuro migliore, una vita normale, è andata in fumo.

Si è spento tutto, quando lei mi ha guardato con quei suoi grandi occhi tristi e disperati e mi ha detto che sapeva la verità. Una verità da cui ho sempre cercato di nascondermi, una verità che ho sempre rifiutato, da cui ho cercato di fuggire. Ma la realtà è che questa mi ha rincorso ogni fottuto giorno della mia vita e si è presa tutto: il mio onore, la mia dignità, la mia voglia di vivere.

Mi sento una merda. Provo vergogna per me stesso, orrore.

La colpa è mia, soltanto mia.

Non avrei dovuto avvicinare Iris, non avrei dovuto lasciare che lei si innamorasse di me. È colpa mia, perché sono stato io a portarla a quella festa, facendo indispettire mia madre.

Non volevo che mi guardasse in quel modo, non volevo che provasse pena e compassione. Non voglio che chiuda gli occhi per immaginarmi bambino, per immaginare le cose che mi hanno fatto. Non voglio che mi veda così, io non sono così.

Eppure, non riesco a fare a meno di sentirmi colpevole di tutto, tutto quanto. Devo punirmi, devo farmi del male, non c'è altra soluzione.

Ho temuto ogni fottuto giorno della mia vita di ritornare a questo. Mi chiedevo: quanto credi resisterai, Logan? Il tuo bel castello di carte, prima o poi, crollerà e tu sarai costretto a cedere.

Tornerai da lui e gli permetterai ancora di farti del male. Perché sei tu il demone da cui cerchi di fuggire, sei tu che ti stai distruggendo con le tue mani. La colpa è tua, soltanto tua!

Sono la vittima e il carnefice di me stesso, ma non posso farci nulla. In questo momento, andare da lui è l'unica cosa che può aiutarmi a stare meglio, a sentirmi libero, a non pensare.

Lui è l'unico che può farmi spegnere il cervello per un po'. L'unico che può farmi smettere di pensare a lei e al modo in cui mi ha guardato.

Avrei potuto accettare la pietà del mondo intero, ma non la sua, la sua non la accetterò mai.

Compongo un numero dallo schermo elettronico dell'auto e lascio che squilli.

Mi risponde dopo qualche secondo.

«Pronto.»

«Ciao, Tyson» biascico, mentre lacrime amare innaffiano i miei occhi.

«Logan, sei proprio tu? Quanto tempo è passato?» chiede.

«Troppo. Ho bisogno di vederti, adesso. Vivi ancora lì?» domando.

«Sempre. Come mai proprio adesso?»

«Non ha importanza. Hai tutto?»

«Certo, Dark, ho tutto» risponde fiero.

«Sto arrivando» dico e attacco la chiamata.

Non ci metto molto ad arrivare a destinazione.

Raggiungo l'ingresso della sua villa e i cancelli si aprono immediatamente. Parcheggio l'auto fuori e, nello stesso istante in cui scendo dalla mia vettura, lui esce da casa.

Mi viene incontro e, quando mi ha raggiunto, mi abbraccia forte.

«Logan Dark. Sono passati secoli dall'ultima volta che ci siamo visti» dice, squadrandomi da testa a piedi.

«Ty, ti trovo in forma. Non sei cambiato di una virgola.»

«Ho la fortuna di invecchiare bene. Tu, piuttosto, hai l'aria distrutta» ammette, guardandomi dritto negli occhi.

«Non sarei qui, altrimenti, no?»

«Giusto. Andiamo.»

Lo seguo in quella che è per me una strada che conosco a memoria.

Arriviamo nello scantinato e quell'aria di freddo glaciale, di morte e distruzione, mi invade.

I teschi e i gargoyles che fanno da arredamento mi mettono i brividi, come sempre, ma non ci faccio caso. Arriviamo nella stanza medievale e lui mi indica il letto di legno.

Mi ci avvicino e comincio a spogliarmi.

Mi tolgo la giacca, la cravatta e infine la camicia.

Mi stendo lì sopra, dandogli la schiena, e aspetto il momento in cui inizierà.

«Quale frusta vuoi?» chiede, accarezzandomi la schiena.

«La più spessa che hai» rispondo. Sento un accenno di risatina, poi mi accorgo dei suoi movimenti.

«Vuoi qualcosa da mordere per il dolore?» chiede, ma io scuoto il capo.

«Urlerai parecchio, Logan Dark» dice sicuro.

«Non urlerò» ribatto gelido.

«Come vuoi. Sei pronto?»

«Pronto.»

Sono un fulmine, voglio che inizi subito.

«Fallo durare quanto più puoi» gli ordino, prima che inizi.

«D'accordo, Dark. Vuoi essere ferito parecchio, a quanto pare. Ma non è un problema. D'altronde sono qui per questo» dice ridacchiando e, in un istante, mi arriva la prima frustrata. È forte, intensa, dolorosa. Proprio ciò che mi ci vuole.

Stringo gli occhi e vedo lei, il modo triste in cui mi guarda e mi racconta tutto.

«Più forte!» urlo.

Tyson ubbidisce e la seconda frustrata mi fa raggiungere un picco altissimo di dolore.

Vedo Bobby, il suo ghigno di soddisfazione mentre gli succhiavo l'uccello.

Voglio spegnere tutto. *Spegni tutto, Tyson, ti prego.*

Un'altra frustata ancora, due, tre, fortissime. Fanno un male cane ed è esattamente ciò che cerco.

Voglio che il dolore fisico spenga quello che ho dentro.

Tyson mi frusta ancora e sento che grugnisce per l'eccitazione.

Bobby mi si ripresenta davanti agli occhi. Non voglio ricordare. Basta ricordi!

"Dimmelo, Logan! Dillo!" urla e io piango, scuotendo forte il capo. Mi prende per i capelli e mi costringe a guardarlo. "Se dici quelle due parole ti sentirai meglio, piccolo mio, fidati di me. Devi convincertene: è un gesto d'amore che stiamo facendo, è amore ciò che c'è tra noi. Dillo!" grida ancora più forte. "No, no, basta, ti prego" lo imploro, ma lui mi minaccia. "Vuoi che faccia del male ai tuoi genitori? Al tuo adorato cagnolino? Scommetto che anche a lui piacerebbe ciò che faccio a te" dice con un ghigno malefico. "No, no, Bayley no!" lo prego. "Allora dillo!"

"Io ti... ti... amo" sibilo e lui entra in me con prepotenza. Una lacrima mi bagna le labbra e io stringo i denti. Devo farcela, per loro. Nessuno toccherà la mia famiglia!

Ho perso il conto di quante frustrate mi abbia dato. Tante, troppe. Sento il sangue colarmi lungo la schiena e lui che continua a colpire con più astio, violenza, goduria.

Passa un tempo infinito e io non emetto un singolo suono, sono assuefatto dal dolore.

Ce l'ho fatta, ho spento la mente.

Alla fine sento Ty venire nei pantaloni. Lui ha raggiunto il suo scopo e io il mio.

Molla la corda e prende qualcosa per asciugarmi la schiena.

Lo lascio fare e ricaccio indietro le lacrime che, con prepotenza, cercano di uscire.

«Mettici la solita pomata» dice, quando ha finito, e io annuisco.

Mi rialzo e mi infilo a fatica la camicia. Sto impazzendo dal dolore.

Prendo i soldi dalla tasca, ma lui mi ferma.

«Questa volta offre la casa. È stato bello rivederti dopo tanto tempo, Logan. Quando vuoi, sono qui» dice sorridendo e allunga una mano ad accarezzarmi il viso.

Mi ritraggo e lui capisce, tornando al suo posto.

«Grazie di tutto, Ty» dico prendendo la giacca sotto al braccio. Non ce la faccio a indossare anche quella.

«Grazie a te, Logan. Ti riaccompagno all'auto» dice e, quando usciamo, sento le urla di Jonathan da fuori al cancello.

«John?»

Lo raggiungo e sembra furioso.

«Maledizione, Logan, lo sapevo che eri venuto qui. Che cazzo ti ha fatto quel figlio di puttana?» urla.

«Stanne fuori, John. Sto bene!» mi difendo, ma so che ha perfettamente ragione a essere incazzato.

Io e lui sappiamo che fatica abbia fatto per tirarmi fuori da questa storia, per abbandonare Tyson e le sue assurde abitudini, per smettere di permettergli di farmi del male. Lui è l'unico che sa, a parte mia madre.

«No, tu non stai affatto bene, Logan. Mi ha chiamato Iris, è preoccupata per te. Dice che non rispondi alle sue telefonate. Mi ha detto che tua madre le ha raccontato tutto il tuo passato. Amico, mi dispiace, davvero, ma devi affrontare la cosa e andare avanti.»

«Ho già fatto mille passi indietro, John, non posso andare avanti» sibilo piano e lui scuote la testa arrabbiato.

«Cazzo, Logan, no! Maledizione, apri questo dannato cancello, così spacco la faccia a quel farabutto» ringhia guardando con astio in direzione di Ty.

«Vattene, John. Voglio stare da solo» dico con freddezza e lo lascio lì, avanzando per tornare alla mia auto.

Lo sento gridare, ma non lo ascolto. Saluto Tyson con un cenno del capo e salgo in auto.

Quando il cancello si apre, John si sposta per evitare di essere investito dalla furia che sono io alla guida.

Guardo dallo specchietto retrovisore la sua figura che si fa sempre più piccola e, con un sospiro forte, chiudo per un istante gli occhi. Un istante, esattamente quanto dura la mia felicità.

***

IRIS

Ho appena parlato al telefono con Jonathan e non so se sentirmi tranquillizzata perché lo ha trovato o incazzata perché l'ha fatto scappare di nuovo, senza sapere dove sia diretto.

Sono in ansia. Ormai sono ore che non lo sento. Non so come sta, non so cosa gli passa per la testa.

Perché se ne è andato così, perché non ha lasciato che io lo aiutassi?

Provo a chiamarlo di nuovo, ma stavolta ha il cellulare staccato.

Mi dirigo in cucina e Lin tenta di tranquillizzarmi, dicendo che starà bene, che forse ha solo bisogno di tempo.

Non le ho raccontato tutta la verità, non credo sia giusto per Logan. Le ho solo detto che la madre mi ha confessato il suo terribile passato e che questo lo ha ferito e fatto fuggire.

Non so se lei abbia capito o meno, ma mi sta vicina da quando è rientrata a casa.

Sono andata via dall'appartamento di Logan pochi istanti dopo che lui è scappato.

Ho visto la sua auto fuggire via, uscire dal garage a tutta birra. Ho provato a contattarlo in ogni modo, ma non ho avuto risposta.

Mi siedo, in attesa di qualcosa, un segnale che mi faccia capire che sta bene, ma niente.

Passano i minuti, poi le ore e, a mezzanotte passata, lui continua ad avere il cellulare staccato. Comincio seriamente a essere preoccupata per la sua incolumità.

Lin si sta addormentando sul divano e io la prego di andare a riposare, giurandole che la sveglierò, se ci saranno novità.

La mia amica non fa in tempo ad alzarsi, che sentiamo qualcuno bussare con rabbia alla porta.

Corro ad aprire e me lo trovo davanti.

Ha la camicia sbottonata sul petto e non indossa la cravatta. Si mantiene a stento appoggiato al muro ed è ubriaco fradicio.

«Logan...» sibilo sconvolta.

«Piccola Rhoden» risponde sorridendo e, quando fa per distaccarsi dal muro, barcolla.

«Lin, vieni a darmi una mano!» urlo e la mia amica si precipita.

Lo portiamo con difficoltà in camera mia e lo adagiamo sul letto.

Lin ci lascia da soli e mi avvisa che, per qualsiasi, cosa è nella sua stanza.

Mi siedo accanto a lui e lo accarezzo piano. Logan sposta la testa, come se non volesse essere toccato.

Ritraggo la mano e la poso nella sua.

«Dove sei stato, Logan? Mi hai fatto preoccupare tantissimo» sibilo triste.

«Sto bene, non devi preoccuparti, ho solo bevuto un po'» biascica a fatica.

«Un po'? Sei ubriaco come una spugna. Dio, Logan, perché non sei rimasto? Io voglio aiutarti, non fuggire più da me, ti prego» lo imploro e lui sorride.

«Nessuno può aiutarmi, Iris» sussurra, quasi come se fosse un segreto inconfessabile e una lacrima mi bagna il viso. La asciugo velocemente e gli carezzo i capelli.

«Adesso riposa, ok? Ne parliamo domattina» dico e lui, senza rispondere, chiude gli occhi.

È a pezzi, in ogni senso possibile e immaginabile.

Devo aiutarlo. Voglio aiutarlo, ma non so come.

Come si aiuta qualcuno che il tuo aiuto non lo vuole?

Mi metto a terra e mi preparo qualcosa per dormire lì.

So che Logan non vuole dormire con me per i suoi incubi e non lo farò, ma voglio stargli vicino. Voglio essere qui, nel caso dovesse aver bisogno di me.

Lo amo tanto, troppo.

Quest'uomo si è insinuato nelle parti più recondite della mia mente e in ogni centimetro del mio cuore. Ha stravolto la mia vita e mi ha fatto capire quanto amare equivalga a dare.

Voglio dargli tutto di me, voglio aiutarlo a superare i fantasmi del passato e voglio costruire il mio futuro con lui.

Non ho mai amato nessuno così. In maniera così totalizzante, così forte.

Logan Dark è l'amore della mia vita, l'anima gemella, quello del "per sempre".

Sarai il mio "per sempre", Logan Dark, e ti giuro su ciò che ho di più caro al mondo che io sarò il tuo!

***

LOGAN

Mi sveglio stanco e mi guardo intorno. Sono in una stanza che non riconosco.

Mi giro alla mia sinistra e la trovo lì, rannicchiata per terra, che dorme come un angelo.

Questa deve essere camera sua e io devo essere venuto qui, ieri, dopo essere andato in quel locale a bere.

Mi alzo con cautela e mi siedo ai piedi del letto. La guardo dormire.

Sembra serena, ma io so che sta passando l'inferno a causa mia.

Le accarezzo una gamba e il tocco la fa svegliare.

Ritraggo la mano e fisso il mio sguardo per terra.

«Ehi, ciao» dice, mettendosi seduta.

«Ciao» rispondo freddo.

«Come stai?» chiede e si piazza di fronte a me, intrecciando le sue gambe alle mie.

Mi prende il viso e mi obbliga a guardarla.

«Non avresti dovuto dormire per terra. Avresti dovuto far dormire me lì» dico con una punta di rabbia, ma la verità è che ce l'ho con me stesso. Per tutto.

«Va tutto bene, Logan, non è un problema. Lo facevo spesso da bambina» dice sorridendo, poi mi guarda. Incrocia i miei occhi e cambia volto.

Eccola lì, quella pietà che non volevo, il guardarmi in quel modo compassionevole. Ha detto la parola *bambina* e ha pensato a me, bambino. Come se da adesso in avanti parlare della propria infanzia fosse diventato un taboo.

«Logan, mi dispiace, non volevo...»

«Non hai fatto niente. Vedi, Iris, è proprio questo il problema, il perché non volevo che lo sapessi. Da adesso in avanti qualsiasi cosa tu voglia dire o di cui tu voglia parlare, la soppeserai. Ci penserai mille volte prima di dire qualunque cosa, per la paura di ferirmi o di riportarmi alla mente certi ricordi, e io non voglio!» dico deciso.

«Logan, mi dispiace. Io... ci sto provando, ok? Ma qualsiasi cosa io faccia o dica, per te sarò sempre una che prova pena nei tuoi confronti, quando non è così. Mi dispiace, ovvio che sì. Io sono disperata per ciò che ti hanno fatto, Logan. Lo sarei anche se fossi un estraneo, ma lo sono a maggior ragione perché ti amo, perché sei diventato tutta la mia vita. Questo, però, non significa provare pena o compassione, è soltanto empatia umana, Logan. È una cosa normale e legittima. Anche tu l'hai provata, quando hai saputo ciò che mi aveva fatto Roy.»

«È diverso, Iris, io ero incazzato!»

«Ma anche dispiaciuto per me. Logan, è normale soffrire per chi si ama. Soprattutto se si viene a sapere che la persona che ci è accanto ha patito le pene dell'inferno» esala e io scuoto la testa.

«Mia madre non avrebbe dovuto raccontartelo. Io non la perdonerò mai, per questo» dico con sicurezza, ma anche con ferocia, rabbia. In questo momento la odio con tutto me stesso.

«Allora raccontamelo tu, Logan. Sono qui davanti a te e non me ne vado. Sono qui per te, amore mio. Ti prego, lasciati andare. Non ti giudicherò e non proverò pena per te, ma proverò dolore, quello sì. Perché, credimi, mi strappa il cuore questo sentimento che provo per te. Non ho mai amato nessuno così intensamente. Sei tutto ciò che ho, Logan Dark» confessa e mi accarezza il viso con dolcezza. Il suo tocco mi calma e respiro piano.

«Provo vergogna, Iris. Provo vergogna verso me stesso e verso di te. Non voglio che tu mi veda così.»

«Così come?»

«Come un bambino troppo stupido per denunciare ciò che gli era stato fatto. Come un ottuso che credeva davvero che, se avesse continuato a subire e stare zitto, la sua famiglia sarebbe stata al sicuro» ammetto e gli occhi mi si bagnano all'istante.

«Dio, Logan, no, ti prego, non farti questo. Eri solo un bambino terrorizzato che non sapeva come comportarsi. Non è stata colpa tua» scandisce bene, come a fare in modo che io mi convinca che sia così.

Sbuffo, passandomi una mano tra i capelli.

«Sai per quanti anni mi sono dato la colpa di tutto? Mi dicevo che forse Dio aveva scelto me per darmi una specie di segnale, per dirmi che da grande sarei diventato anch'io così. Quando ero al liceo, mi sono comportato malissimo, bullizzando un ragazzo solo perché era gay. La verità era che avevo paura di essere come lui, che, in qualche modo, quello che mi era stato fatto, mi avrebbe portato a provare attrazione verso gli uomini. Così mi sono convinto che, invece, gli uomini mi facevano schifo. Mi sono dato dell'omofobo da solo, perché ogni volta che un ragazzo si avvicinava di più a me, o provava a darmi anche solo una pacca sulla spalla, tutto, dentro e fuori di me, tremava» racconto, aprendomi completamente con lei.

Iris mi ascolta, accarezzandomi piano un braccio, ma non dice una sola parola. I suoi occhi mi osservano incantati, persi in me.

«La prima volta che sono stato con una ragazza, avevo quindici anni e lei era all'ultimo anno delle superiori, una molto audace. Quando mi vide nudo, sottolineò quanto ce l'avessi grosso e io, per tutto il tempo in cui facemmo l'amore, riuscii a pensare solo a quello. Mi sentivo felice, sollevato. E sai perché? Perché Bobby mi disse che Dio lo aveva creato poco dotato per fargli fare quello che faceva. Diceva che il suo... pene era... era fatto apposta per il sedere dei bambini» confesso e ciò che dico mi ripugna, ma so che se voglio provare ad averla totalmente, a stare con lei per sempre, devo dirle tutta la verità.

«Dio, Logan...» sibila, portandosi le mani davanti alla bocca.

«Io non ero così! Dopo quella stronzata che mi disse quella ragazza, fui felice perché non ero uguale a lui. Ero terrorizzato dall'idea di poter diventare come lui.»

Sposto la testa di qua e di là nervosamente e prendo un profondo respiro.

«È per questo che mi hai fatto quel discorso sull'essere puliti quella volta, alla casa sul mare. È per lui che non volevi parlarmi del perché non ti facevi fare certe cose dalle donne... perché lui le faceva a te. Era il suo volto che vedevi ogni volta» dice a sé stessa e io stringo forte i pugni.

«Non le faceva solo lui a me, Iris» confesso e lei scoppia a piangere.

«Piccola, ti prego, no!» la imploro, prendendole la testa tra le mie mani.

«Io... io... mi dispiace così tanto... Posso solo immaginare tutto il dolore e lo schifo che hai provato. Vorrei tanto cancellarli, Logan. Vorrei guarirti, ma non posso. Non sono abbastanza.»

«Ehi, tesoro, no. Non è così. Tu non c'entri niente. I danni che mi ha provocato quell'uomo sono fisici e mentali e non se ne sono andati via in tutto questo tempo. Non devi guarirmi, non puoi. I miracoli non esistono, Iris, non per me. Ma tu stai già facendo tanto. Stai cambiando la mia vita, stai alleviando il mio dolore e mi stai rendendo, ogni giorno e sempre di più, un uomo migliore. È già tantissimo per uno come me, piccola, fidati» dico per consolarla e lei si asciuga con forza le lacrime che, copiose, rigano le sue guance.

«Guarirai, Logan, te lo prometto. Non oggi, non domani, ma guarirai. Ci vorrà tempo, pazienza, ma io ti aiuterò. Adesso hai una ragione in più per lottare, no?» chiede sorridendo.

«Cristo, Iris, non sai quanto vorrei darti la vita che meriti» mi rimprovero.

«Lo fai già.»

«No, invece! Non potrai mai dormire con me e questo perché il più delle volte ho incubi che mi fanno diventare violento. Vedo lui e quello che mi fa, lo rivivo ogni volta. Così provo a difendermi e chiunque sia al mio fianco rischia di farsi del male.»

«Vorrà dire che non dormiremo insieme. Posso vivere senza dormire con te, ma non posso vivere senza di te» dice sicura e io mi sento un verme per averla trascinata nel mio mondo marcio.

«Non potrò mai dirti ti amo, Iris. Mai. E non potrò farlo perché lui mi obbligava a dirglielo prima di...»

Faccio fatica ad andare avanti, le parole si bloccano in gola.

«Non importa. Non mi importa, Logan. Non mi serve che tu dica quelle due stupide parole per sapere ciò che provi per me» ribatte decisa.

«E, Iris, io non potrò... non potrò mai lasciarti fare quello che tu vorresti tanto farmi. E fidati, mi costa un casino, perché ci sono dei momenti in cui lo vorrei così tanto, ma...»

«Logan, non fa...»

Le tappo la bocca, perché ho bisogno di finire e se non lo faccio adesso non lo farò più.

«Ma non posso perché al posto del tuo stupendo e perfetto viso vedrei il mio. Vedrei me, mentre gli faccio certe cose, vedrei lui che gode soddisfatto e... e lo vedrei mentre si libera... nella mia bocca.»

"Ingoia, Logan. Tutto!" ordina e io ubbidisco. Un senso di nausea, di schifo, mi risale in gola e quando lui si allontana, non passano che pochi istanti prima che io vomiti tutto. Lo odio. Lo odio per quanto male mi fa, per il modo in cui mi fa sentire sbagliato, sporco. Io odio tutto questo!

Iris singhiozza ancora e si stringe forte a me.

«Che ti hanno fatto, amore mio, che cosa ti hanno fatto?» strepita, tra i pianti.

«Come ho fatto a non capire? Mi avevi mandato ogni segnale possibile e io sono stata sorda e cieca. Io... io mi odio!»

«Iris, no. Non stava a te capire. Io non te lo avevo detto perché non volevo sapessi e tu non devi sentirti in colpa per non averlo capito» la rassicuro, scuotendola forte.

Iris si calma, inspira forte e butta fuori l'aria. Mi guarda intensamente, accarezzandomi piano, poi si porta una mia mano alla bocca e la bacia delicatamente.

«Supererai tutto questo, Logan, te lo giuro. Lo supereremo insieme. In fondo è successo anche con la torta, no? Alla fine sei riuscito a mangiarla» dice, abbozzando un sorriso.

«Questo è molto di più che una fetta di torta, Iris» rispondo, guardandola con aria triste.

«Lo so, ma io non mi arrendo. Sono una tosta, Mr. Dark, ormai dovresti saperlo» dice e io sorrido.

«Già» annuisco divertito.

«Ti amo, Logan Dark, e ti giuro su quanto ho di più caro al mondo che lo farò per sempre. Io lotterò ogni giorno della mia vita per te, per noi. Ogni singolo istante di ogni singolo giorno. Te lo assicuro, amore mio.»

«Dio, cosa ho fatto per meritarmi una come te?» chiedo, liberando questo mio pensiero ad alta voce.

«Non hai fatto niente, Logan, eravamo semplicemente destinati ad amarci. Tu e io siamo legati e niente potrà spezzarci, mai. Te lo giuro» mi assicura e mi bacia delicatamente sulle labbra.

«Grazie, piccola.»

«Non ringraziarmi, non serve. Adesso che dici, andiamo a farci una doccia? Magari insieme?» dice maliziosa e io sorrido.

«Sì, mi sa davvero che è il caso» rispondo e mi alzo, tirato da lei che mi prende per mano.

Arriviamo in bagno e, d'istinto, mi tolgo subito la camicia, mostrando, mio malgrado, i segni di ciò che mi sono fatto fare ieri sera.

«Oddio, Logan, che cosa hai fatto?» chiede spaventata, provando a toccarmi.

«Lascia, fa un male cane» confesso e so che dovrò prepararmi a tutta a una serie di domande alle quali, in cuor mio, non vorrei rispondere.

Come ho fatto a essere così cretino? Mi sono così perso in lei e ho così pregustato l'idea di fare la doccia insieme e averla, che mi sono completamente dimenticato di ciò che avrebbe visto quando mi sarei spogliato.

«Sono segni di... ti sei fatto frustare, Logan?»

«Iris, non...»

«È per colpa di quello che è successo? Per colpa mia.»

«Maledizione, no, tu non c'entri nulla. Smettila di sentirti colpevole di tutto, Iris! Mi sento già una merda per ciò che ti sto facendo passare, non darmi quest'altro peso, ti prego» la imploro e lei mi guarda con aria triste, afflitta.

Perché ti ho trascinato in questa merda, piccola Rhoden?

«Chi è stato? Una donna?» chiede e si siede su un piccolo sgabello che c'è in bagno.

«No! Non ti ho tradito, se è questo ciò che pensi» la assicuro e mi inginocchio davanti a lei sfiorandole una mano.

«Io non penso niente, Logan, ma voglio la verità. Chi è stato il mostro che ti ha fatto questo e perché? Sei stato tu a chiederglielo? Ti prego, amore mio, parlami» mi supplica.

Sbuffo forte, spostandomi nervosamente un ciuffo di capelli che mi cade sulla fronte.

Devo dirle tutto, lo so, ma ho paura di perderla. Ho paura che provi orrore per me, per ciò che sono. Ho paura che fugga via perché io sono un casino troppo grosso, persino per lei... persino per l'amore che prova.

Ma so anche che non mi lascerà andare finché non saprà la verità, quindi scelgo di parlare.

«Quando ero... giovane, facevo fatica a vivere la mia vita in maniera normale, i ricordi di quanto mi aveva fatto Bobby mi perseguitavano ogni fottuto giorno. Così, una sera, mi imbattei per caso in un uomo: Tyson Moore. Era più grande di me, aveva una sorta di... fascino. Lo conobbi a una delle feste alle quali mia madre mi obbligava a partecipare. Parlammo un po', Tyson capì subito il mio dolore. C'era passato anche lui e mi disse che l'unico modo per spegnere il dolore mentale era provare dolore fisico. Forte, intenso, terribile.

Mi diede il suo numero e mi disse di andare a trovarlo a casa sua. Ci pensai tanto prima di andare lì, ma alla fine lo feci. Non sapevo di cosa si trattasse, ma mi fidavo di lui. Sapere che in qualche modo non ero solo, che lui mi capiva, perché aveva vissuto il mio stesso dramma, mi faceva sentire... accettato. Ho sempre avuto paura del fatto che chi mi stava intorno non avrebbe mai capito, se avesse saputo del mio passato, che mi avrebbe respinto, deriso, o peggio ancora, che avrebbe provato pena. L'unico a conoscere la verità era John. Ci siamo conosciuti da bambini e lui è sempre stato al mio fianco, non si è mai arreso con me. Gli raccontai tutto una sera di gennaio, quando avevamo diciassette anni. Ero ubriaco e la verità venne fuori come un fiume in piena. Avevo bisogno di dirlo a qualcuno, di sentire che... almeno lui era dalla mia parte, che era lì e che non mi avrebbe giudicato, né abbandonato. E così fu. John è stato un punto fermo nella mia vita, mi ha sempre appoggiato, spalleggiato. Credo sia raro trovare un amico come lui» confesso e mi ricordo i suoi occhi fissi, quando gli raccontai tutto.

Non lasciò trapelare un'emozione, perché sapeva che, in quel momento, io non avevo bisogno del suo sguardo pieno d'orrore o pena. Si limitò a fissarmi con interesse, perché teneva a me e a ciò che gli stavo rivelando.

Quando finii il racconto, mi disse le parole migliori che uno come me avrebbe potuto sentire dal suo migliore amico: "Non ti dirò che mi dispiace, Logan, perché so che non cambierebbe nulla. Non ti dirò nemmeno che sono qui per te e che hai una spalla per piangere, perché quella l'hai sempre avuta e le cose non cambieranno adesso. Ho capito che c'era qualcosa che non andava in te e ho sperato che prima o poi ti aprissi, perché ti voglio bene. Il modo in cui hai sempre trattato Jim, come tremi ogni volta che un ragazzo si avvicina, sono particolari che avevo notato. So che niente di ciò che potrei dire o fare cambierebbe le cose e so anche che non ami essere toccato da un uomo, ma adesso, se tu vuoi, le mie braccia sono pronte ad accoglierti, perché a volte un abbraccio fa molto più di tante parole inutili".

Così disse e spalancò le braccia. Mi ci fiondai dentro, come un bambino smarrito e scoppiai a piangere.

Lui si limitò a stringermi forte e a lasciarmi sfogare. Credo di non essermi mai sentito tanto vulnerabile come in quel momento. Mai, in tutta la vita.

Almeno fin quando non ho incontrato te, piccola Rhoden.

«John sapeva di quell'uomo?» chiede lei e io annuisco.

«L'ha saputo, non subito, ma l'ha saputo. Sono passati dei mesi prima che gli dicessi la verità ed è anche grazie a lui se ne sono uscito. C'è voluto tempo, ma alla fine ce l'ho fatta» ammetto, nonostante mi senta una merda per esserci ricaduto.

«E ieri cos'è successo?»

«Avevo bisogno di spegnere il dolore, Iris, avevo bisogno di farmi del male per sentirmi meglio. Quello che mi hai detto, il modo in cui l'hai saputo... mi ha spezzato a metà, Iris, stavo.... annegando. Per risalire a galla solo Tyson poteva aiutarmi» confesso, provando pena per me stesso.

«Così lui ti ha... frustrato? È questo che ti ha fatto?» domanda, e sento il peso dei suoi interrogativi, del suo sguardo.

«Sì. C'è sempre stato solo questo, tra noi. Voglio dire... lui mi frustrava e raggiungevamo entrambi il nostro scopo. Io mi liberavo dal dolore emotivo, almeno per un po', e lui raggiungeva l'orgasmo nei suoi pantaloni. Riesce a eccitarsi, a venire, solo così. Non ha mai avuto rapporti sessuali da adulto, con nessuno. Per lui era solo questo il modo. L'unico possibile» dico e lei inorridisce.

«Dio, Logan, ma quell'uomo è un mostro!» esplode, arrabbiata.

«Forse, ma non ha mai obbligato nessuno a farsi fare certe cose. Chi andava da lui era consenziente e sapeva ciò a cui andava incontro. Io sapevo ciò a cui andavo incontro» ammetto e la guardo negli occhi.

Sembra confusa, triste, arrabbiata, persa. Ci sono un mucchio di sensazioni diverse che passano sul suo volto.

«Sei mai andato in terapia per questo, per tutto quello che ti è successo?» chiede e io muovo il capo in segno di assenso.

«Sì, per anni, ma non ha funzionato granché. Ecco perché non volevo trascinarti in tutto questo, piccola. Non c'è guarigione, per me, né miglioramento. Non c'è stato allora e non ci sarà adesso. Non cambierà un cazzo, Iris, e se tu mi vuoi, devi accettarmi per il casino che sono. Devi prendermi così, demoni compresi. Perché è questo che sono, è questo che sarò per sempre. Non posso illuderti dicendo che starò meglio, perché so che non è così, ci ho già provato!»

«Logan, non dire così, magari ci vuole solo più tempo.»

«Tempo? Quanto tempo? Sono stato in cura per anni, non è cambiato un cazzo e non cambierà nemmeno se dovessi starci una vita intera» ammetto, sconfitto, ma lei non si arrende.

«No, Logan, no! Non lo accetto. È vero, io ti ho conosciuto così, e sono disposta ad accettarti così, perché ti amo, ma togliti dalla testa che mi arrenderò, perché non accadrà. Dovessi provarci fino all'ultimo dei miei giorni, ci proverò, lotterò per te e non perché io non possa convivere con i tuoi demoni, ma perché non voglio che tu ci conviva. Voglio vederti libero, felice, spensierato. Voglio che tutto il dolore si affievolisca e che, alla fine, rimanga relegato nel passato. E voglio, anzi, pretendo... che tu mi giuri che non andrai mai più da quell'uomo, Logan, mai! Su questo non transigo. Posso accettare ogni cosa: che dormiamo una vita intera separati, la certezza che non ti farò mai certe cose e anche il fatto che non mi dirai mai ti amo. Posso accettare tutto questo, ma che tu ti faccia fare del male così, no. Questo non lo accetto e non lo accetterò mai! Devi liberarti di quel mostro, devi cancellarlo dalla tua vita. Devi promettermelo, Logan» dice e mi prende le mani.

«Sì, te lo prometto, Iris, non lo vedrò mai più» sibilo piano e lei mi bacia dolcemente, premendo le sue labbra sulle mie, senza lasciarmi andare.

«Entriamo in doccia, ti va?» chiede e io annuisco.

Ci spogliamo lentamente e lei osserva ogni mio singolo movimento.

Apre l'acqua, poi mi prende per mano per invitarmi a entrare.

Lo faccio e lei mi segue. Noto che ha aperto l'acqua più fredda. Ha capito che il vapore bollente mi farebbe un male cane sulle ferite.

«Posso lavarti la schiena?» chiede e io non rispondo.

«Farò piano, Logan» dice per convincermi e io annuisco.

Mi giro, per darle le spalle, e lei inizia a massaggiarmi piano, con le sue piccole e tenere mani.

Appoggio la mia testa al muro e chiudo forte gli occhi. Il dolore fisico, che prima mi faceva illudere di stare meglio dentro, adesso si mischia con quello mentale, emotivo.

Ogni ricordo sale a galla. Bobby, il dolore, la vergogna, il non accettarsi, i sensi di colpa. Poi Tyson e le sue frustrate, che sono state così tante in quei mesi da non poterne tenere il conto.

E lui che raggiungeva l'orgasmo e io che mi sentivo sporco.

E lei, le sue lacrime, il suo dolore per me e ciò che ho provato.

Il modo in cui l'ho trattata, il profumo dei suoi capelli, la sua confessione, i suoi baci, ciò che le ha fatto Roy, fare l'amore con lei.

Le lacrime vengono fuori, trattenute da troppo tempo, e con esse tutto il dolore che custodivo gelosamente dentro me e che adesso condivido con lei.

Scoppio a piangere, dimenandomi tra i singhiozzi e lei mi stringe forte.

Mi gira e io mi accascio per terra, prendendomi la testa tra le mani, vergognandomi di piangere come un bambino così, davanti a lei, che non mi ha mai visto tanto vulnerabile.

«Shhh, shhh, è tutto a posto. Sono qui, sono qui. Non ti lascio. Piangi, amore mio, sfogati. Io non me ne vado» le sento dire e continuo a far uscir fuori tutto ciò che mi tenevo dentro, che mi sono tenuto dentro in tutti questi anni.

Rimaniamo così per un tempo lunghissimo, finché non finisco ogni singola lacrima che avevo in corpo e ciò che resta sono i nostri respiri e i battiti dei nostri cuori.

CAPITOLO 29

IRIS

Due settimane dopo, io e Logan siamo ancora qui, più forti di prima.

Le cose stanno andando meglio, Logan ha deciso di frequentare un nuovo analista che lo aiuti a tirare fuori il suo dolore e a superarlo. Lo sto appoggiando in tutto e per tutto, anche se non sempre è facile, in particolar modo quando lui si chiude a riccio e alza un muro altissimo che mi è impossibile valicare.

So che cerca di proteggermi da ciò che è, dai suoi demoni, ma io ho bisogno che lui si fidi di me, che si lasci andare e che mi dia la possibilità di aiutarlo a guarire.

So che l'amore non basta per certi problemi, ma sono sicura che possa fare moltissimo. Può fare miracoli!

Questa mattina sono in tenuta da corsa e aspetto Lin; ha dormito da John e mi ha chiesto di allenarci insieme.

Mi guardo intorno, l'aria fresca vibra sul mio viso e sembra tutto piccolo e insignificante, rispetto a ciò che ho adesso, a ciò che provo, rispetto all'amore enorme che sento per Logan Dark.

«Ehi!»

La voce di Lin mi fa sobbalzare e mi porto una mano al petto.

«Mi è preso un colpo. Scusa, ero sovrappensiero» dico toccandole un braccio e lei mi guarda con aria triste.

«Che succede, Lin?» chiedo preoccupata.

«Aspettavo il momento giusto per dirtelo, ma... non c'è un momento giusto... Io e John abbiamo chiuso. O meglio, io ho chiuso» mi rivela e io non riesco a credere a ciò che hanno appena sentito le mie orecchie.

«Fai sul serio? Perché?» chiedo, mentre lei si accascia affranta su una panchina.

«Perché ieri ho rivisto il mio ex, Gordon, con una! So che è uno stronzo, ma l'effetto che mi ha fatto è stato... non lo so, Iris, è stato strano. Mi si è stretto lo stomaco e non mi è indifferente, capisci?» spiega e io mi sento triste, perché so che John le piaceva davvero.

«Magari ci vuole solo un po' di tempo, no?»

«Magari sì, ma è un tempo che devo passare da sola. Non voglio illudere né usare nessuno, tantomeno John. È un ragazzo straordinario, Iris, davvero, mi sono trovata bene fin da subito, è stata come una scintilla tra noi. A letto c'era sintonia, c'era tutto quanto, eppure non è bastato, non è bastato a togliermi dalla testa quel coglione di Gordon e non voglio giocare coi sentimenti di Jonathan, Iris, non posso. Tengo a lui, in un modo magari diverso, forse non è amore, non so cosa sia... sono confusa in questo momento. Una parte di me lo vuole, sente che è quello giusto, ma l'altra parte non può negare ciò che ho sentito ieri, quando ho rivisto Gordon. Ho bisogno di un po' di tempo per me stessa, per capire. Ti sembrerò una pazza!» ironizza e io scuoto la testa, accarezzandola dolcemente.

«Non lo sei. Sei soltanto molto onesta e sono sicura che John capirà e soprattutto apprezzerà la tua sincerità. Magari ci vuole più tempo, magari vi siete conosciuti nel momento sbagliato, ma sono sicura che, se ti dai un attimo di pausa per stare sola con te stessa e capire cosa vuoi, alla fine arriverai alla conclusione che è lui quello giusto» dico, certa delle mie affermazioni.

«Non posso chiedergli di aspettarmi, però. E mentre io ritrovo me stessa, magari lui si rifarà una vita con un'altra» dice e una lacrima le riga il viso.

Gliela asciugo prontamente.

«Tesoro, no. Ti prego, non piangere, non dannarti per cose di cui non hai colpa. Se John tiene veramente a te, non ti sostituirà così facilmente con un'altra. Sta' tranquilla!» la rassicuro e le do un forte abbraccio.

Lin si aggrappa a me, sfogandosi tra le mie braccia. Quando abbiamo consumato tutti i fazzolettini che avevo nello zainetto, ci mettiamo a correre per sbollire la tristezza del momento.

Ci lasciamo dopo meno di un'ora, stanche e affaticate, ma con la consapevolezza che ci saremo sempre l'una per l'altra.

Quando arriviamo a casa, per cambiarci, mi arriva un messaggio di Logan. Mi dice di vestirmi comoda e di preparare una piccola valigia, perché mi porta in un posto e staremo via l'intero weekend.

Mi sento eccitata e sono curiosa allo stesso tempo. Preparo un borsone e, quando Logan mi manda un messaggio, per dirmi che è arrivato sotto al palazzo, saluto felice la mia amica e vado via.

Entro nella sua auto, come sempre guidata da Drew.

«Dove stiamo andando?» chiedo e lui mi lancia un occhiolino.

«Lo scoprirai presto, piccola Rhoden!»

«Guarda che oggi è venerdì. Ho rinunciato al mio giorno libero, per te, Mr. Dark, quindi spera che ne valga la pena» lo canzono e lui ride.

«Io ne valgo sempre la pena, Miss Rhoden» ribatte sicuro di sé e si porta una mia mano alla bocca per baciarla.

«Beh, non posso darti torto» rispondo languida e lui mi tira a sé.

Quando arriviamo a destinazione, scopro che siamo in aeroporto, precisamente su una pista.

Scendiamo dall'auto e Logan saluta Drew, prendendomi per mano e portandomi dritta a un jet enorme.

«Aspetta un secondo, questo è tuo?» chiedo e lui sorride.

«Mio.»

«Tuo nel senso che l'hai affittato per noi, per viaggiare da soli?» chiedo entrando, mentre una hostess sorridente ci accoglie.

L'aereo è spazioso, ci sono poltrone enormi e champagne e stuzzichini già pronti sui tavolinetti.

Mi sembra di essere dentro a un film!

Ci sediamo e Logan risponde alla mia domanda.

«Mio nel senso che è mio. È un jet privato, Iris. Privato nel senso che si viaggia da soli. È stato il regalo di mio nonno per i miei ventuno anni» confessa e io spalanco gli occhi.

«Wow! Io a ventuno anni facevo la cameriera da *Starbucks* e... il regalo di mio padre è stato un'aspirapolvere per la nuova casa dove mi sarei trasferita di lì a poco» ammetto ridendo.

Logan mi alza il viso e incastra i suoi occhi ai miei.

«È proprio questo che amo di te, piccola. Non cambiare mai, perché sei perfetta così» dice dolce e io mi sciolgo dentro, come ogni dannata volta.

«Non cambierò. Dove stiamo andando?» chiedo, ma lui scuote la testa.

«Non ci provare, Iris, non te lo dirò prima di essere arrivati. Lo scoprirai a tempo debito.»

«D'accordo» mi lamento, sbuffando. «Posso almeno sapere se è un viaggio lungo?» chiedo e lui mi sorride.

«Ci vorranno cinque ore.»

«Cinque ore? Quindi è in un altro stato?»

«Sì, Iris, è in un altro stato. Adesso basta con le domande. Vieni, accoccolati a me e riposa un po'» dice tirandomi a sé e io ubbidisco, perché ci morirei tra le sue braccia.

Mi risveglio dopo un lungo sonno e mi accorgo che stiamo atterrando.

Ad atterraggio avvenuto, il pilota annuncia che siamo arrivati a destinazione ma, per mia sfortuna, non dice dove siamo.

Usciamo dal jet, salutando la gentile hostess che si è presa cura di noi, e Logan mi presenta velocemente Gavin, il capitano.

Quando entriamo in un'auto, che ci aspetta sotto al jet di Logan, capisco che non è ancora arrivato il momento di scoprire dove sono.

Infatti Logan prende una benda e mi copre gli occhi, dicendo che sarà una sorpresa fino all'ultimo istante.

Mi fido di lui e lo lascio fare.

Entro in auto e mi accoccolo ancora sulla sua spalla, finché non mi dice che siamo quasi arrivati e che dovrei indossare le cuffiette nelle orecchie.

Mi passa un Ipod e mette play. Scuoto la testa divertita e mi chiedo che diamine abbia in mente.

Quando l'auto si ferma, Logan mi aiuta a scendere, mentre qualcuno recupera i nostri bagagli.

Entriamo da qualche parte e Logan mi lascia seduta, ordinandomi di non togliere le cuffie e non sbirciare. Gli giuro che non lo farò perché, per quanto curiosa, adoro le sorprese.

Dopo poco, mi raggiunge e mi prende ancora per mano. Saliamo in ascensore e Logan mi guida, finché non mi spinge da qualche parte e, nonostante la musica alta nelle orecchie, sento il rumore di una porta che si chiude.

Logan mi prende ancora per entrambe le mani e mi sistema ferma in un punto. Mi sfila prima la benda e io mi ritrovo davanti a un balcone chiuso.

Logan mi toglie una sola delle cuffie ed esala nel mio orecchio. «Pronta?»

Annuisco e, quando il balcone si apre, non credo ai miei occhi. Rimango sbalordita dallo spettacolo che ho dinanzi e non riesco a capacitarmi, non posso credere sia tutto vero… è un sogno!

«Ma questa è… Logan, tu sei pazzo, mi hai portata a…»

«Disneyworld. Era il tuo sogno, no? Senti, so che non è esattamente come lo avevi immaginato e so di non essere tua madre, ma… voglio farti vivere un po' di quella magia che ti è stata negata da bambina» dice dolce e una lacrima di gioia mi tinge il viso.

Gli salto in braccio e comincio a baciarlo dappertutto.

«Ti adoro, ti adoro, ti adoro. Sei il migliore, amore mio» sibilo tra i baci e Logan ride.

Mi riempie il cuore di gioia vederlo ridere, vederlo spensierato.

Dopo la volta in cui mi ha confessato tutto, crollando come un bambino, in doccia... dopo che l'ho visto così indifeso e vulnerabile, voglio solo saperlo felice.

«A quanto pare, è stata una sorpresa gradita» fa Logan, ridendo.

«Graditissima! Sono così felice, Mr. Dark» dico, ancora in braccio a lui.

Logan ride, poi mi posa a terra.

«Allora, pronta per tornare bambina?» chiede divertito e io annuisco piena di gioia.

«Sono pronta a tutto, con te» rispondo fiera e lo tiro a me per baciarlo.

Quando ci stacchiamo, Logan mi prende per mano e abbandoniamo la stanza.

Non solo mi ha portata qui, ma ha anche affittato una camera in uno degli alberghi del parco. E che camera, uno spettacolo! Ha due stanze separate, perché ovviamente di notte io e Logan non possiamo dormire insieme. Gli sarà costata un occhio della testa!

Usciamo dall'albergo e ci perdiamo nella vastità dei colori, nella gioia che sprizza ovunque, in ogni angolo del parco.

Mi sento al settimo cielo, la donna più felice e fortunata della terra. E non perché abbia realizzato uno dei miei più grandi sogni di bambina... ma perché l'ho realizzato insieme a Logan Dark.

***

LOGAN

Stiamo girando il parco da una buona mezz'ora, siamo saliti su alcune giostre e le ho comprato dello zucchero filato, rigorosamente rosa.

Mi sembra una bambina, davvero. Leggo nei suoi occhi lo stesso entusiasmo che avevo io quando venni qui la prima volta, da piccolo.

Il telefono mi squilla, ancora lei, non mi lascia in pace.

Non so come fare, mi sta facendo impazzire!

Dal giorno in cui si è presentata a casa mia, decisa a riconquistarmi, non fa altro che tartassarmi di messaggi, foto e video osceni.

Mi manda selfie in cui è nuda, fotografie di lei distesa sul letto a cosce aperte con la scritta "Per ricordarti cosa ti perdi", e un mucchio di video indecenti dove si masturba e viene gridando il mio nome.

Sta rasentando il ridicolo ed è caduta a un livello così basso che quasi non la riconosco.

La Gabriela che ricordo io non era così, non si sarebbe mai umiliata in questo modo. Era una donna forte, fiera, sicura di sé stessa.

Non capisco cosa le sia preso e come abbia fatto a ridursi così, ma sono stanco. Mi sembra un miracolo che, finora, Iris non se ne sia mai accorta.

Ho preferito non parlargliene, per non metterle stupide apprensioni in testa. Inoltre, un paio di volte, di sera, quando Iris era già andata via, me la sono ritrovata alla porta, ma non l'ho mai fatta entrare.

Questa donna mi sta perseguitando e, se non la smette sarò, davvero costretto ad andare alla polizia.

«Chi è?» fa Iris, ridestandomi dai miei pensieri.

«Come?»

«Il telefono.»

«Ehm... niente di che. Cose di lavoro» biascico e riposo il cellulare in tasca.

Stringo forte a me la mia donna e metto da parte i cattivi pensieri, perché l'ultima cosa che voglio è rovinarle questa giornata e il weekend favoloso che sono deciso a farle vivere.

I problemi li lascerò da parte e li risolverò una volta, e per sempre, quando torneremo a San Francisco.

***

IRIS

La sera, dopo un'intensa giornata tra giostre, giochi, schifezze e pupazzi che Logan mi ha comprato, rientriamo in camera esausti, ma felici.

Ci siamo fermati a cenare all'interno di un ristorantino del parco, sotto mia richiesta, e per la giornata di domani Logan ha organizzato un tour per visitare Orlando. Poi torneremo qui per goderci la mia amata *Disneyworld*.

Dopo aver fatto l'amore, Logan si alza per fare una doccia, mentre io mi crogiolo ancora un po' in questo letto morbidissimo e profumato.

Si è allontanato da pochi minuti e sento l'acqua della doccia scrosciare, segno che è lì sotto.

Sorrido felice e mi tiro più su le coperte, quando il telefono di Logan squilla, una, due, tre volte.

Sembrano messaggi e mi chiedo chi sia a cercarlo a quest'ora.

La curiosità è tanta, ma non voglio mancargli di rispetto invadendo la sua privacy.

Il telefono squilla ancora due volte e io non resisto più. Consapevole di fare una cosa sbagliata, lo accendo per leggere i messaggi.

Apro una chat e leggo il nome di Gabriela.

Quando vedo ciò che gli ha mandato sono sconvolta! Sono sue foto osé. Ci sono selfie in cui è nuda e caccia la lingua da fuori in maniera provocante e altre in cui si tocca a cosce aperte, rivelando le sue parti più intime.

Noto che ci sono anche due video. Ne apro uno. C'è lei con un vibratore mentre se lo ficca lì e gode, ansimando il nome del mio uomo.

Sono sotto shock, ma anche furiosa.

Scorro indietro la chat e noto che di messaggi del genere ce ne sono a bizzeffe. Ci sono foto, video e anche qualche messaggio in cui prega a Logan di farla di nuovo sua e gli giura di amarlo.

Molti di questi non hanno risposta, ma ad alcuni Logan risponde duro, cattivo, dicendo che gli ha rotto le palle e che se non la smette la denuncerà per stalking.

Una parte di me è felice, perché Logan mi sta dimostrando un grande rispetto, non dando corda a quella folle pervertita, ma dall'altra parte sono incazzata nera perché questi messaggi vanno avanti da un sacco e lui non mi ha mai detto nulla.

Lo sento uscire dal bagno e, quando mi raggiunge, gli tiro il telefono addosso.

«Ma che ca...» impreca lui, raccogliendolo da terra.

«Era la tua Gabriela. Ti chiedeva di partecipare a una lezione di anatomia del corpo umano femminile» dico tra l'ironico e l'incazzato e lo supero, avanzando e dirigendomi verso il bagno.

«Iris, aspetta. Non è come credi!»

La voce di Logan mi raggiunge e, quando è dietro di me, sbotto.

«Come credo? L'unica cosa che credo è che avresti dovuto dirmi la verità. Sono settimane che questa folle ti manda foto e video osceni e non mi dici niente? Ti sembra una cosa da poco, Logan?» sbraito, urlandogli in faccia tutta la mia rabbia.

«Senti, mi dispiace, ok? Hai perfettamente ragione, avrei dovuto dirtelo, ma non volevo che ti preoccupassi» prova a giustificarsi lui, ma non attacca.

«Oh, ti ringrazio, mio salvatore, grazie davvero. Mi hai evitato una preoccupazione per settimane, ma adesso mi hai fatto schizzare la pressione a mille!»

«Iris, calmati, per favore. Ti ho detto che mi dispiace. Ti sto chiedendo scusa, cos'altro vuoi che ti dica?» chiede, tenendomi ferma per la vita.

«E se fosse successo a me, Logan? Se un mio ex mi avesse mandato foto e video osceni in cui si tocca sussurrando tutto il tempo il mio nome, tu cosa avresti fatto? Cosa avresti detto, se te l'avessi tenuto nascosto?»

«Mi sarei incazzato. Sarei stato folle di rabbia e ti capisco, piccola, davvero, ma stavo solo cercando di sistemare la cosa a modo mio, volevo tenerti fuori perché non mi andava di vederti dispiaciuta o arrabbiata. Ti prego, non roviniamoci il weekend per una pazza che non merita la nostra considerazione» mi implora e io mi calmo un po', sbuffando contrita.

«Davvero? E come la stai sistemando la situazione?» chiedo spazientita.

«L'ho chiamata. Ci siamo sentiti più volte e ogni singola volta le ho intimato di smetterla, altrimenti avrei preso provvedimenti. L'ultimo messaggio risale a ieri. Le ho detto che, se continua, vado a denunciarla alla polizia. Ho anche pensato di cambiare numero, per togliermela dalle palle. Iris, ascolta, farò di tutto per chiudere questa storia, chiaro? Non appena tornerò a San Francisco cambierò numero e andrò dritto alla polizia per denunciarla. Ho un mucchio di prove per farla incriminare per stalking, no?» dice piano e mi accarezza lentamente.

«Promettimi che lo farai. Promettimi che questa stronza uscirà per sempre dalla nostra vita. Potrebbe essere pericolosa, Logan, è ossessionata da te! Non capisci che mi preoccupo?»

«Hai ragione, hai perfettamente ragione. Ti giuro che, ritornati a casa, chiuderò questa storia una volta e per sempre! Ma ora possiamo solo tornare a come stavamo prima? Ti prego» mi supplica e io annuisco.

Lo tiro a me e Logan mi bacia con prepotenza.

Ricambio il bacio, rivendicando al mondo che quest'uomo è mio. Mio e di nessun'altra.

Finiamo in pochi secondi a letto, di nuovo e, quando lui entra in me, il grido che lancio è così intenso e forte che quasi mi spaventa.

Facciamo l'amore ancora e ancora, in ogni posizione possibile, con la sola e unica consapevolezza che nessuno al mondo sarà capace di dividerci.

Perché i nostri corpi, le nostre anime e i nostri cuori sono legati... e lo saranno per sempre.

CAPITOLO 30

LOGAN

Dal weekend da sogno che io e la mia piccola Rhoden abbiamo passato insieme, sono successe alcune cose.

La prima è che ho finalmente deciso di andare da mia madre. Dopo le rivelazioni di Iris, e la consapevolezza del male che mi aveva fatto, non avevo voluto vederla. La odiavo e, per quanto volessi riversarle tutto il mio odio addosso, non ne avevo la forza. O magari era il coraggio che mi mancava, non lo so... fatto sta che ancora non mi ero deciso ad andare da lei e affrontarla.

Ieri l'ho fatto e mi sono sentito meglio, come... liberato. Le ho urlato addosso tutta la mia collera, tutta la mia delusione. Mia madre ha pianto, ha chiesto perdono, ma per il momento non mi sento di concederglielo. Non voglio né vederla, né sentirla. Non ora. Ho bisogno di tempo.

La cosa più incredibile è che in queste settimane mi è ancora più chiaro quanto la mia piccola Rhoden sia una persona splendida e straordinaria. Nonostante il modo in cui mia madre l'ha trattata dal primo istante, nonostante le abbia detto quelle cose di me per allontanarla e convincerla a lasciarmi, nonostante tutto, mi ha pregato di fare pace con lei.

"È sempre tua madre, Logan" mi ha ripetuto più volte. Eppure lei, a Iris, ha mostrato solo cattiveria, indifferenza, malvagità. Ma la mia piccola è così dolce e buona che riesce a essere magnanima con chiunque, anche con chi meriterebbe solo disprezzo e indifferenza.

Io non so cosa abbia fatto per averla al mio fianco, nonostante tutto, nonostante quello che sono. Non so quale miracolo sia avvenuto perché lei mi ami in questo modo così intenso, perfetto e totalizzante, ma di una cosa sono certo: farò di tutto per tenerla con me e per non farle mancare mai niente. Farò ogni cosa per cercare di migliorare per lei e uscire da quell'abisso in cui mi sono gettato. Lo farò per lei e per noi, per il nostro futuro.

Lo farò perché è lei la donna che voglio, ora e per sempre, al mio fianco.

Già... le donne. Ciò che ho scoperto di Gabriela mi ha totalmente sconvolto.

Avevo giurato a Iris che l'avrei allontanata e così ho fatto. Sono andato da lei per mettere fine una volta per tutte a questa storia e ho capito subito che c'era qualcosa sotto.

Ci ho messo un po' a farle vuotare il sacco, ma alla fine lo ha fatto. Mi perseguitava perché mio padre l'aveva pagata per tentare di ricominciare la nostra relazione. Quel farabutto aveva saputo del suo ritorno in città e, visto che aveva capito che io mi stavo innamorando di Iris, ha pensato bene di mettermi in qualche modo i bastoni tra le ruote attraverso Gabriela.

Sono andato da lui e gli ho sfasciato l'ufficio, giurando che, se si fosse intromesso ancora nella mia relazione, gliel'avrei fatta pagare una volta per tutte.

Odio profondamente quell'uomo, più di quanto si possa odiare un acerrimo nemico. Mio padre è tutto ciò che non vorrei mai diventare, tutto ciò che aborro e disprezzo.

«Ecco, sono pronta!»

La sua voce mi fa sussultare, tanto ero immerso nei pensieri.

Mi giro a guardarla e mi si mozza il fiato, per quanto è bella.

«Ti sei fatta bella per me o per la tua famiglia?» chiedo.

Oggi è domenica e ho il primo pranzo ufficiale in casa Rhoden. Iris mi presenterà suo padre e a suo fratello e io sono abbastanza agitato. È una cosa nuova per me e non so se sarò all'altezza.

Ho chiesto a Iris di fare in modo che quel figlio di puttana del coinquilino di suo padre non ci sia. Gli spaccherei la faccia, se lo vedessi, e non voglio passare per violento agli occhi di suo padre e suo fratello.

Iris mi ha detto di aver parlato con il padre e di avergli chiesto se, essendo una presentazione ufficiale, avrebbe potuto invitare Omar, in maniera gentile, a passare la domenica altrove.

Sono sollevato, perché in questo momento quell'uomo è un pensiero in meno.

Ho bisogno di calma e tranquillità, in questo momento della mia vita, e so che non avrei reagito bene, se ci fosse stato anche lui.

«Per entrambi» mi risponde felice, facendomi l'occhiolino.

Mi alzo per raggiungerla e la stringo a me, lasciandole un bacio sulle labbra.

«Andiamo?» chiedo e lei mi sorride.

«Andiamo, Mr. Dark» risponde decisa e io scuoto la testa divertito, perché adoro quando mi chiama così, sia che lo faccia in maniera dolce e smaliziata come adesso, sia quando lo fa apposta per farmi eccitare, abbassando la voce in un modo così sexy da farmi venire la pelle d'oca e risvegliare il mio amico nei pantaloni.

La prendo per mano e lasciamo casa sua per dirigerci verso la sua vecchia dimora, quella in cui viveva con la madre, quando ancora era una bambina felice.

Arriviamo a destinazione in orario e, quando lei suona al campanello, mi accorgo che le mani iniziano a sudarmi.

Datti una calmata, Logan, hai affrontato di peggio!

«Tesoro!»

Il padre la accoglie a braccia aperte e Iris ci si fionda in mezzo. Si accoccola sul suo petto e si lascia stringere. Lui le posa un bacio sulla fronte in maniera dolce e a me si chiude lo stomaco, perché mio padre non mi ha mai salutato in questo modo.

«Papà, lui è... il mio fidanzato, Logan Dark» fa Iris un po' impacciata, passando alle presentazioni.

Il padre mi tende la mano e, quando io gli porgo la mia, me la stringe in maniera decisa.

Mi piace! Non mi sono mai fidato di quelli che, quando devono presentarsi e stringerti la mano, a stento te la sfiorano, quasi come se toccarti gli facesse schifo.

«Logan Dark. È un piacere, signor Rhoden» dico fiero. Lui mi sorride e ricambia il saluto.

«Io sono Evan, il piacere è mio. Prego, accomodatevi» dice gentile e io e Iris entriamo.

«Cedar!» chiama a gran voce e, in un attimo, un ragazzo dai capelli castani e gli occhi scuri ci raggiunge, saltando in braccio a Iris non appena le è vicino.

«Cedar, basta!» lo rimprovera bonariamente Iris e lui si distacca.

«Posso ancora saltarti in braccio o adesso che sei fidanzata c'è una specie di veto?» chiede ironico e mi guarda.

«Nessun veto, ma stai diventando un macigno, tesoro mio, mi farai uscire un'ernia» ribatte Iris ridendo.

Il padre e il fratello ridono con lei, finché quest'ultimo non allunga una mano per presentarsi.

«Io sono Cedar, il fratello di Iris» dice con sicurezza e io gli prendo la mano per salutarlo.

«Logan Dark» rispondo per presentarmi.

«Ora che abbiamo finito le presentazioni, possiamo uscire in giardino? Voglio far vedere il tuo splendido lavoro a Logan» dice felice Iris e io le sorrido.

«Ma certo, da questa parte» fa con gentilezza il padre, ma dei passi ci impediscono di avanzare.

Un uomo scende dalle scale di casa Rhoden. Ha l'aria sfatta e indossa un pigiama.

«Omar, tornatene a letto, ti porterò qualcosa io» fa il padre con premura e io mi rendo conto di trovarmi davanti al verme schifoso che ha fatto il coglione con la mia donna.

«Tranquillo, mi sento un po' meglio. Non voglio infastidirvi nella vostra giornata, ma ci tenevo a salutare tua figlia... e il suo nuovo ragazzo, ovviamente» dice fissando i suoi orrendi occhi di ghiaccio su di me.

Il sangue mi ribolle nelle vene e sto facendo una fatica enorme per non saltargli al collo.

Che diamine ci fa qui? Non doveva esserci! Scommetto che ha trovato una scusa per restare e rompere i coglioni, ma se pensa di mancare di rispetto alla mia donna in mia presenza, si sbaglia di grosso!

«Ciao, Omar» biascica Iris imbarazzata e, quando il farabutto allunga una mano verso di me, per presentarsi, sono costretto a stringergliela.

«Omar Koven, molto lieto» biascica in modo finto.

«Logan Dark, il fidanzato di Iris» dico con asprezza, quasi a voler marcare il territorio. Una sola occhiata alla mia donna e lo ammazzo con le mie mani.

«Oh, ma lo so chi sei. Evan non vedeva l'ora di fare la tua conoscenza e anche Cedar era molto curioso, vero?» dice rivolto al fratello di Iris che gli lascia un flebile sorriso.

«Sei stato gentile, Omar, ma credo sia davvero il caso che torni a letto. Sai, ha la febbre» dice il padre rivolto a Iris.

Mi sento nervoso e agitato e prego Dio di non farmi scoppiare.

«Mi dispiace» biascica Iris, non sapendo cosa dire.

«Capita! Allora vi lascio alla vostra riunione di famiglia. A dopo» saluta Omar e se ne torna dritto da dove è venuto, per mia fortuna.

«Logan, prima di vedere l'esterno, vuoi fare un giro dell'appartamento?» chiede cortese Evan.

«Volentieri» rispondo sorridendo e lui ci fa strada.

Iris si attacca a me e mi guarda con amore. Sembra felice e io adoro quando è felice.

Mi mostra prima il piccolo salottino in cui troneggia un grosso televisore. È uno di quei televisori antichi, quando ancora non esisteva lo schermo piatto, e mi rendo conto di quanto sia umile e modesta la famiglia di Iris. Mi piace, è bello sapere che c'è gente che ha bisogno di poco per essere felice, a cui basta l'amore delle persone che ha accanto per essere appagata.

L'arredamento è a metà tra l'antico e il moderno, le pareti sono di colore chiaro e, quando arriviamo in cucina, una carta da parati a fiori rende l'ambiente confortevole. Credo sia il segno del passaggio della madre, Iris mi ha detto che amava i fiori.

«È davvero bella questa carta da parati» dico, guardandomi intorno.

«La scelse mia moglie, adorava i fiori» dice Evan con una punta di tristezza e io mi pento del commento che ho fatto perché, magari, in qualche modo l'ho rattristito.

«Eviterei la zona notte. Andiamo fuori?» chiede Iris cambiando argomento.

«Certo» risponde il padre e ci fa segno di seguirlo.

Il giardino di casa Rhoden è ampio e spazioso e molto, molto curato. Un grosso barbecue è acceso e, subito, Evan si avvicina per mettere su la carne.

«Se non vi dispiace, inizio a cucinare» dice allontanandosi e a me scappa una stronzata.

«Le serve una mano?»

«Dammi pure del tu e accetto una mano con piacere» dice con gentilezza e io faccio per avvicinarmi a lui, ma Iris mi tira.

«Sai usare la brace?» domanda con aria stranita.

«In realtà no, ma… c'è sempre una prima volta» dico con sicurezza e raggiungo suo padre.

Iris mi sorride e si siede al tavolo con suo fratello.

«Bene. Come posso esserle utile?» chiedo tirandomi su le maniche della camicia.

«Prendi questo» mi passa un forchettone. «Controlla le salsicce, toglile quando sono cotte. Io mi occuperò della carne.»

Ok, c'è solo da capire... quand'è che saranno cotte? Forza e coraggio, Logan, ce la puoi fare!

«Così, tu e mia figlia...» esordisce Evan e io lo interrompo.

«Non stiamo insieme da molto, ma... tengo davvero tanto a lei» confesso e lui mi sorride.

«Lo spero. Quando mia figlia prende una sbandata è difficile che cambi idea, a meno che la persona di cui si è innamorata non la deluda. Spero non sia questo il caso, Logan» dice serio e io scuoto la testa.

«Non ho alcuna intenzione di deluderla. Iris è una ragazza speciale e io mi sento molto fortunato ad averla incontrata» ammetto, più a me stesso che a lui, e il padre annuisce con fierezza.

«Non perché sia mia figlia, ma... è davvero una ragazza speciale. Da tutta sé stessa quando tiene a qualcuno. Si è resa indipendente fin da quando ha capito le mie difficoltà economiche e il fatto che non avrei potuto permettermi di mandarla al college. Mi ha sempre aiutato, finanziariamente e non. Coi soldi che guadagna adesso contribuisce al college che suo fratello inizierà tra un paio d'anni. È la mia piccola roccia» biascia e quasi si commuove.

«Forse non mi crederà, ma... ho avuto modo di vedere più volte e in svariati modi che persona meravigliosa sia. Ecco perché non ho intenzione di deluderla o di ferirla, né ora né mai.»

La mia voce è sicura, decisa. Voglio far capire a suo padre che può fidarsi di me.

«Spero davvero che sia sempre così, Logan. Mia figlia sembra molto presa da te e io so quanto dia quando si innamora. Annullerebbe anche sé stessa, per amore, e a volte sbaglia. Lo ha fatto in passato, anche per me o per suo fratello. Spesso mi dice che lei si butterebbe nel fuoco per me e Cedar e io sono sicuro che lo farebbe.»

«Ma io mi butterei al suo posto, perciò, non deve preoccuparsi di nulla. Può fidarsi di me, davvero» dico serio e lui mi guarda.

«Devi girare la salsiccia» bisbiglia divertito e io la infilzo col forchettone e la giro, permettendole di cuocere dall'altro lato.

«Chiedo scusa. Non sono abituato a tutto questo» confesso con sincerità e lui mi sorride divertito.

«Lo immagino. Ehm... voglio essere sincero con te, Logan: quando mi ha detto che si era fidanzata col suo capo milionario non ho fatto esattamente... i salti di gioia. Non conosco il tuo mondo e quando c'è qualcosa che non conosco, in qualche modo, mi spavento. Soprattutto se quel qualcosa ha a che fare con uno dei miei figli. È come se sentissi di non poterli proteggere. Ho sempre avuto un po' di pregiudizi sulle persone come te: tanti soldi, casa lussuosa, tre, quattro o più automobili personali, servitù, autisti e chi più ne ha più ne metta. Ho sempre immaginato che quelli come te abbiano vita facile. So che può sembrare stupido, ma a volte guardo i notiziari o leggo i giornali e i divorzi più frequenti sono tra le persone ricche. Star di Hollywood, giocatori strapagati di football, baseball e così via, imprenditori...»

L'allusione mi colpisce dritta come uno schiaffo in faccia e deglutisco forte per mantenere a freno i nervi.

«Non ho mai creduto nelle statistiche e... io non sono come gli altri. So che non mi conosce e che probabilmente credermi le risulta difficile, ma io tengo davvero tantissimo a sua figlia. A nessuna ho aperto il mio cuore come ho fatto con lei e le assicuro che è l'unica che voglio al mio fianco, da adesso fino alla fine dei miei giorni» dico deciso.

«Una bella dichiarazione d'amore! Io ti credo, Logan, non è questo il punto. È solo che... a volte quelli del tuo, perdonami la parola antica, rango... hanno così tanto che non sanno più cosa desiderare. Così gli anni passano, la bellezza affievolisce e si desiderano altre donne,

donne magari più belle e più giovani. Io non voglio che mia figlia diventi così. Merita un uomo che la ami davvero per tutta la vita e che non abbia occhi che per lei, anche quando non sarà più bella come adesso.»

«Ha ragione, signor Rhoden, quelli come me hanno talmente tanto da non avere più nulla da desiderare. Eccetto una cosa, forse: l'amore disinteressato e sincero di qualcuno che ci voglia non perché siamo ricchi, ma per quello che abbiamo dentro. Qualcuno che ci prenda con tutti i difetti, perché ci ama, e non perché il nostro conto in banca valga la pena di sopportarci. Iris è esattamente questo, per me. Lei mi ha accettato per come sono, con tutti i miei difetti. Mi creda, signor Rhoden, ci sono un mucchio di cose che non vanno in me, ma a lei non importa, e non le importa perché mi ama e riesce a guardare oltre. Perché amare è proprio questo: andare oltre. Guardare dove gli altri non sono capaci di guardare e vedere ciò che si è realmente, aldilà di ogni difetto o mancanza. Non guarderò mai un'altra donna e sa perché? Perché la migliore che potessi trovare sull'intero pianeta ce l'ho al mio fianco e non perché sia bella fuori, quella è solo una minuscola parte di ciò che è sua figlia. Iris è più bella dentro che fuori, e visto lo schianto di donna che è, può immaginare per me quanto sia bella dentro, no?»

Evan mi sorride e si sofferma a guardarla.

Ride felice con Cedar, sembra spensierata.

Sei il mio angelo, piccola Rhoden.

«Hai detto delle parole davvero bellissime, Logan. Mi sembri... una brava persona» ammette e mi scappa un sospiro di sollievo.

«La ringrazio, signor Rhoden.»

«Era Evan. Diamoci del tu, figliolo, non farmi sentire un vecchio decrepito» dice ironico e mi dà una pacca sulla spalla.

Gli ho dato del lei per tutto il tempo e il fatto che se ne sia accorto solo ora mi fa pensare che, forse, un po' si è sciolto.

Sorrido e spero davvero che sia così.

Iris è la mia vita, il centro del mio mondo, la ragione per cui respiro. E giuro su Dio che farò qualsiasi cosa per convincere suo padre che io sono quello giusto per lei.

***

IRIS

Siamo seduti a tavola a mangiare le nostre pietanze e a ridere e scherzare come vecchi amici. Papà sembra aver preso confidenza con Logan e anche mio fratello Cedar si è sciolto.

Non gli aveva fatto proprio un'ottima impressione. Ha detto che era talmente impettito e ingessato che credeva andasse a fare i suoi bisogni, ogni mattina, vestito di tutto punto.

Piccola peste!

«Che allegra famigliola!»

La voce di Omar tuona dietro di noi.

«Omar, sei uscito. Tornatene di sopra, non vorrei peggiorasse la febbre» lo rimprovera mio padre, ma lui avanza verso di noi.

«La febbre è scesa e io mi sento molto meglio. Posso unirmi a voi?» chiede e, senza permesso, si accomoda accanto a me.

Logan mi stringe forte la mano e mi guarda torvo. Spero non accada nessun casino, perché sono sicura che non potrei gestirlo.

«Cedar, come mai non hai invitato la tua fidanzata?» chiede Omar prendendo un pezzo di pane.

Papà si era allontanato apposta per portargli da mangiare, è sceso solo per farci dispetto!

«Non mi sembrava il caso. E comunque è domenica, Emma pranza con la famiglia» ribatte Cedar e sembra infastidito.

«Peccato! Emma è una ragazza davvero deliziosa» fa in maniera viscida Omar e noto il volto di mio fratello contrarsi. Sembra si stia arrabbiando.

«Lo so, Omar, lo ripeti tutte le volte che viene qui» replica Cedar contrito.

«Che posso farci? D'altronde è la verità. Emma è un piccolo fiore che sta sbocciando pian piano. Datele qualche anno e sono sicuro diventerà bella come la nostra Iris» esala Omar con un sorriso maligno e Logan mi stringe di più la mano.

So perfettamente che si sta trattenendo dal fare una scenata.

«Lo sai, Omar, se pensassi a rimorchiare le donne della tua età, invece che sbavare dietro alle ragazzine, magari adesso avresti una compagna!»

Mio fratello sbotta e ci lascia tutti sgomenti.

«Cedar, che modi sono? Chiedi subito scusa a Omar» lo rimprovera mio padre.

«Evan, lascia stare, non è successo nulla» fa Omar fintamente buono.

Dio, quanto lo odio!

«Non ho intenzione di chiedere scusa, papà, mi sono rotto le palle. Ogni volta che la mia ragazza viene qui, sembra che la voglia spogliare con gli occhi!» urla Cedar, rosso in viso e con gli occhi fuori dalle orbite.

«Cedar, adesso basta, stai esagerando!» lo rimbecca mio padre, ma la voce di Logan pone fine a tutto.

«Io non credo.»

Mi giro a guardarlo, sconvolta. I suoi occhi sono di fuoco e sono fissi su Omar.

«Come scusa?» fa mio padre, strabuzzando gli occhi.

«Se sapessi cosa ha detto a tua figlia, non parleresti così» dice con una voce scura e posa lo sguardo su mio padre.

«Di che sta parlando?» chiede mio padre guardandomi e io scuoto il capo.

«No, niente, io...»

«Iris, devi dirglielo!» mi esorta Logan, ma suona quasi come un comando.

«Logan, per favore...»

«Se non lo fai tu, lo farò io.»

«Logan...»

«Ci rendete partecipi? Grazie!» sbotta mio fratello infastidito.

«D'accordo. L'hai voluto tu» fa con astio Logan, rimproverandomi con lo sguardo, e inizia a parlare.

Metto una mano sulla faccia e prego Dio che non finisca a botte.

«Quando Iris è venuta qui e l'ha conosciuto per la prima volta, lui... l'ha guardata in maniera viscida tutto il tempo, anche se non ve ne siete accorti. Poi, quando l'ha invitata a ballare, ha fatto uno stupido commento su di lei e...»

«Le ho solo detto che era una bella ragazza. Cos'è, adesso fare un complimento è diventato un reato?» si difende Omar, ridacchiando come a voler minimizzare la cosa.

Cedar e mio padre passano lo sguardo da Logan a Omar e sembrano sconvolti.

«Lo diventa se le dici quanto vorresti avere vent'anni in meno e la tiri a te per farle sentire quanto sei eccitato!» urla Logan, alzandosi di scatto.

Mi alzo anch'io, tenendolo fermo per un braccio.

«È vero ciò che ho sentito, Omar, eh?» ringhia mio padre, ma prima che chiunque possa fare niente, mio fratello si avventa su di lui e inizia a prenderlo a pugni.

«Cedar!» urlo e guardo Logan con compassione, implorando aiuto.

Lui capisce e toglie mio fratello da dosso a Omar, che si rialza come niente fosse.

«Sei un porco schifoso!» urla con rabbia Cedar, mentre Logan lo tiene fermo.

«Non è colpa mia se tua sorella ha il potere di farmelo drizzare con un solo sguardo» sibila e questa volta è mio padre a prenderlo a pugni.

«Papà!»

«Lurido verme!» strilla, infierendo su Omar che prova a parare i suoi colpi.

Mi metto dietro di lui, ma Logan mi ferma e lo tira via per evitare altri danni.

«Calmati» biascica, mentre mio padre respira in modo affannoso.

«Vattene, Omar. La tua presenza in questa casa non è più gradita» sputa fuori mio padre con rabbia.

«Dai, Evan, stavo solo scherzando. Provocavo tuo figlio, non lo capisci?»

Non capisco se quest'uomo ci è o ci fa. Vuole essere picchiato tre contro uno?

«È meglio per la tua incolumità che te ne vai, adesso. Perché se prima ci sono stato io a fermare loro» fa Logan, indicando con la testa mio padre e mio fratello «in questo momento ti assicuro che nessuno ti salverebbe dalla mia furia. Le mie orecchie hanno già sentito abbastanza e ti giuro che sto morendo dalla voglia di spaccarti la faccia e toglierti dal viso quell'aria da sbruffone che ti ritrovi. Perciò è meglio per tutti se te ne vai, adesso, senza dire una parola!»

Il tono di Logan è sottile, duro, roco. Sento che basterebbe tanto così per farlo scattare e sto pregando tutti i santi del paradiso affinché Omar se ne vada senza fare altri danni.

Omar sorride, poi alza le mani in segno di resa.

«D'accordo, d'accordo, me ne vado, ma una cosa voglio dirla. Se non avesse fatto tutto questo casino, prima o poi, la piccola Iris me la sarei scopata!»

È un attimo. Logan si avventa su di lui e lo prende a pugni, una due, tre, quattro volte.

Io urlo e Cedar prova a spostarlo, mentre mio padre se ne sta lì impalato senza far niente.

Scoppio a piangere e imploro Logan di smetterla. Mio padre mi guarda e, finalmente, si decide a intervenire.

A fatica, tolgono Logan da sopra a Omar che giace al suolo con la faccia insanguinata e il respiro spezzato.

Logan sembra fuori di sé, il petto gli va su e giù in maniera forsennata.

Continuo a piangere, ancora sotto shock per tutto quello che è successo, mentre mio fratello mi stringe a sé e mi lascia sfogare sulla sua spalla.

***

LOGAN

Siamo a casa mia da più di dieci minuti e Iris ancora non mi parla. È seduta sul divano e si limita a fissare il vuoto con aria triste.

Mi dispiace per ciò che è accaduto, mi dispiace averla delusa, ma non avevo altra scelta.

«Per quanto ancora vuoi avercela con me?» chiedo nervoso.

«Sul serio? Hai rovinato un appuntamento a cui tenevo, hai fatto incazzare mio padre, ti rendi conto? Mio padre! La persona più buona del pianeta!» urla lei con voce stridula.

«È stato Omar a farlo incazzare per quello che ha detto su di te!» ringhio di rabbia.

«Se tu non avessi tirato fuori quella storia, non sarebbe successo nulla» grida, alzandosi di scatto dal divano e camminando su e giù per la stanza.

«Davvero dopo ciò che ha detto tuo fratello volevi che me ne stessi zitto? Ma non capisci che quell'uomo era diventato un pericolo persino per la sua ragazza?»

«I soldi che Omar dava a mio padre per l'affitto erano importanti! Come diamine fai a non capirlo?»

«Troverò qualcuno per voi, ok? Dammi massimo una settimana e tutto tornerà a posto» dico dolce, calmandomi.

So che è preoccupata che suo padre decida di vendere la casa, ma io non permetterò che accada.

«Smettila di offrirmi il tuo aiuto, non lo voglio, ok? Ho sempre risolto i miei casini da sola e le cose non cambiano perché adesso stiamo insieme!»

«Maledizione, Iris, ma quando la smetterai di essere così orgogliosa? Non ti sto offrendo dei soldi, ho solo detto che ti darò una mano a trovare qualcuno che sostituisca Omar. È meglio così, fidati. Quell'uomo era pericoloso e se tuo fratello fosse scattato davanti alla sua ragazza e commesso una sciocchezza? Ci pensi a questo?»

Le prendo il viso tra le mani e cerco di calmarla col mio tocco.

«Io... non lo so, forse hai ragione tu su questo, ma non dovevi avventarti su di lui in quel modo» si lamenta, allontanandosi di nuovo.

«Iris, ti aveva offeso in più modi. Sono stato zitto una volta, due, non puoi chiedermi di starmene con le mani in mano davanti a una situazione del genere» dico nervoso, seguendola fino al lavello della cucina.

Si appoggia accanto a un mobile e mi guarda.

«Potevi ammazzarlo di botte, Logan.»

«Ma non l'ho fatto.»

«Certo, perché i miei ti hanno fermato.»

«Iris, ti prego, basta recriminare. È andata così, Omar non vive più lì, questa è l'unica cosa che conta» dico deciso e mi avvicino a lei, chiudendola in una morsa per non farla fuggire ancora.

«Ci tenevo che facessi una bella impressione a mio padre» si lamenta lei e io sorrido.

«E l'ho fatta, credimi! Prima che andassimo via mi ha confessato che se io non gli avessi ridotto la faccia in quel modo, lo avrebbe fatto lui.»

«Ah, voi uomini siete tutti uguali. Quando si tratta di fare a botte non vi tirate mai indietro!» sbuffa, passandosi una mano tra i capelli.

«Quando si tratta di difendere il tuo onore, mai, piccola Rhoden» dico e finalmente Iris mi regala un sorriso.

La tiro a me e la bacio.

Iris si lascia andare al bacio, ma poi lo interrompe per parlare.

«Andiamo in camera tua a fare la pace?»

Rido divertito e le carezzo il viso.

«Se questo è il premio che mi aspetta tutte le volte che litighiamo, beh... dovrei farti arrabbiare più spesso.»

Iris ride e mi tira un leggero schiaffo.

Scoppio a ridere anch'io e me la carico in spalla per portarla in quello che ormai è diventato il nostro nido d'amore. Siamo due fidanzati che convivono quando possono e condividono lo stesso letto, inebriando le lenzuola dei loro odori, del sudore dei loro corpi dopo che hanno fatto l'amore, per poi addormentarsi abbracciati e risvegliarsi con accanto la cosa più bella del mondo ma, purtroppo per me, quest'ultimo dettaglio non potrà mai essere.

CAPITOLO 31

IRIS

È passata una settimana e le cose con Logan vanno alla grande, dentro e fuori dal letto. La passione tra noi è sempre alle stelle e, quando siamo insieme, parliamo di tutto, ci raccontiamo i nostri sogni di bambini e le nostre speranze per il futuro.

Logan ha deciso di organizzare qualcosa per la prossima settimana, l'ultima di agosto. Vorrebbe portarmi da qualche parte, ma non ha ancora prenotato nulla. Il lavoro lo impegna molto e io lo vedo un po' sotto stress.

Inoltre, ultimamente, sta soffrendo di più il fatto di non poter dormire nel letto insieme a me, ma il suo terapeuta gli ha assicurato che, prima o poi, accadrà, ci vuole solo tempo.

Ho provato a tranquillizzarlo, dicendogli che la cosa non è un problema, per me, ma ho capito che il vero problema è lui. È lui che si sente frustrato e si danna ogni notte perché non mi sta accanto come vorrebbe.

Sono fiduciosa, ci vuole solo tempo e pazienza e, in quanto a quest'ultima, io sono sicura di averne da vendere, soprattutto perché si tratta dell'uomo che amo.

Questo pomeriggio, Logan mi ha accompagnata in un negozio che vende articoli per bambini.

Denise, un'amica di vecchia data mia e di Lin, è incinta e a giorni partorirà. Sono uscita per comprarle un regalo da parte mia e della mia amica.

Non vediamo l'ora di riabbracciarla e di vedere il piccolo.

Ormai con Denise ci vedevamo raramente, perché si è trasferita in un'altra città, ma una volta al mese cercavamo di incontrarci, andando a trovarla e passando un po' di tempo tutte e tre insieme come ai vecchi tempi.

Il negozio, uno dei più famosi e costosi della città, ha così tante cose che non riesco a decidermi.

Torno all'ingresso dove ho visto delle deliziose tutine, me le rigiro tra le mani e sorrido, pensando al giorno in cui capiterà a me.

Osservo Logan, si guarda intorno con aria spaesata, sembra pensieroso.

Mi chiedo se voglia dei bambini, un giorno, e se l'idea di avere un figlio da me lo renderebbe felice.

«Che ne dici di questa?» chiedo, mostrandogli una tutina azzurra, visto che il figlio di Denise sarà un maschietto.

«Non ne ho idea, non ne capisco di bambini, Iris» risponde sorridendo.

«Però ne vuoi...» mi scappa e lui mi guarda stranito.

«Come?»

«Non intendo ora... un giorno» dico un po' in imbarazzo.

«Non finché non avrò risolto tutti i miei problemi, piccola. È già dura sapere di essere un disastro per te, ma con un bambino... non sopporterei di fallire con lui» confessa e io lo guardo triste, carezzandogli il viso.

«Amore, tu non sei un disastro per me, chiaro? Togliti dalla testa certe idee assurde. E comunque risolverai i tuoi problemi, sta' tranquillo. Ci vuole solo tempo» lo rassicuro, ma lui abbassa lo sguardo.

«Lo so, ma se non dovesse accadere, se non dovessi risolverli... tu e io non potremo mai fare un figlio, Iris, questo voglio che sia chiaro.

Non infetterò un bambino con tutto il male e l'oscurità che viaggiano dentro di me. Sei disposta ad accettare anche questo?» chiede guardandomi intensamente.

Ci penso su e l'idea mi terrorizza, l'idea che lui non supererà mai niente. Odio vederlo stare male e anche se non lo dice tutti i giorni, so che è così, so che soffre.

Inoltre, la possibilità di non poter mai diventare madre mi trafigge il cuore. L'ho sempre desiderato, fin dai tempi in cui ero anch'io una bambina e giocavo con le bambole.

«Guarirai, Logan, sono fiduciosa. E, se non ci credi, lo farò io per entrambi, ok?»

«Sì, ma se non dovessi...»

«Ti ho già accettato per quello che sei, Logan. Quindi sì, sono disposta a rinunciare a tutto per te» sibilo e lo bacio sulle labbra.

Quando mi distacco, Logan sorride e io sento il suono del suo cellulare.

Si allontana per rispondere e si ferma poco distante, davanti al reparto intimo e pannolini.

Scoppio a ridere da sola, mettendomi una mano in faccia, immaginando il mio Mr. Perfettino costretto a cambiare un bimbo che si è appena fatto la cacca addosso.

Non ce lo vedo proprio, ma sono anche sicura che Logan sarebbe un bravo papà. Ha tanto bisogno d'amore, ma allo stesso tempo ne ha uno immenso da regalare.

Sorrido, immaginandoci felici con un piccolo che assomigli a noi e in un attimo sento qualcosa che mi preme la tempia. *La felicità spezzata.*

«Fermi tutti. Non provate a muovervi o scappare, o lei sarà la prima a cui farò saltare la testa, dopodiché tutti voi farete la stessa fine.»

La voce dell'uomo che mi punta la pistola alla testa è cattiva, dura. Capisco che si tratta di una rapina e non si fermerà davanti a niente.

Incontro gli occhi di Logan, è sconvolto.

«Gettate tutto ciò che avete: soldi, catenine d'oro, orologi, tutto, poi vi voglio con la faccia per terra, chiaro? Se mi fate incazzare, le faccio saltare il cervello! E tu, svuota la cassa e metti i soldi in questa busta» urla il rapinatore, prima in direzione dei clienti, poi verso una commessa.

Logan lo guarda e inizia ad avanzare.

«Fermo tu, dove cazzo stai andando?» fa con rabbia il rapinatore, intimando al mio uomo di fermarsi.

«Da nessuna parte. Non vado da nessuna parte» risponde Logan con voce tremante e alza le mani.

Una lacrima mi solca il viso. Ho paura, sono terrorizzata. Non voglio morire. Non oggi e non così.

Ripenso a mia madre, al fatto che sia stato un rapinatore che si è intrufolato in casa nostra per rubare a toglierle la vita.

Forse anche a me è destinato questo.

«Mettiti con la faccia per terra, come tutti gli altri!» intima il rapinatore, ma Logan continua ad avanzare piano.

«Che cazzo stai facendo?» urla ancora, premendo più forte la pistola sulla tempia.

«D'accordo, mi fermo, mi fermo.»

«Faccia a terra, ho detto!» ringhia e la testa mi fa male per quanto preme forte la pistola lì.

Logan si inginocchia con le mani in alto, poi inizia a parlare.

«Ascolta, lasciala andare. Lei non c'entra nulla in tutto questo e se la uccidi ti prenderanno. Non conviene a nessuno la sua morte» dice piano e mi guarda, cercando di farmi arrivare la sua presenza, il fatto che è lì e che non mi lascerà andare.

Gli mimo la parola "aiutami" con le labbra e lui strizza forte gli occhi. Ho paura, sono sotto shock e sono convinta che quest'uomo mi ammazzerà davanti agli occhi di Logan.

«Se fate il cazzo che dico, nessuno mi prenderà. Ora mettiti con la faccia per terra. Tu, hai fatto coi soldi?» tuona verso la commessa che, tremante, continua a infilare l'incasso nella busta.

Sentiamo le sirene della polizia e lui si innervosisce.

«Merda! Tu, chiudi le porte» ordina a un'altra commessa «se qualcuno entra qui dentro, la ammazzo!»

Mi scappa un singhiozzo e l'uomo mi intima di stare zitta.

«Piccola, sono qui, guardami. Iris, guardami. Non gli permetterò di farti del male» sibila Logan e io fisso i miei occhi terrorizzati nei suoi.

«Ascoltami, lasciala andare e prendi me. Mi chiamo Logan Dark e sono un uomo ricchissimo. Posso darti tutti i soldi che vuoi» dice Logan, rivolgendosi al rapinatore.

«La polizia è qui fuori, non me ne frega un cazzo dei soldi che puoi darmi!» urla stringendomi di più.

«D'accordo, va bene, hai ragione, ma io sarei un ostaggio più proficuo. Ho un mucchio di aziende, se cerchi il mio nome su un qualsiasi motore di ricerca potrai vedere da te che non sono uno sconosciuto. La mia vita, per la polizia, varrebbe più della sua. Se esci allo scoperto con me come ostaggio, ti daranno tutto quello che vuoi. Un'auto per scappare, soldi, tutto quello che desideri, ma se uscirai con lei proveranno a farti fuori. Fidati di me.»

«No, Logan, no!» lo imploro, ma lui scuote la testa.

«Tu. Cerca su Google il nome di questo coglione e vedi se ciò che ha detto è vero» ordina il rapinatore a un ragazzo steso per terra. Questi ubbidisce, poi gli passa il cellulare.

«Imprenditore, proprietario di aziende ed enti benefici. Possiedi pure una squadra di football?» chiede ironico a Logan.

«Sono l'azionista minoritario, ma... sì, una parte dei profitti è mia» risponde Logan senza battere ciglio e mi guarda.

"Ti salverò, piccola Rhoden" mima con le labbra e io scuoto la testa, perché non voglio salvare la mia vita al prezzo della sua, non voglio che muoia.

Sentiamo la voce della polizia che intima al rapinatore di uscire con le mani in alto.

Ho paura per ciò che accadrà, non voglio morire, ma non voglio che muoia Logan al mio posto.

Mamma, per favore, proteggici.

«Va bene, mi hai convinto. Prendo te, al posto della ragazza. Alzati molto lentamente e vieni verso di noi» ordina a Logan che ubbidisce.

«Logan, no, non farlo. Ti ucciderà. Logan...»

«Iris, sta' tranquilla, andrà tutto bene. Andrà tutto bene, piccola, te lo prometto» mi rassicura avvicinandosi a noi, ma io non ci credo. Non andrà tutto bene.

Continuo a scuotere la testa, piangendo, finché lui non ci raggiunge e mi accarezza una guancia per un istante.

«Mi butterei nel fuoco per te» dice la frase che io ho sempre detto a mio padre e mio fratello.

In uno scatto, il rapinatore mi lascia andare facendomi finire per terra e, quando mi giro, Logan è sotto le sue grinfie, con la pistola puntata alla tempia, esattamente come me un secondo prima.

«Hai finito con quei soldi?» chiede alla commessa alla cassa che, tremante, gli porta il sacco nero con le banconote.

Lui lo prende e ci ficca dentro tutti gli oggetti dei clienti.

«Apri le porte!» intima alla stessa commessa che ubbidisce.

«Ora io uscirò con lui e la polizia mi darà ciò che voglio, altrimenti lo ammazzo!»

«No, ti prego, no!» imploro, mentre Logan cerca di calmarmi con la sua voce.

«Andrà tutto bene, piccola, andrà tutto bene.»

Piango disperata, mentre le porte si aprono e il rapinatore esce con Logan come ostaggio.

Mi alzo lentamente e, quando lui è fuori, tutti i clienti e chi lavorava nel negozio iniziano a fuggire.

Io non ci riesco, non abbandonerò Logan.

Sento la voce del rapinatore, sento la voce del sergente di polizia che gli intima di lasciare andare Logan.

Dalla mia posizione li vedo e prego Dio che non gli faccia del male, che la polizia riesca a salvarlo.

Non passano che pochi istanti, vedo il rapinatore accasciarsi a terra, come se qualcuno gli avesse sparato, anche se non ho sentito nessuno sparo.

Vedo Logan alzarsi incolume e la polizia andargli subito incontro.

Esco dal negozio e mi precipito verso di lui.

«Logan...» piango sulla sua spalla e lui mi stringe forte.

«È tutto a posto, piccola, sto bene. Sto bene.»

Continuo a piangere, mentre la polizia ci invita ad allontanarci e ci fa andare verso un'ambulanza che possa controllare le nostre condizioni di salute.

Mi attacco a Logan come una bambina si attacca alla gonna della mamma. Non lo lascerò andare. Ho troppo bisogno di lui in questo momento. Avevo così tanta paura che morisse, avevo così tanta paura di perdere anche lui, come avevo perso mia madre...

Logan è diventata la mia ragione di vita e ora più che mai mi rendo conto che non potrei vivere senza di lui.

Io respiro grazie a te.

Ricordo le sue parole e mai come adesso le ho sentite così tanto mie.

Anche io respiro grazie a te, Mr. Dark. Non lasciarmi mai. Non mi abbandonare, Logan. Sono troppo fragile per sopravvivere senza di te.

***

LOGAN

Siamo arrivati a casa mia, dopo essere stati velocemente visitati in ambulanza e dopo aver risposto alle domande della polizia, con la promessa di rimanere a disposizione per qualsiasi cosa.

Iris è ancora scossa. Le ho appena fatto una camomilla, ma trema talmente tanto che ho dovuto aiutarla a bere.

La accarezzo piano e mi rendo conto di quanto sia fragile la mia piccola Rhoden.

Ho sempre pensato a me, al mio passato e al mio dolore, ma anche Iris ha sofferto e si porta dentro delle cose che non ha superato. In questo momento so che ha bisogno di me e farò di tutto per starle vicino e aiutarla a superare quanto accaduto.

«È stato anche peggio di quando Roy mi ha aggredita» confessa, mentre una lacrima le bagna il viso.

Gliela asciugo col palmo della mia mano e lei mi sorride forzatamente.

«Tesoro, lo supererai, ok? Supereremo anche questo» le dico calmo. Voglio che sappia che ci sono e la proteggerò da ogni cosa, sempre.

«Sai, quando quell'uomo mi ha puntato la pistola alla tempia... ho avuto paura di morire, Logan. Ho avuto paura di morire come mia madre: uccisa da un rapinatore» sibila triste e io stringo gli occhi.

Sapere quanto si sia spaventata, quanto sia stata male, la consapevolezza che era davanti ai miei occhi e io non potevo salvarla, mi fa andare fuori di testa. Mi sono dovuto giocare tutte le mie carte, perché era pericoloso per lei, ma la verità è che avrei voluto saltare addosso a quel bastardo nello stesso istante in cui l'ho visto con la pistola puntata alla sua testa.

«Ma non è successo» dico dolce e le carezzo il viso. Iris appoggia una mano sulla mia e chiude gli occhi respirando forte.

«Ma saresti potuto morire tu, al mio posto, e io ti avrei perso esattamente come ho perso mia madre. Non dovevi farlo, Logan. Non dovevi rischiare per me» sibila tra le lacrime e io so e capisco quanto stia soffrendo, ma non avrei mai potuto lasciarla nelle mani di quell'uomo.

«Piccola, lo so che ti sei spaventata, ma non potevo starmene con le mani in mano, mentre quel bastardo, con un solo colpo, in un attimo, avrebbe potuto porre fine alla tua vita. Se dovessi donare la mia, per salvare la tua, lo farei sempre, Iris, ogni giorno. Perché non potrei vivere senza di te.»

«Nemmeno io potrei vivere senza di te, Logan. Sei tutto il mio mondo, sei diventato così importante per me, e in così poco tempo, che la cosa mi terrorizza. Perché se te ne dovessi andare, io non vivrei più senza di te» confessa e mi abbraccia forte, singhiozzando sul mio petto.

«Ehi, piccola, ehi, io non vado da nessuna parte. Sono qui, qui per te» la rassicuro e lei si calma un po'.

Mi guarda in silenzio, ci guardiamo in silenzio. Iris chiude gli occhi, tremando, poi prende un bel respiro.

«Resta con me, stanotte» esala, facendomi sussultare.

«Iris…»

«Ho bisogno di te, Logan. Ho bisogno della tua presenza al mio fianco. Ho bisogno di sentirti e di dormire sul tuo petto. Ho paura che qualche terribile incubo legato a mia madre mi faccia risvegliare e non voglio essere sola se dovesse accadere» ammette impaurita e io mi sento un verme per non poterle dare ciò che mi chiede.

«Posso riaccompagnarti a casa, così dormirai assieme a Lin. Oppure da tuo padre. Non voglio farti dormire sola, ma io non posso…»

«Io non voglio loro, Logan. Io voglio te. È te che ho rischiato di perdere oggi ed è te che voglio al mio fianco. Non respingermi, ti prego» implora e io sono costretto a cedere.

«D'accordo, starò tutta la notte al tuo fianco, ma non mi addormenterò. Non posso rischiare con te, piccola, non posso. Preferisco stare tutta la notte sveglio a vegliarti, riposerò domani» dico sicuro, ma lei scuote la testa.

«Ma, Logan, non posso chiederti...»

«Non me lo stai chiedendo, sono io che voglio farlo. Adesso vieni, ti preparo qualcosa da mangiare» ribatto e la porto in cucina.

Preparo dei veloci toast e la obbligo a mangiare.

La vedo mentre fa a pezzi quel toast, mangiandolo piano, con lo sguardo perso nel vuoto.

Mi chiedo a cosa stia pensando e mi chiedo se sarò mai in grado di essere per lei un fidanzato normale.

Uno con cui dormire la notte, uno capace di dire "Ti amo" e che sia felice di farsi fare certe cose dalla propria donna perché la ama e la desidera in tutti i modi possibili.

Quando Iris finisce di mangiare, la accompagno a letto e mi sistemo accanto a lei, che si accoccola a me addormentandosi dopo cinque minuti.

La sento respirare e mi fermo a guardarla. È una visione. Un angelo sceso dal cielo per alleviare il mio dolore e prendere con sé la mia anima. Ha rubato il mio cuore e lo ha fatto suo, donandomi tutto l'amore del mondo e regalandomi quel cuore enorme che le batte in petto e che, adesso, so pulsare per me.

Rimaniamo lì un'eternità, lei che dorme beata e io che faccio fatica a stare sveglio.

Allungo una mano sul cellulare e guardo l'ora: le quattro.

Sono stato sveglio a lungo, ma non so quanto resisterò, sono a pezzi.

Cazzeggio con un gioco sullo smartphone per tenermi sveglio, ma gli occhi si chiudono.

Poso il cellulare che mi sta facendo un effetto soporifero e mi strofino gli occhi con una mano, chiusa a pugno.

Iris è ancora attaccata a me, è così bella...

Sono mezzo seduto e la schiena mi fa un male cane. Provo a cambiare posizione e mi metto disteso, con la stoltezza di non capire quanto, in questo modo, stia conciliando il sonno.

Mi strofino ancora gli occhi e prego Dio di farmi rimanere sveglio, di non farmi crollare, ma tutta la stanchezza fisica e mentale della giornata si fanno sentire e io sono arrivato allo stremo delle forze.

Gli occhi si chiudono ancora e io glielo lascio fare, finché non vedo e ricordo più nulla, perso in un mondo buio, oscuro.

Sii la mia luce, piccola Rhoden.

CAPITOLO 32

IRIS

Il dolore forte mi fa aprire gli occhi e vedo due mani che mi stringono il collo. Sono le mani di Logan.

Ha ancora gli occhi chiusi e la bocca serrata in una smorfia.

Stringe più forte e io non riesco a respirare.

È sopra di me, è pesante. Stringe forte e io sento la vista annebbiarsi. Cerco di togliergli le mani da lì, ma non ci riesco.

«Log...» provo a dire, ma le parole mi si mozzano in gola.

Mi ucciderà. Se non si ferma, mi ucciderà.

Muovo le gambe provando a dimenarmi o a farlo svegliare, ma sembra che niente possa scalfirlo.

«Log... lascia...» tento di dire, ma sento di non avere più fiato. Le forze cominciano a mancarmi, non riesco più a muovere le mani.

Lo guardo in viso pronta a dirgli addio, a dire addio all'uomo che amo e che mi sta togliendo la vita.

Rantolo cercando di saggiare ancora l'aria, poi vedo i suoi occhi aprirsi. Si allontana velocemente da me, togliendo via le mani dal mio collo. È sotto shock.

Mi alzo a stento, tossendo e respirando a fatica. Sono viva per miracolo, sarebbe bastato tanto così...

«Iris...» prova a dire, allungando una mano verso di me, ma io la allontano.

«No, non… non toccarmi» sibilo piangendo, con la voce ancora roca.

Logan ha gli occhi velati di lacrime, è sconvolto.

«Che cosa ho fatto? Che cosa ti ho fatto?» esala con lo sguardo nel vuoto, come se stesse parlando da solo.

«Ho bisogno di un minuto per me» sussurro piano e scappo via, chiudendomi nel bagno.

Scoppio a piangere disperata e apro il rubinetto per bere acqua. Ho bisogno di tanta acqua.

Mi sento confusa, spaesata, terrorizzata. Quello non è il mio Logan, non era lui, non era in sé.

Non è l'uomo che ho conosciuto e di cui mi sono innamorata. Il mio Logan non mi farebbe mai del male, non mi ferirebbe.

Il mio Logan ha dato la sua vita per la mia soltanto ieri.

Ma se non si fosse fermato? Cosa sarebbe accaduto? Sarei morta e sarebbe stato lui a uccidermi, con le sue mani.

Posso affrontare tutto questo? Sono disposta ad affrontare tutto questo?

Qui non sono solo gli incubi il problema. Forse soffre anche di sonnambulismo, perché per quanto stesse dormendo, aveva tutta la forza di un uomo sveglio che sa esattamente ciò che sta facendo. E anche se io so che non è così, che Logan non sapeva quello che faceva, ho paura e non posso avere paura dell'uomo che mi sta a fianco. Io devo amarlo, non temerlo.

È stata tutta colpa tua. Sei tu che hai insistito con lui per dormire insieme. Sei tu ad aver distrutto ogni cosa!

Una voce da strega mi rimbomba in testa e mi mette di fronte alla dura verità: è colpa mia. Logan mi aveva detto un milione di volte che non poteva dormire con me, perché diventa violento e pericoloso. Era già successo una volta che mi ferisse, ma io sono stata testarda e ho giocato col suo senso di colpa. Logan non voleva deludermi e mi ha detto di sì, mi ha detto di sì anche se sapeva che era sbagliato. E forse è crollato perché tutta la paura che ho vissuto ieri, l'ha vissuta anche lui.

Dio, come ho fatto a essere così ottusa ed egoista? Come?

Farò di tutto per recuperare ciò che è successo, Logan, dovessi lottare anche contro me stessa. Io farò di tutto!

***

LOGAN

Sono accasciato per terra, fuori la porta del mio bagno, da un quarto d'ora. L'ho sentita piangere a singhiozzi, con la consapevolezza di non poterla aiutare in nessun modo perché è colpa mia. È colpa mia se si è spaventata così. Ho quasi rischiato di ammazzarla, sarebbe bastato tanto così per vederla morta sotto il peso del mio corpo.

Sono fuori di me, non riesco a credere a quello che è successo. Iris sarebbe morta e sarei stato io a toglierle la vita.

Perché? Perché succede questo a me? Perché? Come ho fatto ad aggredirla, che cosa cazzo ho sognato?

Come ho fatto a non capire che era lei al mio fianco, come ho potuto farle del male?

Sento la chiave della porta del bagno girare e mi alzo immediatamente. La porta si apre e mi mostra la donna che amo, quella a cui ho appena spezzato il cuore, quella che ho spaventato a morte, quella che stavo per uccidere con le mie stesse mani.

Le guardo il collo. È pieno di segni rossi.

Che cosa ti ho fatto, piccola Rhoden!

«Logan…»

«Il tuo collo» esalo con gli occhi lucidi e lo sguardo fisso su di lei.

L'ho persa, l'ho appena persa. Ho distrutto tutto con le mie mani.

«Sono solo dei segni. Col tempo andranno via» prova a coprirseli con le mani.

«Sono i segni di ciò che ti ho fatto. I segni di ciò che è accaduto e che sarebbe potuto accadere se non ti avessi lasciata andare. Un secondo in più e ti avrei ammazzata.»

Sono lucido in ciò che dico, consapevole. So quello che ho fatto e non permetterò mai più che accada di nuovo.

«È stata colpa mia. Non avrei dovuto chiederti di dormire insieme. Sapevo a ciò che andavo incontro e non mi sono fermata.»

«Non mi sono fermato nemmeno io, Iris. La colpa è mia, soltanto mia. Non avrei dovuto dormire con te, o perlomeno non mi sarei dovuto addormentare come un coglione. Ti ho fatto del male. Ti ho ferita quando più avevi bisogno di sicurezze, certezze, di tranquillità. Dopo quello che è successo ieri, avrei dovuto regalarti il paradiso, invece ti ho donato l'inferno» dico con lo sguardo nel vuoto e lei mi tocca.

«Non colpevolizzarti così. Lo supereremo, no? Supereremo anche questo» sussurra con dolcezza, ma io non posso lasciarglielo fare.

«No, non questo, Iris» ammetto e mi allontano da lei, camminando nervosamente fino al salotto.

Iris mi segue e, quando arriva dietro di me, mi poggia una mano sulla spalla.

«Logan, sono qui. Sono disposta a passarci sopra, a dimenticare, a perdonarti» sospira con dolcezza, ma io metto distanza tra i nostri corpi.

«Io no. Io non sono disposto a perdonarmi. Preferisco viverti lontano, perfino saperti tra le braccia di un altro, piuttosto che in pericolo, al mio fianco» affermo deciso.

È finita, piccola Rhoden, mi dispiace. Non posso andare avanti così.

«Logan, ma che stai dicendo?»

«Che è meglio per te starmi lontana, Iris. È meglio così, fidati» sentenzio, perché ormai la mia decisione l'ho presa.

«Ma io non voglio starti lontana, Logan, non posso.»

«Io sì. Io devo starti lontano» esalo piano e fisso il mio sguardo nel vuoto. Mi prendo un secondo per respirare, poi continuo.

«È finita, Iris. È finito tutto quando ho aperto gli occhi e ti ho vista tra la vita e la morte con le mie mani a stringerti il collo. Tu non puoi più stare con me, non voglio. Ti troverò un altro lavoro, un lavoro che ti dia la stessa paga che ti do io. Avrai la tua lettera di licenziamento e delle ottime referenze e dopo oggi... non mi rivedrai più» dico con freddezza, con una lucidità meccanica che mi fa orrore, ma non ho altra scelta.

«No, no, tu non puoi. Non puoi lasciarmi, Logan, l'hai dimenticato? Insieme avremmo superato ogni cosa. Insieme» sibila commuovendosi, ma io non le darò ascolto, non questa volta.

«Non esiste più la parola insieme per noi due. Non esiste più niente. Adesso, per favore, prendi le tue cose e vattene. Io non ce la faccio più a vederti. Non riesco a guardarti negli occhi senza vedere in te l'atrocità di ciò che ho fatto. Lo capisci questo, Iris?» ruggisco, con rabbia verso me stesso.

«Ci vuole solo un po' di tempo, Logan. Io aspetterò.»

«Non c'è nulla da aspettare, nulla da rimettere a posto. Nessun lasso di tempo può cancellare ciò che ti ho fatto e io devo lasciarti andare» affermo con sicurezza, ma lei scuote la testa piangendo.

«Ma io non voglio essere lasciata andare» mi implora, facendo un passo verso di me, ma io indietreggio.

«Mi dispiace, Iris. Mi dispiace così tanto...» ammetto e una lacrima mi riga il volto. «Ma adesso devi andartene.»

«Logan...»

«Iris, adesso!» insisto, ma lei non si muove di un passo. Continua a piangere a singhiozzi davanti a me.

Se fa così mi distrugge, mi annienta ancora di più, come fa a non capirlo?

«Maledizione, vattene!» urlo come un pazzo e finisco per colpire un oggetto di cristallo, posato su un mobile del salotto. Questo cade per terra, frantumandosi in mille pezzi.

«Vattene!» continuo a gridare e Iris prende la borsa che è sul divano per poi scappare via.

Sento solo il suo pianto che non termina e che mi rimbomba in testa in maniera incessante, come un martello.

La porta sbatte rumorosamente, come il rumore che fa il mio cuore in questo momento.

Rimango da solo con le mie colpe, il mio dolore e la consapevolezza che la mia vita non sarà più come prima.

«Aaah!»

Il mio urlo disumano squarcia il cielo e ogni cosa che mi capiti a tiro incontra la mia furia. Distruggerò tutto ciò che posso, lo farò a pezzi, come la mia anima dannata che ho ridotto a brandelli con le mie mani, come il mio cuore spezzato, la cui parte più grossa se l'è portata via la mia piccola Rhoden.

FINE PRIMO LIBRO

EXTRA
La tua assenza

LOGAN

Non l'ho mai provato. Non l'ho mai provato un dolore così grande e se riesco a paragonare questo dolore a come mi sentivo da bambino, significa che mi hai preso letteralmente il cuore, piccola Rhoden.

Non so come farò ad abituarmi alla tua assenza, fa male anche solo pensarci. Adesso che sei andata via, adesso che ti ho allontanata definitivamente da me, mi sento vuoto.

Vuoto perché ho perso i tuoi occhi, il tuo sorriso, le tue mani che mi accarezzano sempre dolcemente.

Vuoto perché so che non godrò più dei tuoi baci, del tuo corpo nudo e perfetto.

Vuoto perché ti ho lasciata andare, libera, libera di innamorarti di qualcun altro. Ma era la cosa giusta da fare. Non potevo essere ancora egoista, non dopo quanto ti ho fatto.

Se è la cosa giusta, però, perché mi sento così?

Il dolore mi attanaglia le viscere, si insinua nello stomaco e contorce ogni parte viva del mio essere. Si è conficcato in ogni singolo e minuscolo anfratto di me e non riesco a scacciarlo via.

Non ci riesco, perché ha portato a questo: noi due lontani, per sempre.

Cristo, piccola Rhoden, quanto dura il per sempre! Io non ce la faccio a immaginarmi senza te, ma non ho altra scelta.

Questa, nonostante tutto, è la cosa migliore che ti potesse capitare: liberarti di me, del peso che sono.

Non importa quanta sofferenza porto dentro, il tuo bene viene prima di tutto.

Perciò lotterò contro me stesso, se dovesse servire.

Addio, piccola Rhoden.

Perdonami, se puoi.

EXTRA

Mi manchi da morire

IRIS

Giorni vuoti e grigi si susseguono da quando te ne sei andato, da quando mi hai cacciata in malo modo dalla tua vita.

Ho provato a cercarti, a parlarti, a farti ragionare, ma non hai voluto saperne niente.

Sei partito o meglio… sei sparito, e mi hai lasciata sola, con questo vuoto dentro che non riesco a colmare, col cuore spezzato e le guance perennemente rigate dalle lacrime.

Mi fa male il petto, se solo penso a quanto amore ti ho dato, a come, insieme, avremmo potuto superare tutto.

Tu e io, Mr. Dark. Uniti.

Ma tu non l'hai voluta quell'unione, hai preferito combattere ancora una volta da solo, contro la tua oscurità.

Avresti potuto non essere più solo, maledizione, c'ero io accanto a te. Forse non hai mai voluto accettarlo, forse avevi ancora troppa paura. Non so cosa ti abbia spinto a comportarti così, ma mi manchi da morire.

Mi manchi come l'aria, l'acqua e il sole in un terribile e funesto giorno di pioggia.

Mi manca tutto di te, anche le parti più brutte.

Mi manca il modo in cui mi facevi sentire amata, senza tuttavia dirmi mai "Ti amo". E mi mancano tutti quei "Ti amo" che, forse, un giorno, avresti potuto dirmi.

Non so se ti ricordi quanto stavamo bene insieme, ma io ricordo ogni attimo e ogni ricordo è una martellata nel petto.

Dura, decisa, forte. Così forte da avvertire ogni singolo momento di dolore.

Vorrei che almeno la nostra separazione fosse servita a qualcosa, a farti stare meglio, ma io non lo so se tu stai meglio, Mr. Dark.

So soltanto che ti amo e ti amerò per sempre. Non posso fare altrimenti. Non posso evitarlo. Non posso.

È come un bisogno viscerale. È come un sentimento primitivo. È come quando siamo io e te, abbracciati, in silenzio.

Perciò, mi dispiace, ma non ce la faccio a dirti addio, non ci riesco, non mi arrenderò.

Sarai di nuovo mio, Mr. Dark. Non sono disposta a lasciarti andare. Non posso.

Perdonami, se puoi.

INDICE

Printed by Amazon Italia Logistica S.r.l.
Torrazza Piemonte (TO), Italy

31025793R00267